GABRIELA GROSS

Das Lied der Biene

Weitere Titel der Autorin:

Das Goldblütenhaus – Der Ruf einer neuen Zeit
Das Goldblütenhaus – Im Licht der Hoffnung
Das Goldblütenhaus – Das Geheimnis des Glücks

GABRIELA GROSS

Das Lied der Biene

Roman

Lübbe

NACHHALTIG PRODUZIERT

Die Bastei Lübbe AG verfolgt eine nachhaltige Buchproduktion. Wir verwenden Papiere aus nachhaltiger Forstwirtschaft und verzichten darauf, Bücher einzeln in Folie zu verpacken. Wir stellen unsere Bücher in Deutschland und Europa (EU) her und arbeiten mit den Druckereien kontinuierlich an einer positiven Ökobilanz.

FSC www.fsc.org MIX Papier | Fördert gute Waldnutzung FSC® C014496

Originalausgabe

Textredaktion: Friederike Haller, Berlin
Umschlaggestaltung: Manuela Städele-Monverde
Einband-/Umschlagmotiv: © Woodhouse/shutterstock, Arthur Balitskii/shutterstock
Satz: hanseatenSatz-bremen, Bremen
Gesetzt aus der Adobe Garamond Pro
Druck und Verarbeitung: GGP Media GmbH, Pößneck

Printed in Germany
ISBN 978-3-7577-0029-4

5 4 3 2 1

Sie finden uns im Internet unter luebbe.de
Bitte beachten Sie auch: lesejury.de

Prolog

»Margas Kartenhaus ist in sich zusammengefallen.« Evas Stimme vibrierte vor Aufregung, als sie diesen Satz ins Telefon sprach.

»Was sagst du?« Kirsten sank ein paar Zentimeter tiefer in den Sessel und wiederholte ungläubig die Worte ihrer Freundin. »Es ist alles zusammengebrochen?«

»Ja. Und zwar mit Pauken und Trompeten.« Eva fasste rasch die Eckpunkte zusammen. »›Wenn schon scheitern, dann richtig‹, waren Margas Worte, als ich sie gestern am Telefon hatte.«

»Das hat sie gesagt? Na, das nenne ich Galgenhumor.« Kirsten presste ihr Handy ans Ohr und sah gleichzeitig zur Tür, durch die jeden Augenblick der Zahnarzt träte. »Wie konnte sie auch annehmen, diese anonymen Mails brächten sie nicht in Schwierigkeiten? Sie hätte damit aufhören müssen, als es noch möglich war. Sicher, es ist nie schlecht, über seinen Schatten zu springen, wenn man das Leben nicht an sich vorbeiziehen lassen will. Aber was jetzt passiert, fegt vermutlich wie ein Hurrikan über Marga hinweg.«

»Mein Gott, Kirsten. Jetzt halt mal den Ball flach. Es ist ja nicht so, als hätte sie ein Verbrechen begangen.«

»Jaja, schon gut«, lenkte Kirsten ein. »Mir ist schon klar, dass Marga kein Orakel ist, das in die Zukunft sehen kann.«

Sie seufzte. »Wir aber leider auch nicht. Sonst hätten wir sie aufhalten können, bevor es zu spät war. Ihr Schiffsbruch ist jedenfalls das beste Beispiel dafür, dass das Leben eben doch kein Wunschkonzert ist.«

Kirsten dachte an ihre und Evas Freundin Marga, die vermutlich gerade irgendwo saß, die Beine angezogen, den Kopf bekümmert auf den Knien, fix und fertig wegen der neuesten Ereignisse. Es war nicht immer leicht, der Wirklichkeit ins Gesicht zu sehen. In den letzten Jahren hatte Kirsten hin und wieder sogar den Eindruck gehabt, als meinte es das Leben nicht gerade gut mit Marga. Wie den ungebetenen Gast auf einer Party ignorierte es sie geflissentlich. Während es umherzog und sich alle anderen hier und da an seinem großen Füllhorn der Möglichkeiten bedienten, stand Marga stets daneben und ging leer aus.

Bis sie vor Kurzem völlig unerwartet dann doch zugegriffen hatte. Und als hätte Marga die vergangenen Jahre nur auf diesen einen Moment der Wende gewartet, blieb es nicht bei einem Probierhappen, nein, Kirsten kam es vor, als hätte sich neuerdings ein ganzes Büfett vor ihrer Freundin ausgebreitet. Im Stillen hatte sie Marga sogar um dieses Menü, das sich inmitten des banalen Alltags aufgetan hatte, glühend beneidet. Bis jetzt jedenfalls.

Eva erläuterte ein paar Details, die sie von Marga erfahren hatte.

»Wie viel von Margas Kartenhaus steht denn noch?«, fragte Kirsten, als sich eine Lücke in Evas Sprachstrom auftat. Im Grunde kannte sie die Antwort bereits, doch sie wollte es aus Evas Mund hören, weil es erst dann für sie Realität wäre.

»Nichts, keine einzige Wand.« Eva klang wie eine Staatsanwältin, die die Wahrheit ans Tageslicht zerrte. »Und ihren Job ist Marga ebenfalls los.« Sie spekulierte lautstark, wie Marga in Zukunft ihre Rechnungen zahlen wollte, brachte die Miete und die Kosten für das Studium von Margas Tochter zur Sprache, die sich nicht in nichts auflösen würden, ebenso wenig wie der Rest. »Heizung, Strom, Telefon«, zählte sie auf.

Kirsten schüttelte gedankenverloren den Kopf. »Mein Gott, wie konnte es nur so weit kommen?«

»Das kann ich dir sagen.« Eva räusperte sich, bevor sie verkündete: »Diese unsägliche Biene hat alles ins Rollen gebracht. Und jetzt steuert Margas Leben unaufhaltsam auf den Abgrund zu.«

Das Leben ist keine
verdammte Sackgasse.
Es sieht manchmal nur so aus.

Drei Monate früher

1. Kapitel

Marga schob das Kissen zur Seite und drehte sich auf den Bauch. Just in dem Moment erschallte Whitney Houstons markante Soulstimme. Ein leises Grummeln entkam Marga. Sie fuhr mit der Hand unter ihre Wange, drehte sich zur Seite und gähnte. 5 Uhr 30.

Jeden Morgen um diese Zeit erklang *I Will Always Love You* aus ihrem Handy, und jedes Mal strömte die Stimme der Sängerin durch Marga hindurch und sorgte dafür, dass es in ihren Fuß- und Fingerspitzen zu kribbeln begann. Es war ein herrlich lebendiges Gefühl – ihr Elixier am Morgen –, und wenn der Song zu Ende war, fühlte es sich an, als hätte Whitneys Stimme jede einzelne Zelle ihres Körpers gestreichelt.

Marga richtete sich in eine halb sitzende Position auf, lehnte den Kopf ans Betthaupt und lauschte andächtig. Die Szene aus *Bodyguard* kam ihr in den Sinn, in der Whitneys Seidenschal in die Luft fliegt und Kevin Costners Schwert ihn durchtrennt – eine der wichtigsten Momente im Film. Das Knistern zwischen den Hauptfiguren wird in diesem Moment mit beiden Händen greifbar. Selbst nach mehr als zwei Dutzend Malen, die Marga den Film gesehen hatte, spürte sie es noch immer: Wenn der Seidenschal, in zwei Teile getrennt, zu Boden flattert, erkennen Rachel (Whitney), und ihr Bodyguard Frank (Kevin), dass sie sich lieben. Allerdings hatte Marga bereits beim ersten Mal gewusst, dass diese Liebe nicht gut enden kann.

Whitney hatte ihrem Schicksal weder im Film noch im wahren Leben entkommen können, ebenso wenig wie ihre Tochter Bobbi Kristina, die, wie ihre Mutter, viel zu früh verstorben war. *Wenigstens Kevin Costner ist zeitweise glücklich geworden,* ging Marga durch den Kopf.

Für Männer sah auch heute noch vieles anders aus, überlegte sie und dachte unwillkürlich an Paul Alprecht: das beste Beispiel für einen begünstigten Mann. Mit fünfundvierzig würde er in einem Monat eine Neunundzwanzigjährige heiraten, und niemand dachte sich etwas dabei. Über eine Frau, die einen so viel jüngeren Mann ehelichen würde, hätte es mit Sicherheit jede Menge Tratsch gegeben.

Sybille war nur sechs Jahre älter als Margas Tochter Conny. Marga kämpfte gegen ein tiefes Gefühl der Traurigkeit an, als ihr das einfiel, denn leider reichte neuerdings ein Gedanke an Conny, damit es düster um sie wurde. Seit sieben Wochen und zwei Tagen sprachen Conny und sie nicht mehr miteinander. Wenn Marga sich das morgens bewusst machte, packten sie Enttäuschung und Unverständnis gleichermaßen. Wie sollte sie sich mit ihrer Tochter versöhnen, wenn sie sie weder zu Gesicht noch ans Telefon bekam? Bei ihrem letzten Treffen hatte Conny Marga nicht mal aussprechen lassen, sondern war mitten im Gespräch aus der Wohnung gerannt und hatte die Eingangstür hinter sich zugeschlagen. Seitdem herrschte Funkstille zwischen ihnen.

»I hope life treats you kind … and I hope you have all you've dreamed of. And I wish to you joy and happiness. But above all this, I wish you love …«

Marga fühlte, wie sie ruhiger wurde, während Whitney sang. Mit der Stimme der Sängerin im Ohr schrumpfte der Zwist mit Conny zu einem Problem, das sich früher oder später lösen ließe. Kinder, egal wie alt sie waren, hatten nun mal andere Ansichten als ihre Eltern und gingen eigene Wege. Das war der Lauf der Dinge. Sie musste ihrer Tochter einfach ein bisschen Zeit geben, um zu erkennen, dass Marga das Beste für sie wollte.

Eine tiefe Liebe zu Conny durchströmte sie, verbunden mit dem Wunsch, Conny zu schützen. Wenn ihre Tochter doch nur auf sie hören würde.

Marga stellte den Wecker aus, schob die Decke beiseite und fand in die abgewetzten Filzpantoffeln, die vor ihrem Bett standen. Sie musste sich dringend neue kaufen. Diese alten Dinger gehörten in den Müll. Im Bad betrachtete sie ihr farbloses, halblanges glattes Haar im Spiegel und begann mit der Morgentoilette.

»Du bist wie Mireille Mathieu. Eine Frau, eine Frisur«, hatte Eva mal gewitzelt, weil Marga seit Jahr und Tag nichts an ihrem Haarschnitt änderte und beim Friseur stets das Gleiche verlangte.

»Ich mag halt Beständigkeit«, hatte Marga erwidert und mit den Schultern gezuckt. Was war schon dabei?

Sie zog sich an, ging in die Küche und trank eine Tasse Kaffee im Stehen, dabei langte sie nach dem Kündigungsschreiben auf dem Küchentisch. Das Blatt zitterte in ihrer Hand, als sie noch einmal durchlas, was sie gestern Abend geschrieben und ausgedruckt hatte.

Sie war immer gut mit Paul Alprecht ausgekommen und fand es schade, ihn nun nach beinahe zehn Jahren verlassen zu müssen. Doch seit Sybille in das Leben ihres Chefs getreten und bei ihm eingezogen war, gab es keinen Platz mehr für Marga in seinem Haus.

Mitten im Lesen schrillte das Telefon. Marga schob die Kündigung zurück ins Kuvert, schnappte sich ihr Handy und nahm das Gespräch an.

»Marga. Gut, dass ich dich noch erwische.«

»Kirsten.« Mit dem Handy am Ohr ging Marga in den Flur und steckte die Kündigung in ihre Handtasche. Sie wollte sie auf keinen Fall vergessen. Es wäre nicht das erste Mal, dass sie sich selbst ausbremste, weil etwas in ihrem Inneren gegen das rebellierte, was sie vorhatte. »Was treibt dich so früh ans Telefon?«

»Deine Kündigung. Willst du das wirklich? Denk doch auch mal an die Vorteile. Du weißt jeden Tag, was dich bei Paul Alprecht erwartet, und wirst sehr gut bezahlt. Außerdem … du bist keine dreißig mehr.«

»… sondern zweiundvierzig, ich weiß«, seufzte Marga. Sie warf einen letzten Blick in den Spiegel, schlüpfte in ihre Jacke und griff nach dem Schlüsselbund am Haken an der Wand.

»Mir ist klar, dass du es zurzeit nicht leicht hast, eben deshalb sollte nicht auch noch ein voreiliger Jobwechsel dazukommen. Wie willst du Connys Mietanteil zahlen und den Rest stemmen ohne Job?«

»Ich hab schon was in Aussicht. Der Gärtner der Alprechts hat mir einen Tipp gegeben.«

»Wirklich?«, fragte Kirsten nach.

»Hmm.«

»Warum hast du uns das nicht längst erzählt?« Margas Freundin klang erleichtert, aber nur kurz. »Und das Gehalt? Wie steht es damit? Alprecht zahlt doch so gut.«

»Ich brauche nicht viel, das weißt du. Außerdem ist die Bezahlung bei meinem neuen Job okay.« Marga verschwieg Kirsten, dass sie keineswegs eine Zusage in der Tasche hatte, sondern lediglich einen Gesprächstermin. Sie musste abwarten, wie der lief.

»Du, ich muss los.« Marga verabschiedete sich von Kirsten, schloss die Wohnungstür hinter sich und nahm die Treppe ins Erdgeschoss. Während sie durchs Haus lief, dachte sie darüber nach, wie schwer es ihr fiel, Paul Alprecht zu verlassen. Sie bekam ihn zwar nur selten zu Gesicht, doch in all den Jahren, die sie nun schon für ihn arbeitete, war er zu einem verlässlichen Teil ihres Lebens geworden. Ähnlich der Figur einer Serie, die man über alle Folgen hinweg begleitet und sich deshalb mit ihr verbunden fühlt, obwohl es natürlich nur eine eingebildete Verbundenheit ist und keine echte.

Marga drückte die Eingangstür auf und trat ins Freie. Es war Juni und das Wetter prächtig. Sie ging zu den Fahrradständern und verstaute ihre Tasche im Korb, öffnete das Schloss ihres Fahrrads, stieg auf den Drahtesel und strampelte los.

Marga fuhr gern mit dem Rad und genoss den lauen Fahrtwind. Der Weg zu ihrem Arbeitsplatz war jeden Morgen eine willkommene Routine. Besonders bei herrlichem Wetter. Marga spürte, wie der Sommer ihr Gesicht und Hände streichelte, während ihre Füße in die Pedalen traten. Zwanzig Minuten später kam sie bei der Villa Alprecht an, einem Kubus, dessen Ausmaße sie bei ihrem Vorstellungsgespräch vor Jahren eingeschüchtert hatten und die sie bis heute beeindruckten. Die weiß verputzten Außenwände strahlten hell in der Sonne.

Marga stellte ihr Rad in den Anbau, in dem das Personal

Autos und Fahrräder unterbrachte. Der Gärtner war schon da. Sie sah den Wagen mit dem Logo des Gartenbauunternehmens, für das Rolf Merk tätig war. Er arbeitete seit gut einem Jahr für Paul Alprecht, war flink und umgänglich. Manchmal trank Marga in der Mittagspause einen Kaffee mit ihm, und Rolf erzählte ihr bei diesen Gelegenheiten gern von seinen erwachsenen Kindern und von seiner Frau, mit der er neuerdings eine Menge Stress hatte, weil sie unterschiedlicher Meinung waren, was die Lebensentscheidungen der Kinder betraf. Marga hörte meist still zu und wunderte sich, wie Rolf die dauernden Auseinandersetzungen aushielt. Doch seit dem Zwist mit Conny verstand sie ihn besser. Es war nicht leicht, nur noch als Zaungast danebenzustehen. Zumal, wenn man die Menschen, um die es ging, liebte.

Marga betrat den Umkleideraum und schlüpfte in das dunkelgraue Kleid und die bequemen Schuhe, die sie bei der Arbeit trug, um all die Kilometer zu bewältigen, die die Fürsorge des tausendzweihundert Quadratmeter großen Hauses ihr abverlangten. Das Grundstück selbst umfasste beinahe zwei Hektar.

»Nicht gerade ein Schrebergarten«, sagte Eva gern, wenn sie über Paul Alprechts Anwesen und über Margas Schritte pro Tag sprachen, wobei ihnen jedes Mal bewusst wurde, wie klein ihre eigenen Wohnungen im Vergleich dazu waren.

Marga nahm die Kündigung aus der Handtasche und schob sie in die aufgenähte Tasche ihres Kleids. Als sie einen letzten Blick in den Spiegel warf, entdeckte sie einen Fleck auf ihrer Arbeitsmontur. Sie eilte zum Waschbecken, hielt ein frisches Küchenhandtuch unter den Wasserhahn und rieb energisch an der Verunreinigung herum. Sicher würde die kleine feuchte Stelle an ihrem Rock niemandem auffallen, doch sie legte Wert auf Ordentlichkeit. Sie hängte das nasse Handtuch zum Trocknen an den Haken, verließ den Personaltrakt und nahm den Seitengang zum Haupthaus.

In der Halle war es still. Paul war ein Morgenmensch und außerdem ein Arbeitstier. Einer dieser Männer, die hauptsächlich für ihre Termine lebten … und neuerdings natürlich auch für Sybille.

Paul – im Stillen nannte Marga ihn so. Das *Alprecht* ließ sie in ihren Gedanken weg. Wenn sie ihren Chef beim Vornamen nannte, war er ihr näher und das Arbeiten für ihn machte mehr Spaß. Manchmal, wenn Paul sich erkundigte, ob bei ihr alles in Ordnung war und ihr mit diesem ruhigen Blick seiner Augen zuhörte, fühlte sie sich beinahe wie ein Teil seines Lebens. Sie gehörte zwar nur zum Personal, aber sie war wichtig.

»Es kommt nicht darauf an, *was* du tust, Marga, sondern *wie* du es tust. Jede Arbeit kann dich stolz machen. Es liegt an dir«, hatte ihre Mutter einmal zu ihr gesagt, als sie als kleines Mädchen darüber sinniert hatte, was sie später einmal werden wollte.

Tja, das ist vorbei, wenn du Paul die Kündigung überreicht hast, flüsterte eine Stimme in ihr, die erschreckend nach Kirsten klang. Augenblicklich schwoll ein Kloß in Margas Hals, gegen den sie energisch anschluckte. Ja, mit der Kündigung gab sie einiges auf. Doch was sein musste, musste sein.

Mit trotzigen Schritten betrat Marga die Küche. Sybille schlief meistens bis neun und ging dann in den Fitnessraum oder, wenn das Wetter es zuließ, in den Pool, um ein paar Bahnen zu ziehen. Marga schien es, als drehten sich die Gedanken der jungen Frau hauptsächlich um ihre makellose Figur sowie um ihre Designerkarriere, die bis jetzt zwar nur eine fixe Idee war, von der Sybille jedoch trotzdem ununterbrochen sprach und die sie in den schillerndsten Farben ausmalte. Paul hörte ihr geduldig zu, obwohl sie ständig dasselbe wiederholte.

Marga überlegte oft, wie ein intelligenter Mann wie er nicht merken konnte, worauf Sybille in Wirklichkeit abzielte: sein Ansehen, seine Kontakte und sein Geld. Wieso betete er sie derart an?

Jedoch musste Marga zugeben, dass sich Sybille in Pauls Gegenwart herzlich und sprühend vor Lebenslust zeigte. Paul, der sich nach der Scheidung von seiner ersten Frau vor drei Jahren gesellschaftlich zurückgezogen hatte, blühte in Sybilles Gegenwart auf und war wieder zu jenem heiteren Jüngling geworden, der sein Leben fröhlich und unbeschwert anpackte.

Diese Wandlung Pauls war die eigentliche Leistung, die Sybille vollbracht hatte. Sie hatte ihn zu neuem Leben erweckt, darin war sie gut, das musste Marga zugeben. Doch kaum war Paul fort, kehrte Sybille ihre andere Seite hervor und wurde zu der oberflächlichen Person, die Marga nur zu gut kannte. Sybille war eine Frau, der das Geld ihres zukünftigen Mannes schon jetzt zu Kopf stieg.

In diesem Moment piepsten beide Geschirrspüler und rissen Marga aus ihren Gedanken. Paul war vermutlich zu nachtschlafender Zeit unterwegs gewesen und hatte die Maschinen bei seiner Rückkehr angestellt, ansonsten wären sie jetzt nicht fertig. Seit der Scheidung litt er an Schlafstörungen und arbeitete manchmal sogar nachts, weil es ihm vernünftiger erschien, etwas Liegengebliebenes zu erledigen, als Schafe zählend im Bett auszuharren. In letzter Zeit schlief er jedoch wieder besser.

Dank Sybille, wie er in Telefonaten, die Marga manchmal unfreiwillig mithörte, freudig betonte.

Marga wich der Dampfwolke aus, die ihr entgegenschlug, als sie den vorderen Geschirrspüler öffnete und auf ein ganzes Bataillon an Sekt- und Weingläsern herabsah. Offenbar hatten Paul und Sybille gestern spontan Gäste empfangen. Sybille liebte Feste, die sich bis in den frühen Morgen hinzogen, sie liebte alles Spontane.

Paul war eher der vorausschauende Typ, der Dinge sorgsam plante. Genau wie Marga. Ein guter Plan war wie ein perfekt sitzender Rock, der weder zwickte, noch zu lose saß. Ein Plan gab Sicherheit.

Wenn sie doch nur einen Plan zur Beendigung ihres Streits mit Conny hätte, dachte sie, während sie nach einem Geschirrhandtuch langte, um die noch feuchten Gläser abzutrocknen. Eine Strategie, an der sie sich entlanghangeln konnte, um die unglückliche Auseinandersetzung mit ihrer Tochter zu beenden. Kern des Übels, sprich der Grund, weshalb Conny und sie sich zerstritten hatten, war die heimliche Affäre, die ihre Tochter mit ihrem Professor begonnen hatte und die Marga für einen schrecklichen Fehler hielt. Über kurz oder lang würde Tom Conny enttäuschen, dessen war sich Marga sicher, und das hatte sie ihrer Tochter unumwunden gesagt. Und was hatte Conny getan? Sie hatte Marga eine Frau geschimpft, deren Moral von vorgestern war.

»Deine ewige Korrektheit nervt, Mama«, hatte sie ihr an den Kopf geknallt. »Schau doch mal, wo dich das hingebracht hat. Du arbeitest seit gefühlt hundert Jahren als Haushälterin und stehst auf der Stelle. Du machst jeden Tag das Gleiche, du siehst gleich aus, du willst nichts. Weißt du, was das

Schöne mit Tom ist? Abgesehen davon, dass er mir beim Studium hilft? Es ist aufregend und neu, Mama. Es macht Spaß, und es ist das Leben. Gönnst du mir das etwa nicht?«

Der letzte Satz hatte Marga bis ins Mark getroffen. Selbstverständlich gönnte sie ihrer Tochter alles! Nichts sollte Conny fehlen, das hatte sie sich bereits vor Jahren geschworen. Oft genug hatte es wenig rosig ausgesehen auf Margas Konto, doch sie hatte immer gewusst, dass sie ihrer Tochter ein Studium ermöglichen würde, koste es, was es wolle. Auch gegen den Druck ihres geschiedenen Mannes, der stets nur das Nötigste für Conny gezahlt hatte. Und natürlich hatte Marga immer gewollt, dass Conny ihr Leben genoss. Aber musste das ausgerechnet einschließen, dass ihre Tochter sich mit einem verheirateten Familienvater einließ, der noch dazu ihr Professor war? Wie konnte Marga so etwas gutheißen? Das hatte nichts mit veralteten Moralvorstellungen zu tun, sie machte sich ganz einfach Sorgen. Das konnte doch nicht falsch sein.

Marga trocknete die letzten Gläser ab und stellte sie in die Vitrine, als im oberen Stock Geräusche erklangen. Sybille. Pauls Verlobte trällerte vor sich hin, während sie die Treppe hinunterkam.

»Einen schönen guten Morgen«, grüßte Marga freundlich, als Sybille vor ihr auftauchte.

»Morgen, Marga. Haben Sie sich schon um die Spülmaschinen gekümmert?«, fragte sie schmallippig. »Wir hatten gestern spontan Gäste.« Sybille hatte sie von Anfang beim Vornamen genannt, im Gegensatz zu Paul, der sie respektvoll mit »Frau Reiter« ansprach.

»Selbstverständlich. Alles ist wieder an seinem Platz.«

»Gut.« Sybille fasste ihre blonde Mähne mit den Fingern

zusammen. Der puderrosafarbene seidene Morgenrock stand ihr hervorragend. Sie sah darin wie eine Elfe aus einem Märchen aus.

»Es gibt heute übrigens einen Haufen Wäsche in der Waschküche. Ich habe gestern ein paar Kaschmirpullover herausgesucht, die gewaschen werden müssen, bevor der Winter kommt. Jedes Stück ist ein Unikat, und ich möchte hinterher keinen in Kindergröße in Händen halten.«

»Sie bekommen Ihre Pullover wohlbehalten zurück. Keine Sorge«, versprach Marga, während ihr etwas ganz anderes auf der Zunge lag.

»Dann kümmern Sie sich bitte gleich heute darum. Was erledigt ist, ist erledigt.« Sybille starrte auf etwas in Höhe von Margas Oberschenkel. »Sie haben da übrigens einen Fleck auf Ihrem Arbeitskleid. Ziehen Sie sich bitte um, in diesem Haus legen wir Wert auf tadelloses Auftreten.«

Marga sah an sich hinab. Die feuchte Stelle war kaum noch zu sehen, und es wurmte sie, dass sie Sybille dennoch aufgefallen war. »Ich werde mich sofort darum kümmern.«

»Ach ja, und wenn Sie mir dann bitte Frühstück machen würden. Tomaten mit Avocado, eine Scheibe Toast und einen frisch gepressten Saft aus Karotte, Apfel und Ingwer mit einer Spur Honig. Und einen Espresso natürlich.«

»Ohne Zucker?«

»Das müssten Sie inzwischen wissen, Marga.« Sybille warf ihr einen missbilligenden Blick zu, bevor sie in Richtung Terrasse entschwand.

Marga fuhr mit der Hand an die Tasche, in der die Kündigung steckte. Was sie vorhatte, war richtig, davon hatte Sybille sie gerade noch einmal eindrücklich überzeugt.

2. Kapitel

Sybilles Sommerkleid wogte im Wind, als sie später am Nachmittag den Pool ansteuerte, in dem das Wasser blau funkelte. Gegen Mittag hatte sie unerwarteten Besuch von drei Freundinnen bekommen, und die jungen Frauen hatten eisgekühlten Champagner trinken wollen und sich schließlich über den Kirschkuchen hergemacht, den Marga morgens gebacken hatte. Es war Pauls Lieblingskuchen, doch obwohl alle vier Frauen voll des Lobes gewesen waren, hatte Sybille hinterher angemahnt, Marga solle sich in Zukunft mit solchen Süßspeisen zurückhalten, schließlich wolle sie in vier Wochen noch in ihr Hochzeitskleid passen.

Marga hatte sich auf die Zunge gebissen, um den Satz hinunterzuschlucken, dass der Kuchen eigentlich für Paul gedacht gewesen sei und dass niemand Sybille gezwungen hatte, ihn zu essen.

Nachdem Sybilles Freundinnen in ihre jeweiligen Leben zurückgekehrt waren, stellte Marga das benutzte Geschirr auf ein Tablett und schob die Stühle wieder ordentlich um den Terrassentisch.

Seit sie in diesem Haus arbeitete, backte sie, wann immer sie den Eindruck hatte, ihr Chef brauche ein wenig Aufmunterung. Freitags backte sie zudem für dessen Stieftochter Inga, die Margas Kuchen liebte. Und zuverlässig lief jedes Mal ein Strahlen über die Gesichter der beiden, wenn Marga mit den kleinen Tellern in der Hand auf der Türschwelle erschien und fragte: »Ein bisschen Alltagsglück gefällig?«

Marga seufzte. Wie es aussah, war ab sofort Sybille diejenige, die regelte, was in diesem Haus zum Alltagsglück gehörte und was nicht. Sie trug das Tablett in die Küche und gab die letzten zwei Kuchenstücke auf einen Teller, den sie ganz hinten in den Kühlschrank stellte. Sie legte einen Zettel daneben, auf dem groß *für Herrn Alprecht* stand.

Nachdem das getan war, ging sie in den Waschraum und kümmerte sich um Sybilles Kaschmirpullover. Vierundzwanzig Exemplare in sämtlichen Farben, die bereits gewaschen und getrocknet waren und die sie nun ordentlich zusammenlegte, um sie in Sybilles Kleiderraum zu bringen.

Marga war gerade auf dem Weg nach oben, als sie jemanden das Haus betreten hörte. Nach ein paar Schritten erkannte sie, dass es Paul war. Es war nicht schwer, ihn zu identifizieren – Menschen gingen unterschiedlich, und wenn man aufmerksam war, fand man schnell heraus, wessen Gangart man hörte.

Paul war heute außergewöhnlich früh dran, normalerweise kehrte er erst in den Abendstunden zurück. Vermutlich gab es etwas wegen der bevorstehenden Hochzeit zu besprechen. Sybilles Wünsche waren unerschöpflich. Und Paul sah sich als derjenige, der sie naturgemäß zu erfüllen hatte, statt alles seinen Angestellten zu überlassen.

Marga nahm die nächste Stufe und stieß versehentlich mit dem Ellbogen gegen die Wand. Die Pullover, die sie zu einem flauschigen Wollturm gestapelt vor sich hertrug, gerieten ins Wanken. Einige segelten zu Boden.

Marga entkam ein »Oh nein«, doch bevor sie sich bücken konnte, erschien Paul neben ihr, las die hinuntergefallenen Kleidungsstücke auf und nahm ihr einen Teil der übrigen ab.

»Am besten bringen wir das gemeinsam hinauf. Vier Hände schaffen mehr als zwei, nicht wahr?!«, sagte er fröhlich.

Angesichts seiner freundlichen Geste entspannte sich Marga. Paul Alprecht war schwer in Ordnung. Standesdünkel kannte er nicht.

Du solltest nicht kündigen, schoss ihr durch den Kopf. *Und du müsstest auch gar nicht, wenn du dich nicht ständig von Sybille aus der Ruhe bringen lassen würdest. Paul ist dein Arbeitgeber, und er ist freundlich und wertschätzend …*

Bald ist Sybille offiziell seine Frau, dann hat sie endgültig das Sagen im Haus. Paul wird dir nicht helfen. Er kennt schließlich eine andere Sybille als du.

Die miteinander streitenden Sätze kreisten durch Margas Gedanken, und plötzlich wusste sie nicht mehr, ob sie kündigen sollte oder nicht.

Du machst jeden Tag das Gleiche, sagte Conny in ihrem Kopf, als sie oben ankamen, und Marga biss sich auf die Lippe, während sie Sybilles Pullover in den Schrank räumte. Paul stand neben ihr und reichte ihr die Stücke an. Als sie fertig waren, schloss Marga leise die Türen. »Danke, dass Sie mir geholfen haben.«

»Und ich dachte immer, Sie helfen mir … besser gesagt uns«, erwiderte er. »So kann man sich täuschen.« Er zwinkerte ihr zu.

Marga mochte es, wenn Paul scherzte. Nach den Querelen mit seiner Ex-Frau Birgit war er viel zu lange zu ernst gewesen – Marga erinnerte sich nur ungern an die lautstarken Diskussionen, die wochenlang durchs Haus geschallt waren. Das Geschrei erinnerte sie schmerzhaft an ihre Eltern. Auch zwischen ihnen hatte es regelmäßig gekracht. Ihre Mutter hatte ihrem Vater oft gedroht ihn zu verlassen, es jedoch nie wahrgemacht. Sprach sie Marga gegenüber oft davon, dass man sich selbst wertschätzen sollte, egal wer man war oder wo man herkam – sobald es um ihren Mann ging, vergaß sie jeden Stolz. Nie lehnte sie sich gegen seine Trunksucht auf. Oft hatte sie ihm sogar ihr letztes Geld gegeben, wenn er sie deswegen anflehte.

»Ich werde es in Zukunft besser machen. Du wirst schon sehen«, hatte Margas Vater regelmäßig geschworen, sein Tonfall wie das Winseln eines geprügelten Hundes. Der Blick ihrer Mutter irgendwas zwischen Abscheu und Mitleid.

Marga hatte oft im Türrahmen gestanden und die schlimmen Szenen mitverfolgt. Den jammernden Worten ihres Vaters gelauscht, mit denen er ihrer Mutter immer wieder eine bessere Zukunft versprach. Und Margas Mutter hatte ihm geglaubt, jedes Mal, die verschränkten Arme irgendwann sinken lassen und seufzend das Portemonnaie gezückt. So war es Jahr um Jahr gegangen. Bis ihre Mutter an einer Krebserkrankung verstorben war, wie es der Totenschein behauptete.

Doch Marga wusste es besser. Der Krebs war nicht die Ursache gewesen, sondern nur die Wirkung. In Wahrheit war ihre Mutter an dem vermeintlich besseren Leben zerbrochen, das nie Wirklichkeit geworden war. Irgendwann hatte sie aufgegeben, an eine rosige Zukunft zu glauben, danach hatte der Krebs leichtes Spiel gehabt. Es war schnell gegangen, und eines Tages hatte Marga am Grab ihrer Mutter gestanden, fassungslos, wie traurig deren Leben verlaufen war.

In der letzten Phase, als es ihrer Mutter immer schlechter ging und es ihnen an vielem mangelte, vor allem an Geld, hatte Marga die Schule geschwänzt, um zu jobben und das Nötigste bezahlen zu können. Ihr Plan, das Abitur zu machen und zu studieren, rückte damals in immer weitere Ferne. Gleichzeitig verkomplizierte sich das Verhältnis zu ihrem Vater, der die Erkrankung seiner Frau zum Anlass nahm, noch mehr zu trinken und endgültig zu versumpfen. So blieb Marga nach dem Tod ihrer Mutter einfach in dem Café, in dem sie kellnerte. Kam gar nicht auf den Gedanken, das Abitur nachzuholen.

Zwei Jahre später kam es zum endgültigen Bruch mit ihrem Vater. Damals war Marga, obwohl erst siebzehn, mit Nane schwanger. So jung werdende Mutter zu sein, hatte sie beschämt, doch mit Johannes, der in ihre Klasse ging und den alle nur Juppi nannten, hatte Marga so etwas wie kurze Momente des Zusammenhalts und des Glück erlebt, und im Überschwang hatten sie nicht aufgepasst.

Nane starb kurz nach der Geburt. Plötzlicher Kindstod war etwas, womit Marga sich bis dahin nie beschäftigt hatte. Die Beziehung zu Juppi zerbrach. Danach fiel Marga in ein tiefes emotionales Loch.

Conny kannte die Geschichte ihrer Mutter und behauptete, damals habe Marga aufgehört, an sich selbst und ans Leben zu glauben. Dabei hätte das Vorbild ihrer eigenen Mutter sie doch wachrütteln müssen.

»Du hast Oma immer vorgeworfen, dass sie Opas Alkoholsucht einfach hingenommen hat. Aber du änderst ja selbst nichts. Als Nane starb, bist du in einem miesen Leben angekommen und hast dich nie daraus befreit. Hinfallen ist keine Schande, Mama, doch wenn man liegen bleibt, vergisst man, wer man ist: ein Mensch mit Chancen, der immer wieder neu durchstarten kann.«

Der Streit wegen Tom hatte das wiederkehrende Thema schließlich eskalieren lassen.

»Sag mir nicht, was richtig und was falsch ist, Mama.« Conny war richtig laut geworden, und Marga war unter ihren Worten zusammengezuckt. »Ich gehe einen anderen Weg als du. Denn leider bist du beim Thema Mut nicht gerade ein Vorbild für mich.«

Es tat weh, ihre Tochter so etwas sagen zu hören, vor allem, weil es stimmte.

Pauls Stimme riss sie aus ihren Erinnerungen. Wie von fern drang sie an Margas Ohr. Sie hatte kaum gehört, was er zu ihr gesagt hatte. Ihre Gedanken nahmen einfach zu viel Raum ein.

»Wissen Sie, wo meine zukünftige Frau ist?«, wiederholte Paul nun eine Spur lauter.

Marga wischte sich mit der Hand übers Gesicht. »Sie schwimmt ihre Runden, Herr Alprecht.«

Paul verzog amüsiert die Stirn. »Da hätte ich auch selbst draufkommen können. Bei dem Wetter.« Er drehte ihr den Rücken zu, um hinunterzugehen, doch Marga hielt ihn auf.

»Herr Alprecht …«

Paul blieb stehen, drehte sich zu ihr um. Sein Blick ruhte auf ihr.

Marga gab sich einen Ruck. »Ich würde gern noch etwas mit Ihnen besprechen.«

Und ich würde gern zu meiner Verlobten in den Pool. Und sie küssen. Marga hörte seine Stimme in ihrem Kopf, doch tatsächlich sagte Paul: »Selbstverständlich. Was gibt es denn, Frau Reiter?«

Marga nestelte an dem Kuvert, in dem die Kündigung steckte. Nur ein paar erklärende Worte, dann wäre es vorbei. Alles, was sie verlor, waren zweihundertfünfzig Euro im Monat, die sie weniger verdiente, falls sie die andere Stelle annähme. Das war viel Geld, aber sie würde es schon verkraften. Im Grunde müsste sie nur auf ein paar Dinge verzichten, die sie ohnehin nicht brauchte. Der neue Wäschetrockner konnte unter den gegebenen Umständen warten, und anstatt Bücher beim Buchhändler zu bestellen, würde sie in die Bücherei gehen. Wenn sie es durchdachte, kam sie auf eine Menge Alternativen, die sich ihr boten. Sie würde es schon schaffen. Und *neu durchstarten.*

»Nun, wie kann ich Ihnen helfen?«, fasste Paul nach, weil Marga noch immer nichts sagte.

»Es ist Folgendes, Herr Alprecht. Ich denke, es ist das Beste, wenn …«

»Herr Alprecht!«

Marga erkannte Rolf Merks Stimme. Sie kam von draußen. Allerdings hatte sie den Gärtner noch nie in solch dringlichem Ton rufen hören.

Paul schien es ähnlich wie Marga zu gehen, er lief die Treppe hinunter und hielt auf die offen stehende Terrassentür zu. Marga folgte ihm und wäre unten beinahe über den Teppich gestolpert. Rolf stand im Türstock. Er keuchte, sein Kopf war hochrot. Blankes Grauen stand ihm ins Gesicht geschrieben.

»Was ist denn los?« Paul klang alarmiert.

»Ihre Frau … Ihre zukünftige Frau, meine ich«, haspelte der Gärtner. Mehr brachte er nicht heraus.

»Du kannst nichts dafür, Marga. Es war ein schrecklicher Unfall.«

Kirsten sprach seit Minuten beruhigend auf Marga ein, die wie ein Häufchen Elend am Küchentisch saß und in ein Taschentuch schnupfte, während unablässig Tränen aus ihren geröteten Augen flossen. Es grenzte an ein Wunder, dass sie die Kraft gefunden hatte, nach Hause zu fahren und ihren Freundinnen die Tür zu ihrer Wohnung zu öffnen, nachdem sie sie mit tränenerstickter Stimme angerufen und sie angefleht hatte, zu ihr zu kommen.

Als sie nun zu einer Erwiderung ansetzte, drangen neue Schluchzer aus ihr heraus. »Hätte ich Paul nicht wegen der Kündigung aufgehalten …«, sie schluchzte laut, »… wäre er früher in den Garten gegangen … und hätte Sybille sicher retten können. Manchmal kommt es auf Minuten oder sogar Sekunden an.«

»Du hast ihn doch nicht extra aufgehalten. Das hat sich so ergeben«, sagte Kirsten.

Eva hielt ihrer Freundin ein frisches Taschentuch hin. Marga griff danach.

»Wie kann man nur eine Biene verschlucken, die im Pool treibt? So viel Pech muss man erst mal haben.« Wie so oft sprach aus Eva die Pragmatikerin. »Jedenfalls ist Sybille an diesem Bienenstich gestorben, besser gesagt an ihrer Allergie gegen Insektengift, und nicht etwa, weil du sie ins Wasser gestoßen hast, Marga, in dem Wissen, dass sie nicht schwimmen kann.«

Kirsten sah Eva kopfschüttelnd an. »Manchmal bist du echt ein Elefant im Porzellanladen«, schimpfte sie. »Halt doch endlich mal den Mund.«

»Wieso? Es stimmt doch. Marga hat nichts Verwerfliches getan«, verteidigte sich Eva. »Ich sage lediglich …«

»… was auf der Hand liegt. Schon klar.« Kirsten stellte die Kaffeetasse, die sie in der Hand gehalten hatte, klappernd auf den Unterteller und deutete auf Marga, die nach wie vor in sich zusammengesunken dasaß. »Aber siehst du nicht, wie schlecht es Marga geht?«

»Ihr geht es schlecht, weil sie Sybille nicht ausstehen konnte und sich schuldig fühlt. Das verschärft die Sache natürlich. Und gerade das müssen wir ihr nehmen.« Eva wandte sich an Marga, strich ihr mit der Hand über die herabhängenden Schultern. »Das mit der Biene ist krass, und klar stehst du unter Schock. Dennoch war es verdammtes Pech. Ein furchtbarer Unfall. Dass du Sybille nicht mochtest, tut absolut nichts zu Sache. Du musst dich nicht schuldig fühlen.«

»Wenn du nicht augenblicklich still bist, schmeiß ich dich eigenhändig raus«, wetterte Kirsten Eva entgegen.

Die zog an dem dünnen Tuch, das sie um den Hals trug. »Also gut«, gab sie nach, während sie die Ränder des Tuchs durch die Finger gleiten ließ. »Ich sage nichts mehr.«

Durch die hin und her fliegenden Sätze kam ein wenig Leben in Marga. Sie trocknete sich das Gesicht mit einem frischen Taschentuch und sah auf. »Was glaubt ihr, was Paul jetzt macht? Morgen, meine ich … und übermorgen …« Ihre Stimme klang brüchig wie Glas.

»Na ja, die rechtlichen Dinge klären, nehme ich an. In so einem Fall gibt es sicher eine Menge zu regeln«, überlegte Kirsten, bevor sie Marga plötzlich anstarrte. »Sag mal, hast du ihm die Kündigung eigentlich gegeben?«, wollte sie wissen. »Darüber haben wir noch gar nicht gesprochen.«

Marga runzelte die Stirn. Erst jetzt ging ihr auf, dass sie es nicht getan hatte, und sie schüttelte den Kopf. »Dazu kam es nicht. Nachdem der Gärtner … also danach brach gleich das Chaos aus.«

»Dann gehst du morgen zur Arbeit und kümmerst dich um das Nötigste«, entschied Kirsten. »Auf die Bewältigung des Alltags kommt es in schlimmen Momenten mehr an, als man glaubt.«

Marga blickte sie mit großen Augen an. Was ihre Freundin sagte, stimmte vermutlich. Sie konnte Paul jetzt unmöglich im Stich lassen. Im Grunde hatte sie sogar die Pflicht, sich um ihn zu kümmern. Nicht um ihn persönlich natürlich, sondern um die Dinge um ihn herum: das Haus, das Essen, die Wäsche und eine Menge mehr.

»Na wunderbar, dann ist ja alles beim Alten. Nur ohne Sybille«, sagte Eva und erntete einen weiteren zurechtweisenden Blick von Kirsten.

3. Kapitel

»If I should stay, I would only be in your way. So I'll go, but I know I'll think of you every step of the way …«

Marga stellte den Wecker aus, bevor Whitney den Refrain singen konnte. Müde setzte sie sich auf und suchte nach ihren Pantoffeln. Heute war der erste Morgen seit ewigen Zeiten, den sie ohne Whitneys Refrain bestritt. Sie öffnete die Tür zum Bad, schlüpfte aus Pyjamahose und T-Shirt und stellte sich unter die kalte Dusche, bis sie bibberte und ihre Zähne klapperten.

»Du bist verrückt. Völlig neben der Spur«, schimpfte sie Minuten später mit ihrem Spiegelbild.

Ihr Haar sah genauso fahl aus wie ihr Gesicht. Marga fuhr mit der Bürste durch die Strähnen und steckte es mit zwei Klammern nach hinten. Dann tat sie etwas, was nur sehr selten vorkam. Sie puderte sich das Gesicht und legte einen Hauch Rouge auf. Sie tat es für Paul. Um ihm mit ein bisschen Farbe zu begegnen in seinen schwarzen Stunden. Ob sie sich bei ihm entschuldigen sollte? Vielleicht machte er sie für den Unfall mitverantwortlich, wie sie selbst es tat? Evas Worte hallten durch ihren Kopf. Sie war nicht schuld, sie hatte nur kündigen wollen. Das war ihr gutes Recht, und niemand hätte ahnen können, dass dadurch entscheidende Sekunden verstrichen.

»Noch einen Hauch Lippenstift. Korallenrot«, entschied Marga. Conny hatte ihr das Schminkutensil zu ihrem letzten Geburtstag geschenkt, nun kam es endlich mal zum Einsatz.

»Du brauchst mehr Farbe, Mama. Ein Friseurbesuch wäre auch nicht schlecht. Du könntest dir blonde Strähnen machen lassen. Mach endlich was aus dir. Du lebst noch, weißt du.«

Marga genoss die Erinnerung an die Worte, weil Conny, als sie sie gesagt hatte, noch mit ihr gesprochen hatte. Sie sah in ihr ovales Gesicht und auf das halblange, zwischen dunklem Blond und Braun changierende Haar, betrachtete die weichen Schultern, die zu ihren kleinen Brüsten hinabführten. Sie war nie eine Schönheit gewesen. Früher hatte Eberhart manchmal gesagt, sie sei hübsch. Damals war sie Anfang dreißig gewesen, sozusagen in der Blüte ihres Lebens. Doch die Zeit verflog, und mit ihr verflog Margas Leben.

Sie schaute auf ihre Lippen, die in Korallenrot wie die einer anderen Frau aussahen. Die Farbe war zu intensiv für ihr blasses Gesicht, und sie wischte die Farbe mit einem Papiertuch ab. Tupfte stattdessen farblose Lippenpflege auf.

»Ja«, sagte sie zu ihrem Spiegelbild. »Das ist besser.« So sah sie mehr wie sie selbst aus, befand sie. Noch ein letzter Blick, dann löschte sie das Licht und verließ das Bad.

Als sie bei Pauls Villa ankam, stellte sie das Rad ab, zog ihre Arbeitskleidung an und tapste den Seitengang zum Haus entlang. Heute kam ihr jeder Schritt schwer vor, als hätten ihre Beine über Nacht an Gewicht zugelegt.

In der Halle war es noch stiller als sonst. Die Blumen auf dem Sideboard hingen herab. Marga machte sich daran, sie wegzuräumen. Sie trug die Vase in die Küche, warf die Blumen in den Biomüll und hielt die Vase unter heißes Wasser, um sie auszuspülen. Sybille hatte keine welken Blumen gemocht. Da war sie eisern gewesen. Kaum machte es den Anschein, als ließe eine Blüte den Kopf hängen, musste der Strauß weggeworfen werden.

Marga hielt inne und spürte, wie schon wieder Tränen in ihr aufstiegen. Sybille war nicht mehr da. Sie lag nicht oben im Bett und käme später hinunter, um ihr etwas an den Kopf zu werfen. Mit zittrigen Händen stellte sie die Vase auf die Arbeitsplatte und griff nach dem Küchenhandtuch, um sie trocken zu wischen.

Es war kaum zu fassen, dass ein Mensch, der gestern noch quietschfidel gewesen war, plötzlich nicht mehr lebte. Unwillkürlich sprangen Margas Gedanken zu Nane, ihrem wunderschönen Baby. Sie hatte Nane inbrünstig geliebt. Dieses kleine, offene Gesichtchen und die süßen zusammengekniffenen Augen, mit denen sie sie angeblinzelt hatte, hatten ihr Herz so zum Schlagen gebracht, dass Marga manchmal geglaubt hatte, es zerspränge. Nanes Geburt hatte alles verändert, ebenso ihr unerwarteter Tod. Marga hatte anfangs nicht glauben können, dass Nane fort war, doch dann war ihr klar geworden, welche Schläge und Entbehrungen das Leben einem auferlegen konnte.

Sie blickte in den Garten, wo es grünte und blühte, als gäbe es nur Wachstum und keinen Tod. Sie hatte keine Ahnung, wie warm es heute werden würde. Sie hörte täglich den Wetterbericht, um vorbereitet zu sein, doch gestern Abend hatte sie die Nachrichten versäumt, und vorhin, als sie hierhergeradelt war, hatte sie nichts gespürt, keine Wärme auf ihrer Haut, keine Kühle. Draußen schien die Sonne, stellte sie nun fest.

Plötzlich rührte sich oben etwas. Marga schreckte zusammen. Jemand betrat die Treppe. Sie hörte das Holz knarren. Dann sah sie zwei nackte Füße … und dann Paul, der eine Hose und ein Hemd trug, allerdings keinen Gürtel und auch keine Socken …

Er blieb stehen. »Frau Reiter …« Er blickte sie an, als wollte er sagen: »Sie sind hier? Nach allem, was geschehen ist.«

»Guten Morgen, Herr Alprecht. Darf ich Ihnen nochmals mein aufrichtiges Beileid aussprechen?«

Paul kam näher, und Marga beobachtete, wie sein Adamsapfel sich bewegte, als er schluckte. Ein fahles Grau umschattete seine Augen, und am Kinn entdeckte Marga einen Schnitt. Offenbar hatte Paul sich zu hastig rasiert. Er war völlig durch den Wind, versuchte es zu kaschieren, was ihm jedoch nicht gelang. »Danke, Frau Reiter … ich bin … ich weiß nicht …«

Marga griff instinktiv nach einem Glas und füllte es mit Wasser. Sie reichte es Paul. »Trinken Sie erst mal einen Schluck.«

»Danke.« Er nahm das Glas entgegen und leerte es, den Oberkörper gegen die Kücheninsel gelehnt, in kleinen Schlucken.

»Ich nehme an, Sie gehen heute nicht zur Arbeit?«, fragte Marga vorsichtig.

Paul stellte das leere Glas auf den Küchentresen. »Nein. Ich glaube nicht.«

Erleichtert begriff Marga, dass Paul ihr anscheinend keinen Vorwurf machte wegen dem, was gestern geschehen war … wegen Sybille und der Kündigung, von der er natürlich nichts wusste. Er war freundlich wie immer, trotz der schrecklichen Situation.

»Ich muss mich heute um eine Menge Dinge kümmern.

Die Hochzeit absagen, die Cateringfirma anrufen. Später treffe ich mich mit Sybilles Eltern. Sie sind …« Paul sprach nicht weiter.

Marga ahnte, wie es Sybilles Eltern ging. Wenn etwas Schlimmes geschah, hinkten Kopf und Herz hinter dem Geschehenen hinterher. Man konnte einfach nicht so schnell begreifen, was passiert war, und fühlte sich wie in Trance.

Marga sah zu Paul. Noch nie hatte er ihr gegenüber von *Sybille* gesprochen. Er sagte gewöhnlich: *meine zukünftige Frau.* Am Anfang, als er Sybille die ersten Male mit in dieses Haus gebracht hatte, hatte er sie ihr als *meine Freundin* vorgestellt. Die Bezeichnung war Marga irgendwie fehl am Platz vorgekommen. Sagte man mit fünfundvierzig noch: »Ach übrigens, das ist meine Freundin?«

Sie ließ den Gedanken los. In letzter Zeit dachte sie ununterbrochen, meist nichts Gutes. Wenn sie doch nur wüsste, wie man Grübeleien loswurde oder sie umlenkte, sodass aus negativen Gedanken zumindest neutrale wurden.

»Was möchten Sie mittags essen, Herr Alprecht? Ich koche Ihnen, was Sie mögen.«

»Das können Sie sich sparen, Frau Reiter. Ich bekomme nichts hinunter. Nicht mal einen Krümel. Mein Magen ist wie zugeschnürt.«

»Meiner auch«, entkam es Marga. »Entschuldigen Sie.« Sofort ruderte sie zurück. »Das war ganz und gar fehl am Platz.«

»Aber nicht doch. Wieso denn?« Paul schenkte ihr einen mitfühlenden Blick. »Auch für Sie war es ein Schock.« Er sprach nicht mit der Herr-Alprecht-Stimme, die Marga so gut kannte. Er sprach, als sei er einfach Paul und als kennten Marga und er sich vom Tennisplatz oder von gemeinsamen Golfrunden oder von der Kö – jedenfalls, als sei Marga nicht die Haushälterin und er, Paul, ihr Chef.

Sofort entspannte sich Marga. »Ja, das war es«, gab sie zu, erleichtert, dass Paul begriff, dass auch sie Sybilles Tod kaum fassen konnte. Einen Augenblick standen sie da, in ihrem Schmerz vereint. Marga bemerkte, dass es in Pauls Augen schimmerte. Er verdrängte die Tränen, das war nicht zu übersehen.

Marga spürte, wie auch ihre Augen feucht wurden, gleichzeitig hörte sie Evas Stimme in ihrem Kopf: *Glaubst du, es hilft Herrn Alprecht, wenn du ebenfalls flennst? Geht es ihm dadurch besser?* Manchmal war es gut, dass Eva war, wie sie war – unerschrocken und nie um ein Urteil verlegen. Stünde sie jetzt neben ihr, hätte sie beherzt eingeworfen, Marga könne unmöglich mit ihrem Chef in der Küche stehen und weinen. Und sie hatte recht. Marga musste ein Gegengewicht zu den schrecklichen Ereignissen bilden. Im besten Fall wäre sie wie ein Sonnenstrahl, sinnbildlich gesprochen, und schenkte Paul ein Lächeln. Egal wie verunglückt dieses Lächeln wäre, es würde ihm bestimmt helfen.

Also sammelte Marga sich und zwang ihre Mundwinkel in die Breite. Sie wollte Paul außerdem gerade tröstend die Hand auf den Arm legen, als sein Handy klingelte und ihre Bewegung stoppte.

Paul blickte an sich hinab. »Himmel, ich habe keine Socken an … und den Gürtel vergessen.« Kopfschüttelnd zerrte er das Handy aus der Hosentasche und zog dabei das Futter der Hosentasche heraus, das wie ein lebloses Wesen außen hängen blieb.

»Alprecht«, meldete er sich.

Marga beobachtete, wie sich eine Falte zwischen seinen

Brauen bildete, dann nickte Paul ihr zu und verschwand barfuß Richtung Wohnzimmer. Sie sah ihm nach und registrierte seine herabhängenden Schultern. Er sah so verloren aus, so allein. Verschwunden die aufgerichtete Gestalt, die das Bild eines Mannes zeichnete, der das Leben anpackte.

Paul sprach in flüsterndem Ton, dabei hielt er sich das Handy krampfhaft ans Ohr. Plötzlich klingelte es an der Tür, und Marga beeilte sich zu öffnen. Hendrik, der Postbote, stand vor der Tür.

»Hallo, Marga. Beschissener Tag heute ...« Hendrik spähte ins Haus. »Für deinen Boss, meine ich. Ich hab schon gehört, was passiert ist. Schrecklich.«

»Es ist kein guter Tag für ihn, das stimmt wohl«, bekräftigte Marga.

Hendrik wühlte in seiner Tasche. »Ich hab einen ganzen Packen Briefe. Für Beileidsschreiben ist es natürlich noch zu früh. Aber das kommt schon noch. Wenn ein Unglück passiert, greifen die Leute ausnahmsweise mal wieder zu Papier und Stift. Ansonsten schreibt leider niemand mehr. Keine Zeit, du weißt schon.«

Marga hörte nur halb zu. Sie war mit ihren Gedanken noch bei Paul, der diesen schlimmen Tag irgendwie hinter sich bringen musste. Diesen und den nächsten. Und alle kommenden. Eine ganze Reihe von Tagen, Wochen und Monaten.

Marga kannte das Warten darauf, dass das Leben hoffentlich besser wurde. So war es ihr nach dem Tod ihrer Mutter ergangen und nach Nanes Tod sowieso. Auch als Eberhart ausgezogen war, hatte sie gewartet, worauf auch immer. Und nun wartete sie, dass Conny wieder mit ihr sprach. *Mein halbes Leben besteht aus Warten,* erkannte sie unvermittelt.

Sie nahm die Briefe entgegen, und als sie das Papier unter ihren Fingern spürte, wurde ihr bewusst, dass diese Warterei sie seit Ewigkeiten vom Leben abhielt. Wenn man wartete, stand man auf der Stelle. Mitunter lief man auch vor etwas davon oder man rannte im Kreis. Doch wohin war sie eigentlich unterwegs? Und hieß es nicht, weglaufen bedeute, nirgendwo anzukommen?

»Tja, dann noch einen halbwegs akzeptablen Tag«, verabschiedete sich Hendrik.

»Danke, Hendrik. Bis morgen.« Marga schloss die Tür. Mit den Briefen in der Hand durchquerte sie die Halle. Wenn man das Gefühl hatte, dort hinzugehören, wo man sich gerade befand, war man ein Glückspilz, überlegte sie. Doch das war leicht gesagt. Meist kam einem das Leben dazwischen und ließ einen glauben, man wäre nicht am richtigen Ort, mit den falschen Menschen zusammen oder täte etwas, das man gar nicht tun wollte. Marga kannte das gut. Just in diesem Moment marschierte sie durch die nicht enden wollende Halle und wäre viel lieber an Pauls Seite gewesen, nicht als Frau Reiter, seine Haushälterin, sondern als Marga, eine gute Freundin, die für ihn da sein konnte.

In der Realität jedoch wollte Paul höchstens eine Tasse Kaffee, oder er bäte sie später darum, sich wie sonst auch einfach um den Haushalt zu kümmern. Andererseits hatte er sie vorhin so seltsam angesehen … als erwarte er etwas anderes von ihr. Etwas, das nichts mit dem Haushalt zu tun hatte. Etwas zutiefst Menschliches. Oder bildete sie sich das nur ein? Weil sie selbst nicht allein sein wollte mit dem Schock über Sybilles Ableben?

Marga kam in die Küche und legte die Briefe ab. Paul hatte

aufgehört zu telefonieren. Abgesehen vom leisen Geräusch des Kühlschranks war es wieder still im Haus.

Paul betrat die Küche und starrte auf den Stapel Papier.

»Auch das noch«, murmelte er und ließ die Briefe über die Fingerkuppen schnippen, wie Marga es früher beim Daumenkino getan hatte.

»Wenn Sie wollen, helfe ich Ihnen«, schlug sie vor. »Mit der Post.« Sie deutete mit dem Kinn auf die Kuverts.

Paul hob den Kopf. Er blickte ins Leere, doch dann sah er in Margas Gesicht. »Wäre noch schöner, dass ich Sie auch noch als Sekretärin okkupiere.«

Ach, tun Sie es doch, antwortete Marga im Stillen, doch laut sagte sie nur: »Das ist kein Problem. Ich habe abends nichts vor und kann länger bleiben.«

4. Kapitel

Am Tag der Beerdigung erinnerte das Wetter Marga an eine Waschküche. Die Luft war schwül und drückend, und als wollte das Wetter die Schwere des Tages widerspiegeln, war ein Gewitter im Anmarsch. Es blitzte und donnerte, doch es regnete noch nicht.

Paul hatte darauf bestanden, den Leichenschmaus zu Hause auszurichten. Das Zusammensein war in vollem Gange – Marga schnitt gerade eine weitere Torte an und hielt das Messer unter den kalten Wasserstrahl –, als er in die Küche kam und den Stapel an Beileidsbriefen auf der Kücheninsel entdeckte.

»Hört das denn nie auf?« Er legte die Hand auf die Umschläge. Jeden Tag brachte Hendrik Kondolenzschreiben von Kunden und Geschäftsleuten, mit denen Paul zusammenarbeitete. Er leitete eine Hotelkette. Sein neuestes Projekt war eine Filiale in einem Palazzo in Porto, gleichzeitig beschäftigte ihn die Generalüberholung eines Hotels in Lissabon. Um nebenher die Vorbereitungen für die Hochzeit erledigen zu können, hatte Paul in letzter Zeit vermehrt von zu Hause aus gearbeitet, überall lagen Pläne und Zeichnungen herum, und Marga hatte so einiges aufgeschnappt.

Während sie Tortenstück um Tortenstück auf die goldumrandeten Teller gab, dachte sie an Pauls Rede an Sybilles Grab. Mit rührenden Worten hatte er sie als Engel auf Erden beschrieben, der zur rechten Zeit in sein Leben getreten sei, um ihn zu vervollständigen.

»Sie brachte die Liebe zurück in mein Leben.« Pauls Stimme hatte belegt geklungen. »Sie war die perfekte Verlobte.«

Während Sybilles Eltern in der ersten Reihe laut aufschluchzten, hatte Marga nur traurig den Kopf gesenkt. Vor ihr war diese engelsgleiche Seite der Verstorbenen leider verborgen geblieben. Sie hatte Sybille als jemanden erlebt, der Menschen in Schubladen steckte und abkanzelte, wenn sie nicht von Nutzen waren. Aus Sybilles Sicht war Marga nur die Haushälterin gewesen; den Menschen dahinter hatte Pauls Verlobte nicht gesehen.

Seit Sybilles Tod dachte Marga jedoch immer wieder darüber nach, ob sie Sybille nur nicht richtig kennengelernt hatte. Hätte sich ihr Verhältnis vielleicht mit der Zeit gebessert? Unter Umständen hätte Sybille irgendwann erkannt, dass Marga einfach ihre Arbeit tat und dass es nicht wichtig war, ob jemand wenig oder viel Geld besaß, gut oder nicht so gut aussah, über einen hohen Bildungsgrad verfügte oder eben nicht. Menschen gaben ihr Bestes und versuchten über die Runden zu kommen. Und es brauchte doch auch Leute wie Marga, die sich um die Dinge kümmerte, mit denen sich Menschen wie Sybille nicht beschäftigen wollten. Mit ein bisschen Glück hätte Pauls Verlobte eventuell eingesehen, dass es vernünftig gewesen wäre, mit Marga auszukommen.

Paul nahm das oberste Kuvert vom Stapel, steckte den Finger unter die Lasche, hielt dann jedoch inne. Es schien, als durchforste er sein Gehirn nach etwas, das ihm abhandengekommen war – einem Gedanken oder einem Gefühl.

»Gestern hat ein Bekannter jemandem, den ich nur flüchtig kenne, zugeflüstert, Sybille sei viel zu jung für mich gewesen. Mir selbst hat er es natürlich nie gesagt.«

Marga ließ ertappt das Messer sinken. Es war nicht leicht, den ersten Eindruck, den man sich von jemandem gemacht hatte, durch einen zweiten zu ersetzen. Auch sie hatte, was Sybille anging, damals sehr schnell geurteilt. Dass Sybille im Laufe der Zeit diesen ersten Eindruck durch ihre Handlungen bestätigt hatte, war eine andere Sache.

»Sie wissen doch, wie die Leute sind. Jeder glaubt, alles besser zu wissen. Solche Kommentare sind übergriffig. Es ist *Ihr* Leben, Herr Alprecht. Einzig und allein.«

Paul verzog nachdenklich die Stirn. »Eventuell stimmt es sogar. Sechzehn Jahre Altersunterschied sind keine Kleinigkeit. Sybille hat immer gelacht, wenn ich das zur Sprache brachte.« Er hielt das Kuvert mit den Fingern umschlossen, als müsse er sich daran festkrallen.

»Wer von uns weiß schon im Voraus, ob eine Beziehung hält oder nicht?«, gab Marga zu bedenken.

»Wissen Sie, wie Anthony Hopkins' Philosophie lautet? Sie wissen schon, der Schauspieler«, schob Paul hinterher.

»Nein.«

»Er vertritt die Ansicht, dass es ihn nichts angeht, was die Leute über ihn sagen. ›Ich bin, was ich bin, und mache, was ich tue. Ich erwarte nichts und akzeptiere alles.‹«

Marga fühlte augenblicklich Bewunderung für den Hollywoodstar in sich aufsteigen. »Anscheinend kann Mr. Hopkins viel mehr als nur schauspielern.«

»Er macht sich nichts vor. Wir leben in einer Welt, in der das Aussehen, überhaupt alles Äußere, wichtiger ist, als die Substanz.«

Das Messer in Margas Hand zitterte vor Aufregung. »Das ist schade. Auf Äußerlichkeiten kommt es nicht an, finde ich. Nicht wirklich. Aber wer lebt schon danach …«

Pauls Gesicht überzog ein trauriges Lächeln. »Ich habe mir vorgenommen, in Zukunft mehr auf das Innere eines Menschen zu achten statt auf seine Hülle. Das bringt der Tod einem schmerzhaft bei. Die Hülle … der Körper verschwindet von heute auf morgen, doch was ein Mensch einem durch sein Wesen und seinen Charakter gegeben hat, bleibt in der Erinnerung lebendig.« Mit einem Seufzen öffnete er endlich den Umschlag und warf die Karte, nachdem er den Inhalt überflogen hatte, in den Müll. »Im Grunde schreibt jeder dasselbe. Tut mir so leid … viel zu früh verstorben … Mit der Zeit überwindest du den Schmerz … Bla, bla, bla.«

Aus dem Wohnzimmer drangen Gesprächsfetzen, und Paul wandte überrascht den Kopf. Offenbar hatte er für einen kurzen Moment ausgeblendet, dass drüben ein ganzer Schwung Leute auf ihn wartete, Familie und Freunde von Sybille und ihm.

»Die Gäste«, murmelte er. »Neuerdings vergesse ich manchmal alles um mich herum.«

»Sie haben eine Menge um die Ohren, Herr Alprecht«, sagte Marga sanft. »Einen Moment kommen die Gäste schon ohne Sie aus. Nehmen Sie sich ruhig noch einen Augenblick für sich.« Sie griff nach der Kaffeekanne. »Ich kümmere mich um alles.« Damit verschwand sie im Wohnzimmer.

Es war kurz nach neun am Abend, als die Letzten das Haus verließen. Marga zog an den Bändern der Schürze, die sie zum Servieren getragen hatte, und als sich die Schleife löste, vernahm sie ein Geräusch. War das ein Schluchzen? Hatte Paul sich in irgendeine Ecke verkrochen und ließ endlich seinen Gefühlen freien Lauf? Oder bildete sie sich das nur ein?

Marga hängte die Schürze in den Schrank und blickte auf eine Notiz neben dem Stapel Briefe. Darauf stand Pauls Mailadresse. *P.Alprecht@e-hotels.com*. Das E vor *hotels* stand für Europa, das wusste Marga.

Pauls Vater hatte das erste Gästehaus in Deutschland und kurz darauf zwei weitere in Österreich und in der Schweiz eröffnet. Als Jahrzehnte später Paul ans Ruder gekommen war, hatte er nach ganz Europa expandiert. Das Hotel in Lissabon, das zurzeit generalsaniert wurde, war sein erstes *eigenes* gewesen. Paul sprach oft darüber und fieberte der Neueröffnung entgegen wie ein Kind seiner ersten Übernachtungsparty, was Marga seltsam anrührte.

Manchmal setzte sie sich vorm Schlafengehen an den PC und googelte sich durch Pauls Hotels. Am liebsten mochte sie das *Para Lisboa,* das einen atemberaubenden Blick über die Dächer der Stadt gewährte, auf Pinien und den Himmel. Beim Durchklicken träumte sie regelmäßig von einem Urlaub dort und sah sich bereits ihren Koffer packen. »Auf nach Portugal, ins *Para Lisboa*«, sagte sie manchmal, als wäre es wahr. Doch es war eben nur ein Traum, und nie rief sie die Seite eines Reisebüros auf.

Marga wusch sich die Hände und trocknete sie an einem Stück Küchenrolle ab. Das Schluchzen, oder was auch immer sie wahrgenommen hatte, war verstummt.

»Herr Alprecht, ich gehe jetzt. Wir sehen uns morgen«, rief sie extra laut, damit Paul sie hörte.

»Danke für alles, Frau Reiter«, schallte es zurück. Keine Spur von Tränen in Pauls Stimme.

Als sie die Tür hinter sich schloss und sich draußen aufs Rad schwang, war ihr schwer ums Herz. Zugegeben, Paul Alprecht war lediglich ihr Chef, dennoch fühlte es sich falsch an, ihn in seinem Schmerz allein zurückzulassen. Wen hatte er schon außer Menschen, zu denen er, soweit sie es beurteilen konnte, nur oberflächlich Kontakt hielt? Pauls sechzehnjährige Stieftochter Inga, die seine Ex-Frau Birgit mit in die Ehe gebracht hatte, war heute jedenfalls nicht erschienen. Ebenso wenig wie Birgit selbst. Pauls Eltern waren beide gestorben, und Geschwister hatte er nicht.

Marga radelte durch die Dämmerung nach Hause, schloss die Tür zu ihrer Wohnung auf und schlüpfte als Erstes in ihren Hausanzug. Sie war gerade in der Küche zugange, um sich einen Tee aufzubrühen, als sich ihr Telefon meldete.

»Wie war die Beerdigung?«, wollte Kirsten nach einer knappen Begrüßung wissen.

Marga ignorierte den Stich im Magen, weil es wieder nicht Conny war. »Wie soll es gewesen sein? Traurig natürlich«, antwortete sie. Kirsten meinte es zweifellos gut und wollte sie ablenken, doch Marga war nicht nach Reden zumute.

»Und Pauls Rede am Grab? Hat er sie ohne Tränen gemeistert?«

»Hmm. Zumindest größtenteils. Er hat sehr emotional gesprochen. Allerdings kannte ich die Frau, die er beschrieben hat, nicht … 'tschuldige, das war pietätlos.«

»Ach was, ich weiß doch, wie du es meinst. Jedenfalls bin

ich froh, dass du Paul nicht gekündigt hast und alles weitergeht wie gehabt.«

»Mir kommt nichts vor wie gehabt. Bei Paul, meine ich. Die Post, die er jeden Tag bekommt, lässt sich stapeln. Außerdem tauchen andauernd Leute auf, die ich noch nie gesehen habe, um ihm ihr Beileid auszusprechen. Manchmal habe ich den Eindruck, die kommen bloß, weil sie sich verpflichtet fühlen.«

»Jetzt klingst du schon wie Eva«, meinte Kirsten. »Ziemlich abgeklärt.«

»Entschuldige, momentan ist alles ein bisschen viel.« Marga ahnte, weshalb Kirsten eigentlich anrief. Jedenfalls bestimmt nicht wegen Pauls Grabrede. Und tatsächlich rückte Kirsten im nächsten Moment endlich mit der Frage raus, die ihr unter den Nägeln brannte.

»Hat Conny sich gemeldet? Sicherlich hat sie von der Sache mit Paul erfahren. Man liest es ja praktisch in jeder Zeitung und auch im Netz«, tastete sie sich vor.

Marga antwortete so ruhig wie möglich. Wenn es um ihre Tochter ging, tat sie sich schwer mit Gelassenheit und musste sich räuspern, um die Worte herauszubringen. »Sie hat sich noch nicht gemeldet. Leider.«

»Vielleicht weiß sie es noch gar nicht?«, spekulierte Kirsten. »Wenn man Schmetterlinge im Bauch hat, ist man damit beschäftigt. Sie ruft schon noch an. Da bin ich mir sicher.«

»Das mit den Schmetterlingen will ich mir lieber nicht vorstellen.« Ohne dass sie es wollte, zogen ausgesprochen lebendige Bilder an Marga vorbei, auf denen Conny sich von ihrem Professor küssen ließ und ein gemeinsames Leben plante. Komme, was wolle. Wie erleichternd wäre es, diese Bilder loszuwerden.

»Nimm es, wie es ist, Marga. Conny ist nun mal anders als du. Impulsiver und spontaner. So war sie schon als kleines Mädchen. Weißt du noch, wie sie sich an den Straßenrand gestellt hat, um einen Teil ihres Spielzeugs zu verkaufen, weil sie Unternehmerin sein wollte?«

Ein Lächeln stahl sich auf Margas Gesicht. Die Erinnerung war einfach zu schön. »Wie könnte ich das je vergessen? Damals sagte sie, sie sei schon erwachsen, dabei war sie erst acht …«

Später nahm Marga den Pfefferminztee mit zum Küchentisch und klappte ihren Laptop auf. Sie prüfte jeden Tag, ob Conny ihr eine Mail geschrieben hatte, doch auch heute war der Posteingang leer.

Bei ihrem letzten Treffen hatte Conny ihr entgegengeschleudert, sie wolle ihre Zeit nicht ungenutzt verstreichen lassen.

»Ich will leben, Mama. Mich was trauen. Von mir aus auch mal auf die Schnauze fallen. Dann weiß ich wenigstens, dass ich was angepackt habe, anstatt mein Leben nur abzusitzen, wie du es tust.«

Der Satz war scharf wie Kevin Costners Schwert in *Bodyguard* gewesen und mitten durch Margas Herz gegangen.

Ich will leben, Mama.

Die gebeugten Rücken von Sybilles von einem Tag auf den anderen verwaisten Eltern am Grab tauchten vor Margas Augen auf, und plötzlich fragte sie sich: *Sitze ich mein Leben wirklich nur ab?* Und falls ja, wäre es tatsächlich möglich, das zu ändern, so wie Conny behauptete?

Während Marga darüber nachdachte, fiel ihr Pauls Mailadresse ein. Gut möglich, dass er noch immer allein im Wohnzimmer saß und vor sich hin brütete. Vielleicht machte nicht nur sie sich Vorwürfe wegen Sybille, sondern auch er?

Der Cursor blinkte, während Marga grübelte. Dann traf sie eine Entscheidung.

Margas Finger fanden die Tasten. Zögerten. Das Wort *Tod* tat ihr körperlich weh, seit sie Nane verloren hatte. Was sollte sie stattdessen schreiben? Ableben? Seit Sybille von Ihnen gegangen ist? Seit sie über den Regenbogen geflogen ist? Schließlich hörte sie es leise klicken und beobachtete, wie Worte im Betreffffeld erschienen: *Der Tag der Biene.*

Ja, das traf es im Grunde recht gut. Besser konnte sie es nicht umschreiben. Und Paul wüsste, was damit gemeint war.

Sie begann zu schreiben.

5. Kapitel

12. Juni
Betreff: *Der Tag der Biene*

Lieber Paul,
ich habe mich entschlossen, nicht darüber nachzudenken, was ich Dir schreibe, sondern einfach loszulegen. Vor etwa zwei Monaten hat mir eine junge Frau recht eindringlich geraten, ich solle das Leben nicht zerdenken, sondern es anpacken. Und das tue ich … gerade jetzt.
Der Tag der Biene ist ein harter Einschnitt, Paul. Eine Art Zeugnis, mit dem das Leben Dir sagt, dass der Weg, den Du einschlagen wolltest, abrupt zu Ende ist. Es sind diese schwierigen Momente im Leben, die uns zeigen, dass wir woanders abbiegen und uns neu ausrichten müssen, neu starten sozusagen. Ich weiß, das klingt wie aus einem billigen Werbeprospekt, aber ich finde, da ist was dran.
Die Erkenntnis, alles Bisherige hinter sich lassen zu müssen, ist bitter, und manchmal kommt es einem ungerecht vor, aber so ist das Leben nun mal – eine Straße ohne Hinweis, wohin sie uns führt. Wieder so ein Werbepros-

pekt-Satz. Ich muss aufpassen, dass mir nicht noch mehr Slogans in diese Mail rutschen.
Was ich im Grunde sagen will, ist: Ich weiß, wie es Dir geht, Paul. Ich kenne Gefühle wie die, die Du momentan durchlebst, und möchte Dir durch meine Zeilen ein wenig Zuspruch schenken. Abnehmen kann ich Dir Deinen Schmerz nicht, das kann niemand. Aber ich kann Dir zuhören, falls Du mir antworten möchtest. Stell Dir vor, ich säße neben Dir und hielte Deine Hand. Ich bin an Deiner Seite, auch wenn Du mich nicht siehst, sondern nur diese Worte liest.
Halt durch, Paul. Irgendwann reicht das Leben Dir wieder die Hand. Ich kann Dir nicht sagen, wann das sein wird, und auch nicht, was das Leben Dir als Nächstes bringt. Doch es zwingt uns nicht dauerhaft in die Knie. Wenn wir lernen, wie ein Strauch im Wind zu sein – nachgiebig –, dann durchtauchen wir den Sturm und lassen ihn hinter uns. Und irgendwann kommt der Tag, an dem wir uns entscheiden, uns in den Fahrtwind des Lebens zu stellen. Um uns treiben zu lassen.
Du bist nicht allein mit Deinem Schmerz, Paul, auch wenn es sich vermutlich so anfühlt, als wärst Du der einzige Mensch, der so viel Trauer aushalten muss. Ich verspreche Dir: Irgendwann löst sich dieser schreckliche Kloß in Dir auf oder schrumpft zumindest … Dann kannst Du wieder freier atmen. Und alles wird besser.
Es grüßt Dich … jemand, der Dir Mut zusprechen möchte!

Marga hatte mit untergeschlagenen Beinen auf dem Stuhl gesessen, nun schob sie die Füße nach vorn und ließ die Beine hinunter. Wo, in Herrgottsnamen, kamen nur diese Sätze her? *Stellen wir uns in den Fahrtwind des Lebens.*

Sie war drauf und dran, die Worte zu löschen, doch dann stand ihr Connys mahnendes Gesicht so plastisch vor Augen, dass sie sich entschloss, mutig zu sein. Ohne zu zögern, drückte sie auf *Senden*.

Sie selbst hatte es noch nie geschafft, sich in den Fahrtwind des Lebens zu stellen, dafür dachte sie zu viel nach und war zu vorausschauend und viel zu ängstlich noch dazu, doch das hieß nicht, dass der Satz nicht stimmte und Paul es nicht schaffen konnte, zu tun, was sie ihm riet.

Der Bildschirm leuchtete hell. Marga führte die Maus und sah im Ordner gesendete Mails nach, um sich zu vergewissern, dass die Nachricht an Paul dort erschien. Ja, sie las es schwarz auf weiß: *Der Tag der Biene.*

Sie schob den Stuhl mit einem kratzenden Geräusch nach hinten, trat ans Waschbecken und trank direkt aus dem Hahn. Paul würde sich fragen, wer jene Unbekannte war, die ihm geschrieben hatte, denn ihr Absender würde ihm keinen Hinweis liefern. Vermutlich würde er im Kopf alle infrage kommenden Leute durchgehen und einen nach dem anderen abhaken. Auf sie käme er sicher nicht.

Ungewöhnliche Zeiten verlangten nach ungewöhnlichen Taten, das stand ja wohl außer Frage. Bisher hatte Marga eher den Bereich *nachvollziehbare Taten* abgedeckt und stets sämtliche Konsequenzen durchdacht, bevor sie handelte. Noch nie hatte sie etwas getan, das dieses Kribbeln verursachte, das sie nun in sich spürte. Doch was konnte falsch daran sein, Paul trösten zu wollen? Selbst wenn es bedeutete, eine Mail zu schreiben, in der sie ihn duzte und die sie nicht unterschrieb. Conny würde gutheißen, was sie getan hatte.

Die Erkenntnis, etwas gewagt zu haben, das die Zustimmung ihrer Tochter fände, beflügelte Marga und gab ihr das Gefühl, Conny nähergekommen zu sein – auch wenn die nichts davon wusste.

Sie hörte leises Rauschen. Das Wasser lief noch. Rasch drehte sie den Hahn zu und wischte sich mit dem Handrücken über den Mund.

Als Nane gestorben war, hatte es in ihrem Körper bald keinen Platz mehr für den Schmerz gegeben. Es war, als hätte er sämtliche Organe, einfach alles in ihr, eingenommen und läge es darauf an, sie zu zersprengen. Sogar das Luftholen war mit Schmerzen verbunden gewesen, und eines Tages war es so schlimm geworden, dass sie das Gefühl gehabt hatte zu ersticken – die herbeigerufene Notärztin hatte eine Panikattacke diagnostiziert.

Marga schauderte, als sie daran zurückdachte. Der Tod eines Menschen war eine Erfahrung, auf die einen niemand vorbereitete.

Auch Paul wusste das nun. Seine Augen, die jedes Strahlen verloren hatten, und seine zu Fäusten geballten Hände und seine Lippen, die sich manchmal nach innen gezogen zu haben schienen, zeigten Marga, dass er den Kampf der Trauer ausfocht.

Sie ging zum Tisch und fuhr den Laptop hinunter. Mit einem leisen Geräusch klappte sie ihn zu und ging ins Bett. Sie legte sich auf die rechte Hälfte des Doppelbetts, schlug die Decke über sich und drehte sich auf die Seite. Draußen war es stockdunkel. Doch irgendwo in ihr drin fühlte es sich ein kleines bisschen heller an als noch am Morgen.

Zwei Tage später kam Paul gegen sechs am Abend nach Hause. Es hatte deutlich abgekühlt. Das Thermometer zeigte nur noch achtzehn Grad. Er hängte den Mantel an die Garderobe und stapfte in die Küche.

»Hallo, Frau Reiter. Gibt es hier irgendwo eine Tasse starken Kaffee für mich?«, fragte er.

Ein Hauch von früher, bemerkte Marga, als sie ihn musterte. Das Grinsen in seinem Gesicht erlosch, doch sie hatte es gesehen, und das war die Hauptsache.

»Natürlich. Kommt sofort. Wo wollen Sie Ihren Kaffee trinken? Im Wohnzimmer?«

»Ach was, ich trinke ihn gleich hier.« Paul zog den Arm aus dem Jackett und hängte es über einen der Barhocker. Dann schwang er sich hinauf. »Wollen Sie auch einen?«

Marga sah ihn überrascht an, bevor sie zögerlich nach einer zweiten Tasse griff und sie aus dem Schrank holte.

»Warum nicht«, sagte sie mit leiser Stimme.

Paul nickte. »Sie trinken ihn mit Milch und Zucker, nicht wahr?«

»Ja. Tue ich.« Es überraschte sie, dass ihm das aufgefallen war. Sie trank nie Kaffee in seinem Beisein – das war etwas für ihre Pause.

Paul nahm seinen Kaffee schwarz, ohne Zucker und ohne Milch, rührte ihn jedoch seltsamerweise um. Vermutlich eine Geste der Nachdenklichkeit, glaubte Marga. Sie stellte den Kaffee vor ihn auf den Tresen und legte einen Löffel auf die Untertasse.

»Wie geht es Ihnen? Kommen Sie klar? Halbwegs, meine ich«, traute sie sich zu fragen.

Paul entkam ein leiser Seufzer. Er trank einen Schluck und stellte die Tasse fast ohne ein Geräusch zurück. »Das fragt mich im Moment jeder.«

»Entschuldigen Sie.«

Paul schob die Untertasse samt Tasse ein paar Zentimeter zur Seite. »Es stört mich nicht, dass man mich danach fragt, nur habe ich keine Antwort auf die Frage.«

»Es ist eine dumme Floskel, ich weiß«, gab Marga zu. Wie hatte sie nur so oberflächlich sein können?

Paul knöpfte die Manschetten seines Hemds auf und krempelte die Ärmel hoch. »Zurzeit bekomme ich so viele Hilfsangebote wie nie zuvor in meinem Leben. Ständig geht mein Telefon, es regnet geradezu Einladungen vom Himmel. Erst heute Morgen habe ich das Angebot bekommen, bei Freunden zu übernachten, damit ich nicht so allein im Haus bin … Als wäre ich ein kleines Kind, das Angst im Dunkeln hat.« Er ließ von seinem zweiten Arm ab, an dem der Stoff seines Hemds nun kurz unterm Ellbogen endete. »Und vorgestern hat mir jemand geschrieben und wollte mir Mut zusprechen, nur hat der- oder diejenige vergessen, sich zu erkennen zu geben. Verrückt, oder? Ich habe die halbe Nacht darüber nachgegrübelt, wer es sein könnte.«

Marga fühlte, wie ihr heiß und gleich darauf kalt wurde. Paul sprach von ihrer Mail. Er hatte sie noch in der Nacht gelesen, in der sie sie abgeschickt hatte.

»Absolut verrückt, aber sicher in guter Absicht geschehen«, sagte sie.

Paul rührte schon wieder in seiner Tasse. »Ich bin nicht gerade begeistert, wenn man mich im Unklaren lässt, weder darüber, was jemand von mir möchte, noch darüber, wer jemand ist. Ich stehe grundsätzlich mit meinem Namen dafür ein, was ich tue und sage. Und ich finde, das sollte jeder tun.«

Marga nickte. Der Rand der Kaffeetasse klebte an ihren Lippen, ohne dass sie auch nur einen Schluck hinunterbekam.

Eine halbe Stunde später verabschiedete sie sich von Paul und verließ die Villa. Sie war noch nie so schnell nach Hause geradelt und schaffte die Strecke in knapp sechzehn Minuten. In ihrer Wohnung schälte sie sich aus ihrer Kleidung und stellte sich unter die Dusche. Sie musste nachdenken, und das konnte sie am besten, wenn sie heiß duschte.

Das Wasser lief ihr in die Augen. Marga blinzelte. Wie hatte sie nur so unhöflich sein können, ihre Mail nicht zu unterschreiben? Sicher wäre Paul nicht böse gewesen, wenn er erfahren hätte, dass sie ihm schrieb. Wieso auch? Vielleicht hätte sie ihm von Nane erzählen sollen, von ihrem eigenen Schmerz. Dann hätte er gewusst, dass sie *wirklich* verstand, wie es ihm ging, und nicht nur darüber schrieb.

Sie verwarf den Gedanken wieder. Sie durfte das Verhältnis zwischen Dienstherrn und Dienstnehmer nicht zu sehr strapazieren. Mochten im Schmerz auch alle Menschen gleich sein – es änderte nichts daran, dass sie hinter dem Küchentresen stand und Paul davor.

Sie trocknete sich ab, schlüpfte in ihren Bademantel und setzte sich ins Wohnzimmer. Der Raum war klein, aber gemütlich eingerichtet, mit hellen, schlichten Möbeln und Fotos, die sie in Petersburger Hängung an zwei Wänden platziert hatte. Sie war in einer Wohnzeitschrift darauf gestoßen und hatte es sogleich in ihrem Wohnzimmer umgesetzt. Den Mittelpunkt des Raums bildete die fliederfarbene Couch, die über Eck ging und eine Sitzlandschaft ergab, auf der Marga fast ihre gesamte Freizeit bestritt.

Sie ließ sich hineinplumpsen, massierte ihre Zehen und überlegte, was sie als Nächstes tun sollte. Paul eine weitere Mail schreiben, in der sie sich outete? Nein. Dazu fühlte sie sich nicht imstande. Was, wenn ihm die Nachricht übergriffig vorkäme? Anmaßend? Sie hätte es schade gefunden, dem guten Verhältnis, das sie miteinander verband, einen Kratzer zuzufügen.

Sie stellte den Fernseher an und ließ die Nachrichten an sich vorüberziehen. Gegen zehn drückte sie auf die Fernbedienung, und auf dem Weg ins Schlafzimmer war ihr klar, was sie tun wollte.

Nicht zu wissen, wer ihm schrieb, hatte Paul zum Nachdenken gebracht. Wäre es da nicht angeraten, ihm eine zweite Mail inkognito zu schreiben? Unter Umständen waren ihre Nachrichten die beste Strategie, Pauls Schmerz zumindest kurzzeitig erträglicher für ihn zu machen. Marga hängte ihren Bademantel in den Schrank. Ihr blieb gar nichts anderes übrig. Sie musste weitermachen.

6. Kapitel

»Also ich würde wissen wollen, wer mir schreibt. Wie wirkt das denn, wenn man eine Mail bekommt, aber nicht weiß, von wem sie stammt …« Kirsten klopfte mit der Hand auf den Tisch und fügte der weißen Tischdecke eine unschöne Falte zu.

»Jetzt mach mal halblang«, mischte Eva sich ein. »Marga hat sich garantiert was dabei gedacht, nicht zu unterschreiben, oder, Marga?«

Bevor Marga zu Wort kam, sprach Kirsten schon weiter. »Ich soll halblang machen?« Sie setzte eine entrüstete Miene auf. »Entschuldige, aber Margas Vorgehen erinnert mich an die Leute bei Social Media, die sich nur deshalb trauen, andere zu kritisieren, weil niemand weiß, wer sie sind.«

Eva lachte amüsiert auf. »Was Marga getan hat, ist weder ein Verbrechen noch anmaßend. Sie hat Paul nicht mal kritisiert, im Gegenteil, sie will ihm helfen.«

Sie saßen in dem kleinen Café auf der Kö, in dem sie sich jeden zweiten Sonntag trafen, um den Nachmittag miteinander zu verbringen, und bei Kaffee und Kuchen hatte Marga ihren Freundinnen ihre E-Mail-Aktion gebeichtet. Dass sie damit eine solche Diskussion auslösen würde, hatte sie allerdings nicht erwartet.

»Das sagt ja auch niemand. Aber so … so …« Kirsten überlegte scheinbar, wie sie ihre Gedanken in Worte fassen sollte. »So spontan kenne ich Marga nicht. Mehr will ich im Grunde gar nicht sagen.«

Endlich kam Marga selbst zu Wort. »So mutig kenne ich mich selbst nicht, Kirsten. Was ich getan habe, ist schräg, das weiß ich.« Nachdenklich schüttete sie Zucker in ihren Kaffee. »Vielleicht habe ich es ein kleines bisschen wegen Conny getan.«

Kirsten zog die Augenbrauen hoch. »Inwiefern? Was hat sie damit zu tun?«

Zwei Tische weiter lachte eine Frau laut auf. Marga wandte den Kopf und beobachtete die Runde von vier Frauen, die dort saßen und sich angeregt unterhielten. Schließlich erwiderte sie: »Ihr wisst doch, was Conny sagt … dass ich unter dem Radar lebe und nicht am Leben teilnehme … dass ich eine Frau bin, die sich nichts traut.« Sie senkte den Kopf, starrte in ihren Kaffee hinein. »Als ich nicht sicher war, ob ich die Mail abschicken sollte oder nicht, fiel mir das wieder ein … und da habe ich auf *Senden* gedrückt.«

»Irgendwie verständlich«, fasste Eva zusammen. »Du wolltest endlich mal über dich hinauswachsen.« Sie kratzte mit der Gabel über den Teller und nahm die letzten Reste ihrer Schoko-Erdbeer-Torte auf. Sie ließ nie etwas übrig. »Ob du unterschrieben hast oder nicht, ist jedenfalls nicht entscheidend. Manchmal traut man sich etwas, schafft aber eben nicht den ganzen Weg – Hauptsache, du bist überhaupt losgegangen.« Sie schenkte Marga ein Lächeln, bevor sie hinzufügte: »Apropos Conny. Habt ihr denn wieder Kontakt?«

Bei dem Thema schnürte sich alles in Marga zusammen. »Wenn es so wäre, wüsstet ihr es.« Sie seufzte. »Warum denke ich eigentlich bei allem immer gleich an die Konsequenzen?

Was Conny sagt, stimmt. Nach der Scheidung von Eberhart habe ich aufgehört zu leben, vermutlich sogar schon früher.«

Kirsten wechselte einen Blick mit Eva, bevor sie sagte: »Na ja, mit der Mail warst du wenigstens mal spontan. Und sie nicht zu unterschreiben ist zweifellos eine Handlung, ohne an die Konsequenzen zu denken.«

»Ich wollte helfen, Kirsten. Aber du denkst beim Thema Spontaneität vermutlich eher daran, dass ich daten sollte.«

Kirsten nickte. »Damit anzufangen wäre nicht schlecht. Oder willst du bis zum Sankt-Nimmerleins-Tag allein bleiben? Du hast keinen Plan, wie es mit deinem Leben weitergeht. Aber das solltest du, Marga.«

Eva legte Marga die Hand auf die Schulter. »Also ich finde die Sache mit der Mail gut. Herr Alprecht kann Zuspruch gebrauchen. Und Mut ist besser als Angst.«

»Nicht in jedem Fall.« Kirsten leckte seit einer Minute ihre Gabel ab und ließ nun endlich davon ab. »Entschuldige, Marga, ich will dich nicht verunsichern. Ich verstehe dich nur nicht.« Sie legte das Besteck auf den Teller. »Was erhoffst du dir von der Mail?«

Marga blickte von Kirsten zu Eva. Es schien, als hätten die beiden die Rollen getauscht. Ausnahmsweise war Eva die Verständnisvolle und Kirsten die, die etwas zu meckern hatte.

»Was sollte ich mir schon erhoffen? Ich will für Paul da sein. Ich weiß doch, wie man sich fühlt, wenn man jemanden verliert.« Marga schüttelte den Kopf. »Ich bin da einem Impuls gefolgt. Vielleicht zum ersten Mal in meinem Leben. Einfach mal handeln, anstatt zurückzuschrecken.«

»Mehr ist nicht dahinter? Bist du dir da sicher?«, bohrte Kirsten nach.

»Natürlich bin ich mir sicher. Paul hat die halbe Nacht gegrübelt, wer ihm die Mail geschrieben haben könnte. Er sagte mir, das habe ihn von seinem Schmerz abgelenkt.«

»Immerhin«, bemerkte Eva.

»Es fühlte sich gut an, dieser spontanen Eingebung zu folgen«, gestand Marga und spürte, dass es stimmte. »Wisst ihr, ich habe keine Lust, das Leben länger an mir vorbeiziehen zu lassen, als säße ich für alle Zeiten auf der Ersatzbank. Conny hat das Beispiel mal aus dem Hut gezaubert. Erinnert ihr euch?«

»*Ich* erinnere mich sogar gut«, sagte Eva. »Conny sieht das Leben als großen Abenteuerspielplatz. Da passt es nicht ins Bild, Tochter einer Mutter zu sein, die seit Jahren am selben Punkt festgewachsen ist.«

Marga nickte. »Von diesem Festgewachsensein muss ich wegkommen. Das Leben kann sehr schnell vorbei sein – siehe Sybille.« Sie holte tief Luft, bevor sie aussprach: »Ich habe keine Lust, weiterzumachen wie bisher, und ich will Conny nicht verlieren, nur weil ich Angst um alles und jeden habe, einschließlich mich selbst.«

Kirsten wurde immer unruhiger und rutschte auf ihrem Stuhl nach vorne. »Heißt das, Connys Affäre ist plötzlich okay für dich? Hast du vor, ihren Geliebte-Status zu tolerieren, damit ihr wieder miteinander sprecht?«

»Quatsch. Am liebsten wäre mir, Conny würde Tom aufgeben und sich in jemand anderes verlieben. Das ändert aber nichts daran, dass ich mich mit meinen Kommentaren in Zukunft besser zurückhalte. Conny ist dreiundzwanzig und entscheidet selbst, was sie tut oder lässt. Ich muss mich nicht in alles einmischen. Ich sehe doch, was dabei herauskommt.«

»Conny ist längst volljährig, klar, aber deshalb darfst du dir doch Sorgen um sie machen. Oder ist das jetzt etwa verboten?« Kirsten blickte Marga erwartungsvoll an.

»Noch eine Stück Käsesahne, bitte«, rief Eva zur Kellnerin. Dann musterte sie Marga ebenfalls. »Also ich finde klug, was du sagst. Und mir gefällt, dass du aus deiner Ecke hervorkommst, in der du seit der Scheidung sitzt.«

»Du krempelst dein Leben also um? Von heute auf morgen. Einfach so?« Kirsten konnte es nicht fassen.

»Mensch, Kirsten. Hör Marga doch mal zu. Sie will von der Ersatzbank runter. Ist das so schwer zu verstehen? Außerdem hat sie bloß eine E-Mail geschrieben und Paul keinen Heiratsantrag gemacht – sorry, Marga, blödes Beispiel.«

Kirsten ging nicht darauf ein und antwortete, bevor Marga reagieren konnte. »Ich will doch nur, dass Marga keine weiteren emotionalen Blessuren davonträgt«, verteidigte sie ihre Sichtweise.

»Wir sollten Marga unterstützen. Schon mal was davon gehört?«

Kirsten schnaubte. »Ich unterstützte Marga, wo ich kann. Nehmen wir die Tatsache, dass Herr Alprecht dahinterkommen könnte, dass sie es ist, die ihm schreibt. Habt ihr schon mal darüber nachgedacht, dass er sich dann hintergangen fühlen könnte? Marga *darauf* hinzuweisen, das ist Unterstützung. Nicht zu allem Ja und Amen zu sagen. Marga ist Herrn Alprechts Angestellte. Sie sollte Abstand wahren.«

»Alprecht ist kein Trottel. Wenn er dahinterkommt, weiß er, dass Marga ihm helfen wollte«, erwiderte Eva.

»Jetzt hört schon auf zu streiten«, ging Marga dazwischen. »Ich bin nicht so mutig, wie du glaubst, Kirsten. Ich habe echt

Schiss, dass Paul herausbekommt, wer ihm die Mails geschrieben hat.«

»Die *Mails*? Mehrzahl?«, wiederholte Kirsten.

Marga blickte ertappt zu Boden.

»Hast du ihm etwa eine weitere Nachricht geschrieben? Jetzt rück schon mit der Wahrheit raus.«

Marga nickte zögerlich. »Es gibt noch eine zweite Mail. Ich habe sie abgeschickt, bevor ich hierhergekommen bin. Frühestens morgen weiß ich mehr. Das heißt, falls Paul sich etwas anmerken lässt.«

Eva griff gern auf Bilder zurück, um eine Situation zu verdeutlichen, wie schräg sie auch sein mochten. Das tat sie auch diesmal. »Der Zug ist losgefahren, den kriegen wir nicht mehr zurück in den Bahnhof.« Sie langte nach ihrem Wasserglas und führte es an die Lippen.

»Marga, sieh mich an. Kann es sein, dass du mehr für Herrn Alprecht empfindest, als gut für dich ist?«, fragte Kirsten.

Eva prustete Wasser über den Tisch. Hastig griff sie nach der Serviette und tupfte sich das Wasser vom Gesicht. Kirsten maß sie mit einem wissenden Blick, bevor sie forschend zu Marga schaute.

Marga saß verdattert da und starrte ihre Freundin an. »Wie kommst du darauf?« Sie konnte es nicht fassen. »Paul ist mein Chef, der gerade seine Verlobte verloren hat.«

»Seit wann hindert ein Dienstverhältnis oder eine Verlobung Menschen daran, sich zu verlieben?« Kirsten zuckte mit den Schultern. »Denk an *Pretty Woman*. Niemand würde auf die Idee kommen, dass man die Geschichte nicht hätte erzählen dürfen, weil Julia Roberts im Film … nun ja …« Kirsten zögerte. »… für Richard Gere *arbeitet*. Oder nimm *Bodyguard*.

Frank Farmer ist in dem Film bis über beide Ohren in Rachel verknallt, und die ist seine Chefin.«

»Wir sind hier nicht in einem Hollywoodfilm, Kirsten.«

»Richtig. Wir, du, Eva und ich leben in der Wirklichkeit. Von mir aus melde dich bei *Parship* an. Du bist schon viel zu lange allein. Aber Herr Alprecht ist keine gute Wahl, um Gefühle zu investieren.«

»Ich habe ihm nur eine Mail geschrieben … okay, zwei, aber doch nur, weil … weil ich seinen Schmerz verstehe und glaube, dass ich ihm helfen kann. Ich bin weder dumm noch naiv. Ich würde in Paul nie etwas anderes sehen als meinen Chef.«

Bevor Kirsten etwas erwidern konnte, platzte die Kellnerin in das Gespräch und stellte einen Teller vor Eva auf den Tisch. »Einmal Käsesahnetorte. Sonst noch was, die Damen?« Sie sah reihum.

»Eine zweite Tasse Kaffee, bitte«, bestellte Kirsten. »Und was möchtest du?«, fragte sie Marga.

»Apfelsaft. Mit Sprudel verdünnt«, schob Marga hinterher.

Es klingelte in Margas Tasche. Zwischen Taschentüchern, Schlüsselbund, einer Haarspange und einigem mehr stieß sie auf ihr Mobiltelefon. Sie drückte die seitliche Taste, damit das nervige Geräusch aufhörte.

»Sorry. Ich habe vergessen, auf stumm zu schalten.« Sie blickte aufs Display und wurde blass. Als sie weitersprach, kletterte ihre Stimme in die Höhe. »Es ist Conny.«

Kirsten riss die Augen auf. »Geh ran«, trieb sie Marga an. »Nun mach schon.«

Marga sprang auf und rannte mit dem Telefon in der Hand hinaus.

7. Kapitel

Conny hatte versprochen, in zwei Stunden zu ihr zu kommen. Und nun saß sie Marga tatsächlich in deren Wohnzimmer gegenüber. Marga konnte es noch immer nicht glauben und zupfte nervös am Saum ihres Pullovers herum. *Ist der Tag der Biene also doch zu etwas Nutze gewesen,* dachte sie und schämte sich sogleich dafür.

»Ich hab erst heute vom Drama deines Chefs erfahren. Sag, warst du dabei, als das mit seiner Verlobten passiert ist?« Conny wirkte besorgt, als sie das fragte.

»Ich war nicht beim Pool, falls du das meinst.« Vor Margas Augen lief die Szene ab, als wäre es erst vor wenigen Augenblicken geschehen, und sie schauderte. »Ich habe drinnen mit Herrn Alprecht gesprochen. Dann kam plötzlich der Gärtner ins Haus gerannt. Er war völlig aufgelöst. Mein Chef ist daraufhin in den Garten gelaufen …«

»Und du bist hinterher?«

Marga starrte schon die ganze Zeit auf Connys Rock. Bei jeder noch so kleinen Bewegung gäbe das extrem kurz geratene Kleidungsstück vermutlich einen Blick auf Connys Slip frei. Marga zwang sich, ihren Blick auf Connys Augen zu lenken. Sie war nicht auf der Welt, um ihre Tochter wegen ihrer Garderobe zu kritisieren. Vernünftiger wäre es, für eine entspannte Stimmung zu sorgen, um keinen neuen Zwist auszulösen, bevor sie den alten beigelegt hatten.

»So ungefähr, ja. Aber es war schon zu spät …« Marga schluckte. »Danach ging alles furchtbar schnell. Der Arzt kam, und Sybilles Eltern. Zum Schluss tauchte Herr Alprechts Anwalt auf. Sie sind befreundet.« Marga drückte nervös mit dem Daumen in ihre Handinnenfläche. Wenn sie die Ereignisse schilderte, fühlte sie sich jedes Mal, als stürze sie in eine tiefe Grube.

»Und du?« Conny sah Marga voller Mitgefühl an. »Was hast du die ganze Zeit gemacht? Zugesehen?«

»Anfangs schon. Ich stand neben Rolf, das ist der Gärtner … später bin ich heimgefahren. Es gab nichts für mich zu tun.« Marga hörte, wie tonlos ihre Stimme klang. Als spräche nicht sie, sondern jemand anderes. Wenn sie von dem Tag erzählte, erst Kirsten und Eva, nun Conny, wurde ihr jedes Mal bewusst, wie schnell ein Leben – jedes Leben, auch ihres oder Connys – vorbei sein konnte. Das raubte ihr auch jetzt wieder den Atem.

Connys Schuhspitzen verschwanden im Hochflorteppich. Die Vase mit den roten Tulpen, die Marga im Supermarkt gekauft hatte – es war der letzte Strauß zum reduzierten Peis gewesen –, brachte ein bisschen Farbe ins Wohnzimmer. Connys Schuhspitzen stießen aneinander. Rasch kickte sie sich die Schuhe von den Füßen und stellte sie neben den Tisch.

Marga knetete nervös ihre Finger, unschlüssig, was sie als Nächstes sagen sollte. Endlich war der Tag gekommen, den sie so lange herbeigesehnt hatte; Conny war hier und sprach mit ihr. Mit dem Besuch ihrer Tochter ging die Empfindung einher, einen feuchten Keller zu verlassen, in dem Marga seit zwei

Monaten hatte ausharren müssen. Und nun durfte sie endlich zurück ins Erdgeschoss, wo es hell und freundlich war. Diese Verbesserung wollte sie auf keinen Fall gefährden.

»Mensch, Mama.« Conny stand auf und fasste Marga an den Schultern, dann zog sie sie an sich. »Sicher hast du einen Schock erlitten. Man guckt schließlich nicht jeden Tag zu, wie jemand stirbt. Noch dazu eine so junge Frau, die du auch noch kanntest. Es muss krass gewesen sein, nur dazustehen und nichts tun zu können.«

Marga fühlte Connys Nähe und hörte ihre Stimme, leise und einnehmend. Sie genoss den Moment, dennoch zwang sie sich dazu, sich nach ein paar Atemzügen von ihrer Tochter zu lösen. Sie wollte nicht verloren wirken.

»Stimmt. Das war das Schlimmste. Dass niemand von uns sie retten konnte. Ich kam mir so machtlos vor, so unnütz.« Sie straffte die Schultern. »Aber es war einfach nichts mehr zu machen.«

Conny schüttelte sich in einem Reflex – wie ein Hund, der nass geworden war. Das hatte sie schon als Kind getan, sobald sie sich überfordert fühlte, und machte es bis heute, wenn sie eine Emotion überkam, mit der sie nicht gut umgehen konnte.

Marga sah Conny plötzlich wieder als kleines Mädchen vor sich. Ihre Tochter war ein mutiges Kind gewesen; bloß vor Gewittern hatte sie sich gefürchtet. Wenn es donnerte, hatte sie sich in Margas Arme geworfen und in den Schutz ihrer Mutter verkrochen. Kein tröstendes Wort hatte geholfen, nur Margas Arme fest um sie geschlungen und das Lied, das Marga leise gesungen hatte. Sie hatte es sich für Conny ausgedacht; es handelte von einem Mädchen, das jeden Morgen neugierig in den Tag startete, Abenteuer erlebte und sich stets sicher fühlte, weil es einen Schutzengel hatte, der auf es aufpasste, den das Mädchen jedoch nie sah, weil es sonst kein Schutzengel gewesen wäre. Conny hatte das Lied geliebt und immer wieder eingefordert.

»Möchtest du was trinken? Oder essen? Ich kann uns Rühreier machen, wenn du willst. Oder Lasagne. Ich habe noch zwei Portionen eingefroren.«

»Lass mal. Ich hab keinen Hunger«, lehnte Conny ab. Das Schütteln hatte aufgehört.

Marga bemerkte, dass Connys Haar länger geworden war. Es fiel ihr locker auf die Schultern und umrahmte ihr rosiges Gesicht vorteilhaft. Conny war eine junge Frau, die auffiel, seit sie in die Pubertät gekommen war. Sie war früh schon sehr groß gewesen. Und heute war sie auf eine Weise schlank, die Männern und Frauen gleichermaßen gefiel, mit weichen Rundungen an den richtigen Stellen. Doch das Schönste an ihr war ihr strahlendes Lächeln, wenn sie glücklich war, und ihre Begeisterung, wenn sie ein Ziel vor Augen hatte. Sie hatte zu allem eine Meinung und vertrat sie lautstark. Vermutlich war sie Tom deshalb aufgefallen, überlegte Marga, und wenn sie ehrlich war, konnte sie ihm das nicht mal verdenken. Conny wirkte so lebendig, so voller Energie, wenn sie für etwas eintrat. Marga hatte oft im Wohnzimmer gesessen und sich vorgestellt, wie Conny im Hörsaal die Stimme erhob und für ihre Meinung einstand.

Tom … Leider wusste Marga nicht viel über den Mann, dem ihre Tochter ihr Herz geschenkt hatte, dabei quälten sie tausend Fragen ihn betreffend. Zum Beispiel hätte Marga gern gewusst, wie Conny und er sich nähergekommen waren und was ihr an ihm gefiel, außer dass es mit ihm *aufregend* und *das*

Leben war. Doch da geisterten auch Fragen durch ihren Kopf wie: Wie will er seine zweite Beziehung auf Dauer vor seinen Kindern und seiner Frau verheimlichen, und wie kommt er damit klar, zwei Frauen zu lieben? Das musste doch verflucht stressig sein.

Für Marga war Liebe etwas, das lediglich zwei Menschen einschloss. Aber vielleicht war sie, was Beziehungen anbelangte, auch hoffnungslos altmodisch. Man las ja dauernd von Seitensprüngen, von denen angeblich beide wussten, ebenso von heimlichen Verabredungen über Tinder, Swingerclubs und dergleichen. Immerhin wusste sie, dass Tom vierzig war, siebzehn Jahre älter als Conny, und zwei Jungs von sieben und vier Jahren hatte. Und dass seine Frau oft auf Geschäftsreise ging, weshalb Conny sich, wie Marga vermutete, gelegentlich mit Tom bei ihm zu Hause traf, schließlich lebte sie selbst mit einer Kommilitonin zusammen und hatte nur selten sturmfreie Bude. Marga spürte einen Kloß im Hals, während sie sich vorstellte, wie Conny sich auf Zehenspitzen ins Haus schlich und Tom sie bat, leise zu sein, damit die Kinder nicht aufwachten und mitkriegten, dass er Besuch bekam. Ob er sie vor dem Frühstück rauswarf? Oder stellte er sie seinen Söhnen als *Arbeitskollegin* vor? Aber riskierte er damit nicht, dass sie sich vor ihrer Mutter verplapperten?

»Ertrunken wegen einer verschluckten Biene«, sinnierte Conny gerade und riss Marga damit aus ihrem stummen Fragenkatalog. Conny hatte sich wieder auf die Couch fallen lassen und zog die Beine bis unters Kinn. So war sie früher dagesessen, wenn sie geschmollt hatte. Als Conny bemerkte, dass sie ihre Grübelposition eingenommen hatte, ließ sie die Füße rasch über das Sitzkissen nach unten rutschen. Als sei es ihr peinlich, Gewohnheiten der Kindheit zu zeigen. *Ich bin erwachsen, Mama.*

Marga löste den Blick von ihrer Tochter. »Ich hole uns was zu trinken«, sagte sie und kehrte Conny den Rücken zu. Sie ging in die Küche, hantierte dort herum und kam kurz darauf mit einem Tablett mit zwei Gläsern und einer Karaffe Himbeersaft zurück. Langsam füllte sie die Gläser.

Conny ließ den Kopf gegen das Rückenkissen fallen. »Erstickt man eigentlich, wenn man von einer Biene in den Rachen gestochen wird?« Sie schlug die Hände vors Gesicht und ließ sie ein paar Sekunden dort liegen. »Ich mag mir die Einzelheiten dieses Unglücks gar nicht vorstellen«, murmelte sie.

Marga unterdrückte ein Kopfschütteln. War es nicht verrückt, dass Conny sich wegen dieses schrecklichen Vorfalls bei ihr gemeldet hatte und sie nur deshalb wieder miteinander sprachen?

»Wie geht es denn dir, mein Schatz? Was macht das Studium?«, erkundigte sich Marga, um sie beide abzulenken.

Conny versteifte sich, und Marga wünschte sich, sie hätte nicht gefragt. Das Leben hatte sie gelehrt, den meisten Eventualitäten zu trotzen, doch wenn es um Conny ging, geriet etwas in Marga ständig in den Krisenmodus.

»Gut. Alles easy«, sagte Conny eine Spur zu schnell.

Marga setzte sich ihrer Tochter gegenüber und reichte ihr ein Glas Saft.

»Bleibst du bei Alprecht und arbeitest weiter für ihn?« Conny trat die Flucht nach vorn an. Lieber selbst Fragen stellen, als welche gestellt zu bekommen. Dieses Verhalten kannte Marga.

»Warum sollte ich nicht?«, erwiderte sie. Von der geplanten Kündigung wusste Conny nichts.

»Keine Ahnung.« Conny fuhr mit der Hand über die Couch. »Ich dachte nur … jetzt, wo er allein ist.«

»Die Arbeit bleibt dieselbe. Das Haus schrumpft ja nicht. Ich denke, Herr Alprecht braucht mich mehr als je zuvor.« Marga trank einen Schluck. Der Saft war kalt und tat ihr an den Zähnen weh. »Ich habe übrigens über das, was du zuletzt zu mir gesagt hast, nachgedacht.« Sie stellte das Glas auf den Tisch.

Conny merkte auf und blickte Marga überrascht an. »Und worüber genau?«, hakte sie nach.

»Über das Bild der Fußballerin auf der Ersatzbank.«

Conny machte ein bekümmertes Gesicht. »Ich wollte dich nicht kränken, Mama.« Sie zuckte, als wollte sie nach Margas Hand greifen, ließ es dann aber doch bleiben. »Aber so ist es doch, oder? Du spielst einfach nicht mit im Leben.«

Marga blickte auf ihre Hände, die in ihrem Schoß lagen, und räusperte sich. »Ich fürchte, du hast recht. Aber ich habe dem Trainer zugerufen, dass ich mal mitspielen will.« Sie stellte sich vor, als spräche sie über eine Freundin. Dieser gedankliche Abstand half ihr, das Gefühl des Muts in sich wachsen zu lassen.

Conny merkte auf. »Und was hat dein Trainer geantwortet?«

»Ich habe es mehr zu mir selbst gesagt als zu ihm … Und vermutlich habe ich genuschelt. Aber wenigstens habe ich mir selbst versprochen, mal mitzuspielen.«

»Das ist klasse. Darauf stoßen wir an.« Conny hob ihr Glas und hielt es Marga auffordernd hin. »Auf dein nächstes Spiel, Mama.«

Marga hörte die Gläser klingen. »Auf mein nächstes Spiel

seit unzähligen Jahren«, sprach sie den Toast aus. »Hoffentlich weiß ich noch, wie es funktioniert.« Sie hoffte so sehr, Conny eines Tages stolz zu machen, und würde in Zukunft ordentlich Gas geben.

»Mach dir da mal keinen Kopf, Mama. Ich helfe dir schon auf die Sprünge.« Conny zwinkerte ihr zu, und Marga lächelte zaghaft.

»Ich bin froh, dass du mich angerufen hast«, sagte sie.

8. Kapitel

Es passierte an dem Morgen nach dem Abend, an dem Marga die dritte Mail an Paul geschickt hatte. Sie kam eine Viertelstunde früher als gewöhnlich zur Arbeit und hörte schon von Weitem seine Stimme. Offenbar telefonierte Paul im Wohnzimmer und hatte sie nicht kommen hören. Marga blieb unschlüssig in der Küche stehen und überlegte, ob sie sich bemerkbar machen sollte. Nein, lieber nicht, sie wollte Pauls Telefonat nicht unterbrechen, entschied sie.

»Ich habe nicht geantwortet, ich weiß ja nicht mal, ob es sich um eine Frau oder um einen Mann handelt. Wobei, ich bin mir fast sicher, dass es eine Frau ist.«

Marga schlich am Geschirrspüler vorbei und verharrte vor der Spüle, als Paul weitersprach. Es hörte sich ganz danach an, als sei von ihren Mails die Rede, und in Marga machte sich ein Gefühl der Nervosität breit. Nach der zweiten Nachricht hatte sie insgeheim mit einer Antwort gerechnet, und sei es nur, dass Paul sich für die Anteilnahme bedankte. Nachdem der Posteingang jedoch leer geblieben war, drängte es sie zu erfahren, was in ihm vorging. Auch wenn sie sich schäbig vorkam, dass sie lauschte.

»… jetzt, wo du es sagst, sollte ich vielleicht mal drüber nachdenken. Zu antworten ist vermutlich keine schlechte Idee.«

Margas Hände zitterten vor Anspannung, und sie hielt die Luft an, um kein Wort zu verpassen. Leider hörte sie nicht, was Pauls Gesprächspartner am anderen Ende sagte. Um sich zu beruhigen, legte sie ihre linke Hand neben das Spülbecken und die rechte darauf, damit das leichte Beben aufhörte.

Plötzlich sagte Paul: »Okay, schon gut, du hast mich überzeugt, wenn noch eine vierte Mail kommt, antworte ich der mysteriösen Schreiberin. Unter Umständen erfahre ich dadurch mehr über die Hintergründe … Ja, die Mails sind aufbauend. Deswegen lese ich sie ja überhaupt. Du hast keine Idee, wer dahintersteckt, oder? Eventuell ist es jemand aus unserem gemeinsamen Bekanntenkreis.«

Margas Hand rutschte von der Kante und streifte die Schnittfläche eines Messers, das auf der Arbeitsfläche lag. »Autsch.« Erschrocken verschloss sie den Mund mit der Hand.

»Warte mal, Jörg.« Schritte näherten sich, und schon erschien Paul in der Küche. »Frau Reiter. Sie sind schon da?« Er sah sie mit großen Augen an und warf dann einen Blick auf seine Armbanduhr. »Ich habe Sie gar nicht kommen hören.«

Marga biss sich auf die Unterlippe. Vermutlich sah man ihr an, wie miserabel sie sich fühlte, wie ertappt. »Ich bin heute etwas früher dran, Herr Alprecht.« Sie versuchte, so normal wie möglich zu wirken.

»Jörg?«, sprach Paul ins Handy, »ich rufe wieder an. Tschüss.« Er drückte den Aus-Knopf und steckte das Telefon in die Gesäßtasche seiner Hose. »Kein Problem. Gehen Sie dann heute Nachmittag aber bitte auch entsprechend früher heim.«

Während Marga nickte, fiel ihr auf, wie leger Paul heute gekleidet war. Meist trug er Anzug, Krawatte und Einstecktuch, heute jedoch Bluejeans und ein einfaches Langarmshirt.

Eva würde Paul in dieser Aufmachung zum Auffressen finden. Sie hatte eine Schwäche für Männer, die zerrissene Hosen trugen. »Wenn ich Kerle in löchrigen Jeans sehe, vergesse ich, dass ich eigentlich lieber Single bin«, hatte sie letztens erst getönt, als ein Mann Mitte dreißig an ihnen vorbeimarschiert war, dessen Jeans Löcher aufwiesen, die mehr freiließen, als sie verdeckten.

Zerrissen war Pauls Hose zwar nicht, aber ziemlich verwaschen.

»Tut mir leid, Herr Alprecht«, sagte Marga. »Ich habe unfreiwillig mitbekommen, dass jemand Ihnen schreibt. Offenbar, ohne sich zu erkennen zu geben.« Marga hoffte, dass sie ihr seriösestes Gesicht aufgesetzt hatte. Unlängst hatte Kirsten behauptet, man vertraue ihr, weil sie so arglos wirke, das könne man ihrem Gesicht ablesen.

»Du strahlst grenzenloses Vertrauen aus und außerdem etwas Mütterliches. Und du weißt ja, Müttern wird allgemein vertraut.«

»Den meisten jedenfalls«, hatte Eva eingeworfen. »Hannibal Lecters Mutter würde ich eher mit Vorsicht begegnen.« Sie hatte losgeprustet, lachte selbst stets am lautesten über ihre eigenen Witze.

Marga wusste, dass man ihr weder die Fassade einer toughen Geschäftsfrau noch die einer *hot Lady* abnehmen würde, wie Kirsten es mal genannt hatte, und wieso hätte sie sich auch verstellen sollen? Sie war nun einmal, wer sie war, und betrachtete die Verlässlichkeit, die sie offensichtlich ausstrahlte, als einen Vorzug.

Mütterlich hingegen wollte sie nicht unbedingt rüberkommen, sondern eher kompetent und selbstbewusst. Und auf

Paul wirkte sie hoffentlich wie jemand, mit dem man auf Augenhöhe sprechen konnte.

»Sie haben richtig gehört, Frau Reiter. Neuerdings bekomme ich Mails geschickt, ohne dass der Absender sich zu erkennen gibt. Seltsam daran ist, dass er oder sie mich duzt. Als sei die Verfasserin oder der Verfasser mit mir bekannt.«

Marga tat, als denke sie nach. »Gibt es denn gar keinen Hinweis auf die Person?«

»Bis jetzt nicht, aber vielleicht habe ich die Mails nicht aufmerksam genug gelesen. Ich glaube jedenfalls, dass es sich um eine Frau handelt.« Ein schiefes Lächeln trat in Pauls Gesicht, blieb jedoch nur Sekunden dort, bevor es wieder verschwand. »Nur eine Frau schreibt Nachrichten, ohne sich zu erkennen zu geben. Männer tun so was nicht. Das ist jedenfalls meine Vermutung.«

Marga nickte zögerlich. Eberhart, ihr Ex-Mann, oder Philip, Kirstens bessere Hälfte, würden sicher keine Mail abschicken, ohne sie zu unterschrieben. Die beiden stünden vermutlich zu dem, was sie taten.

»Ich finde, Briefe sind der perfekte Einstieg, um sich von Mensch zu Mensch zu begegnen. Freuen Sie sich doch darüber, dass jemand mit Ihnen fühlt und sich die Zeit nimmt, Ihnen zu schreiben.«

Um Himmels willen, was dachte sie sich nur dabei, ihre innersten Gedanken laut auszusprechen? Sicher, sie wollte von der Ersatzbank runter, aber deshalb musste sie doch nicht gleich jedem Impuls folgen.

Paul ließ seine Hände los, die er ineinander verschränkt hatte. »Über den zeitlichen Aufwand der Schreiberin habe ich mir noch gar keine Gedanken gemacht.« Er schien nachzudenken, dann nickte er. »Korrespondenz ist heutzutage hauptsächlich geschäftlicher Natur. Privat wird telefoniert, oder wir schreiben in Kürzeln über WhatsApp.«

»Sie sagen es«, bekräftigte Marga. Sie durfte sich jetzt keine Blöße geben und musste so tun, als habe sie die letzten Sätze bewusst ausgesprochen. »Es schreibt kaum noch jemand Briefe oder ausführliche Mails. Dabei müssen Menschen, die sich schreibend mit ihrem Inneren auseinandersetzen, seltener zum Psychologen.«

Paul sah Marga auf eine Weise an, die sie verlegen machte. Als wolle er in ihren Kopf hineinblicken.

»Von dieser Seite habe ich es noch gar nicht betrachtet. Der Verband der Psychotherapeutinnen und -therapeuten würde Ihnen vermutlich die Rote Karte zeigen, aber Sie liegen mit Ihrer Überlegung sicher richtig.« Paul fuhr sich an die Wange. Schwarze Schatten lagen um Kinn und Wangen. Er hatte sich noch nicht rasiert, hatte es offenbar vergessen.

Marga mochte die kleinen Überbleibsel der Nacht, etwa zusammengekniffene Augen, die erst langsam zu ihrer wahren Größe fanden. Und nun betrachtete sie Pauls Bartschatten.

»Deswegen hat man früher Tagebuch geführt. Um sein Leben zu reflektieren. Bisweilen findet man sogar Antworten auf so manche Frage«, meinte sie. »Das habe ich mal wo gelesen.«

»Interessanter Einwurf.« Paul sah erneut auf seine Armbanduhr. »Aber jetzt muss ich los.«

Marga beeilte sich zu antworten. »Wissen Sie schon, wann Sie zurückkommen? Ich könnte Ihnen etwas kochen.« Meine Güte, sie klang tatsächlich wie Pauls *Mutter*. War das schon immer so gewesen?

»Heute wird es später. Ich habe in den letzten Tagen nicht

sehr viel geschafft. Damit muss Schluss sein. Schließlich renovieren wir in Lissabon, und es ist noch eine Menge zu tun. Und dann muss ich die Sachen meiner … meiner Verlobten in Kartons packen.« Paul seufzte. »Mir wurde gesagt, das wäre ein wichtiger Schritt.«

Marga nickte mitfühlend. »Wenn Sie diesbezüglich Hilfe brauchen, geben Sie Bescheid.«

»Danke, Frau Reiter. Was täte ich nur ohne Sie.«

Als sie allein war, warf Marga erst mal den schicken Kaffeeautomaten an und ließ sich einen doppelten Espresso zubereiten. Kurz drauf hielt sie die winzige Tasse in der Hand und führte sie an die Lippen. Der Kaffee schmeckte nirgends so gut wie in diesem Haus.

Conny hatte recht, es war wunderbar, auf den Rasen zu stürmen und loszupreschen. Ob Paul sich morgen oder übermorgen im Büro in einer ruhigen Viertelstunde an den PC setzte und ihr schrieb, weil er eine weitere Mail von ihr bekommen hatte? Fest stand, dass sie noch mal ranmusste, um ihm den nötigen Anstoß zu geben.

»Nicht kleckern, sondern klotzen«, motivierte sie sich selbst, stellte die Tasse in den Geschirrspüler und griff nach dem Wischmopp.

9. Kapitel

26. Juni

Betreff: *Der Tag der Biene, immer noch …*

Lieber Paul,
ich habe überlegt, ob ich Dir ein weiteres Mal schreiben oder es lieber bleiben lassen soll. Denn es liegt mir fern, mich Dir aufzudrängen oder in Deinem Schmerz zu stören. Andererseits denke ich, dass Du meine Nachrichten einfach löschen kannst, wenn sie Dir zu übergriffig sind, und ich »unterhalte« mich gern auf die Weise mit Dir: indem ich Dir schreibe und darauf hoffe, dass meine Worte einen Prozess in Dir lostreten, der Dir hilft, Deine Trauer anzunehmen.
Solange Du mir nicht antwortest und mich bittest, damit aufzuhören, werde ich also fortfahren. Denn Trauerarbeit ist wichtig. Sie zeigt uns, wer wir sind und wie tief wir gehen, wenn Gefühle im Spiel sind. Erst wenn wir wirklich in die Trauer eingedrungen sind, können wir langsam hochsteigen, um sie irgendwann von oben zu betrachten. Wie etwas, das unter oder hinter uns liegt und nicht mehr so nah an uns herankommen kann wie zuvor.

Ich weiß es aus eigener, schmerzvoller Erfahrung, denn auch ich habe einst einen Menschen verloren. Es ist schon eine Weile her. Meine Trauer liegt sozusagen im Brunnen, und ich stehe oben an der Brüstung und schaue bisweilen hinab und denke mir: Da bist du, Trauer. Ich habe dich nicht gemocht, habe dich sogar verachtet und gegen dich gekämpft, bis ich begriffen habe, dass es zwecklos ist, dich zu verstoßen. Auch du hast schließlich eine Existenzberechtigung. Denn wer wären wir, wenn wir nicht trauern könnten? Das hieße nämlich, wir fühlten nichts. Und das möchte niemand, nicht wahr? Wir alle wollen fühlen, spüren und lieben. Wir sind Menschen, die sich nach anderen Menschen sehnen.

Deshalb bin ich da, um Dir zuzuhören. Ich bin die, die neben Dir sitzt und alle Zeit der Welt hat, wenn Du reden willst. Also, was möchtest Du mir oder dem Leben sagen, Paul?

Es grüßt Dich … diejenige, die Dir weiterhin Mut zusprechen möchte!

Marga hatte die Mail wie im Rausch geschrieben. Nun ließ sie von der Tastatur ab und schüttelte ihre Hände aus. Es war Jahre her, seit sie *Gut gegen Nordwind* gelesen hatte. Daniel Glattauers Mailroman hatte sie damals verschlungen, weil es so schön gewesen war, lesend das Wunder einer fehlgeleiteten Nachricht zu begleiten, aus der sich echte Liebe entwickelte.

Was denkst du dir nur?, dachte Marga jedoch, als sie den Computer hinunterfuhr. Sie hatte ihre Sätze ganz ohne Hintergedanken formuliert und überlegte nun, ob man sie als romantisch missinterpretieren konnte. *Wir sind Menschen, die sich nach anderen Menschen sehnen.* Herrje, hoffentlich verstand Paul das nicht falsch.

»Lospreschen, wie wahr«, seufzte Marga, als sie ins Bett schlüpfte. Aber nun war es zu spät, und sie konnte nur hoffen, dass sie nicht des Platzes verwiesen wurde, nun da sie endlich im Spiel war.

Sie zog sich die Decke bis zum Kinn, fühlte sich darunter angenehm beschützt und behütet. Sie drehte den Kopf zur Seite und dachte nach. Sie musste sich dringend darüber klar werden, ob es ihr gefiel, mutig zu sein, oder ob sie – unterm Strich – zu viel Angst davor hatte, ihr Leben tatsächlich ein bisschen aufzupeppen. Seit sie die Ersatzbank verlassen hatte, überhäufte sie das Leben geradezu mit Impulsen. Doch waren ihre Tage auf der Reservebank wirklich so übel gewesen?

Marga rollte sich herum und starrte gegen die Wand. Ob Paul nur so dahergeredet hatte, als er während des Telefonats eine Antwort an die mysteriöse Mail-Schreiberin erwogen hatte? Im Grunde hatte er doch schlichtweg zu viel zu tun, um sich mit Privatem aufzuhalten.

Und wenn es doch berechtigte Hoffnung auf eine Antwort von ihm gab? Wie sollte sie reagieren, wenn er ihr tatsächlich schrieb? Ihm erneut antworten, ohne sich zu erkennen zu geben? Ihm erklären, warum sie sich vor ihm versteckte? Gar nicht antworten? Oder ihn um ein Gespräch unter vier Augen bitten, um die Sache von Angesicht zu Angesicht zu klären?

Marga war kurz davor einzuschlafen, als ihr Telefon klingelte. Ihre Finger suchten im Dunkeln nach dem Handy, das auf dem Nachttisch lag.

»Marga?!«

»Kirsten.« Marga gähnte und drehte sich auf den Rücken. »Was gibt's denn um diese Uhrzeit?«

»Stell dir vor, Eva hat mit einer Diät begonnen. Kein Kuchen mehr und kein Gläschen Sekt zum ›drüberstreuen‹.«

»Eva? Eine Diät?« Marga konnte es nicht glauben. Augenblicklich war sie hellwach.

»Kein Witz. Eva hat's mir eben erzählt. Sie sagt, sie wäre schon ein Kilo los, und das sei erst der Anfang.«

Marga versuchte, sich Eva vor einem Teller rohem Gemüse auszumalen, was ihr nicht recht gelang. »Auch wenn ich mir Eva nur schwer ohne Kuchen vorstellen kann, finde ich toll, dass sie es endlich mal durchzieht. Hat ja lange genug gedauert.«

»So siehst du das also.« Kirsten klang seltsam gequält, und Marga stutzte.

»Was hast du?«

»Findest du es wirklich gut, dass Eva nicht mehr zu ihrer Figur steht?«

»Natürlich nicht.« Marga rieb sich übers Gesicht. Das war also, was Kirsten beschäftigte. Sie sagte: »Ich bewundere nur, dass sie ihre Ziele verfolgt. Sie redet doch schon seit Jahren davon, in Bezug auf ihren Körper etwas ändern zu wollen.«

Kirsten entkam ein knappes Lachen. »Du sagst es. Wir *reden* davon, was wir ändern wollen, aber wir tun es nie.«

»Was schlimm ist«, warf Marga ein.

Kirsten schnaubte. »Ich finde, es reicht, über Dinge zu reden, um Dampf abzulassen, aber verbiegen … nein, verbiegen sollten wir uns nicht – wie du sagst: Eva ohne Kuchen, das passt einfach nicht. Es steckt übrigens ein Mann dahinter. Nur damit du es weißt. Er ist acht Jahre jünger, und sie sind sich in der Straßenbahn begegnet. Eva ruft dich morgen an und erzählt es dir selbst.«

»Das klingt ja spannend. Eva und ein Mann? Das hat es schon lange nicht mehr gegeben.«

»Hmm. Deshalb mache ich mir Sorgen. Hoffentlich verrennt sie sich da nicht in was.«

Marga horchte auf. »Gibt es Stress zu Hause, Kirsten? In letzter Zeit bist du so dünnhäutig.«

Kirsten stöhnte ins Handy.

»Magst du mir erzählen, was dich bedrückt?«, hakte Marga nach. Sie kannte ihre Freundin gut genug, um deren Ausweichstrategie zu bemerken. Immer wenn Kirsten Stress hatte, bohrte sie in den Problemen anderer.

»Na ja, wenn du schon fragst … Neuerdings fühle ich mich irgendwie außen vor. Wie abgeschnitten vom Leben«, gab Kirsten schließlich zu.

»Was glaubst du, woran das liegt?«, tastete Marga sich weiter vor. »Du hast Philip und deinen Job … und Eva und mich«, zählte sie auf.

»Aber kein Ziel, Marga. Ist dir das schon aufgefallen? Ich weiß absolut nichts mit meinem Leben anzufangen und hab keinen blassen Dunst, wo es eigentlich mit mir hingeht.«

»Ich dachte immer, du hast alles«, sagte Marga und hätte sich am liebsten auf die Zunge gebissen. Der Satz kam so geschmeidig aus ihrem Mund, obwohl sie längst ahnte, dass er nicht stimmte.

»Würdest du Philip als *alles* bezeichnen?« Kirsten gab einen frustrierten Laut von sich. »Wenn er mich küsst, rührt sich so gut wie nichts mehr in mir. Und mal von Philip abgesehen – ich sehe zwar ganz passabel aus«, bei dem Hinweis auf ihr Äußeres schien Kirstens Stimme sich kurz zu erholen, sie klang eine Spur fröhlicher, »aber die besten Jahre liegen hinter mir.« Nun schnaufte sie wieder. »Und als Traumjob würde ich meine Anstellung beim Arbeitsamt auch nicht gerade bezeichnen. Du denkst vermutlich, ich jammere auf hohem Niveau. Du hast schließlich nicht mal jemanden wie Philip, um dich über ihn zu ärgern und zwischendurch zu hoffen, dass die Gefühle von früher zurückkommen … Mist, das war unsensibel. Entschuldige, Marga. Ich kenne mich zurzeit nicht wieder. Verzeih das blöde Gerede. Ich bin unmöglich.«

»Ach, mach dir mal keinen Kopf«, beruhigte sie Marga. »Jeder darf seine schlechten Phasen haben, auch du«, sagte sie in der Hoffnung, Kirsten möge ihr anhören, dass sie es so meinte.

Sie kannte das, wenn man erst mal angefangen hatte zu zweifeln, an etwas Speziellem oder an seinem Leben im Allgemeinen, zog das Kreise. Man kam nur schwer aus dieser Spirale heraus.

Es versetzte ihr einen Stich, dass sie Kirstens Verletzlichkeit erst jetzt bemerkt hatte. Sie wusste zwar, dass sich hinter der quirligen, zupackenden Art ihrer Freundin eine große Sehnsucht nach Romantik versteckte – niemand kannte sich auf dem Gebiet amerikanischer Liebeskomödien so gut aus wie Kirsten –, doch hatte sie die ersten Warnzeichen offensichtlich übersehen. Kirsten war unglücklich und wusste nicht, was sie ändern sollte. Und keinen Ausweg zu sehen war das Schlimmste überhaupt. Niemand wusste das besser als Marga.

»Manchmal reicht es zu erkennen, dass man feststeckt«, sagte sie. »Das ist, als würde man seine Brille putzen und sähe endlich, was einen zurückhält.«

Kirsten lachte, erwiderte aber nichts. Also fuhr Marga fort:

»Weißt du, es fühlt sich gut an, ausgetretene Pfade zu verlassen, und sei es erst mal nur ein kleiner Schritt. Paul zu schreiben und ihm zu helfen, ist schön. Wenn Bewegung in dein Leben kommt, auf welche Weise auch immer, ist das, als hättest du Sekt getrunken, nur ohne Kater hinterher.«

»Hey, klau mir nicht meine Pointen. Das könnte von mir sein.«

Nun lachte auch Marga. »Mir gefällt manches, das ich früher getan und gedacht habe, selbst nicht, und vielleicht ist es noch nicht zu spät, mich zu ändern. Nicht für irgendjemanden, sondern ganz allein für mich. Ich spreche wieder mit Conny. Das ist doch ein guter Anfang.«

»Ja, das ist ein Anfang«, gab Kirsten zu. »Aber wie willst du das tun? Dich ändern. Das ist doch furchtbar schwierig. Dagegen ist Abnehmen geradezu ein Klacks.«

»Darüber bin ich mir noch nicht im Klaren. Aber ich bleibe nicht länger in der Ecke hocken, in die ich mich seit Jahren verkrümelt habe.«

»Und wenn du hinfällst oder es zu schwierig wird?«, fragte Kirsten.

»Dann rufe ich dich an.«

Kirsten holte laut Luft. »Ach du meine Güte. Was für ein verrückter Plan.«

10. Kapitel

Die Gartenlaterne hüllte Paul in einen sanften Lichtkegel. Von irgendwoher rief ein Uhu. Alles kam ihm so friedlich vor, doch das war es nicht.

Schulter an Schulter stand er mit seinem Freund Jörg vor dem Pool, den Blick auf die unbewegte dunkle Wasserfläche gerichtet, und wischte sich mit der Hand über die Stirn, hilflos angesichts der Tragweite dessen, was in diesem Schwimmbecken passiert war.

Jörg legte den Arm um ihn. »Das Leben ist manchmal verdammt ungerecht. Eine einziger Albtraum.«

»Du sagst es.« Paul löste den Blick vom Pool und sah, wie Jörg sich über den Oberarm rieb. »Es wird langsam kalt. Lass uns reingehen. Wir haben noch was zu erledigen.« Er warf einen letzten Blick auf den von Lichtinseln erhellten Garten, dann steuerte er die Terrassentür an. Jörg hatte ihn davon überzeugt, Sybilles Sachen zur Kleiderspende zu bringen. Und genau das würde er jetzt angehen.

»Die Kleidung Verstorbener bindet die Hinterbliebenen an die Vergangenheit. Je eher man sie weggibt, umso früher kann man wieder durchatmen. Das hat meine Großmutter nach dem Tod meines Großvaters behauptet, und ich glaube, da ist was dran«, hatte Jörg am Telefon erklärt – und Kartons mitgebracht, die jetzt einen Teil des Wohnzimmers in Beschlag nahmen. Paul schnappte sich einen Schwung.

Hintereinander stiegen sie die Treppe hinauf und erreichten den Raum, in dem Sybille ihre Kleidung aufbewahrt hatte. Ob ihre Eltern dem Rat von Jörgs Großmutter zustimmen würden, darüber wollte Paul lieber nicht nachdenken.

»Wir gehen alles in Ruhe durch.« Jörg betrachtete den riesigen, aus Mahagoni gearbeiteten Schrank, der Sybilles umfangreiche Garderobe enthielt. »Und zum Schluss ist Sybilles Kreativraum dran.« Ohne auf eine Antwort zu warten, öffnete er den ersten Karton und deutete auf die Schranktüren. »Du links, ich rechts.«

Paul nickte und schob die Türhälften auseinander. Vor ihm hing ein Traum in Rot, mit lilafarbenen Blüten. Er griff nach dem eleganten Kleid. »Das habe ich Sybille nach der ersten Nacht geschenkt, die wir gemeinsam in diesem Haus verbracht haben.« Er hielt den Stoff in Händen und blickte versonnen darauf. Seine Stimme klang belegt, als er weitersprach. »Wenn es mich getroffen hätte, wäre es gerechter gewesen. Sybille war noch so jung.«

»Hey, sag so was nicht.« Jörg zog besorgt die Stirn in Falten. »Am besten hätte es niemanden getroffen.«

Paul erwiderte nichts darauf. Schweigend legte er das Kleid zusammen und gab es in den Karton. Eins nach dem anderen nahm er Sybilles Kleidungsstücke von den Bügeln, faltete sie sorgsam und verstaute sie. In die erste Umzugskiste stapelte er ihre Kaschmirpullover und Seidenshirts und in eine weitere ihre Schals und Unterwäsche. Jörg arbeitete neben ihm und verpackte Sybilles Blusen und Hosen, Röcke, Leggins, Schuhe.

Tür für Tür räumten sie den riesigen Schrank leer, bis der Großteil der Kisten bis oben gefüllt war und keinen Platz mehr für weitere Garderobenstücke bot. Sybilles Leben in Form ihrer Kleidung.

Paul schloss die letzte Schranktür und sah im Umdrehen, dass Jörg die Kartons bereits mit Paketband zuklebte. Er ignorierte das kalte Gefühl, das ihn bei diesem Anblick erfasste, und räusperte sich. »Ich geh mal rüber und sortiere die Stoffproben und was Sybille sonst noch in ihrem Kreativraum verwahrt hat.«

»Alles klar. Ich bringe die Kisten runter.«

Die Tür zur Sybilles Arbeitsraum stand offen. An den Wänden hingen die Entwürfe für ihr geplantes Modelabel. Paul trat über die Schwelle, zog an den Reißzwecken und nahm die Zeichnungen von der Wand.

»Je eher ich alles weggebe, umso früher kann ich wieder durchatmen«, murmelte er vor sich hin. Die E-Mails der unbekannten Schreiberin kamen ihm in den Sinn und was sie über Trauer geschrieben hatte. *Da bist du. Auch du hast schließlich eine Existenzberechtigung. Wir alle wollen fühlen, spüren und lieben.*

Er spürte ein Kratzen im Hals und schluckte es wütend hinunter. *Ich bin noch nicht so weit,* dachte er. *Ich will nichts fühlen.*

Als die Wände leer waren, nahm er sich der Schubladen an, in denen Sybille Unmengen von Stoffproben aufbewahrte. Ohne darüber nachzudenken, was er damit machen wollte, packte er Tweed und Samt, Seide und Jersey zusammen. Als er nach einem bunt bedruckten Stoffmuster griff, rutschte ihm plötzlich ein Foto aus dem Stoffberg entgegen und flatterte vor seine Füße. Er hob es auf und starrte es an, blickte auf schwarz-weiße Umrisse hinab. Bei dem Ausdruck handelte es sich um kein Foto im herkömmlichen Sinn, es war ein Ultraschallbild – zarte Hinweise auf sich in der Entwicklung befindliches Leben.

Paul konnte den Blick nicht davon lösen und spürte, wie sich alles in ihm zusammenzog. Tränen schossen ihm in die Augen, als er begriff, dass Sybille anscheinend schwanger gewesen war und es ihm nicht mehr hatte sagen können. Mit seiner ganzen Willenskraft unterdrückte er ein Schluchzen. Nie zuvor hatte er ein Ultraschallbild in Händen gehalten.

Nein, das stimmte nicht, Birgit hatte ihm einmal das ihrer Tochter Inga gezeigt. Sie hatte sie mit in die Ehe gebracht, und Inga war von Anfang an wie seine eigene Tochter gewesen. Ein Gefühl, an dem auch die Scheidung von Birgit nichts geändert hatte.

Paul begann zu zittern. Er spürte, wie die Empfindungen in ihm wuchsen und ihn zu überwältigen drohten. Er hatte nie über eigene Kinder nachgedacht, doch nun hielt er das Zeugnis einer Vaterschaft in den Händen, die er nicht hatte leben dürfen. Und es schnürte ihm den Atem ab. Er wollte schlucken, doch in seinem Hals war es staubtrocken. Seine Augen starrten weiter auf das Ultraschallbild und wanderten schließlich zu dem angegebenen Datum. Paul erstarrte.

Auf der Treppe erklangen Schritte. Jörgs untersetzte Statur erschien im Licht der Deckenlampe.

»Schau dir das an.« Pauls Stimme war kurz davor zu versagen, als er seinem Freund den Papierstreifen entgegenstreckte.

»Du meine Güte«, stieß Jörg hervor, während er es betrachtete. Die Worte wollten nicht über seine Lippen, und er setzte zweimal neu an. »Sybille war schwanger.« Jörgs Gesicht wirkte wie versteinert.

Paul tippte auf die Zahlen. »Das Datum«, erklärte er mit zittriger Stimme, weil Jörg ihm offenbar nicht folgen konnte. »Du weißt doch, dass ich zwei Monate in Portugal war … wegen der Renovierungsarbeiten in Lissabon, und weil ich ohnehin dort war, habe ich in Porto gleich noch den Abschluss für das neue Hotel unterzeichnet und entsprechende Termine wahrgenommen.«

Jörg setzte die Informationen zusammen, dann fiel bei ihm der Groschen. Er schien es nicht fassen zu können und fuhr sich mit der freien Hand durch die Haare, während er den Blick auf das Ultraschallbild fixierte, als suche er Antworten in dem Schwarz-Weiß. »Du meinst, das hier war gar nicht *dein* Kind?«, begriff er.

Pauls Lippen pressten sich zu einem Strich aufeinander. Sein Gesichtsausdruck kehrte seine Gefühle nach außen. »Nein, offensichtlich nicht.«

Jörg versuchte die Neuigkeit zu verarbeiten. »Also, das ist starker Tobak …« Er schüttelte den Kopf. »Du hast alles für Sybille getan, hast ihren Traum, Designerin zu werden, unterstützt … du hast sie auf Händen getragen. Dass sie fremdgeht, hätte ich ihr niemals zugetraut.« Jörg runzelte die Stirn. »Glaubst du, sie wollte dir das Kind unterschieben?«

Paul atmete tief durch. Schob die Empfindungen, in denen er mit Sicherheit untergehen würde, wenn er sie ließe, beiseite. »Wenn ich darauf eine Antwort hätte.«

Sie brauchten ein paar Minuten, um sich zu fangen, dann gingen sie hinunter in die Küche. Paul steuerte die Espressomaschine an, blieb aber untätig davor stehen. Es kam ihm vor, als müsse er sich daran erinnern, dass Sybille und er vorgehabt hatten zu heiraten.

»Warum hat Sybille mich so kurz vor der Hochzeit hintergangen? Wieso hat sie nicht einfach gesagt: ›Paul, ich habe einen Fehler gemacht‹ … oder ›Paul, ich habe mich in jemand anderen verliebt!‹? Das ist verdammter Mist, aber so was kommt vor.« Mit einem Mal kam ihm ein Gedanke. »Vielleicht weiß er es gar nicht?«

Jörg sah ihn fragend an.

»Der Mann, dessen Kind das war … Der Vater geworden wäre. Kann doch sein, dass Sybille ihm nicht mehr sagen konnte, dass sie schwanger von ihm war.«

»Oder nicht sagen wollte«, überlegte Jörg.

In Pauls Gesicht spiegelte sich Fassungslosigkeit.

»Selbst wenn er es weiß, ist es schrecklich, dass er sich nicht von seinem Kind verabschieden konnte … oder von Sybille. Nicht offiziell, meine ich«, murmelte Jörg.

Paul starrte durch das Fenster in die Dunkelheit hinaus und wusste nicht, was er darauf sagen sollte.

Im Halbschlaf nahm er den Chor des Morgens wahr: Vögel zwitscherten, erste Insekten summten herum, und irgendwo plätscherte die Pumpe, die den Pool sauber hielt. Noch müde schlug Paul die Augen auf und blinzelte in die Dämmerung. Sein Arm war eingeschlafen, vorsichtig bewegte er ihn und begriff erst jetzt, dass er auf der Liege im Garten lag, über seinen Beinen die Picknickdecke, mit der er sich offenbar zugedeckt hatte.

Er kniff die Augen zusammen, dann öffnete er sie endgültig und starrte auf den großen Pool, dessen Wasser in der Morgensonne glitzerte. Und dann fielen ihm das Ultraschallbild und Sybilles Verschweigen ein und die Mutmaßungen, die Jörg und er angestellt hatten. Gegen zwei Uhr morgens hatte sein Freund ihn verlassen. Besorgnis im Blick und das Versprechen, später noch mal vorbeizukommen.

Paul hatte geahnt, dass er nicht einschlafen können würde, und so war er noch einmal hinausgegangen, hatte sich auf die Liege am Pool geschmissen und über das ungeborene Kind nachgesonnen. Er war nicht der Vater von Sybilles Baby, dennoch drängte es ihn, etwas für dieses Kind zu tun und sich in irgendeiner Form von dem Ungeborenen zu verabschieden. Über der Frage, wie dieser Abschied aussehen konnte, war er schließlich eingeschlafen.

Paul blickte auf sein Handgelenk. »Fünf vor sechs«, grummelte er, schlug die Decke zur Seite und rappelte sich auf. Seine Beine fühlten sich steif an. Er stakste ein paar Schritte umher und kam langsam wieder in die Gänge.

Im Haus waren sämtliche Kartons verschwunden. Jörg hatte sie wohl mitgenommen. Paul ging zur Kücheninsel, wo das Ultraschallbild wie ein Mahnmal neben der Obstschüssel lag. Er griff nach dem Bild und trug es ins Obergeschoss, schob es in die oberste Schublade seines Nachttischs. Danach stellte er sich unter die Dusche und versuchte vergeblich einen klaren Gedanken zu fassen.

Wie in Trance brachte Paul die Morgenroutine hinter sich, tapste irgendwann ins Schlafzimmer, zog sich an und langte nach dem Handy auf dem Nachttisch. Inga hatte ihm eine WhatsApp geschickt und ein Foto angehängt: Sie lag im Bett, die Decke bis zur Nasenspitze hochgezogen.

Fieber ist endlich gesunken. Bin so traurig, dass ich nicht zur Beerdigung kommen konnte, Dad. Grippe im Sommer ist ätzend. Ich denk an dich, Inga.

Paul tippte eine Antwort: *Komme dich die nächsten Tage be-*

suchen, mein Schatz. Rufe vorher an. Mach dir keine Sorgen. Ich komme zurecht, Dad.

Er schickte die Nachricht ab und nahm sich vor, Inga einen Schwung Bücher zu besorgen. Als Mädchen hatte sie für ihr Leben gern gelesen, doch seit der Pubertät war es damit mehr oder weniger vorbei, doch Paul wollte nichts unversucht lassen, diese Liebe wiederzubeleben. Zwei Anläufe hatte er bereits unternommen, nun war es Zeit für einen dritten. Man konnte nie genug Bücher auf Vorrat haben, und wer weiß, vielleicht sprang der Funke erneut über, wenn Inga im Bett lag und kaum etwas anderes tun konnte, als sich in einer guten Geschichte zu verlieren.

Er seufzte. Am liebsten hätte er sich ebenso in das Leben eines anderen geflüchtet; die Abenteuer eines Erdachten erlebt statt sein eigenes.

Er klappte sein Notebook auf, das noch auf der Bettseite lag, auf der Sybille geschlafen hatte, und checkte sein Postfach. Wie vermutet erwartete ihn eine weitere Nachricht der unbekannten Schreiberin. Obwohl es ihn ärgerte, dass die Person so ein Gewese um ihre Identität machte, konnte er dem Drang, die Mail zu lesen, nicht widerstehen, überflog die ersten Sätze und kam schließlich ans Ende der Nachricht.

… Ich bin die, die neben Dir sitzt und alle Zeit der Welt hat, wenn Du reden willst. Also, was möchtest Du mir oder dem Leben sagen, Paul?

Es grüßt Dich … diejenige, die Dir weiterhin Mut zusprechen möchte!

Paul sah auf und blickte ins Leere. Wenn er nur wüsste, was er dem Leben sagen wollte. Oder »sprach« das Leben gerade mit ihm?

11. Kapitel

Marga stieß die Tür zu Franks Friseursalon auf, über ihr erklang das Bimmeln der Glocke, die zuverlässig neue Kundschaft ankündigte. Im Grunde wusste Marga nicht, was sie von ihrem spontanen Entschluss erwarten sollte, doch sie würde das nagende Gefühl in sich einfach ignorieren. Heute war ihr freier Nachmittag, somit der perfekte Zeitpunkt, um ihre Frisur zu verändern. Was sollte schon passieren?

Frank kam mit weit ausgebreiteten Armen auf sie zu und begrüßte sie überschwänglich. Wie immer steckte er voller Lebendigkeit und Elan. Sicher hatte er noch nie auf einer Ersatzbank gesessen.

»Die Spitzen vom Spliss befreien?«, ratterte er sein übliches Intro hinunter, das er immer aufsagte, wenn Marga zu ihrem vierteljährlichen Termin erschien.

»Diesmal nicht, Frank.« Marga holte tief Luft und fuhr fort: »Ich möchte mal was Neues ausprobieren und mein Erscheinungsbild verändern.«

Franks Augen weiteten sich, zeitgleich verzogen seine Lippen sich zu einem vorfreudigen Grinsen. »Na, sieh mal einer an. Es tut sich was in Marga Reiters Leben.« Er führte sie an ihren Platz, und sie lehnte sich in dem Stuhl zurück, in dem sie seit fünfzehn Jahren regelmäßig saß. »Du kennst meine Devise: Begegne dem Leben mit einem Augenzwinkern und der passenden Frisur. Und wenn eine Veränderung ansteht, geh in die Vollen. Soll schließlich jeder sehen, dass du Geld ausgegeben hast. Außerdem brauchen die Leute was zum Quatschen.«

»Gut, dass du mich daran erinnerst, Frank.« Marga nickte sich im Spiegel selbst zu. »Dann gehen wir heute mal in die Vollen.«

Frank drückte ihr einen Kuss auf die Stirn, als wäre er ihr Vater und sie sein Kind, das endlich die Hausaufgabe richtig gelöst hatte. »Auf diesen Satz warte ich seit Jahren, Marga. Ich wusste, dass du ihn eines Tages zu mir sagen würdest, ich wusste nur nicht, dass es heute sein würde.« Er strahlte. »Und keine Sorge. Bei mir bist du in guten Händen«, versprach er, als er kurz darauf mit einem Schälchen mit einer dicken Paste hinter sie trat und sie ihm stirnrunzelnd durch den Spiegel entgegenblickte. »Wir helfen mit Farbe nach und setzen Highlights. Zwei Farbtöne heller. Nein«, er fuhr sich mit dem Finger an die Wange, »besser drei. Hinterher siehst du aus, als hättest du den Sommer am Strand von Sardinien verbracht.«

Drei Stunden später verließ Marga den Salon mit zittrigen Beinen. Sie fühlte sich, als wäre sie jemand anderes. Frank hatte ihren langweiligen Mittelscheitel in einen coolen Seitenscheitel verwandelt und ihr bisher gleich langes Haar sanft durchgestuft. Auch was die Farbe anbelangte, war er nicht zimperlich gewesen. Auf Margas Kopf leuchtete es nun in verschiedenen Tönen, wodurch ihr Gesicht irgendwie strahlender wirkte.

Weil sie sich wie neugeboren fühlte, ging Marga in den Blumenladen und kaufte einen Strauß pinkfarbener Rosen, mit denen sie den Friedhof ansteuerte, um sie auf Nanes Grab zu legen.

»Hallo, meine Kleine. Wie geht es dir heute? Ich soll dich von deiner Schwester grüßen.« Immer wenn sie ihre verstorbene Tochter besuchte, flüsterte Marga, als würde sie ihre Kleine mit einem lauten Ton verschrecken. »Conny und mir geht es übrigens gut. Um uns musst du dir keine Sorgen machen. Alles läuft bestens. Ich habe übrigens eine neue Frisur …«

Aus den Augenwinkeln nahm Marga jemanden wahr, der auf sie zukam. Sie drehte den Kopf und erkannte Frau Eichthal. Sie trug denselben Mantel sommers wie winters, einen hellen Trenchcoat mit silbernen Knöpfen und einem breiten Gürtel.

»Hallo, Frau Reiter.«

»Schön, Sie zu sehen, Frau Eichthal.« Marga nickte freundlich.

»Ich hätte Sie beinahe nicht erkannt. Irgendwas ist anders an Ihnen.« Frau Eichthal musterte sie eingehend.

Marga fuhr sich durch die Haare und lächelte unwillkürlich. »Es ist die Frisur. Ich habe mich anders stylen und Farbe auftragen lassen.«

Frau Eichthal kniff die Augen zusammen. »Ja, das ist es … Nun, das Experiment ist gelungen«, lobte sie.

Marga spürte, wie sie vor Freude rot anlief. »Danke für das Kompliment.« Sie warf einen Blick in die nächste Reihe, wo, wie sie wusste, Frau Eichthals Mädchen lag. »Wie geht es Ihrer Tochter?«, fragte sie.

Frau Eichthal seufzte schwer. »Leider nicht so gut. Nadja hat heute nicht gut geschlafen. Deswegen bin ich zum zweiten

Mal hier. Ich musste sie vorhin beruhigen. Am liebsten wäre sie heute Morgen gleich wieder mit nach Hause gegangen.«

»Wie schön, dass Sie immer für sie da sind. Nadja hat Glück, eine Mutter wie Sie zu haben.«

Seit Jahren begegneten Frau Eichthal und Marga sich auf dem Friedhof. Frau Eichthals Tochter war kurz nach Nane verstorben; Marga hatte das frische Grab sofort bemerkt und Frau Eichthal von da an regelmäßig getroffen. Eines Tages waren sie ins Gespräch gekommen. Wenn man ein Kind verlor, veränderte das jeden auf andere Weise, manche gravierend. Frau Eichthal fiel es schwer, Nadjas Grab zu besuchen, und um es sich leichter zu machen, tat sie, als wäre der Friedhof eine Kinderbetreuungsstätte, wo sie ihre Tochter morgens abgab und nachmittags wieder abholte.

»Nächste Woche muss ich übrigens mit Nadja zum Zahnarzt. Sie fürchtet sich jetzt schon davor.«

Marga streichelte Frau Eichthals Hand. »Sie werden sie schon beruhigen. So wie immer, nicht wahr?!«

Frau Eichthal lächelte selig. »Das werde ich, Frau Reiter. Frauen wie Sie sind es, die das Leben ein bisschen leichter machen. Frauen, die Verständnis haben. Meine Nachbarin behauptet, ich würde Nadja verziehen. Das haben Sie noch nie zu mir gesagt.«

»Sie sind für sie da, das nenne ich Fürsorge. Und Fürsorge ist Menschenliebe.« Marga drückte Frau Eichthals Hand, wünschte ihr noch einen schönen Tag und ging davon.

Es fiel ihr nie leicht, Zeuge des Schmerzes ihrer Leidensgenossin zu sein. Jeder musste seinen eigenen Weg finden, um mit den Rückschlägen des Lebens klarzukommen, und Frau Eichthal befand sich seit Jahren in psychologischer Behandlung, wie Marga wusste. Auf ihre Weise kam sie zurecht, dennoch schnürten die Begegnungen Marga jedes Mal das Herz zusammen, und sie atmete erst auf, als sie zu Hause ankam.

Im Bad stellte sie sich vor den Spiegel und betrachtete sich von allen Seiten. Frank hatte nicht zu viel versprochen. Sie sah gut aus, lebendiger. Wie eine Frau, die einer erfüllenden Arbeit nachging, eine wertschätzende Beziehung führte und sich regelmäßig mit besten Freundinnen traf, um Spaß zu haben. Und die sich blendend mit ihrer Tochter verstand.

Conny gefiele diese Version ihrer Mutter. Sie würde es schätzen, wenn Marga ihr von ihrem befriedigenden Alltag erzählte, anstatt sie mit Fragen zu Tom zu löchern. Es war noch nicht zu spät, die Richtung zu ändern.

Marga drehte das Licht im Bad ab und ging in die Küche, holte eine Schüssel hervor und stellte Mehl, Milch, Eier und Salz auf die Arbeitsfläche. Sie hatte Lust auf Pfannkuchen mit Schokocreme, das hatte sie schon seit Monaten nicht mehr gegessen.

»Mit einer neuen Frisur kann man andere Dinge tun, als das, was man gewöhnlich macht«, hatte Frank ihr beim Abschied versprochen, und Marga hatte den Salon beschwingt verlassen. Nun spulten seine Worte sich in Dauerschleife in ihrem Kopf ab.

»Du liegst absolut richtig, Frank«, summte sie. »Mit einer neuen Frisur erwacht man im Zweifelsfall sogar aus dem Winterschlaf.«

Jahrelang war sie ein Igel gewesen, der im Winterschlaf auf wärmeres Wetter, sprich bessere Zeiten wartet. Doch wo, bitte schön, sollten bessere Zeiten herkommen, wenn man nicht aus seinem Bau hervorkam, um am Leben teilzuhaben? Sie durfte keine Angst mehr vorm Scheitern haben. Egal um welches Thema es ging.

Vermutlich hatte Conny sich nicht nur auf Tom eingelassen, weil sie etwas für ihn empfand, überlegte Marga. Suchte ihre Tochter vielleicht gerade die Herausforderungen, die diese Art von Beziehung mit sich brachte? Machte die Möglichkeit des Scheiterns für sie sogar den Reiz aus? Das, was sie *aufregend* genannt hatte? Ihre Tochter war schon immer wagemutig gewesen und betrat gern neue Pfade. Als Kind hatte sie manchmal geraunt: »Ich mache mich auf ins Abenteuerland, Mama.«

»Und was glaubst du dort zu finden?«, hatte Marga wissen wollen.

»Keine Ahnung. Deshalb heißt es ja Abenteuerland. Weil niemand weiß, was es dort gibt.«

Marga hatte ihrer Tochter fasziniert zugehört, wie sie sich dies und jenes ausmalte, und schließlich gefragt: »Fürchtest du dich denn nicht vor dem Unbekannten?«

Doch Conny hatte nur den Kopf geschüttelt. »Dort ist es bestimmt wie in dem Buch, wo im Bach Milch statt Wasser fließt und an den Bäumen Würstchen hängen und nicht bloß langweilige Blätter. Außerdem sind die Bänke aus Keks gebaut. Das habe ich mir schon überlegt.«

Abenteuerland war über ein Jahr lang Connys Lieblingswort gewesen. Bis es von einem anderen, nicht minder fantasievollen Begriff abgelöst worden war.

Während Marga Eier aufschlug und den Teig zubereitete, schwelgte sie in den vielen Erinnerungen mit ihrer Tochter. Als die Pfannkuchen fertig waren, gab sie einen Klecks Schokocreme auf den ersten, klappte ihn zusammen und bestreute ihn mit Puderzucker. Wie früher ihre Mutter gönnte sie sich Milch dazu. Es schmeckte großartig, und Marga verputzte drei Portionen.

Später machte sie es sich vor dem Fernseher bequem und schaltete in einen Reisebericht über Portugal, verfolgte, wie die Sonne sich auf die bunten Häuser und das Meer legte.

»Aussteiger müsste man sein«, hörte sie sich nuscheln, als auf dem Bildschirm Palmen an ihr vorbeizogen.

Sie war noch nie in Portugal gewesen; allein hatte sie sich nicht auf den Weg gemacht, und die wenigen Reisen, die sie an Eberharts Seite unternommen hatte, waren mehrmals an den Gardasee gegangen, einmal nach Verona und ein halbes dutzend Mal nach Bayern. Ihr Ex-Mann wanderte für sein Leben gern, je höher der Berg, umso lieber. Ein Gipfelkreuz versetzte ihn bestimmt heute noch in Ekstase.

Marga jedoch war niemand, der sich gern in Wanderschuhe quetschte und stundenlang bergauf lief. Lieber schlenderte sie am Strand entlang, setzte sich in ein Straßencafé, besuchte ein Museum oder legte sich ein Stündchen an den Pool, um die neuen Eindrücke zu verarbeiten. Sie beobachtete für ihr Leben gern das Gewimmel auf den Straßen und hatte nichts dagegen, es an sich vorbeiziehen zu lassen.

Als der Bericht über Portugal endete, trat Marga hinaus auf den Balkon. Die Vögel fiepten. Eine Taube saß auf der Brüstung nebenan, und ein Kind antwortete, als seine Mutter nach ihm rief. Nach ein paar Minuten hörte Marga, dass drinnen ihr Handy sich meldete. Sie eilte hinein, tippte auf dem Display herum: p.alprecht@e-hotels.com. Mit zittrigem Finger öffnete sie die Mail und las den Betreff: AW *Der Tag der Biene, immer noch.*

Hastig zog sie einen Stuhl unterm Esstisch hervor, ließ sich drauffallen und begann aufgeregt zu lesen.

Liebe Unbekannte,
oder sollte ich schreiben liebe Bekannte?

12. Kapitel

Am nächsten Morgen erzählte Eva ihr am Telefon lang und breit von ihrer Straßenbahn-Bekanntschaft und ihrem Diätplan. Marga war gerade dabei, die Wohnung zu verlassen, als Eva für sie die Neuigkeiten zusammenfasste.

»Also ich finde es großartig, dass du das Leben bei den Hörnern packst«, unterstützte Marga ihre Freundin. Sie machte das Licht im Flur aus, zog die Tür hinter sich zu und schloss zweimal ab.

»Das hat unter anderem mit Sybille zu tun. Das wollte ich dir schon längst mal sagen.«

»Mit Sybille? Inwiefern?« Marga nahm die letzten Treppenstufen, öffnete die Eingangstür und trat ins Freie.

»*Der Tag der Biene* … du weißt schon … das hat mich ganz schön zum Nachdenken gebracht. Die Tage vergehen einer nach dem anderen. Und irgendwann sind alle aufgebraucht. Ich möchte nicht, dass mir eines Morgens klar wird, dass ich sie nicht genutzt habe. Deshalb gebe ich der Begegnung mit Martin eine Chance. Nicht als eine Sache, die klappen muss, sondern als eine Episode meines Lebens, die vielleicht Spaß macht … und ohne zu wissen, wie sie ausgeht. Oder ob es überhaupt zu einer Episode wird.«

Marga nahm ihren Lederbeutel von der Schulter und deponierte ihn im Korb am Fahrrad. »Ich dachte immer, du würdest sowieso jeden Tag nutzen.«

»Tu ich auch, bisher allerdings hauptsächlich für Kuchen und so.« Eva kicherte vergnügt. »Aber jetzt schnapp ich mir auch noch die größeren Dinge.«

»Was das anbelangt, sind wir schon zwei. Ich war gestern beim Friseur. Warte, ich schicke dir ein Foto.« Marga stellte sich in die Morgensonne, machte ein Selfie und sendete es an Eva und gleich danach an Kirsten.

»Marga! Himmel noch mal. Du siehst gar nicht mehr wie du selbst aus.«

»Ist das ein Kompliment?«

»Das ist ein Riesenkompliment.« Eva schnalzte mit der Zunge. »Ich muss mich allerdings erst dran gewöhnen. Du kennst mich. Blondieren und so ist nicht so meins. Aber dir steht es richtig gut. Hoffentlich erkennt Alprecht dich.«

Die Nennung von Pauls Namen war die perfekte Überleitung für Marga. »Stell dir vor, Eva, er hat mir geantwortet.«

»Nimmst du mich auf den Arm?«

»Das täte ich nie. Paul hat mir tatsächlich geschrieben.« Marga stieg aufs Rad, fuhr aber nicht los, sondern blieb, wo sie war. Sie spürte, wie erneut die Aufregung durch ihren Körper kribbelte, weil der anonyme Austausch mit Paul zu etwas unerwartet Neuem in ihrem Leben geworden war. Eine *Episode*, von der sie nicht wusste, wohin sie führen würde.

»Was steht denn in der Mail?«, drängte Eva. »Lass dir nicht alles aus der Nase ziehen. Wie schreibt dein Chef?«

»Wie Käsesahnetorte frisch vom Bäcker.« Margas Stimme klang butterweich. »Na, wie hört sich das an?« Sie hielt inne. »Oh sorry, ich wollte keinesfalls deine Diätpläne torpedieren.«

»Ach was«, erwiderte Eva unbekümmert. »Worte machen nicht dick, also sag schon, was Alprecht geantwortet hat.«

Marga warf einen Blick auf die Uhr. »Später, jetzt ich muss los.« Bevor sich Eva beschweren konnte, legte sie auf, verstaute das Handy und radelte eilig los. Insgeheim hoffte sie, Paul wieder auf einen schnellen Kaffee in der Küche zu treffen, bevor er zu seinen Erledigungen aufbrach. Das Gespräch hatte sie zwar aufgehalten, aber wenn sie sich beeilte, schaffte sie es vielleicht noch. Der Gedanke ließ sie schneller treten.

Als sie jedoch völlig verschwitzt an der Zufahrt des Anwesens ankam, rollte Pauls Wagen an ihr vorbei und bog an der Ecke ab. Enttäuschung machte sich in Marga breit, als die Rücklichter aus ihrem Blickfeld verschwanden. Schade, sie hätte gern gewusst, wie es Paul heute ging.

Sie stellte das Rad ab, zog ihre Arbeitskleidung an und ging ins Haus. In der Küche wischte sie mechanisch ein paar Wassertropfen aus dem Becken und dachte an das Telefonat, bei dem sie Paul belauscht hatte. Dass sie heimlich zugehört hatte, machte ihr ein schlechtes Gewissen. Andererseits wusste sie seitdem, was er über ihre Nachrichten dachte. Dass sie ihm halfen.

Kurz darauf registrierte sie, dass das Becken vor Sauberkeit blitzte und sie immer noch herumwischte. Neuerdings war sie mit den Gedanken ständig woanders. Sie hängte das Handtuch in den Küchenschrank und griff nach ihrem Handy, um Pauls Antwort noch einmal zu lesen.

Liebe Unbekannte,
oder sollte ich schreiben liebe Bekannte?

Seine Formulierung *liebe Bekannte* fühlte sich an, als wüsste Paul, dass *sie* ihm schrieb – ein Gedanke, der sie schwer schlucken ließ. Im Schutz der Anonymität traute man sich Dinge, die man sonst nicht mal denken würde, hatte Kirsten gesagt, und es stimmte. Nie im Leben käme Marga auf die Idee, das, was sie Paul als Unbekannte anvertraute, laut auszusprechen. Nicht mal vor Kirsten oder Eva hatte sie je derart intim von ihrer Trauer um Nane gesprochen. Weil sie es nicht wirklich hätten nachvollziehen können. In Paul hatte sie ein Gegenüber, das *wusste*, wovon sie sprach. Ihm zu schreiben war wie der Eintrag in ein digitales Tagebuch, überlegte sie, ein geschützter Raum, in dem sie sich ganz und gar öffnen konnte. Und nun hatte dieses »Tagebuch« sogar geantwortet.

Mit plötzlich schweißnassen Fingern las Marga weiter:

Nach längerem Überlegen bin ich zu dem Schluss gekommen, dass wir uns kennen müssen. Und weil wir uns anscheinend schon einmal irgendwo begegnet sind, werde auch ich das vertraute Du verwenden.
Zuerst einmal: Vielen Dank für das aufrichtig empfundene Mitgefühl, das aus Deinen Zeilen spricht. Es schmerzt mich, dass Du ebenfalls einen geliebten Menschen verloren hast.
Nach einem Unglück dieses Ausmaßes folgt für jeden eine herausfordernde Zeit. Wenn ich abends im Bett liege und über das Schicksal grüble, das sich von einem Moment auf den anderen so abrupt ändern kann, denke ich immer auch darüber nach, wie unterschiedlich Menschen mit Verlusten umgehen. Einige wollen den Tatsachen nicht ins Auge sehen. Andere verbittern, vermut-

lich weil sie sich vom Leben betrogen fühlen. Wieder andere fangen an, sich mit Spiritualität zu beschäftigen oder mit dem Leben nach dem Tod auseinanderzusetzen. Du weißt selbst, was Trauer bewirken kann. Zu welcher Gruppe Trauernder ich gehöre, habe ich noch nicht herausgefunden.
Übrigens danke ich Dir für das Bild, das Du in Deiner Mail von der Trauer zeichnest. Bis ich Deine Zeilen las, habe ich mir nie klargemacht, dass wir ohne Schmerz Lebewesen wären, die nicht fühlen. Dass Trauer zur Liebe dazugehört. Dass es ohne sie nicht geht, wenn wir von der Süße der Liebe kosten wollen.
Es ist seltsam, mit Dir über solch intime Gefühle in Austausch zu treten, denn ich weiß nicht, wie gut oder wenig gut wir uns kennen. Und wo ich schon dabei bin ... ich habe eine Bitte an Dich: Wenn Du mir noch einmal schreiben solltest, gib Dich doch bitte zu erkennen. Es wäre eine große Erleichterung für mich zu wissen, wer Du bist. Denn ehrlich gesagt weiß ich nicht, was es bringen soll, im Dunkeln zu tappen. Was versprichst Du Dir davon, mir Deinen Namen zu verschweigen?
Kannst Du mir wenigstens das sagen? Geht es vielleicht darum, dass Du bisher niemandem, oder zumindest mir nicht, von Deinem Verlust erzählt hast? Fühlst Du Dich vielleicht erst durch meinen dazu ermutigt, Deinen in Worte zu fassen?
Ich begegne tagtäglich vielen Menschen. Den meisten nur oberflächlich, wenn ich ehrlich bin. Die Zeit lässt es gar nicht anders zu. Eventuell erlebst Du es selbst: Viel zu selten ergibt sich die Möglichkeit, Bekanntschaften

zu intensivieren. Selbst wenn man das manchmal durchaus wollen würde.
Deshalb glaube ich, dass wir uns allenfalls flüchtig kennen und unsere erste Begegnung noch nicht allzu lange her ist. Sag, sind wir uns vielleicht auf dem Fest bei Daniel begegnet? Haben wir dort miteinander gesprochen? Bist du Anne? Du standst an der Bar, Daniel hat uns miteinander bekannt gemacht, und wir haben circa eine halbe Stunde miteinander geplaudert, leicht und locker, sehr angenehm. Später kam Sybille dazu, sicher erinnerst Du Dich daran. Sie war ein bisschen eifersüchtig, weil ich mich so gut mit Dir verstanden habe. Es tut mir heute noch weh, wenn ich an ihren Vorwurf denke, denn ich halte nichts von Eifersucht. In einer guten Beziehung vertraut man einander. Dennoch habe ich Sybille diesen kleinen Fehler natürlich nachgesehen. Schließlich ist … war sie noch so jung und dem Alter der Missgunst vielleicht einfach noch nicht entwachsen, so wie man es mit fünfundvierzig ist. Glaub jetzt aber bitte nicht, ich sei ein Übermensch, der all seine Gefühle unter Kontrolle hat. Bin ich nicht.
Den Schmerz über Sybilles Tod habe ich kein bisschen im Griff. Vielmehr lenkt er mich jede Stunde des Tages. Und oft genug auch in der Nacht, wenn ich keine Ruhe finde, weil mein Kopf das, was passiert ist, einfach nicht begreifen kann und immer wieder grübelt. Um ehrlich zu sein, ist seit Kurzem noch eine gehörige Portion Wut dazugekommen. Vielleicht erzähle ich Dir demnächst mal, worüber ich mich so aufrege. Oder was mich so betrübt.

Aufregen ist, glaube ich, nicht das passende Wort für das, was ich empfinde.
Manchen Morgen komme ich kaum aus dem Bett, weil die Trauer wie ein Gewicht auf meiner Brust liegt. Ein paar Stunden später kann es geschehen, dass ich sie plötzlich vergesse, etwa während eines Meetings, wenn ich sehr konzentriert bin, oder wenn jemand einen Witz erzählt – jemand, der nichts von Sybilles Ableben weiß – und mich zum Lachen bringt. In den Sekunden, in denen die Heiterkeit aus mir herausbricht, vergesse ich alles, sogar Sybille. Hinterher fühle ich mich deshalb ziemlich mies.
Wie ist es Dir damals ergangen? Nach dem Verlust, meine ich? Ist Trauer für Dich auch wie eine schwarze Wolke, die beständig über Dir schwebt, aber sich ab und zu lichtet, um einen Sonnenstrahl durchblitzen zu lassen?
Wenn Du mir darauf eine Antwort geben könntest, wäre ich Dir dankbar. Du weißt ja, dass Trauernde sich an jeden Strohhalm klammern, um zu überleben.
Unlängst habe ich mit meiner Haushälterin einen Kaffee getrunken und mich dabei einen Augenblick wieder wie ich selbst gefühlt. Das Gespräch mit ihr war so normal, dass für einen Moment die Sonne durchkam. Obwohl wir sonst nie groß miteinander Worte wechseln. Seltsam, nicht? Jedenfalls bin ich für solche Sequenzen, mögen sie noch so flüchtig sein, unendlich dankbar, ich sauge sie geradezu auf.
Ich hoffe, dass auch Du diese Momente hast, dass Du sie schätzt und voll auskostest. Das Leben ist zu kostbar, um es an sich vorbeiziehen zu lassen. Das ist absolut wahr.

Ich glaube, dass ein Unglück einen dankbarer machen kann. Und ich hoffe, dass es bei mir so sein wird. Dass es auch bei Dir so ist. Zumindest lese ich Dankbarkeit aus Deinen Zeilen, und das imponiert mir. Es gibt zu viele Beispiele, in denen Menschen vor Trauer verbittern. Sie glauben, das Leben sei ihnen etwas schuldig, und meinen, das gäbe ihnen das Recht, an allem herumzumeckern. Dabei verlieren sie dadurch bloß noch mehr.
Was mich anbelangt wird die Trauer mich vermutlich noch länger begleiten, die Wut ebenfalls, und, ganz unter uns, ich wäre bereit, eine Stange Geld dafür zu zahlen, wenn mir jemand dabei helfen würde, beides abzuschütteln.
Tja, und jetzt noch mal zu meiner Bitte, damit Du sie nicht vergisst: Schreib mir doch bitte, wer Du bist. Du musst wissen, dass ich verdammt neugierig bin und mich ununterbrochen frage: Wer ist diese Frau? Also, falls Du es Dir vorstellen kannst, wäre ich Dir ziemlich dankbar, wenn Du mich nicht länger im Dunkeln tappen ließest. Ich beiße nur sehr selten. :)
Es grüßt Dich herzlich
Paul

Marga starrte auf ihr Telefon hinab und las Pauls Worte immer und immer wieder. Auf eine verrückte Art hatte sie sich nie jemandem so nahe gefühlt wie dem Verfasser dieser Sätze. Sie teilten den gleichen Schmerz, und obwohl Nanes Tod so weit zurücklag, spürte Marga, wie sich das Gemeinsame wie eine warme Decke um ihre Seele legte.

»Und, wie läuft es zu Hause?«, erkundigte sich Marga, als sie sich mittags mit Gärtner Rolf zur Pause traf. Sie saßen auf der Teakholzbank, die vor dem Personalhäuschen in der Sonne stand. Marga schälte eine Banane, Rolf angelte ein Brot aus seiner Lunchbox.

»Bescheiden.« Beherzt biss er in seine Schnitte. »Das ist allerdings nichts gegen das, was Herr Alprecht gerade durchmacht, oder?«, fragte er kauend. »Also will ich mich mal lieber nicht beklagen.«

»Da hast du wohl recht.« Marga legte die Bananenschale fein säuberlich zusammen und deponierte sie neben sich.

Rolf sah sie von der Seite an und ließ sich einen Moment Zeit, bevor er sagte: »Die Frisur steht dir fantastisch. Sicher wirst du ständig angebaggert. Versprich mir, dass du nicht kündigst, weil sich dir was Besseres bietet. Neue Frisur, neue Partnerschaft, neues Glück, neue Arbeit ... so was in der Art.«

Marga grinste verlegen. »Nun übertreib mal nicht. Wegen einer neuen Frisur ändert sich doch nicht plötzlich das ganze Leben.« Sie hatte es kaum ausgesprochen, als sie an das denken musste, was Conny gern sagte, wenn sie fand, dass Marga zu bescheiden war: *Ein Kompliment relativiert man nicht, man nimmt es an und bedankt sich dafür.*

Bevor Marga jedoch einen Dank formulieren konnte, sprach Rolf schon weiter: »Ich übertreibe kein bisschen. Du siehst toll aus. Nicht dass du das nicht schon immer getan hättest, aber jetzt besonders.«

Marga wurde rot und bedankte sich endlich. Als sie sich kurz darauf der Bügelwäsche widmete, hallte sein Lob noch immer in ihr nach. Es trug sie durch den Nachmittag und ließ Marga alles, was anstand, mit Schwung erledigen.

Abends setzte sie sich mit ihrer Mahlzeit an den Rechner und antwortete Paul. Die Sätze kamen wie von selbst, und die Mail war schneller abgeschickt, als Marga überlegen konnte. Später schlief sie ein, ohne sich eine einzige Sorge gemacht zu haben. Es war, als wäre sie tatsächlich in ein anderes Leben geschlüpft.

13. Kapitel

»Hätten weniger Bücher nicht auch gereicht, Dad?« Inga stand vor ihrem Schreibtisch und zählte die Bücher, die Paul aus der Papiertüte gezaubert hatte, kaum dass er durch den Holzperlenvorhang ihrer Kuschelecke zu ihrem kleinen Arbeitsbereich getreten war.

»Es sind bloß sieben.«

»Yep. Und die reichen bis ins nächste Jahr oder länger«, schätzte Inga.

»Jetzt bist du zumindest gewappnet, falls du wieder mal vom Lesefieber gepackt wirst.« Paul schob die Bücher zur Seite, sodass der Turm direkt vor Inga zu liegen kam.

»Ich habe übrigens jedes einzelne angelesen und für gut befunden. Der Buchhändler meinte, er könne sich nicht daran erinnern, dass schon mal jemand derart akribisch Bücher ausgesucht hat.«

»Seit wann fischst du nach Komplimenten?« Inga sortierte die Bücher nach Größe. »Das nächste Mal stürzt der Buchhändler sich garantiert auf dich, sobald du seinen Laden betrittst.« Sie ließ vom Lesefutter ab, schloss die Arme um Paul und drückte sich an ihn. »Du bist doch nicht hier, um mir was zum Schmökern zu bringen, oder?«

»Wieso nicht?« Paul versuchte so ungezwungen wie möglich zu lächeln. »Geschichten sind großartig. Aber natürlich bin ich auch hier, um mich davon zu überzeugen, dass es dir besser geht.«

»Dass es *mir* besser geht? Ich war bloß erkältet. Dich hat es viel schlimmer erwischt.« Inga warf ihm einen nachdenklichen Blick zu. »Weißt du, Dad, du musst nicht stark sein, weil du glaubst, das sei deine Aufgabe. Du machst gerade eine echt schwere Zeit durch. Es darf dir schlecht gehen.«

Paul strich Inga eine Strähne ihres langen Haars aus dem Gesicht. »Mach dir keine Sorgen um mich, Spatz. Es ist gerade nicht leicht, das stimmt, aber ich komme klar.«

»Tust du nicht.« Inga fuhr mit dem Finger eine Falte auf Pauls Stirn nach. »Die Runzel hier ist neu. Bestimmt ist es eine Kummerrunzel.« Paul hob an, um etwas zu erwidern, doch Inga sprach schon weiter. »Ich kenne dich, Dad. Du glaubst, du müsstest mir vorleben, wie man durch schwierige Zeiten kommt. Von wegen starker Vater und so.«

Paul nahm ihre Hand und hielt sie in seiner. »Wäre das so schlimm?«

»Nicht schlimm, aber zu viel verlangt. Ich bin kein Kind mehr, sondern sechzehn. Ich verstehe, was es bedeutet, wenn plötzlich jemand stirbt.«

Eine Schweigepause entstand.

»Wo ist eigentlich deine Mutter?«, fragte Paul irgendwann.

Inga zuckte mit den Schultern. »Noch in der Boutique vermutlich. Oder bei einem Date. Sie sagt nichts, um mich nicht zu beunruhigen, aber ich weiß, dass sie seit einiger Zeit auf Beutezug ist.«

»*Beutezug?* Du meine Güte, das klingt, als wäre deine Mutter ein Wegelagerer.«

Inga sagte nichts dazu. Paul folgte ihr ins Wohnzimmer, wo sie sich auf die Couch fallen ließen. Er kam regelmäßig zu Besuch, doch heute wirkte der Raum seltsam unbelebt. Keine Vase mit Blumen stand auf dem Tischchen, und die Kommode, auf der sonst die Zeitschriften lagen, die Birgit las, war verwaist.

»Stört es dich? Der Beutezug?«

Inga schlug die Beine unter. »Mamas Heimlichtuerei stört mich.« Sie tippte sich gegen die Unterlippe. »Klar, sie will nicht für immer allein bleiben. Das verstehe ich.« Sie zog eine Schnute. »Aber du bist nur schwer zu ersetzen. Das hab ich Mama gesagt, und deshalb hat sie vermutlich Angst.«

Paul gab Inga einen Kuss auf die Wange. Täuschte er sich, oder wirkte sie niedergeschlagen? Das Thema schien auch Jahre nach seiner Scheidung von ihrer Mutter nicht einfach für sie.

»Mich habt ihr damals jedenfalls nicht gefragt, ob ich für eine Trennung bin oder dagegen.« Der Blick, den Inga Paul zuwarf, sprach Bände. »Hätte ich ein Mitspracherecht gehabt, wärt ihr noch verheiratet.«

»Glaub mir, ich hätte es mir auch anders gewünscht. Aber wünschen allein hilft manchmal nicht. Und deine Mutter und ich bekommen es doch ganz gut hin, findest du nicht?«

Inga hatte den Kopf an Pauls Schulter gelehnt, nun löste sie sich von ihm. »Oberflächlich betrachtet ja. Ihr sprecht zivilisiert miteinander. Aber Gefühle lassen sich nicht abrichten wie ein Hund. Sitz, Platz, bei Fuß …« Inga warf ihm einen flehenden Blick zu, der sich unangenehm in ihn hineinbohrte. »Was wäre eigentlich, wenn ich für eine Weile zu dir ziehen wollte?« Sie sah ihn abwartend an, und er zog die Brauen hoch. Ihre Frage überraschte ihn.

»Darüber müssten wir mit deiner Mutter sprechen«, entgegnete er und bemühte sich um einen neutralen Tonfall, um Inga nicht das Gefühl zu geben, dass ihm die Vorstellung, sie in seinem Haus zu haben, nicht behagte. Tatsächlich spürte er Wärme in sich aufsteigen, als ihm bewusst wurde, was ihre Frage bedeutete.

Inga schmollte dennoch. »Na toll, ich höre schon ein lautes Nein von Mama. Von wegen, ein Kind gehört zur Mutter.«

»Du bist kein Kind mehr, Inga. Das weiß auch deine Mutter.«

»Da wäre ich mir nicht so sicher. Sie hängt an mir wie eine Klette.«

»Soll ich mal unter vier Augen mit ihr sprechen?« Er ertappte sich dabei, wie er sich im Stillen bereits Sätze zusammensuchte, mit denen er Birgit überzeugen konnte. Inga um sich zu haben wäre … irgendwie erheiternd. Sie brächte Leben ins Haus. Mit ihr wäre er weniger einsam. Natürlich wäre es herausfordernd, denn Inga konnte ein Sturkopf sein, doch das störte ihn nicht.

Sie leckte sich über die Unterlippe und winkte ab. »Lass mal, das bringt nichts. Mama ist echt militant in letzter Zeit. Nervig.«

»Überleg es dir. Ich stehe jederzeit zur Verfügung.« Paul machte eine ausladende Handbewegung und deutete eine Verbeugung an, als sei er ein Butler. Inga grinste und schnippte spielerisch gegen seinen Arm. Er knuffte sie, beide lachten.

»Ach, übrigens«, fiel ihm ein, als sie sich schließlich wieder gegen ihn lehnte. »Ich fliege für zwei Wochen nach Portugal.« Er erzählte von seinen Plänen, und als er endete, sah Inga ihn mit diesem hilflosen Blick an, den er seit der Scheidung von Birgit viel zu oft an ihr sah. Er unterdrückte ein Seufzen und strich ihr über das Haar; sich bewusst, dass das bei einem Mädchen im Teenageralter durchaus übergriffig war. Doch Inga ließ es geschehen.

»Sag mal, Dad, hast du nach dieser schrecklichen Sache mit Sybille eigentlich den Glauben an die Liebe verloren?«, fragte sie, ohne ihn anzublicken. »Weißt du, manchmal blühen Gefühle, die man verloren glaubte, wieder auf. Darüber haben wir neulich im Deutschunterricht in der Literaturstunde gesprochen.«

Pauls Alarmglocken schrillten auf, und er hielt in seiner Bewegung inne. Worauf zielte Inga ab? »Wiederaufblühende Gefühle … So was passiert natürlich«, gab er zu. »Aber es kommt vermutlich nicht häufig vor.«

Inga ließ nicht locker. »Glaubst du daran, Dad?«

Paul strich mit der Hand über Ingas Wange. »Ich will dich nicht mit einer halbherzigen Antwort abspeisen, dafür bist du mir zu wichtig, also spreche ich ganz offen. Ich denke, es geht selten gut, wenn Gefühle zwischen zwei Menschen, die, durch welche Umstände auch immer, erloschen sind, wieder aufflammen. Und was deine Frage über die Liebe grundsätzlich angeht … Ich habe nicht den Glauben an sie verloren, für den Moment höchstens ein bisschen das Vertrauen ins Leben. Aber das wird schon wieder.« Jetzt seufzte er doch. »Der Tod ist eine verstörende Erfahrung. Vor allem, wenn man einen Menschen von einem Moment auf den anderen verliert, ohne Vorwarnung. Und erst recht, wenn jemand so jung war wie Sybille.«

Ingas Lippen kräuselten sich. »Ich hab furchtbare Angst, dir könnte ebenfalls etwas zustoßen, Dad. Das darf ich mir gar nicht vorstellen.«

Die Beklemmung legte sich wie eine zentnerschwere Last auf Pauls Brust, als er Ingas feuchte Augen sah. Er schlang seinen Arm um sie. »Ich passe schon auf mich auf. Hoch und heilig versprochen.«

Inga schniefte. »Sybille hat sicher auch auf sich aufgepasst, und dann ist sie in den Pool gestiegen …« Sie brach ab, ohne das Unfassbare auszusprechen. »Wie schaffst du es, jeden Morgen aufzustehen und weiterzumachen?«

Paul zog Inga noch näher an sich heran. Während der Fahrt hierher hatte er nachgedacht, welche Gefühle und Gedanken er mit seiner Tochter teilen wollte und welche er besser für sich behielt, um sie zu schützen. Inga wirkte schon recht erwachsen oder wollte zumindest den Anschein erwecken, sie sei es. Doch manchmal entdeckte Paul noch immer das kleine Mädchen in ihr, das er so viele Jahre tagtäglich um sich gehabt hatte. Er wollte sie beschützen, solange er konnte, wusste jedoch, dass er sie gleichzeitig auf das Leben vorbereiten musste. Ein Spagat, der nicht leicht zu bewältigen war, wenn der Tod ins Spiel kam. Der Tod änderte alles. Er verschob sogar die Rollen zwischen Eltern und Kindern.

»Ich wünschte, ich könnte dir ein Rezept für Notlagen weitergeben, aber leider habe ich keins. Im Leben passieren wunderbare Dinge, genauso jedoch auch schlimme. Man muss das Geschehene an sich heranlassen. Ich denke, das ist die einzige Möglichkeit, zu begreifen und zu verarbeiten, was einem passiert. Freunde sind natürlich wichtig, weil wir mit ihnen offen reden können …« Paul überlegte, bevor er hinzufügte: »Unterm Strich ist es ein bisschen wie ein Langstreckenlauf. Wenn es herausfordernd wird, musst du mit der Anstrengung wachsen und alles aus dir herausholen.«

Er spürte Ingas Herz klopfen und hörte sie schniefen. Er zog ein Taschentuch aus der Hosentasche und reichte es ihr. Inga schnäuzte sich und warf das Taschentuch achtlos auf den Tisch.

»Wie steht's in der Schule? Was machen deine Freundinnen? Und die Jungs?«

Inga funkelte ihn an. »Ich war krank, Dad. Da ist man nicht auf dem Laufenden, was in der Schule abläuft.«

Paul hob die Hände zur Kapitulation. »Schon kapiert. Ich habe die rote Linie überschritten. Heikle Fragen sind tabu. Wird nicht wieder vorkommen.«

Inga grinste. »Tu nicht so. Nächste Woche fragst du mich doch wieder irgendwas in der Art.«

Er hatte sich geirrt: Die Rollen waren klar verteilt, und es tat gut, dass es so war.

»Versprichst du mir eins, Dad?«, fragte Inga plötzlich. »Wenn du dich wieder verliebst, möchte ich die Erste sein, die es erfährt. Ja?«

»Natürlich, Spatz.«

Sie hielt ihm die Hand zum Abklatschen hin, und Paul schlug ein.

»Aber keine Sorge, ich habe sowieso zu viel zu tun und gar keine Zeit für Dates.«

»Pah, Sybille stand auch eines Tages wie aus dem Nichts auf der Matte … Hey, ich hab eine Idee.« Ingas Augen leuchteten auf. »Wenn du so weit bist, suche *ich* jemanden für dich. Männer leben länger, wenn sie in glücklichen Beziehungen sind, weißt du? Und ich will dich so lange behalten wie möglich.«

Paul lächelte. »Ich *bin* in einer glücklichen Beziehung«, sagte er. »Mit dir, Inga. Meine Liebe für dich war da, seit du zum ersten Mal vor mir standst und Birgit dich mir vorgestellt hat. Das Leben hat sie, wie von Zauberhand, auf mich gestreut.«

Inga kniff die Augen zusammen, um die aufsteigenden Tränen niederzukämpfen. »Ach, Dad.« Sie drückte ihre Wange an Pauls, dann gab sie ihm mehrere Küsse. »Du bist der ultimativ perfekte, beste Vater auf der ganzen Welt.«

Ingas ungestüme Zuneigung ließ das Gewicht auf Pauls Brust ein kleines bisschen leichter werden. Für sie wollte er annehmen, was das Schicksal ihm hingeworfen hatte, und sich aufs Neue ins Leben stürzen. Darauf würde er sich konzentrieren. Alles andere rückte in den Hintergrund.

14. Kapitel

Prachtvolles Wetter leuchtete vor dem Fenster, als Whitneys Stimme Marga am nächsten Morgen zur gewohnten Zeit weckte. Sie schwang die Beine aus dem Bett, trällerte den Song bis zum Ende mit und machte ein paar Gymnastikübungen. Nachdem sie geduscht hatte, setzte sie sich mit ihrem Müsli auf den Balkon und klappte den Rechner auf, um noch einmal zu lesen, was sie Paul gestern geschrieben hatte.

30. Juni
Betreff: *Die schwarze Wolke*

Lieber Paul,
leider konnte ich in den Betreff nichts Schöneres schreiben, was ich zu gern getan hätte, aber Du hast mich explizit zur Trauerbewältigung befragt, und darauf möchte ich eingehen.
Doch zuerst: danke für Deine Antwortmail. Ganz ehrlich, dass Du mir schreibst, hat mich überrascht. Tust Du es vorrangig, um herauszubekommen, wer ich bin?
Weißt Du, Paul, ich denke, es kommt nicht so sehr darauf an zu wissen, wer Dir schreibt, sondern darauf, ob das, was ich Dir zu sagen habe, hilft. Ob ich Dir mit mei-

nen Gedanken ein bisschen Sonne ins Leben zaubern und die schwarzen Wolken kurz verdrängen kann.
Vielleicht hattest Du bis jetzt niemanden in Deinem näheren Umfeld, der selbst den Verlust eines Menschen bewältigen muss und weiß, dass Trauer zwar furchtbar schwer zu tragen ist, dass sie aber eines Tages zu etwas wird, das Du schultern kannst.
Du nennst die Trauer »schwarze Wolke«, ein passendes Bild, das muss ich zugeben. Ich habe sie anfangs als etwas erlebt, das mir den Atem nimmt. Ich hatte buchstäblich Angst zu ersticken. Später fürchtete ich, nie mehr glücklich zu werden. Das sind Sorgen von dem Kaliber, das sich in uns als Gedanken festsetzt und uns daran hindert weiterzugehen.
Niemand hat uns versprochen, dass das Leben immer einfach ist, aber die Stelle in Deiner Mail, in der Du von den Meetings sprichst, die Dich Sybilles Schicksal kurz vergessen lassen, und von den Witzen, die Dich, ohne dass Du es willst, zum Lachen bringen – das sind zwei gute Beispiele dafür, wie das Leben funktioniert. Nämlich wie ein Muskel, der sich an- und wieder entspannt. Und dann sind da noch wir selbst, die entscheiden, ob wir links oder rechts abbiegen wollen oder besser geradeaus weitergehen.
Ich will Dir nicht verschweigen, dass ich mit der Richtung meines Lebens mitunter meine Probleme habe. Lange wusste ich nicht, wo ich langgehen soll. Aber damit ist nun Schluss. Ich möchte die Dankbarkeit, die Du in Deiner Mail ansprichst und die ich tatsächlich verspüre, endlich in mutige Entscheidungen für das Leben

umsetzen und einer bestimmten Richtung folgen – nach vorne.
Der Tod meines geliebten Menschen hatte mich nämlich dazu gebracht, die Dankbarkeit lange zu vergessen und durch die Tage zu stolpern. Diesbezüglich gebe ich kein allzu gutes Beispiel ab, fürchte ich. Vielleicht ist es ein kleiner Trost, dass es Dein Verlust ist, der mir sozusagen die Augen geöffnet hat. In Deinem Leid erkenne ich mich selbst, und eventuell gelingt es, dass wir uns gegenseitig aufrichten. Denn auch ich würde die Trauer gern abschütteln. Selbst die Reste, die ich noch spüre, wäre ich gern los. Und ja, manchmal habe auch ich, selbst heute noch, ein schlechtes Gewissen, wenn ich meinen geliebten Menschen kurz vergesse. Aber es gibt noch einen zweiten Menschen, der genauso fest in meinem Herzen verankert ist wie jener, dem ich Lebewohl sagen musste. Und für diesen Menschen lohnt es sich, aus der schwarzen Wolke herauszutreten, sooft es geht.
Sei geduldig und lass dem Schmerz und der Wut den Raum, den sie brauchen. Das ist so etwas wie eine gute Tat an Dir selbst.
Bitte entschuldige, dass ich Dir nicht verrate, wer ich bin. Noch kann ich es nicht.
Es grüßt Dich … diejenige, die Dir weiterhin Mut zusprechen möchte!

Marga schloss die Mail und klappte den Rechner zu. Im Bad schlug sie sich auf die Schulter und sagte zu ihrem Spiegelbild: »Du schlägst dich wacker, Marga.«

Sie war kurz davor gewesen, Pauls Wunsch, ihre Identität

zu lüften, nachzugeben, weil sie freundlich sein wollte. Und ihre Finger hatten bereits die ersten Buchstaben ihres Namens getippt. Doch dann hatte sie sich dagegen entschieden. Es ging nicht um Freundlichkeit, sondern darum, etwas zuzulassen, das sich nicht einschätzen ließ, und sie war nicht bereit, die befreiende Offenheit zu opfern, die dieser neue Weg mit sich brachte. Paul würde das schon aushalten.

Zufrieden stieg sie aufs Rad und fuhr zur Arbeit. Paul war auch heute schon fort, als sie ankam, und tauchte den ganzen Tag nicht auf. Ob er ihr aus dem Weg ging? Doch warum sollte er?

Sie versuchte, ihre Enttäuschung zu überspielen, indem sie nachmittags, kaum zu Hause angekommen, Frank anrief und ihn fragte, worauf sie achten musste, wenn sie sich morgen die Haare wusch.

»Einfach nach dem Waschen über die Rundbürste ziehen. Du hast ja gesehen, wie ich es gemacht habe. Und Gel zum Fixieren nicht vergessen. Und zwar nicht zu knapp.«

Marga dankte Frank und setzte sich vor den Fernseher.

»Dranbleiben«, sagte die Moderatorin des Abendmagazins zu einer Frau, die über ihr Singledasein sprach. »Sie müssen sich immer wieder ins Spiel bringen, ob im realen Leben oder online.«

»So sieht es aus«, kommentierte Marga. Auch sie musste dranbleiben.

Gegen halb neun meldete sich ihr Handy, und Marga ließ es beinahe fallen, als sie sah, dass in ihrem Postfach eine weitere Mail von Paul eingegangen war. Sie fühlte, wie ihr Herz flatterte, ließ sich auf der Couch zurücksinken und zwang sich zu ein paar tiefen Atemzügen, bevor sie zu lesen begann:

31. Juni
Betreff: AW *Die schwarze Wolke*

Liebe Anne,
frag mich nicht, warum, aber eine Stimme in mir sagt mir, Du könntest es sein, die mir schreibt. Leider bist Du ja nicht darauf eingegangen, aber sei's drum.
Falls Du es bist, stellte Daniel Dich mir an jenem Abend mit folgenden Worten vor: »Paul, das ist Anne. Sie arbeitet als Coach und spricht vor verstockten Managern wie mir und hofft, dass wir nach ihrer Intervention auch noch das Letzte an Energie aus uns rausholen.« Er lachte, und Du, Anne, hast in sein Lachen eingestimmt. Danach sagte Daniel, du würdest fantastisch Tennis spielen und liebtest, ganz altmodisch, Briefe auf Papier. Aber vielleicht ja auch Mails?
Ich erinnere mich jedenfalls, dass Daniel schwärmte: »Wenn Du ihre Mails liest, weißt Du, dass Anne Fachfrau durch und durch ist. Sie drückt sich großartig aus.« Nach diesen Worten ließ er uns allein, weißt du noch? Du hast einen Hugo getrunken und ich ein Glas Weißwein. Wir haben angestoßen und begannen, uns locker über dies und das zu unterhalten.
Niemals wäre ich auf die Idee gekommen, dass die Frau, deren strahlendes Lächeln so selbstverständlich auf mich wirkte, wüsste, was Trauer bedeutet. Dass Du jemanden verloren haben könntest. In unserem Alter ist die Sterblichkeit ja meist noch weit entfernt. Zumindest ich habe mir bis dato nie Gedanken über so etwas gemacht. Ich kannte nur den Weg vorwärts und nahm

mein erfülltes Leben als selbstverständlich hin. Außer meiner Scheidung gab es keine Tiefpunkte, das Leben hatte mich stets verwöhnt.
Kurz gesagt, ich bin mir zwar nicht sicher, dass Du die Schreiberin bist, aber ich tippe zu fünfzig Prozent darauf. Und da ich jemand bin, der die Flucht nach vorn antritt, nenne ich Dich ab nun also Anne.
Hier wären wir, Du und ich. Und wenn es nach mir geht, können wir uns in Zukunft gern von Angesicht zu Angesicht begegnen. Gib mir einfach ein Zeichen …
Du schreibst, es käme weniger darauf an, wer mir schreibt, als darauf, dass die Mails mir helfen.
Ja, das tun sie. Du hilfst mir. Dafür meinen aufrichtigen Dank.
Deine Hilfe besteht vor allem darin, mich im Weitergehen zu bestärken, und in der Tatsache, dass ich nun weiß, dass auch Du gelitten hast beziehungsweise noch immer leidest. Es macht einen großen Unterschied, grundsätzlich zu wissen, dass natürlich viele einen geliebten Menschen verloren haben, oder jemanden zu kennen, der es erlebt hat.
Seit Du mir schreibst, fühle ich mich mit meinem Schmerz nicht mehr so allein. Es ist seltsam, aber es ist, als würde er sich nun auf unser beider Schultern verteilen. Als trügest Du ihn mit mir.
Während ich in Worte zu fassen versuche, was mir gerade bewusst wird, kommen mir die Tränen. Tränen der Erleichterung und der Dankbarkeit, denn es fühlt sich ein bisschen wie nach Hause kommen an, mit Dir über meine Trauer sprechen zu können und Dich über Deine

schreiben zu wissen. Vielleicht hast du recht, und es tut Dir genauso gut, mir von Deinem Verlust zu erzählen. Eine schöne Vorstellung!
Der Tag, an dem ich Deine erste Mail in meinem Postfach fand, markiert, rückblickend, einen Wendepunkt. Ich kann Dir nicht sagen, wie dankbar ich Dir inzwischen für Deine Zeilen bin. Für Dein Dasein, die Motivation, die ich spüre, wenn ich deine Worte lese, und die Geduld, die Du mir nahelegst. Ich verspreche Dir, ich werde geduldig mit mir sein, denn wie Du richtigerweise schreibst, ist das wie eine gute Tat an sich selbst.
Und ich werde nicht nur mit mir geduldig sein, Anne, sondern auch mit Dir. Neben dem Grund für Dein Unsichtbarsein, den Du in Deiner Mail zur Sprache bringst, gibt es, vermute ich, noch einen weiteren. Über den möchtest Du offenbar nicht sprechen. Jedenfalls im Moment nicht.
Was immer es ist, das Dich schweigen lässt, es gehört Dir, und ich werde Dich nicht überreden. Eines Tages öffnest Du mir vielleicht auch diesen Teil von Dir – bis dahin bleibst Du Anne ohne Nachname für mich. Immerhin kann ich Dich nun ansprechen, was mir das Schreiben ein bisschen erleichtert.
Hab einen wundervollen Tag, Anne, ohne Wolken am Himmel, sondern mit ganz viel hell strahlender Sonne.
Es grüßt Dich herzlich
Paul

Marga spürte die Nässe in den Augen und wischte sie rasch mit dem Handrücken weg.

Pauls Worte kamen so ehrlich und menschlich rüber, ganz anders als Marga ihn manchmal hörte, wenn er mit einem Geschäftspartner eine harte Verhandlung führte. In solchen Momenten kannte sie ihren Chef kaum wieder und war unsicher, ob sie den unnachgiebigen Hotelier mochte.

Sie las den letzten Absatz noch einmal und dachte an *Gut gegen Nordwind*. Sie war nicht Emmi Rothner und Paul nicht Leo Leike. Bei ihnen ging es nicht um ein Zeitungsabonnement, aber wie in dem Roman passierte plötzlich etwas Außergewöhnliches. Sie tauschte sich mit jemandem aus, der ebenfalls einen Menschen verloren hatte und der verstand, welch gravierender Einschnitt das war. Etwas Befreienderes konnte Marga sich nicht vorstellen.

Dass Paul sie Anne nannte, bedeutete, dass er auf der falschen Fährte war und sie, was ihre Identität anbelangte, vorläufig in Sicherheit. Sie fragte sich, ob sie bei ihrer nächsten Mail mit Anne unterschreiben sollte, damit er nicht doch noch einmal nachbohrte. Aber wäre das nicht eine Lüge?

Sie entschied, dass sie das nicht allein entscheiden wollte, und eine Viertelstunde später war sie auf dem Weg zu einem neu eröffneten Hotel, um in der Bar ihre Freundinnen zu einem Krisengespräch zu treffen.

Kirsten fühlte sich pudelwohl in der eleganten Umgebung des neuen Hotels und sah sich mit großen Augen um, sog den Luxus mit ihren Blicken geradezu auf. »Wann war ich das letzte Mal zu späterer Stunde in einer Bar, Mädels?«, schwärmte sie.

»Während dieses spektakulären Dates, als du Philip an Land gezogen hast«, antwortete Eva trocken. »Also schon ewig her. Obwohl man natürlich nicht nur mit Männern in Bars gehen kann, sondern auch mit Freundinnen.« Sie warf Kirsten einen vorwurfsvollen Blick zu, als sei es allein ihre Schuld, dass sie so selten gemeinsam ausgingen.

Sie saßen an der Kirschholztheke, und Eva ließ den Barkeeper, der wie ein Schauspieler wirkte, der hier bloß für eine Rolle recherchierte, nicht aus den Augen.

Kirsten rollte mit den Augen. »Sprich bloß nicht weiter, sonst werde ich trübsinnig. Das war gefühlt im vorigen Jahrhundert … Dates mit Philip – was für Zeiten!«

Seit sie auf den Barhockern Platz genommen hatten, wandte auch Marga immer wieder den Kopf und musste zugeben, dass sie sich zwischen den gut gekleideten, angeregt plaudernden Menschen um sich herum ein kleines bisschen wie in einem neuen Leben vorkam. In der Zeitung war über das neu eröffnete Hotel *Königsallee* enthusiastisch geschrieben worden. Und so war Marga Feuer und Flamme gewesen, als Kirsten die Bar als Treffpunkt vorgeschlagen hatte. Wie aufgefädelt saßen sie nebeneinander und lauschten der Musik des Mannes im dunklen Anzug, der an einem Flügel saß und Songs von Frank Sinatra und Dean Martin spielte, während sie Kriegsrat abhielten.

»Und jetzt glaubt Alprecht, du wärst Anne?«, griff Kirsten Margas Grund für ihr Treffen auf. Sie nuckelte an ihrer Weinschorle und Eva an einem Wasser mit einem Zitronenschnitz. Eigentlich trank Eva am liebsten Brandy Alexander oder einen ähnlich süffigen Cocktail, doch die Zeiten waren fürs Erste vorbei, wie sie bei ihrer Bestellung seufzend erklärt hatte. »Zu viele Kalorien, leider.«

Marga hatte einen Hugo bestellt, wie Anne bei ihrem Kennenlernen mit Paul. Sie hatte Lust darauf.

»Hmm.« Marga nickte. »Und hier liegt das Problem. Grundsätzlich ist es natürlich gut, dass Paul glaubt, ich sei sie, dadurch bin ich in Sicherheit, andererseits …«

»… fühlt es sich nicht gut an, sich als eine Frau auszugeben, die man nicht ist. Finde ich jedenfalls.« Eva spießte die Zitronenscheibe auf und biss hinein.

Kirsten schnappte sich eine gesalzene Mandel aus der Schale vor sich. »Sieht so aus, als müssten wir gemeinsam unsere Gehirnzellen anstrengen. Für Margas Problem muss eine Lösung her.«

»Ganz meine Meinung, denn wie man es dreht und wendet, du steckst in einem ziemlichen Schlamassel, Marga.« Die Säure verzog Evas Gesicht, und sie schüttelte sich.

»Nur keinen Stress. Wir kriegen das schon hin.« Kirsten zog die Schale mit den gesalzenen Mandeln näher zu sich heran und streckte Marga ihre Hand entgegen. »Gib mir mal dein Handy, damit ich Alprechts Mail überfliegen kann. Vielleicht fällt mir was ein.«

Marga kramte ihr Telefon hervor und reichte es Kirsten. Während die las, betrachtete Marga ihr Glas, das sie in der Hand hin und her drehte. Der Alkohol stieg ihr schon jetzt in den Kopf, dabei hatte sie noch nicht mal die Hälfte ihres Hugos getrunken.

»Neben dem Grund für Dein Unsichtbarsein, den Du in Deiner Mail zur Sprache bringst, gibt es, vermute ich, noch einen weiteren. Über den möchtest Du offenbar nicht sprechen. Jedenfalls im Moment nicht«, las Kirsten vor. Sie tippte mit dem Zeigefinger auf das Display, doch Eva kam ihr zuvor.

»Ich finde, du solltest Alprecht sagen, dass du ihm schreibst, bevor die Sache dir entgleitet«, meinte sie.

»Mal nicht so schnell. Ich bin mir nicht sicher, ob's schon der richtige Zeitpunkt dafür ist.« Kirsten trank einen großen Schluck von ihrer Weinschorle und stellte das Glas eine Spur zu schwungvoll auf den Tresen.

»Was heißt der *richtige Zeitpunkt*? Der kommt nie. Aber wenn Marga Alprecht jetzt reinen Wein einschenkt und sich bei ihm entschuldigt, geht die Sache sicher glimpflich aus.«

Kirsten fuchtelte mit der Hand vor Eva herum. »Wieso sollte sie sich entschuldigen?«

»Eigentlich will ich ihm nur durch diese bedrückende Phase seines Lebens helfen. Mehr nicht«, sagte Marga leise.

Kirsten sprang ihr bei. »Lass dich nicht von Eva beeinflussen. Alprecht entlässt dich schon nicht, nur weil du ihm ein paar Mails geschrieben hast. Wieso sollte er? Außerdem darf man die Hoffnung auf ein Wunder nie aufgeben. Auch du nicht, Marga.« Kirsten lächelte plötzlich schwärmerisch.

»Hab ich irgendwas verpasst? Welches Wunder meinst du?«, wollte Eva wissen.

»Das Wunder, dass ein Mann wie Alprecht sich für eine Frau interessiert, die nicht wegen seines Erfolgs und dem äußeren Kram Zeit mit ihm verbringt, sondern weil er ein Mann mit Substanz ist. Das wäre doch schön, wo er und Marga sich in den Mails so gut verstehen … Weißt du was?« Kirsten legte Marga einen Arm um die Schultern. »Zieh es einfach noch ein bisschen in die Länge und schreib drum herum, wenn du Alprecht antwortest. Aber unterschreib keinesfalls mit Anne. Jeder löst gern ein Rätsel, und zurzeit bist du Paul Alprechts persönliches Denkspiel.«

»Für Denkspiele hat Paul keine Zeit«, warf Marga zögerlich ein.

»Das ist eine Metapher, Süße.« Kirsten tätschelte ihr liebevoll den Arm.

Eva trank einen Schluck Wasser und verzog abermals das Gesicht. »Die Zeit, als ich Brandy Alexander bestellt habe, hat mir um einiges besser gefallen.«

»Dann hör doch mit dieser langweiligen Diät auf«, meinte Kirsten. »Du bist toll, wie du bist. Und wenn Martin das nicht passt, ist er ein Arsch. Entschuldigt den Ausdruck.«

Eva verdrehte die Augen.

»Nur damit ich es richtig verstehe«, lenkte Marga auf das eigentliche Thema zurück. »Du findest, ich sollte Paul klarmachen, dass ich nicht Anne bin, ihm aber nicht schreiben, wer sich stattdessen hinter dem Absender verbirgt?«

Kirsten nickte.

»Und wer bin ich dann? Für Paul, meine ich …?«

»Du bist das Rätsel, das er lösen muss, das sage ich dir doch die ganze Zeit«, plapperte Kirsten. »Du bleibst noch eine Weile dran, bis es Alprecht besser geht, dann sagst du ihm die Wahrheit.«

Marga griff nach ihrem Hugo und trank noch einen Schluck, obwohl sich ihr Kopf bereits weich anfühlte. Irgendwie hatte sie sich den Abend produktiver vorgestellt. »Ehrlich, jetzt bin ich keinen Deut schlauer als zuvor.«

»Was erwartest du von uns? Dass wir Hellseherinnen sind?« Kirsten schob sich weitere Mandeln in den Mund und zerkaute sie krachend. »Wir sind da, um dir zuzuhören und um zu reflektieren, ob du auf eine Katastrophe zusteuerst. Aber bisher meisterst du die Situation doch recht anständig.«

Eva schob das Wasserglas von sich, hob die Hand und winkte dem gut aussehenden Barkeeper. »Seht ihr, das meine ich«, sagte sie zu Marga und Kirsten gleichermaßen. »Da nimmt man sich vor, eine Diät durchzuziehen, und dann kommt das Schicksal einem in Person eines Barkeepers in die Quere, dem man auf den ersten Blick ansieht, dass er einen perfekten Brandy Alexander mixt.«

Der Barkeeper hatte Evas Worte gehört und grinste. »Sie liegen so was von richtig.« Und schon griff er nach den Zutaten, die Evas Herz höherschlagen ließen, und es war vorbei mit ihrer Diät.

15. Kapitel

1. Juli

Betreff: *Anne … oder nicht, das ist hier die Frage*

Hallo Paul,
ich bin's … Anne. Besser gesagt, ich bin es nicht! Du hältst mich nur für sie.
Ich bringe dieses wichtige Detail gleich zu Beginn zur Sprache, damit Du weißt, dass ein Anruf bei Daniel, um ihn nach Annes Telefonnummer zu fragen, Dich nicht weiterbringt.
Keine Sorge, Paul, ich bin keine Stalkerin, die Dir nachstellt. Solche Geschichten liest man ja immer wieder in der Zeitung. Ich bekomme dann jedes Mal eine Gänsehaut auf den Armen, weil ich es gruselig finde, wenn jemand Fremdes einem hinterherspioniert, um einem seine Gesellschaft aufzudrängen.
Nein, Paul, Du und ich, wir kennen uns, doch Du hast mich in der Vergangenheit kaum wahrgenommen. Es ist ein bisschen wie mit einer Wiese, an der man vorüberfährt. Man sieht nur Grün und denkt sich »Wiese«. Doch wenn man anhält und aus dem Auto steigt, erkennt man, dass lauter kleine Blumen zwischen den

Grashalmen wachsen, Gänseblümchen und Butterblumen und diese lila Blüten, von denen ich nie weiß, wie sie heißen, auf denen aber ständig Hummeln zu sehen sind. Ich habe eine Schwäche für Hummeln. Ich finde, sie sehen so tapsig aus, obwohl sie das gar nicht sind. Als Kind habe ich mich darüber gewundert, wie sie mit ihrem großen Körper so federleicht in die Luft aufsteigen und davonschweben können. Ich fand das faszinierend, und bis heute bringen diese Tiere mich zum Lächeln.
Entschuldige, ich schweife ab. Sicher fragst Du Dich, warum ich Dir schreibe, wenn wir uns doch kennen und genauso gut von Angesicht zu Angesicht treffen könnten, wie Du vorgeschlagen hast.
Aber Dich persönlich anzusprechen, Paul, erschiene mir angesichts dessen, wie wir zueinander stehen, unpassend. Wie ich Dir anfangs bereits schrieb, wollte ich nichts anderes, als Dir in Deiner Trauer beistehen.
Und als ich überlegte, wie ich das tun könnte, kam mir die Idee, Dir von meinem eigenen Verlust zu erzählen.
Mitunter fühlt sich das Leben an, als stünde man an einer Bushaltestelle und warte auf den Bus, der mal wieder Verspätung hat. Und wenn etwas Erschütterndes passiert, ist man so mit der Bewältigung dieser Sache beschäftigt, dass man gar nicht mitbekommt, wie, sinnbildlich gesprochen, laufend Busse anhalten … Die Türen öffnen sich, man könnte einsteigen, und das Leben ginge weiter. Doch statt genau das zu tun, verharrt man wie festgetackert im Bushäuschen und lässt einen Wa-

gen nach dem anderen vorbeifahren und wundert sich, dass das Leben stillsteht.
Warum schreibe ich Dir das? Weil ich nicht will, dass Du – wie ich – in diesem verfluchten Bushäuschen stehst und alle Möglichkeiten abfahren lässt, ohne einzusteigen. Ich bin mir inzwischen nämlich ziemlich sicher, dass das Schicksal oder was auch immer, auf Ausweitung ausgerichtet ist und nicht auf Stillstand.
Tja, und so fingen die Mails an Dich an, weil ich nicht länger stehen bleiben wollte. Ich fahre jetzt wieder, und es fühlt sich gut an. Als schließlich die erste Antwort von Dir kam, hat sich unser Austausch in gewisser Weise verselbstständigt.
Es tut mir gut, mich mit Dir über Trauer und Verlust und das Leben im Allgemeinen auszutauschen. Du schreibst wundervoll, selbst über schwierige Themen. Ich bin mir natürlich darüber im Klaren, dass ich Dir früher oder später sagen muss, wer ich bin.
Doch wenn mein Finger über dem ersten Buchstaben meines Vornamens schwebt, gerät etwas in mir in Aufruhr, und ich breche ab. Dabei hast Du meinen Namen schon oft ausgesprochen, Paul.
Ich bin Marga. Marga Reiter. Deine Haushälterin …

Marga nahm den Finger von der Tastatur, ließ ihn kurz in der Luft verharren und drückte dann auf Löschen. Vor ihren Augen verschwand die Mail im Nichts.

»Verflucht«, schimpfte sie und zupfte am Gürtel ihres Bademantels herum. Sie fuhr ihr Notebook hinunter, schob den Stuhl unwirsch nach hinten und marschierte ins Schlafzimmer. Dort öffnete sie den Schrank, nahm die Kleidung heraus, die sie heute anziehen würde, und ließ ihren Bademantel zu Boden fallen.

Während sie sich anzog, spulte sich ein wiederkehrendes Bild vor ihr ab. Sie lief auf dem Spielfeld Richtung gegnerisches Tor. Eine ihrer Teamkolleginnen spielte ihr den Ball zu. Sie passte ihn ab und dribbelte ihn über den Rasen. Und als sie nahe genug am Tor war, schoss sie. Doch anstatt den Ball im Netz zu versenken, flog er ins Publikum. Laute Buhrufe erklangen …

Marga fädelte die Arme in die Baumwollbluse und begann sie zuzuknöpfen.

Auf dem Spielfeld gab es so einiges, was einem in die Quere kommen konnte. Ständig mussten Entscheidungen getroffen werden, von denen man nicht wusste, ob es die richtigen oder die falschen waren. Aber so war das nun mal, wenn man mitten im Leben stand.

Marga steckte die Bluse in die Sommerhose, kontrollierte im Bad ihre Frisur und ging in den Flur, wo ihre Tasche auf der Kommode stand. Am besten wartete sie bis zum Abend, bis dahin fiele ihr sicher ein, was sie Paul antworten sollte. Sie langte nach dem Schlüsselbund.

Draußen begrüßte sie der Morgen mit einer Windböe und Vogelzwitschern. Marga schob ihr Rad auf die Straße, stieg auf und trat gegen den Wind an.

Der gestrige Abend ging ihr durch den Kopf. Das Treffen mit Kirsten und Eva hatte ihr nicht die erhofften Antworten gebracht. Eva war zu sehr mit ihrer Diät und später mit ihrem Drink beschäftigt gewesen, um eine brauchbare Idee zu entwickeln. Und Kirsten hatte sich in immer romantischere Fantasien versponnen, je länger der Abend dauerte und je mehr Weinschorle sie trank. Marga vermutete, dass Kirsten ihre eigene Sehnsucht nach mehr Herzklopfen in ihrem Leben auf sie und Paul projizierte, und hatte ihre Freundin irgendwann einfach reden und träumen lassen.

Vielleicht gab es ja gar keine richtige Entscheidung für ihr Dilemma, dachte sie nun, sondern einfach Möglichkeiten, die in unterschiedliche Richtungen führten.

So brütete sie den ganzen Vormittag vor sich hin, während sie arbeitete, und die Zeit verging quälend langsam. Obwohl sein Wagen in der Garage stand, war Paul nirgends zu sehen, hatte in der Küche jedoch einen Zettel hinterlassen, dass nichts Besonderes anläge und sie alles wie immer erledigen solle.

Gegen Mittag, als Marga ihre Lunchbox schloss, sich das letzte Stück Gurke in den Mund schob und kauend in die Küche trat, fiel ihr Blick in den Garten.

»Nanu?« Jemand stand in der Nähe der Terrasse mitten auf dem Rasen in gebeugter Haltung neben einer Schubkarre und werkelte irgendwas. Rolf, der Gärtner, hatte heute seinen freien Tag, wer also war der Mann, der dort in Arbeitshosen hantierte? Kurzerhand schob Marga die Terrassentür auf und trat hinaus. Warme Luft strömte ihr entgegen, als sie auf die Fliesen trat. Jetzt erst erkannte sie den Mann. Es war Paul. Marga hatte ihn noch nie im Garten arbeiten sehen.

Ihr Chef hob gerade einen Baum aus der Schubkarre, hievte den Setzling in ein ausgehobenes Loch und drehte ihn, bis er genau so stand, wie Paul es offenbar haben wollte. Er griff nach einem Spaten und verteilte die aufgehäufte Erde um den frisch gepflanzten Baum. Als das getan war, trampelte er sie mit den

Füßen flach, trat ein paar Schritte zurück, sah, dass der Baum sich leicht nach links neigte, und brachte ihn in eine gerade Position. Ein weiteres Mal trampelte er die Erde rundum fest, danach blieb er mit dem rechten Arm in die Hüfte gestemmt stehen und betrachtete sein Werk.

Marga verharrte auf der Terrasse. Paul starrte den Baum an. Sprach er etwa mit ihm? Manche Menschen sammelten Kraft in der Natur, umarmten Bäume und redeten mit Pflanzen. Konnte es sein, dass Paul Alprecht neuerdings zu dieser Gruppe gehörte?

Nun, warum nicht?, dachte Marga, als ihr Frau Eichthal einfiel. *Wenn es hilft.*

Nach einer Weile, in der er wie am Boden festgewachsen wirkte, kam wieder Leben in Pauls Körper. Er hob den Sack Gartenerde auf, legte ihn zum Spaten in die Schubkarre und rollte auf den seitlichen Anbau zu.

Hastig trat Marga ins Haus zurück. Plötzlich war es ihr peinlich, Paul bei seiner Aktion beobachtet zu haben, die ihr seltsam intim erschien. »Ach was«, schalt sie sich selbst. »Er hat einen Baum gepflanzt, was ist schon dabei?«

Sie wandte sich zur Vorratskammer und griff nach dem Kuchen, den sie heute Vormittag gebacken hatte. Vielleicht hatte Paul Lust auf eine Mohnschnitte und einen kurzen Plausch. War der Gedanke verwegen?

Obwohl sich die Impulse, die Marga neuerdings wie in Wellen überkamen, gut anfühlten, schummelten sich immer wieder auch Zweifel dazwischen und ließen sie abrupt innehalten. Zweifel an ihrem Mut, an ihren Mails an Paul, die immer persönlicher wurden, Zweifel in Form ihres schlechten Gewissens, ihm überhaupt zu schreiben.

Ja, sie hatte ihr Leben ergriffen und war auf den Platz gestürmt, um mitzuspielen. Die eigene Haut jedoch ließ sich nicht so einfach abstreifen. Sie war und blieb die ängstliche Marga, egal was sie sich vornahm oder welchen Ideen sie folgte.

Bei all ihren Themen hatte sie jedenfalls längst eine Grenze überschritten. Und ihr drängte sich die bange Frage auf, was als Nächstes kam.

Sie schnitt gerade den Kuchen an, als Paul in die Küche kam. Erdklumpen klebten an seiner Hose, ebenso am T-Shirt.

»Hallo, Frau Reiter.« Er schob sich eine Strähne seines dichten, dunklen, sich leicht kräuselnden Haars aus der Stirn.

»Schönen Tag, Herr Alprecht«, erwiderte Marga und ersetzte die förmliche Anrede im Kopf sogleich durch das vertraute *Paul.* »Möchten Sie ein Stück Mohnkuchen? Ich habe heute Morgen gebacken.«

»Im Moment nicht, danke«, lehnte Paul ab. Er stand vor Marga, wie er vorhin vor dem Baum gestanden war – nachdenklich betrachtend. »Sie haben eine neue Frisur. Das ist ja eine Überraschung. Drehen Sie sich mal«, verlangte er.

Marga fühlte sich wie in der Schule, wenn sie nach vorn geholt worden war, um eine Gleichung an die Tafel zu schreiben und vor aller Augen zu lösen. Sie tat einen Schritt und schwang einmal um die eigene Achse.

»Steht Ihnen ausgezeichnet. Sie sehen …« Paul überlegte wohl, was er sagen wollte, »… so pfiffig aus«, meinte er dann und nickte.

»Pfiffig?« Marga zupfte an ihren Haarspitzen. Kalle Blomquist war pfiffig – Conny hatte die Bücher geliebt –, aber doch nicht sie. Sie hätte lieber etwas anderes gehört. Etwa: *Sie sehen hinreißend aus. Wie das blühende Leben …* Trotzdem sagte sie:

»Danke für das Kompliment, Herr Alprecht«, und konnte sich das »Paul« gerade noch verkneifen.

»Nicht dafür. Was stimmt, stimmt«, entgegnete Paul. »Sie können es nicht wissen, aber als ich jung war, war ich mal Juror bei einem Frisurenwettbewerb. Ich kenne mich also ein wenig aus ... mit Gesichtsformen, Proportionen und so weiter.«

»Sie waren Juror? Bei einem Frisurenwettbewerb?« Marga deutete auf Paul und konnte sich ein Lachen nicht verkneifen.

Paul lachte ebenfalls. »Früher war ich für so einiges zu haben. Als Student macht man ja manchen Blödsinn mit.«

Marga stellte sich Paul an der Uni vor, sicher hatte er alle Studentinnen in seinem Jahrgang betört. Schon der Blick seiner dunkelblauen Augen konnte einen, wenn sie ehrlich war, umhauen.

»Sie sind bis heute für eine Menge zu gebrauchen, Herr Alprecht. Vergessen Sie das nicht.« Marga hatte den Satz kaum herausgebracht, als ihr die Botschaft dahinter klar wurde. »Na ja, Sie wissen, wie ich es meine ...«, haspelte sie und spürte, wie ihr Röte ins Gesicht schoss.

Doch Paul schien sich über die Worte zu freuen. »Jetzt sind die Komplimente wenigstens gleich verteilt. Mir gefällt Ihre neue Frisur, und Sie trauen mir noch was zu. Ist doch geradezu perfekt, oder? Apropos perfekt ... Ich hätte eine Bitte. Im Grunde ist es ein Überfall.« Er verschränkte die Arme vor der Brust, während er die Details erläuterte. Marga bekam immer größere Ohren, und als Paul endete, wiederholte sie ungläubig, was er gesagt hatte.

»Sie wollen, dass ich Sie nach Portugal begleite? In Ihr Haus nach Lissabon?«

Paul rieb sich mit den Händen über die Gesäßtaschen seiner Arbeitshose und nickte. »Das Haushälterpaar, das sich bisher um alles gekümmert hat, hat aus Altersgründen gekündigt. Leider, muss ich dazusagen. Die beiden waren reizend und sehr kompetent.«

»Und jetzt soll *ich* einspringen?«

»Sie wären nur für das Haus zuständig. Einen neuen Hausmeister habe ich bereits gefunden, und einen Gärtner gibt es auch. Durch … die Umstände kam ich jedoch noch nicht dazu, jemanden für den Innenbereich zu suchen. Da kommt es doch sehr auf Vertrauen an, und das braucht seine Zeit. Na ja, und da dachte ich an Sie, weil Sie hier in Düsseldorf«, Paul machte eine ausholende Armbewegung, »wenn ich nicht da bin, ja abkömmlich wären … Also hätten Sie zwei Wochen Zeit? Der Neueröffnung meines renovierten Hotels kann ich unmöglich fernbleiben. Selbst in der jetzigen Situation nicht.« Paul seufzte leise und blickte auf seine Schuhspitzen hinab. »Vermutlich ist es eine gute Gelegenheit, dem, was hier passiert ist, mal für ein paar Tage zu entkommen … und durchzuatmen.«

»Durchatmen. Ja, das braucht jeder mal«, entkam es Marga, der der Kopf schwirrte. Hatte Paul sie gerade tatsächlich nach Lissabon eingeladen? Portugal? Die Reportage, die sie im Fernsehen gesehen hatte, kam ihr in den Sinn, und sie sah vor sich, wie die Brandung des Atlantiks sich an den Felsen brach. Der südliche Himmel, dessen Blau sich in Nuancen von dem des Meeres abhob, zog an ihr vorbei, und sie hörte das Kreischen der Seevögel. Lissabon, das bedeutete Häuser, die entlang ansteigender Straßen wie Bäume aus der Erde wuchsen, Straßenbahnen, die den Weg hinauf- und hinabratterten, und Menschen, die an den Außentischen der Bistros saßen und den Tag an sich vorbeiziehen ließen, ohne einen Gedanken an Worte wie Stress zu verschwenden.

»Und? Was sagen Sie?«, weckte Paul Marga aus ihrem Tagtraum. »Begleiten Sie mich?«

Marga ließ die bunten Bilder ziehen und nickte gedankenverloren. »Wann soll es denn losgehen?« Jemand musste sich um ihre Birkenfeige kümmern und sie gießen.

»Ähm … morgen, um genau zu sein.«

»Morgen?!!« Margas Stimme schnellte in die Höhe. »Hätten Sie das nicht ein paar Tage früher sagen können?«

Paul sah sie zerknirscht an. »Ich weiß, es ist sehr spontan, aber ich wäre Ihnen wirklich sehr verbunden, wenn Sie mich nicht hängen ließen.«

Marga spürte, wie ihr heiß wurde. Selbst ihre Finger überzog ein dünner Schweißfilm. Am liebsten hätte sie sofort Eva und Kirsten angerufen, um sich mit ihnen zu beraten, doch dazu blieb keine Zeit. Sie dachte an Conny, die ihr sicher zuraten würde, Pauls Angebot anzunehmen. Seltsamerweise dachte sie auch an Frau Eichthal und an Frank. Der Friseur hatte gesagt, mit einer neuen Frisur käme gleich ein bisschen mehr Schwung ins Leben, und unzählige Beispiele aus seinem Kundenkreis aufgezählt. Vielleicht gehörte sie demnächst zu diesen Beispielen und diente Frank als Argument, wenn er die nächste Kundin von einem neuen Haarschnitt überzeugte?

Ein aufgeregtes Kribbeln kroch durch ihren Körper, und sie gab sich einen Ruck. »Natürlich begleite ich Sie, Herr Alprecht. Sie können sich auf mich verlassen. Was bei mir zu regeln ist, regle ich schon«, hörte sie sich entschlossen sagen.

»Wie schön. Kommen Sie mal her.« Ehe Marga sich's versah, hatte Paul sie an sich gezogen und drückte sie. Rasch ließ er sie wieder los. »Vielen Dank! Sie helfen mir in einer misslichen Situation.«

Marga fühlte Pauls Arme noch, als längst wieder ein Schritt zwischen ihnen lag. Ihr ganzer Körper reagierte angenehm lebendig auf seine Geste. Viel zu lange war sie nicht mehr von einem Mann umarmt worden.

»Ich schicke Ihnen später eine Mail mit den Daten.« Paul griff nach einem Block auf der Kücheninsel. »Schreiben Sie mir bitte Ihre Mailadresse auf, dann gebe ich Ihnen alles durch.«

Unangenehme Hitze überfiel Marga. Unmöglich konnte sie Paul ihre E-Mail-Adresse geben, ohne ihm zu verraten, dass sie die Absenderin der mysteriösen Nachrichten war.

»Das geht leider nicht«, brachte sie hastig heraus. »Zurzeit hat der Mailserver meines Anbieters technische Probleme. Das kommt durchaus häufiger vor, wurde mir gesagt.«

»Hm, ärgerlich. Aber bestimmt besteht doch die Möglichkeit, die E-Mails auch über einen browserbasierten Zugang abzurufen, oder?«

Marga wischte ihre schweißnassen Hände an der Küchenschürze ab und mied Pauls Blick. »Ehrlich gesagt habe ich das Ganze ein bisschen schleifen lassen und das noch gar nicht geprüft. Wissen Sie was, schicken Sie mir doch eine SMS. Das ist am unkompliziertesten. Meine Mobilnummer haben Sie ja.«

Paul nickte, sichtlich zufrieden, einen Haken unter die Sache machen zu können. »Also gut, dann bekommen Sie die Daten auf dem altmodischen Weg.« Er nahm den Kuchen in Augenschein und schob ihn in Margas Richtung. »Und den nehmen Sie für Nachbarn oder Freundinnen mit. Bei Ihren

Backkünsten wäre es schade, wenn er keine Abnehmer fände. Außerdem machen Sie für heute Schluss. Schließlich müssen Sie noch packen.« Paul warf ihr einen letzten Blick zu und hob die Hand zum Gruß, ehe er die Treppe hinauf verschwand.

Während sie ihm nachsah, zog Marga die Schublade auf, in der die Frischhaltefolie lag, und riss ein Stück ab.

Was sie heute Abend aß, stand fest: Mohnkuchen … bis sie nicht mehr konnte.

16. Kapitel

Paul schlängelte sich an einer Gruppe frühmorgendlicher Jogger vorbei. Er mochte die Strecke am Rheinufer, man bekam was von der Natur mit. Jörg lief neben ihm, fiel aber immer weiter hinter ihn zurück.

»Seit wann rennst du in diesem Irrsinnstempo? Mach mal langsam …«, keuchte er.

Paul drosselte das Tempo, bis sein Freund ihn einholte. »*Du* wolltest heute Morgen mit mir joggen gehen. Oder war das nur, um mich auf andere Gedanken zu bringen?«

Jörg wurde immer langsamer und stemmte schließlich die Hände gegen die Oberschenkel. »Ich will joggen, weil ständig im Büro hocken nicht die beste Option ist, wenn man die Vierzig überschritten hat.«

Paul lief auf der Stelle, um nicht aus dem Rhythmus zu kommen. Seiner geplanten Hochzeit wegen war er in letzter Zeit regelmäßig joggen gegangen. Für Sybille hatte er in der besten Form seines Lebens sein wollen. Ein Gedanke, der ihn inzwischen schmerzte.

Jörg sah auf und sprach weiter. »Deswegen habe ich dich gebeten, mich unter deine Fittiche zu nehmen. Allerdings ohne zu bedenken, dass du in den letzten Wochen fitnesstechnisch ziemlich Gas gegeben hast.«

»Das wird schon. In zwei, drei Wochen sieht das Ganze schon viel besser aus.« Paul beschattete die Augen mit der Hand; entdeckte etwas in der Ferne. »Schau mal. Der Kiosk hat offen.« Er deutete auf eine Würstchenbude, vor der zwei einsame Gestalten standen und etwas tranken. »Wir könnten Currywurst essen … wie früher. Na, wie klingt das?« Er sah Jörg auffordernd an.

»Currywurst um sechs am Morgen?« Jörg schüttelte grinsend den Kopf. »Du bist echt schräg drauf, Paul, weißt du das?« Trotzdem sah er nun ebenfalls zu dem Kiosk hinüber.

»Jetzt schau nicht so argwöhnisch, sondern freu dich, dass ich dich einlade.« Paul schlug Jörg kameradschaftlich auf die Schulter, und schon sprinteten sie los.

»Zweimal Currywurst mit Apfelsaft«, bestellte Paul, als sie den Kiosk erreicht hatten. Der Mann reichte ihm zwei Pappteller und die Getränke über die Theke, und mit ihrem Frühstück stellten sie sich an den Hochtisch vor der Bude.

Jörg spießte ein Stück Wurst auf die Holzgabel und schob es sich in den Mund. »Currywurst hatte ich schon ewig nicht mehr.« Er kaute genüsslich. »Wenn du aus Lissabon zurück bist, bin ich in besserer Form, das schwöre ich dir.«

»Ein Tipp von mir: Lauf diese Strecke nicht zu oft.« Paul deutete mit dem Ellbogen Richtung Kiosk, »… ist zu verführerisch.« Er wischte sich über den Mund.

»Ich hab's kapiert, Oberschlaumeier.«

Während sie es sich schmecken ließen, erzählte Paul von dem Baum, den er in seinem Garten mitten auf der Wiese gepflanzt hatte. »Apfelbaum. Alte Sorte«, erläuterte er. »Ich wollte dem Kind einen Platz geben und als Erinnerung einen Baum pflanzen. Ich hätte nicht einfach so zur Tagesordnung übergehen können, ohne irgendwas zu tun. Dieses Kind ist mehr als nur ein Ultraschallbild.«

Zwei Frauen spazierten mit ihren Hunden vorbei. Ihr fröhliches Lachen flog zu ihnen herüber.

»Die Idee gefällt mir, allerdings wird der Baum dich immer an Sybilles Untreue erinnern… an ihre Lüge.«

»Vermutlich schon. Dafür kann das Kind aber nichts.« Paul trank einen großen Schluck. »Unlängst habe ich in einem Artikel über unsere ersten tausend Tage gelesen, die Zeit im Bauch der Mutter zählt mit. Diese tausend Tage bereiten den Boden für unser späteres Leben … Nachdem du die Kartons mit Sybilles Sachen mitgenommen hattest, musste ich daran denken. Also bin ich noch mal in den Garten gegangen, um Ordnung in meine Gedanken zu bringen, und als ich im Dunkeln draußen auf der Liege lag, hatte ich das Gefühl, das Kind wäre noch da …« Paul spürte, dass ihm das nächtliche Erlebnis näherging, als er sich bisher eingestanden hatte. »Es klingt abgehoben, ist mir klar, aber genauso fühlte es sich an.«

»Ich verstehe, dass du das Kind nicht zu den Akten legen kannst wie ein Projekt, das irgendjemand gecancelt hat. Ginge mir genauso. Und die Idee mit dem Baum gefällt mir.« Jörg stand mit verschränkten Armen da, im Gesicht einen Blick, der sagte: Verstehe einer das Leben. Schließlich löste er seine Arme und rieb sich über den Bartschatten. »Nach dem Ultraschallbild ist mir Sybille, ehrlich gesagt, fremd geworden. Als hätte ich sie nicht wirklich gekannt, sondern nur die Rolle, die sie gespielt hat.«

Paul blickte nachdenklich in die Ferne. »Vielleicht hätte sie mir noch gesagt, dass sie schwanger war.«

»Wann denn? Vorm Standesbeamten?« Jörg schüttelte den

Kopf. »Nein, Paul, sorry, dass ich das sage, aber Sybille hat nur an sich gedacht. Sie hatte was mit einem anderen und war sogar schwanger von dem Kerl. Das hätte sie dir nie verraten. Immerhin … ich meine, du hast ihr den Start ihrer Designerkarriere finanziert, also … sie war angewiesen auf dein Geld.« Jörg scharrte verlegen mit dem Fuß herum. »Hast du mal darüber nachgedacht, dass du sie nicht so gut kanntest, wie du glaubst?«

Paul fiel es schwer, seine Stimme zu kontrollieren, als er nach kurzem Zögern antwortete. »Der Gedanke kam mir.« Er erzählte Jörg von einer Situation, die er einmal zwischen Sybille und Frau Reiter beobachtet hatte. »Sie hat meine Haushälterin so richtig von oben herab behandelt, im Grunde hat sie sie abgekanzelt. So kannte ich Sybille gar nicht.«

Während Paul sprach, erinnerte er sich an zwei weitere unangenehme Situationen zwischen den beiden Frauen. Er hatte es als eine Art Stutenbissigkeit abgetan und sich nicht weiter darum gekümmert. Nun kam ihm der Gedanke, dass er Sybille damals auf ihr unwirsches Verhalten hätte ansprechen müssen. Immerhin war Frau Reiter die zuverlässigste Person, die er kannte. Was hatte ihn davon abgehalten?

Mit einem Mal wurde ihm bewusst, wie oft er die Arbeit vorschob, um sich seinem Umfeld zu entziehen. *Ausweichprinzip* hatte Jörg es mal genannt.

»Leute, die ständig ihren Job vorschieben, um sich anderes vom Hals zu halten, befinden sich am Rand ihres Lebens anstatt im Zentrum.«

Paul hatte die Anmerkung damals nicht auf sich bezogen, doch vielleicht war es ein subtiler Versuch gewesen, ihn auf etwas aufmerksam zu machen. Nachdenklich stocherte Paul auf seinem Pappteller herum. Befand er sich im Zentrum seines Lebens?

»Was ist eigentlich mit diesen seltsamen Mails?«, riss Jörg ihn aus seinen Gedanken. »Ist da noch was nachgekommen? Und weißt du inzwischen, wer dahintersteckt?«

Paul stellte die Pappteller zusammen und wischte sich mit der Serviette über den Mund. »Möglich, dass es Anne ist.«

»Die Frau, die Manager coacht?« Jörg zupfte einen Faden aus seiner Jogginghose.

»Und die Briefe liebt. Passt zusammen, oder?«

Jörg ließ den zusammengerollten Faden fallen und knüllte seine Serviette zu einem Ball. »Wenn ich du wäre, würde ich definitiv wissen wollen, mit wem ich es zu tun habe.«

»Tja, ich habe sie gebeten, mir ihre Identität zu verraten, aber sie ist nicht darauf eingegangen.« Paul zuckte mit den Schultern. »Ich kann sie ja schlecht zwingen.«

Jörg leerte seinen Apfelsaft, ehe er antwortete: »Na ja, du könntest es zur Bedingung machen. Entweder sie gibt ihren Namen preis, oder du beendest die Korrespondenz.«

Paul schüttelte den Kopf und ließ seinen Blick über die Rheinaue gleiten. Ein Schwanenpaar setzte eben zur Landung an. »Nein, das wäre irgendwie komisch. Ich weiß nicht, vor irgendwas hat die Schreiberin Angst, glaube ich. Und das will ich ernst nehmen.«

»Wenn du meinst.«

Nordostwind war aufgekommen und wirbelte Staub auf. Jörg nieste mehrmals und kramte in seiner Hosentasche nach einem Taschentuch.

»Dieser verfluchte Heuschnupfen. Verdammt noch mal!«, schimpfte er. Kaum hatte er den Satz ausgesprochen, warf er

Paul einen schuldbewussten Blick zu. »Entschuldige! Das war unsensibel. Heuschnupfen ist eine Lappalie gegen das, was du durchmachst.«

»Rede deine Belange nicht klein. Heuschnupfen ist schlimm, das braucht doch kein Mensch«, wiegelte Paul ab. »Und ich fühle mich besser, wenn ich nicht ständig in Watte gepackt werde.«

Es war immer dasselbe. Selbst enge Freunde wussten nicht, wie sie mit dem Tod umgehen sollten; er ließ sie ratlos zurück. Das war einer der Gründe, weshalb ihm die Mails, die er von der Unbekannten bekam, so guttaten, dachte Paul. Anne, oder wer sie war, schlich nicht um die Sterblichkeit herum, als könne man ihr aus dem Weg gehen. Sie stellte sich ihr. Das machte es so viel einfacher.

Jörg schnäuzte sich geräuschvoll. »Danke für dein Verständnis, Mann. Die Watte ist ab jetzt Geschichte, versprochen.«

Eine Weile starrten beide vor sich hin und hingen ihren Gedanken nach. Schließlich trug Jörg die Getränkebecher zurück zur Theke, und sie machten sich auf den Rückweg.

»Halt den Ball in Lissabon flach«, sagte Jörg, als sie vor Pauls Haus ankamen. »In letzter Zeit war in deinem Leben genug los. Nimm dir mal Zeit für dich, falls du etwas so Unerhörtes wie Freizeit wagen willst.« Er legte den Kopf in den Nacken und mimte jemanden, der in der Sonne entspannte. »Etwa so.«

Paul zog seinen Transponder aus der Tasche und öffnete das große Tor zur Auffahrt seines Grundstücks. »Mein Wort drauf«, versprach er. »Ich werde über den Begriff *Entspannung* meditieren.«

»Tu das. Aber jetzt leg einen Zahn zu, sonst verpasst du den Flieger.« Jörg hob die Hand und winkte Paul, ehe er in sein am Straßenrand geparktes Auto stieg und davonfuhr.

Paul beobachtete, wie der Wagen um die Ecke bog, und folgte dann dem Kiesweg zum Haus. Als er sich in der Eingangshalle die Laufschuhe von den Füßen streifte, hörte er plötzlich Sybilles Stimme in seinem Kopf und presste sich Daumen und Zeigefinger gegen seine Nasenwurzel. Ihr helles Lachen mischte sich in das schale Gefühl, sie gar nicht richtig gekannt zu haben. Hatte er nur oberflächlich hingesehen, weil er sich endlich wieder Leichtigkeit gewünscht hatte, nachdem seine Ehe so grandios gescheitert war? Weil Sybille ihn daran erinnert hatte, dass er nicht nur Paul, der Geschäftsmann, war, sondern vor allem ein Mensch, der lachte, feierte und liebte? Der lebte?

Was für ein Kerl war er, dass er nicht mitbekommen hatte, dass die Frau, die er heiraten wollte, ein Kind erwartete?

Etwas in Pauls Innerem setzte sich zur Wehr. Er kickte die Laufschuhe zur Seite. »Verdammt und zugenäht …« Die Worte strömten nur so aus ihm heraus. »Scheiße, verfluchte!« Ein Schimpfwort nach dem anderen suchte sich seinen Weg ins Freie, und mit jedem wurde Pauls Stimme lauter, bis er brüllte und gleich darauf erschrocken innehielt.

»Lass laufen, du kannst fluchen, so viel du willst«, beruhigte er sich selbst und nahm immer zwei Stufen auf einmal die Treppe hinauf. Ob Anne auch manchmal derart laut fluchte?

17. Kapitel

»Bist du schon wach, Marga?«

»Natürlich bin ich wach. Sonst könntest du wohl schlecht mit mir sprechen.« Noch benommen vom warmen Dunst ihrer Morgendusche, hängte Marga das Badehandtuch über die Stange. »Ich habe mir gestern nicht nur den Wecker, sondern auch den Alarm des Handys gestellt, und Whitney hat natürlich für mich gesungen.«

»Dann war es ja gar nicht nötig, dich zusätzlich anzurufen«, stellte Kirsten fest. »Ich wollte nur sichergehen, dass du den Flug nicht verpasst. Und als ich um vier aufs Klo musste, kam mir der Gedanke, du könntest vielleicht verschlafen. Und dann musste ich an Julia und sexy Richard denken. Weißt du, was gerade in deinem Leben passiert, fühlt sich an, als wärst du ihnen auf den Fersen.«

Marga war sich nicht sicher, ob sie Kirsten folgen konnte. »Wem bin ich auf den Fersen?« Sie steckte den Stecker des Föhns in die Steckdose.

»Richard Gere … in der Gestalt von Alprecht«, erklärte Kirsten.

In Margas Kopf rasteten die Rädchen ineinander und ergaben endlich das passende Bild. »Dann bin ich also Julia Roberts«, begriff sie, »in der Gestalt meiner selbst. Mein Gott, du und deine Tagträume!« Sie griff nach dem Kamm und scheitelte ihr Haar an der rechten Seite.

Kirsten kicherte vergnügt. »Kein schlechter Schachzug meiner Fantasie, oder? An Vorstellungskraft mangelt es mir nicht.« Dass die Welten, die sie sich herbeisehnte, nur in ihrem Kopf existierten, hatte Kirsten noch nie gestört. Tagträume waren für sie ein kurzer Rausch, um sich zu entspannen. Selbst in den unmöglichsten Momenten konnte man darauf zählen, dass ihr eine Idee zum Thema kam und sie egal wie abwegig, natürlich auch zur Sprache brachte. Für Kirsten gab es genügend Schmuddelwettertage – so nannte sie Phasen schlechter Stimmung –, gegen die sie mit ihrer Fantasie anging.

Auch für Marga gab es solche Tage, an denen sie im Tohuwabohu ihres Kopfs unterzugehen drohte. Bevor sie die Sache mit den Mails an Paul begonnen hatte, waren das vorwiegend Conny-Tage gewesen. Ellenlange Stunden, in denen sie das schlechte Verhältnis zu ihrer Tochter gequält hatte. Doch nun sprachen sie ja wieder miteinander, und seitdem war es in Margas Kopf ruhiger geworden.

»Hast du Alprecht schon auf seine Mail geantwortet?«, sprach Kirsten in ihre Gedanken hinein.

»Noch nicht.« Marga öffnete einen Tiegel und verteilte Tagescreme in ihrem Gesicht. »Gestern war ich so mit Packen und Kuchenverteilen beschäftigt, da blieb keine Zeit dafür. Ich schreibe ihm, wenn wir in Lissabon sind.«

»Das ist schräg«, kommentierte Kirsten. »Während Paul auf deine Reaktion wartet, schreibst du ihm die Antwort nur ein paar Türen entfernt.«

Seit der Sache mit der Biene hatte Marga das Gefühl, mit den Ereignissen in ihrem Leben kaum noch Schritt halten zu können. Bis vor Kurzem war sie darauf eingestellt gewesen, ihren Job bei Paul Alprecht zu kündigen, und nun wäre sie in wenigen Stunden mit ihm auf dem Weg an die Algarve, oder zumindest in die Nähe davon.

Wenn sie an ihr Leben dachte, fielen ihr neuerdings Kakteen ein. Man goss sie jahrelang, ohne dass etwas passierte, und eines Morgens hatte sich die schönste Blüte geöffnet, die man sich nur vorstellen konnte.

Ehe Marga etwas erwidern konnte, gab ihr Handy ein Piepsen von sich.

»Was ist das?« Kirsten hatte das Geräusch gehört.

»Die Erinnerung, Conny Bescheid zu sagen. Ich hab sie gestern nicht erreicht.«

»Okay, ich halte dich nicht länger auf. Schick mir Fotos von Alprechts Finca und von der Stadt … und vom Strand, falls du es dorthin schaffst. Und halt den Kopf hoch wie Julia Roberts.«

»Vergesse ich schon nicht.« Marga lachte. »Gestatten, ich bin Marga *Pretty Woman* Reiter.«

»So gefällst du mir! Und deine Tochter ist sicherlich ebenfalls begeistert. Grüß sie von mir.«

Ein paar Stunden später lenkte Eva den Wagen in eine Haltebucht am Flughafeneingang und drehte sich zu Marga um. »Macht fünfunddreißig Euro, gnädige Frau.« Sie streckte die Hand aus und tat, als warte sie tatsächlich auf Bezahlung.

Marga spielte mit und reichte Eva imaginäres Geld. »Danke, dass Sie mich zum Flughafen gefahren haben. Noch dazu mit einem Überraschungsgast.«

Kirsten war, buchstäblich im letzten Moment, bei Eva aufgetaucht und hatte sie damit überrascht, sie ebenfalls zum Flughafen zu begleiten. »Nur um sicherzugehen, dass du auch wirklich in den Flieger steigst«, hatte sie augenzwinkernd erklärt.

»Keine Sorge, ich kneife nicht«, hatte Marga über die Aufregung hinweg erklärt, die seit dem Aufstehen in ihr kribbelte. Nun sagte sie: »Wirklich nett von Philip, dass er auf euer gemeinsames Frühstück verzichtet, damit du mich verabschieden kannst.«

Kirsten hatte in ihrer Tasche gekramt und ein Päckchen hervorgeholt, in rosa Papier eingepackt, das sie Marga offensichtlich gerade reichen wollte. Bei der Erwähnung ihres Ehemanns hielt sie jedoch in der Bewegung inne und machte ein gequältes Gesicht. »Wo denkst du denn hin?«, murmelte sie. »Philip und Einfühlungsvermögen oder Verzicht …? Das gibt es schon lange nicht mehr.«

Marga tauschte einen überraschten Blick mit Eva. »Stimmt was nicht bei euch?«

Kirsten seufzte, knibbelte am Geschenkband des Päckchens herum. »Los, spuck's schon aus, Marga hat schließlich nicht den ganzen Tag Zeit«, meinte Eva und stupste Kirsten sachte gegen die Schulter.

»Mit Philip läuft es gerade alles andere als gut.« Kirsten biss sich ein Stück Nagelhaut vom Daumen. Marga fiel auf, wie rot der Bereich rund um den Nagel ihrer Freundin bereits war. »Schon seit einer ganzen Weile nicht mehr.«

Marga las nicht nur Kummer aus Kirstens Blick. Ihre Freundin sandte noch etwas anderes aus – Resignation. Sie kannte die Gefühle der Leere und Taubheit, die Probleme verursachten, sobald sie tiefer gingen, nur zu gut. Als der Disput mit Conny Wochen der Funkstille mit sich brachte, war das Gefühl der Hoffnungslosigkeit in ihr bis ins Unermessliche angewachsen und hatte es ihr schwer gemacht, morgens die Beine aus dem Bett zu schwingen. Sie hatte weder den Sonnenschein um sich herum wahrgenommen noch freundliche Gesten oder andere Details des Alltags, die ihr früher ein Lächeln ins Gesicht gezaubert hatten. Alles war irgendwie grau gewesen, und sie hatte sich in Sorgen um ihre Tochter verloren und der Angst, den Kontakt zu Conny endgültig zu verlieren.

Eine ähnliche Sorge lastete nun offenbar auf Kirsten. Nur ging es bei ihr um ihren Mann.

»Kommt mir jetzt bitte nicht mit dem Spruch, dass das mit Philip und mir schon wieder wird«, murrte Kirsten, als sie aus dem Wagen stiegen. »Manchmal gibt es weit und breit keinen Ausweg. Und ehrlich gesagt bin ich müde vom Kämpfen. Ich hab die Schnauze gestrichen voll.«

Eva zog die Augenbrauen zusammen. »Hat Philip etwa eine andere? Ist es das, was dir Kummer bereitet?« Sie warf die Fahrertür mit zu viel Schwung zu.

»Philip und eine andere? Gott behüte, nein.« Kirsten lachte spöttisch auf. »Dazu ist er viel zu bequem. Ihr wisst doch, dass er sich abends am liebsten Sportsendungen reinzieht und dabei Chips in sich hineinstopft. Er sieht nichts und niemanden, außer diesen dummen Ball. Manchmal denke ich, alle Bälle dieser Welt sollten vergraben werden. Dann bemerkt Philip vielleicht, dass ich auch noch da bin.«

»Schade, dass nicht Karneval ist, dann könntest du dich als Fußball maskieren. Philips Aufmerksamkeit wäre dir sicher.«

Kirsten stieß Eva genervt in die Hüfte.

»Ach, komm schon.« Eva grinste. »Lachen hilft. Und wenn

du nachher heimkommst, haust du mit der Faust auf den Tisch, anstatt in deinem Schmollwinkel zu sitzen und nicht zu mucksen«, riet sie der Freundin.

»Ich habe keine Lust, Philip ständig zu erklären, wie das Leben funktioniert. Ich bin nicht seine Mutter«, erwiderte Kirsten nüchtern. Sie umrundete das Auto, um den Kofferraum zu öffnen.

»Aber seine Frau … was so was Ähnliches ist.« Eva folgte ihr und streckte die Hand nach Kirsten aus, zog sie an sich und schloss beide Arme um sie.

»Das Leben mit Philip bringt mich in letzter Zeit um den Verstand«, grummelte Kirsten an Evas Brust. Sie machte sich los und blickte zu Marga. »Inzwischen beneide ich dich um die Möglichkeiten, die dir das Leben aktuell bietet. Jetzt, wo du neue Wege gehst, stehen dir wieder Türen offen, zumindest die ein oder andere.« Ihr sonst so fester Tonfall schrumpfte zu einem dünnen Stimmchen. »Versteh mich nicht falsch, aber die Sache mit Alprecht hört sich aufregender an als alles, was ich jeden Tag erlebe.«

Auch Marga drückte Kirsten nun an sich. Sie nahm sich vor, sich mehr um ihre Freundin zu kümmern, sobald sie aus Lissabon zurück war. »Sag ihm doch, was dir auf der Seele liegt«, schlug sie vor. »Vermutlich ist er sich deiner Gefühle gar nicht bewusst und glaubt, es sei alles in Ordnung. Du weißt doch, Menschen können ewig nebeneinander leben, ohne mitzukriegen, was den anderen bewegt.«

»Glaubst du, das hätte ich nicht längst getan? Philip und ich haben zur Genüge miteinander gesprochen.« Kirsten schüttelte entnervt den Kopf. »Außerdem geht es nicht nur um seinen langweiligen Sport-Fanatismus. Wenn Philip mich küsst, rührt sich einfach nichts mehr in mir.« Kirsten deutete in Richtung Unterleib. »Schau mich nicht so an, Marga. Mir ist klar, dass du über die Jahre Gefühle dieser Art vergessen hast. Ich rede von Leidenschaft. Soll ich etwa, bis ich grau bin, nur noch davon fantasieren, dass es so was wie Begehren gibt? Ich hab genug davon, mir Filme anzusehen, wenn ich was fühlen will.«

Das konnte Marga nicht auf sich sitzen lassen. »Entschuldige, Kirsten, auch wenn es Jahre her ist, seit ich das letzte Mal einen Mann geküsst habe, weiß ich durchaus, wovon du sprichst.« Sie hatte die Backen aufgeblasen und stieß die Luft laut aus. Seit sie denken konnte, sehnte sie sich nach Liebe, und ja, natürlich auch nach Leidenschaft. Am meisten sehnte sie sich aber nach dem Gefühl innerer Verbundenheit, die tiefer ging als jedes Verlangen.

Während sie daran dachte, erschien wie aus dem Nichts Sybille vor ihrem geistigen Auge. Bei deren letztem Treffen mit ihren Freundinnen, auf dem Tisch Margas Kirschkuchen und Champagner, hatte sie von Begehren und Leidenschaft gesprochen, als hätte sie alle Antworten auf Fragen zu dem Thema parat. Margas Gedanken sprangen zu dem verhängnisvollen Tag, wieder sah sie sich mit Paul auf der Treppe stehen und auf ihn einreden, während kostbare Zeit verstrich, in der Sybille um ihr Leben kämpfte.

»Tut mir leid. Natürlich weißt du, wovon ich spreche.« Kirsten schob sich eine Haarsträhne aus dem Gesicht. »Stürz dich ruhig ins Abenteuer, falls in Lissabon eins auf dich wartet. Wenn du später leidest, hattest du wenigstens die schöne Zeit.« Kirsten ließ Marga nicht zu Wort kommen und reichte ihr endlich das Päckchen. »Das ist für dich. Mach es auf.«

»Ich hab nur noch fünf Minuten«, sagte Marga zögerlich und wollte ihre Reisetasche aus Evas Auto heben.

»Fünf Minuten reichen, um das Papier zu entfernen«, beharrte Kirsten.

Marga gab nach, fuhr mit dem Fingernagel unter den Klebestreifen und befreite das Geschenk vom Papier. Zum Vorschein kam ein Buch. »*Handbuch für weibliche Eroberinnen.* Was für ein Titel.«

»Tipps in diese Richtung brauchst du dringender als je zuvor, schließlich bist du ungebunden und hoffentlich endlich offen für ein paar Möglichkeiten.« Kirsten zwinkerte ihr zu. »Und falls du beim Thema Liebe mal Fragen hast«, redete sie ungebremst weiter, »– bei mir hast du es mit einem Profi zu tun. Ich sage dir, Marga, es kommt noch der Zeitpunkt, an dem du froh bist, wenn ich dir helfe.«

Eva konnte sich einen Kommentar nicht verkneifen. »Zeig doch erst mal bei Philip, was du diesbezüglich draufhast.«

Kirsten machte eine abwehrende Handbewegung. Vergessen war ihre Trauermiene, und die übliche toughe Fassade schob sich über ihre Verletzlichkeit. »Bei Philip bin ich zu nah dran. Aber Marga kann ich helfen. Das ist ja wohl keine Frage.«

Eva verdrehte die Augen und sagte in Margas Richtung: »Bring dich lieber in Sicherheit, bevor ihr noch mehr einfällt.«

Marga ließ sich das nicht zweimal sagen und wollte sich in den Kofferraum beugen. Doch ehe sie sich's versah, zog Kirsten sie in eine neue Umarmung.

Eva sah einen Moment zu, bevor sie dazwischenging. »Untersteh dich, Marga noch länger derart fest an dich zu drücken. Du ruinierst ihr Make-up.« Ihre Worte waren spitz wie immer, doch ihre Stimme klang beschwichtigend. Sie zog Margas Tasche aus dem Kofferraum, schmiss die Heckklappe zu und reichte Marga ihr Gepäck. »Dann mal los.«

Marga hängte sich den Gurt über die eine Schulter und den Riemen ihrer Handtasche über die andere.

Kirsten zupfte mit flinken Fingern eine Fluse von Margas Jacke. »Lass uns nicht auf dem Trockenen sitzen. Schick Fotos und Nachrichten.«

»Ihr kommt schon nicht zu kurz. Ich bin ja kein Unmensch.« Marga winkte ihren Freundinnen zu, dann stapfte sie los und ließ Kirsten und Eva am Wagen zurück.

Vor ihr lag die Flughafenhalle mit all den Menschen und Zielen auf den Tafeln. Mehrfach hatte sie überlegt, was sie in Lissabon erwartete, doch ihr kamen keine konkreten Bilder in den Kopf. Sicher war Pauls Urlaubssitz kleiner als sein hiesiges Anwesen, und vielleicht standen ihr ja zwei Wochen mit ein bisschen Staub wischen, Staub saugen, Blumen gießen und ansonsten in der Sonne faulenzen bevor. Marga jubilierte innerlich. Wenn das mal nicht nach Urlaub klang!

Was wissen wir schon darüber,
wer wir wirklich sind?
Erst das Leben sorgt dafür,
dass wir es herausfinden.
Deshalb sollten wir uns in
jeden Tag mitten hineinstürzen.

18. Kapitel

Schon jetzt war Marga verliebt in das westlichste Land des europäischen Kontinents, und während sie in ihrer Vorstellung wunderbare Bilder sah, quetschte sie sich an einer Gruppe Reisender vorbei, die mit ihrem Gepäck und ihrer Präsenz mehr Raum einnahm als nötig, und suchte die Halle nach einer halbwegs stillen Ecke ab, um Conny Bescheid zu geben, dass sie für ein paar Tage weg wäre. Vorhin war sie nicht mehr dazu gekommen.

Am vergangenen Abend hatte sie Google Earth geöffnet und wusste nun, dass zwischen Alentejo im Norden, dem Atlantik im Westen und der spanischen Grenze im Osten im Süden des Landes die Algarve lag und dass Portugal zu den landschaftlich vielfältigsten Ländern in Europa zählte. Es gab zauberhafte Städte, hohe Berge, wilde Küsten und ausgedehnte Strände. Und was die Kulinarik anbelangte, besagte ein bekanntes portugiesisches Sprichwort, dass es mehr Kabeljau-Rezepte gebe als Tage im Jahr.

Marga entdeckte endlich einen Platz hinter einer Säule, an dem sie kurz telefonieren konnte. Sie steuerte darauf zu und rief Connys Nummer auf. Nach den schwierigen Wochen, die hinter ihnen lagen, war es ein gutes Zeichen, dass ihre Tochter gleich nach dem zweiten Klingeln abhob.

»Mama.« Ihre Stimme klang fragend. »Wo bist du? Im Hintergrund ist es so laut.«

»Am Flughafen«, sagte Marga.

Conny stutzte. »Flughafen? Höre ich richtig? Wieso das denn? Bist du für Alprecht unterwegs?«

Marga lachte. »In gewisser Weise. Ich begleite ihn nach Lissabon.«

Das schien Conny die Sprache zu verschlagen. Marga hörte ihre Tochter mehrfach ein- und ausatmen, ohne dass sie etwas sagte. Also ergänzte sie: »Es ist eine Arbeitsreise.« Marga beleuchtete die Hintergründe ihres Trips und erzählte Conny vom »Überfall« ihres Chefs.

»Du bist zwei Wochen in Lissabon, in Paul Alprechts Villa?«, staunte Conny schließlich. »Das klingt ja schick. Lass mal ein paar Schnappschüsse rüberwachsen. Und geh vor die Tür, wenn du freihast. Versprichst du mir das?«

»Niemand, der nach Portugal fliegt, verbarrikadiert sich in seinem Zimmer.«

»Na, ich kenne da jemanden, dem ich das durchaus zutrauen würde.« Conny lachte, doch Marga entging der resignierte Tonfall, der in der Fröhlichkeit vibrierte, nicht.

»Conny …« Marga schluckte ihre Angst hinunter, »es bedeutet mir viel, dass wir wieder miteinander sprechen.«

Conny seufzte. »Mir doch auch, Mama. Aber jetzt sieht es ja wieder gut aus zwischen uns. Das heißt, wenn du keinen Rückfall in die Ära Tom-muss-weg erleidest. Amüsiere dich ein bisschen in Portugal, vielleicht macht dich das lockerer.«

Marga biss sich auf die Lippe. Das klang weniger versöhnlich, als sie gehofft hatte. »Ich bin locker«, erwiderte sie. »Also, ich versuche es. Du triffst eigene Entscheidungen – diese Lektion habe ich gelernt. Tut mir leid, dass ich das zwischendurch vergessen hatte.«

»Schwamm drüber. Und jetzt rein mit dir in den Flieger. Vergiss nicht, in einen Fado-Club zu gehen. Und spar nicht am falschen Ende. Taxis sind in Lissabon ziemlich günstig, hab ich mir sagen lassen. Schau dir was an, damit du hinterher was zu erzählen hast.«

Marga versprach es und legte auf. Alles in allem war das Gespräch doch ganz gut gelaufen, oder? Und sie konnte Conny in ein paar Tagen ja noch mal anrufen. Sie war gerade im Begriff, ihr Handy in ihrer Tasche verschwinden zu lassen, als sich eine Hand auf ihre Schulter legte.

Marga fuhr herum. »Herr Alprecht?!«

Paul ließ den Arm sinken. »Tut mir leid, wenn ich Sie erschreckt habe.« Er hielt ihr die ausgestreckte Hand hin und begrüßte Marga mit einem festen Händedruck. Dann deutete er auf den Riemen ihrer Tasche. »Geben Sie mal her. Die sieht schwer aus. Darin kann man vermutlich einen halben Hausstand transportieren.«

»Das sagt der Richtige.« Marga wies auf Pauls Gepäck. Seine rechte Hand lag auf dem Griff eines Trolleys, zusätzlich hatte er eine Tasche umgehängt und trug einen Rucksack auf dem Rücken. Und nun wollte er sich auch noch ihrer Tasche annehmen.

»Keine Sorge, ich verfüge über genügend Muskeln. Und dass Sie durchaus in der Lage sind, sich selbst um Ihr Gepäck zu kümmern, ist mir klar. Deshalb muss ich meine guten Manieren aber nicht auf Eis legen, oder?«

Marga lächelte, schob sich den Lederriemen über den Kopf und übergab Paul ihre Tasche. Dass ihr jemand die Last abnahm, deren Riemen ihr ins Fleisch schnitt, konnten selbst Feministinnen wie Eva nicht falsch finden. Es fühlte sich zu gut an, das Gepäck losgeworden zu sein, Gleichberechtigung hin oder her.

Plaudernd gingen sie zum Schalter der Fluggesellschaft, nahmen ihre Bordkarten entgegen, brachten die Sicherheitskontrolle hinter sich und steuerten schließlich das Gate an. Eine Viertelstunde später rief eine charmante Stimme sie zum Boarding auf. Also machten sie sich auf den Weg ins Flugzeug.

»Übrigens bin ich am ersten Tag Ihr Guide und zeige Ihnen *mein* Lissabon«, kündigte Paul an, während Marga hinter ihm den schmalen Gang entlangstapfte. »Sie waren noch nie dort, nicht wahr?«

Marga blieb vor ihrem Sitz stehen und verstaute ihre Handtasche in dem Fach über sich. »Nein. So weit weg von zu Hause habe ich es noch nie geschafft.« Sie schloss die Klappe und setzte sich.

»Wenn man beruflich regelmäßig unterwegs ist, verliert das Reisen irgendwann leider seinen Reiz. Daheim, so richtig langweilig mit Bier vorm Fernseher oder einem Buch im Garten, fühle ich mich, unter uns gesagt, am wohlsten«, gestand Paul. »Sagen Sie es aber niemandem weiter. Sonst werde ich als Spießer abgetan.«

Marga lachte leise glucksend auf und legte den Finger an die Lippen. »Ich schweige, ist doch klar. Mir geht es übrigens nicht anders. Meine Wohnung ist mein Nest. Dort fühle ich mich aufgehoben.«

Sie schnallten sich an. Die First-Class-Plätze, die Paul gebucht hatte und die mehr Fußraum boten als Evas Kleinwagen, kamen Marga geradezu luxuriös vor, und ein bisschen fühlte sie sich tatsächlich wie Julia Roberts, wenn sie in die fremde Welt ihres Auftraggebers eintauchte. Sie grinste in sich hinein.

Kurz darauf rollte die Maschine über den Asphalt in Richtung Startposition. Und dann hoben sie ab. Paul hatte ihr den Fensterplatz überlassen, und Marga spürte plötzliche Freude durch sich hindurchperlen wie Champagnerbläschen, während sie beobachtete, wie die Startbahn unter ihnen zu einer schmalen Linie schrumpfte. Als das Geräusch erklang, das ihnen erlaubte, die Gurte zu öffnen, klappte Paul seinen Laptop auf und begann seelenruhig zu arbeiten.

Marga hingegen blickte weiter aus dem Fenster, verfolgte, wie sie nach einer Weile durch die Wolkendecke stießen, bis sich unter ihnen ein riesiger flauschiger Teppich ausbreitete, hell beschienen von einer Sonne, die nirgends so strahlend war wie hier oben.

Als ein Steward durch die Reihen ging und Sekt anbot, war Marga kurz versucht anzunehmen. Doch dann lehnte sie ab und entschied sich für einen Saft. Sie war daran gewöhnt, sich mit wenig zufriedenzugeben und wollte es nicht gleich übertreiben. Dass Tag eins in Lissabon dem Müßiggang gewidmet wäre, sorgte allein schon für unverschämt gute Laune.

»Erwarte ruhig mal was Besonderes, Marga. Sich Gewöhnliches vorzustellen macht keinen Spaß«, hatte Kirsten auf der Fahrt zum Flughafen angeordnet, und Marga gab ihr im Stillen recht. Der Saft rann ihr süß die Kehle hinunter. Mit dem bisherigen Verlauf ihrer Reise wäre auch Kirsten hochzufrieden.

19. Kapitel

Es war kurz nach fünf, als Marga am nächsten Morgen aufschreckte und im ersten Moment nicht wusste, wo sie war. Dann fiel es ihr wieder ein. Sie befand sich im Gästebereich von Pauls Haus in Lissabon und lag in einem Boxspringbett, über sich die imposante Lampe eines Stardesigners. Ihr Kopf ruhte auf einem mit dem Namen des Hauses bestickten Kissen: *Casa da Felicidade* – Haus des Glücks.

Marga atmete tief durch und ließ die Realität in sich einsinken. Nach ihrer Ankunft gestern hatte Paul ihr zunächst das Haus gezeigt.

»Es ist ein bisschen schlicht im Gegensatz zu zu Hause«, hatte er beinahe entschuldigend gesagt, und sie hatte sich die Erwiderung verkniffen, dass das, was er als *schlicht* bezeichnete, für die meisten Menschen der schiere Luxus war. Zimmer reihte sich an Zimmer, und irgendwann hatte Marga sich eine Karte gewünscht, um sich in dem Labyrinth an Gängen und Räumen später auch ohne Paul zurechtzufinden. Allein der Gästebereich bestand aus einem geräumigen Wohnzimmer, das größer war als ihre Düsseldorfer Wohnung, einer kleinen Teeküche und einem Schlafraum mit zugehörigem Bad: sanfte Farben an den Wänden, ausladende Sessel, goldgerahmte Spiegel und herrliche Vorhangstoffe vor den Fenstern. Sie kam sich wie im Penthouse eines Fünfsternehotels vor.

Als sie alles gesehen hatte, war Paul ins *Para Lisboa* gefahren, wo noch eine Menge Arbeit auf ihn wartete, wie er sagte.

Ein Schlenker ihres Handgelenks ließ das Licht der Nachttischlampe aufflammen, und Marga setzte sich auf. Durch die offen stehende Tür konnte sie den Tisch im Wohnraum sehen, wo eine Schale mit frischem Obst, zwei Tüten Chips und ein Glas gesalzene Erdnüsse standen. Es war Ewigkeiten her, dass sie woanders als in ihrem Zuhause aufgewacht war.

Sie lehnte sich zurück und spürte das Kopfkissen im Rücken, das ungewöhnlich klein und fest war – sicher ein ergonomisches Wunderwerk, das gegen Manager-Verspannungen half, in ihrem Fall jedoch garantiert eine haartechnische Katastrophe bedeutete. Marga schlug die seidenweiche Decke zur Seite, ging ins Bad und blickte in den ovalen Spiegel. Sie hatte richtig vermutet, sie sah wie ein wild gewordener Handfeger aus. Frank bekäme einen Schreikrampf.

»Das bekommst du schon wieder hin«, versprach Marga ihrem Spiegelbild.

Sie drehte am Hahn in der Dusche und betrachtete die Mosaikfliesen, die eine riesige Blüte ergaben und Marga ein Lächeln ins Gesicht zauberten. Als das Wasser angenehm warm war, stellte sie sich unter den Strahl und wusch sich die Haare. Es war entspannend zu duschen, ohne sich beeilen zu müssen. Als sie fertig war, cremte sie sich ein, blies sich mit dem Fön heiße Luft ins Gesicht und bearbeitete Strähne um Strähne ihres Haars mit der Rundbürste. Zum Schluss tuschte sie sich die Wimpern, trug hellrosa Lippenstift auf und machte ein paar Fotos für Kirsten und Eva.

Erster Morgen in Lissabon. Der Wischmopp bleibt im Schrank, denn Paul führt mich heute in der Stadt herum. Werdet jetzt bloß nicht neidisch, xx Marga

Sie konnte kaum fassen, dass ihr Chef sich Zeit für eine Führung nahm. Vielleicht hatte er es schon wieder vergessen? Oder es einfach nur so dahergesagt. Paul hatte doch wahrlich Wichtigeres zu tun.

Marga trat in den Vorraum, der den Gästebereich vom Haupthaus trennte, öffnete die Tür zum Gang und machte sich auf die Suche nach der Küche. Zweimal bog sie falsch ab, bevor sie den Raum fand. Paul war ebenfalls schon auf und stand mit einer Tasse Kaffee in der Hand vorm Fenster.

Marga räusperte sich. »Guten Morgen, Herr Alprecht.«

Er löste seinen Blick vom Garten und drehte sich zu ihr um. »Schön, dass Sie schon munter sind. Die Stadtführung. Sie haben sie doch nicht vergessen, oder?« Er ging zum Küchentresen, goss Kaffee in eine zweite Tasse und hielt sie Marga hin. »Ich zeige Ihnen heute die Livraria Bertrand, die älteste Buchhandlung der Welt, im Stadtviertel Baixa. Und natürlich fahren wir zur Alfama«, versprach er.

»Was immer das auch ist«, scherzte Marga und nahm die Tasse entgegen.

Nein, Paul Alprecht hatte sein Versprechen nicht vergessen. Auf ihn war Verlass.

Marga hatte damit gerechnet, dass sie mit dem Auto fahren würden, um auf irgendeinem exklusiven Privatparkplatz mitten im Zentrum auszusteigen, oder dass ein Fahrer sie abholen würde oder zumindest ein Taxi. Doch nachdem Paul sich erkundigt hatte, ob sie gut zu Fuß sei, und sie bejahte, hatte er sie einfach so auf die Straße hinausgeführt und den Hügel hinunter.

Nun spazierten sie durch schummrige Gassen, schlenderten über sonnenbeschienene Plätze und bogen in schmale Straßen.

»Wenn man eine Stadt erleben will, muss man sie sich schon erlaufen«, erklärte Paul.

Marga stimmte ihm fröhlich zu, und fast hätte sie sich bei ihm eingehakt. Lissabon kam ihr wie aus der Zeit gefallen vor. Vor allem die verblassten Farben an den Fassaden der Häuser hatten es ihr angetan. Unermüdlich ließ sie den Blick schweifen. »Manche Häuser scheinen ziemlich viel erlebt zu haben. Und einige wirken, als müssten sie sich dringend ausruhen.«

»So fassen Sie Ihre Eindrücke also zusammen.« Paul lachte angesichts ihrer Beschreibung. »Konformität ist in Lissabon Fehlanzeige, da haben Sie recht. Jemand hat mal geschrieben, Lissabon sehe man nicht nur, man fühle es. Die Stadt dringe einem in die Seele. Genauso geht es mir, wenn ich hier bin. Hier erzählt jedes Haus und jeder Platz seine eigene Geschichte.« Er erläuterte Details über die alte römische Stadtmauer und dass Lissabon in den letzten zweitausend Jahren zwei Meter in die Höhe gewachsen war. »Neuerdings ist Lissabon zudem die Lieblings-Hauptstadt der europäischen Touristen.«

»Glaube ich sofort. Ich bin jedenfalls infiziert.« Marga beobachtete eine Tram, die den nächsten Hügel hinauffuhr.

Paul fing ihren Blick auf. »Seit hundertfünfzig Jahren geht es hier bergauf und bergab. Seitdem rumpeln die Bahnen über die sieben Hügel der Stadt. Die 28 fährt an allen Hotspots des Viertels vorbei, am Castelo de São Jorge und dem beliebten Aussichtspunkt Portas do Sol.«

Marga sog jedes Wort aus Pauls Mund auf. Er wusste eine Menge über Lissabon und hatte eine angenehm unaufgeregte Art zu erzählen. Es war schön zuzuhören, wenn er ausholte.

Kurz darauf stiegen sie in die Bahn, die durch enge Sträßchen einen der Hügel hinaufratterte. Marga fielen zwei Frauen ins Auge, die sich an die Haltestangen klammerten und aufgeregt miteinander schwatzten. Ihre Gesichter waren von Falten gezeichnet, doch sie wirkten auf unaufgeregte Weise zufrieden, und während sie die Frauen beobachtete, lauschte Marga, wie Paul von den ältesten Bairros in der Stadt schwärmte.

»In dieser Gegend habe ich mal ein Jahr gewohnt«, berichtete er, als sie ausstiegen. »Das ist allerdings schon eine halbe Ewigkeit her.« Wie angekündigt führte er sie zu einem Aussichtspunkt oberhalb der Alfama. »Wenn Sie mögen, zeige ich Ihnen Sé de Lisboa mit dem schönsten Kreuzgang und den beeindruckendsten blau-weißen Kacheln, die Sie sich vorstellen können. Haben Sie Lust?«

»Natürlich. Sehr gern.«

Als sie dort waren, blieb Marga dicht hinter Paul und kam aus dem Staunen nicht mehr heraus. Er wies hierhin und dorthin, und Marga begriff, dass er von allem noch genauso angetan war wie beim ersten Mal. Ihren Chef so schwärmerisch und entspannt zu erleben, freute Marga, und seine Gelöstheit schwappte auf sie über.

»Ich mag die Mischung von Altem und Neuem«, sagte er gerade. »Früher wurde das Blau der Kacheln mit Blei hergestellt, da das heute verboten ist, weisen die ausgebesserten einen dezenteren Farbton auf.« Paul fuhr mit der Hand über die Fliesen. »Für mich symbolisieren sie das Vergehen der Zeit … und damit gleichzeitig die Möglichkeit von etwas Neuem. Das eine gibt es nicht ohne das andere.« Plötzliche Ernsthaftigkeit schlich sich in seine entspannte Miene. »Auch wenn uns nicht jede Veränderung gefällt, müssen wir damit leben.«

Marga ahnte, dass Paul schwieg, weil er an Sybille dachte.

»Es gibt Momente, da wissen wir nicht, was wir fühlen oder wie tief etwas geht, bis es uns schlagartig klar wird.«

Paul sah Marga an und nickte. »Ja, das stimmt wohl.«

Vom Gewirr sich überlagernder Stimmen begleitet schlenderten sie durch reich verzierte Räume in den Kreuzgang, schließlich verließen sie die Kathedrale und machten sich auf den Weg zum Hieronymitenkloster, das als bedeutendstes erhaltenes Bauwerk im manuelinischen Stil galt.

Paul referierte über die Promenade in Belém und das Torre de Belém. »Die Festung markiert den Punkt, von dem aus vor fünfhundert Jahren mutige Seefahrer in See stachen, um die Welt zu erkunden.«

In Margas Kopf rauschte es. »… portugiesische Weltumsegler … im Wettstreit mit ihren spanischen und italienischen Kollegen … Handelsrouten muslimischer Seefahrer übernommen … In Belém gibt es zudem die besten Törtchen aus Blätterteig und Puddingcreme«, dann hörte sie wieder genauer hin. »Ein Mönch hat das Rezept 1820 erfunden, und als die Klöster geschlossen wurden, mussten sich die Brüder etwas einfallen lassen, um zu überleben. Die Lösung war, das Rezept zu verkaufen.«

Am liebsten hätte Marga dagegen angekämpft, dass ihnen die Zeit zwischen den Fingern hindurchglitt. Es war einfach zu schön, mit Paul unterwegs zu sein und sich von allem und jedem begeistern zu lassen.

»Besteht die Chance, eins dieser Törtchen zu probieren?«,

wollte sie wissen. »Ein Puddingteilchen wäre jetzt genau das Richtige.«

»Aber ja doch. Je mehr Törtchen verkauft werden, umso besser«, sagte Paul.

Unzählige Touristen schienen es auf die Gebäckteilchen abgesehen zu haben. Eine lange Schlange wand sich aus der Bäckerei, als sie sie schließlich fanden. Es dauerte, bis sie dran waren und der junge Bäcker Kakao auf zwei Teile streute, die unteren Hälften in eine dünne Serviette schlug und sie ihnen über die Theke reichte.

»Es gibt in Lissabon eine Reihe von Läden, die köstliche Kuchen verkaufen, aber nirgends backen sie Puddingtörtchen so gut wie hier.« Paul biss zu und verteilte Kakaostaub um seine Mundwinkel, was ihn wie einen Schuljungen aussehen ließ.

Marga kostete ebenfalls. Sofort entfaltete sich cremig-süßer Geschmack in ihrem Mund, der sie die Augen aufreißen ließ. »Die sind himmlisch«, urteilte sie. »Hätte ich damals gelebt, ich hätte mich unter allen Umständen in dieses Kloster geschlichen, um an das Rezept zu kommen.«

»Ich auch«, stimmte Paul ihr zu. »Mir wäre schon was eingefallen.«

Während sie es sich schmecken ließen, pulsierte um sie herum das Leben, und Marga genoss den touristischen Trubel. Als sie den letzten Bissen hinuntergeschluckt hatte, deutete Paul mit dem Ellenbogen auf einen Brunnen. »Dort können wir uns die Finger waschen.«

Sie gingen hinüber und hielten ihre Hände unters Wasser. Plötzlich drängelte sich ein Kind zwischen sie, quetschte seine kleine Hand zwischen ihre und spritzte sie kichernd nass.

»He!«, rief Paul, als es lachend davonlief. Während er grinsend den Kopf schüttelte, spürte Marga dem Kribbeln nach, das in ihren Fingern pulsierte, seitdem ihre Hand unter dem Wasserstrahl Pauls Finger gestreift hatte. Ein kurzer, seltsam intimer Augenblick, den das übermütige Kind überspielt hatte.

Paul zog zwei Taschentücher hervor und reichte Marga eines. »Ihnen rinnt ein Wasserfluss über die Wange.«

»Ihnen auch.« Sie lachten gelöst.

Es schien Paul gutzutun, die Heimat hinter sich gelassen zu haben. Fernab von zu Hause rückten die bedrückenden Erinnerungen an Sybille zwischenzeitlich in den Hintergrund.

»Was hat es eigentlich damit auf sich?«, fragte Marga, als sie kurz darauf auf einen Platz bogen, dessen Kopfsteinpflaster eine auffällige Musterung aufwies.

»Das geht auf einen Gefängnisdirektor zurück, der eines Tages beschloss, seine Gefangenen zu beschäftigen, indem er sie zu Pflasterarbeiten hinzuzog, die sich der Bürgermeister für seine Stadt wünschte. Er hat sich diese besonderen Muster überlegt.«

Marga hörte stumm zu. »Geschichten scheinen zu Lissabon zu gehören wie die Luft zum Atmen«, murmelte sie, und Paul nickte.

Als letzten Tagespunkt zeigte er ihr das Hotel. Die Fassade des *Para Lisboa* trug einen tiefen Roséton, und der verzierte Bogengang, durch den man ins Innere gelangte, versprühte orientalischen Charme. Im Foyer blieb Marga beeindruckt stehen. Das Mosaik, das den Eingangsbereich beherrschte, verschlug ihr die Sprache.

Paul folgte Margas Blick. »Die Fliesen stammen aus der zweiten Hälfte des zwanzigsten Jahrhunderts«, erklärte er.

»Vier Brüder haben sie in einem alten Lager gefunden und aufgekauft. Sie galten als wertlose Restbestände, bis ein kleines Unternehmen, das darauf spezialisiert ist, alten Kacheln neues Leben einzuhauchen, sie aufgearbeitet hat … und nun verschönern sie diesen Eingang.« In seiner Miene spiegelte sich Besitzerstolz, und Marga begriff, dass die Hotels nicht nur ein Geschäft für Paul waren. Sein gesamtes Herzblut floss hinein.

Zur Krönung des Tages lud Paul sie zu einem ausgedehnten Abendessen auf der Dachterrasse eines hoch über der Stadt thronenden Hauses ein, und Marga verlor sich in den Anblick der beleuchteten Gassen, während ihr gegrillter Fisch und Kartoffeln in Salzschale auf der Zunge zergingen. Wann hatte sich das letzte Mal etwas so vollkommen und leicht angefühlt?

Als sie kurz vor Mitternacht aus dem Taxi stiegen und durch den Garten auf Pauls Haus zuliefen, fühlte sich Marga trunken von ihren Erlebnissen und sog tief die süße Nachtluft ein.

»Danke für den wunderbaren Tag und für das köstliche Abendessen, Herr Alprecht. Es war großartig … alles.«

»Freut mich, dass es Ihnen gefallen hat.« Er lächelte sie an, zufrieden und für diesen Augenblick frei von jeder Trauer. Sie wünschten sich eine gute Nacht und gingen jeder in eine andere Richtung davon.

Im Gästeappartement empfing Marga eine angenehme Kühle. Sie schlüpfte aus ihrem Kleid und dachte an die vielen Eindrücke, die sie heute gesammelt hatte. Lissabon war eine Stadt voller unterschiedlicher Stimmungen und melancholischer Klänge an fast jeder Straßenecke, und der Reichtum und die Fülle machten sie buchstäblich satt. Es gab nichts, das ihr in diesem Moment gefehlt hätte.

Beim Umziehen fiel ihr Blick auf den Stapel Zeitschriften auf dem Tisch, unter dem die Ecke ihres Notebooks hervorlugte. Richtig, sie war Paul noch eine Antwort schuldig. Nachdem sie den Laptop hochgefahren hatte, saß sie einen Augenblick tatenlos da. Ihre Finger tippten die Anrede, doch dann verharrten sie über der Tastatur, konnten sich einfach nicht entschließen, irgendein Wort zu formulieren. Nach zehn Minuten gab sie es auf, klappte das Notebook zu und stand auf. Sie hatte zu viel erlebt, um sich auf eine Mail zu konzentrieren. Diesmal musste Paul länger auf eine Antwort warten.

20. Kapitel

Am Morgen darauf wachte Marga erneut früh auf und wischte sich gemächlich die Nacht aus dem Gesicht. Eine Weile lag sie träge im Bett, dann griff sie nach dem Ratgeber, den Kirsten ihr geschenkt und den sie gestern auf den Nachttisch gelegt hatte. Sie betrachtete das Buch von allen Seiten. Bereits der Text auf der Rückseite hatte es in sich:

Handbuch für weibliche Eroberinnen. Überlassen Sie Ihr Leben nicht dem Zufall, sondern sorgen Sie selbst dafür, dass Ihre Wünsche in Erfüllung gehen.

Marga blätterte durch die Seiten.

Haben Sie schon einmal ohne Grenzen im Kopf über Ihre eigenen Bedürfnisse nachgedacht?

»Wer hätte das nicht?«, sprach Marga zu den Wänden. Sie entdeckte, dass jedes Kapitel einen anderen Schwerpunkt setzte. Das dritte handelte von der Fähigkeit, vorbehaltlos Freude auszudrücken.

Augenblicklich dachte sie an Eberhart, ihren Ex-Mann, dem öffentliche Gefühlsbekundungen vom ersten Tag ihres Kennens an unangenehm gewesen waren. Seine Verschlossenheit hatte regelmäßig zu Reibereien zwischen ihnen geführt, denn Marga hätte sich oft ein bisschen mehr Nähe gewünscht. In einer ihrer schlechten Phasen hatte Eberhart es einmal als abstrus bezeichnet, dass sie beide vorm Standesbeamten gelandet waren. »Eigentlich passen wir doch gar nicht zusammen.«

Nach diesem nüchternen Fazit war Marga in lähmendes Schweigen verfallen, und rückblickend passte die Scheidung tatsächlich besser zu ihnen als die Ehe.

Nichts zieht einen selbstbewussten Mann mehr an als eine Frau, die ihre Wünsche in Worte fasst und Taten folgen lässt. Warum sollte ein Mann Sie erobern? Seien Sie diejenige, die den ersten Schritt wagt.

Marga hörte Kirstens verschwörerische Stimme in ihrem Kopf. »Der Ratgeber sorgt hoffentlich dafür, dass du endlich mal in die Gänge kommst. Schalte männertechnisch mal einen Gang höher.«

»Einen Gang höherschalten ist gut. Mein Leben findet seit Jahren im Leerlauf statt«, murmelte Marga und blätterte weiter.

Alles in ihr sträubte sich gegen irgendwelche Techniken, um einen Mann von sich zu überzeugen. Und an die Umsetzbarkeit der knackigen Kapitelüberschriften konnte man glauben oder nicht. Kopfschüttelnd schlug sie das Buch zu und verließ ihr kuscheliges Bett.

Marga sah Liebe weder als etwas Pragmatisches noch als etwas hoffnungslos Romantisches, sondern betrachtete sie mit einem realistischen Blick. In ihren Augen entzündete Liebe sich nicht an der Optik eines Mannes oder an irgendeinem Gefühl, das einen aus heiterem Himmel hormonbedingt überkommen mochte. Entscheidend war das Wesen des anderen. Langfristige Liebe hielt man durch Gemeinsamkeiten und durch die Offenheit des Herzens lebendig – ähnlich einer Pflanze, die man stetig pflegte, damit sie gedieh.

Sie setzte sich an den Wohnzimmertisch und fuhr ihren

Laptop hoch, las noch einmal Pauls letzte Mail. Durch die Briefe, die sie austauschten, waren sie sich menschlich nähergekommen, doch im wahren Leben verband sie, wenn man von ihrer neu entdeckten Vorliebe für Puddingtörtchen einmal absah, kaum etwas. Trotz Sybilles tödlichem Unfall steuerte Paul sein Leben zielgerichtet und nach seinen eigenen Wünschen, während Marga mit ihrem Selbstwert kämpfte und sich ständig in Grübeleien verlor.

Sie seufzte, ging zur Flügeltür hinüber und trat ins Freie. Kaum stand sie auf der Wiese, flog ein Vogel über sie hinweg. Sie hob instinktiv die Hand und spürte den Hauch seines Flügelschlags wie eine Liebkosung auf ihrer Haut. Hier fiel es ihr leicht, die Realität und die stickige Luft zu vergessen, unter der Düsseldorf bei jeder Hitzewelle ächzte. In Portugal war die Wärme verträglicher. Sogar das Licht unterschied sich. Statt urbane Hässlichkeit auszuleuchten, wie es Marga zu Hause manchmal vorkam, hob es hier die Farben hervor und schenkte Gebäuden und Pflanzen klar umrissene Konturen.

Marga begann die Schultern zu rollen und breitete die Arme aus. Sie streckte den Rücken, und während sie dem mit groben Steinen ausgelegten Weg folgte, legte sie erst den rechten, dann den linken Arm hinter den Kopf, atmete die wohltuende Luft und dehnte die Muskeln. Mit einem Mal fing sie undeutlich Pauls Stimme auf.

»Unsere Hotels stehen für Authentizität und Kontinuität, wir haben es uns von Anfang an zur Aufgabe gemacht, unsere Gäste immer wieder positiv zu überraschen … Dieses Konzept werden wir auch in Porto umsetzen … Vom Üblichen abzuweichen birgt Risiken, aber hier liegt auch eine große Chance …«

Sie brachte die paar Schritte, die sie von seinem Fenster trennten, hinter sich, schob den Kopf vor und erhaschte einen Blick durch die gekippte Scheibe. Paul tigerte mit dem Handy am Ohr durch den Raum. Während er mit seinem Gesprächsteilnehmer sprach, unterstrich er das Gesagte immer wieder mit der freien Hand. Mucksmäuschenstill beobachtete Marga ihren Chef. Seine Leidenschaftlichkeit faszinierte sie, und sie hätte stundenlang so dastehen können, als Paul ganz unerwartet einen Abschiedsgruß murmelte und sich abrupt in ihre Richtung drehte.

Marga machte einen Schritt nach hinten und trat dabei mit dem nackten Fuß auf einen spitzen Kiesel. Der Schmerzlaut entschlüpfte ihr schneller, als ihr lieb war. »Aua …« Ertappt stand sie da, als die Terrassentür aufging. Die Hand an der Ferse sah sie Pauls Kopf auftauchen.

»Frau Reiter?« Er blickte auf seine Armbanduhr. »Es ist noch nicht mal halb sechs.« Die Verblüffung, seine Haushälterin in aller Herrgottsfrühe auf seiner Terrasse vorzufinden, stand ihm deutlich ins Gesicht geschrieben.

»Guten Morgen, Herr Alprecht.« Marga deutete auf den blauen Himmel über sich. »Es ist einfach zu schön, um länger zu schlafen. Finden Sie nicht?«

Paul schob die Terrassentür ganz auf und kam zu ihr heraus. »Ich stehe grundsätzlich früh auf, unabhängig vom Wetter. Meine Arbeit ist mitunter wie eine Boa constrictor, die nicht von mir ablässt. Da hilft es, rechtzeitig in den Tag zu starten.«

»Boa constrictor?« Marga grinste über den Vergleich und stellte das Bild mit der Schlange kurzerhand durch eine Geste nach. Pauls tiefes Lachen ließ die Nervosität von ihr abfallen.

»Sie können aufhören, mir den Würgegriff einer Boa zu

verdeutlichen. Meine hinkenden Vergleiche sind legendär, ich weiß.«

Der Moment der Erleichterung verflog, als Marga bewusst wurde, dass sie in ihrem zerknitterten Schlafshirt und ihrer uralten Pyjamahose vor ihrem Chef stand.

»Entschuldigen Sie meinen Aufzug«, stieß sie hervor. »Ich bin nach dem Wachwerden gleich aus dem Bett gesprungen und hinausspaziert.« Sie bekam einen Faden an ihrem Shirt zu fassen und zog nervös daran. »Und dann habe ich Ihre Stimme gehört und … und stand plötzlich hier … Es hat sich einfach so ergeben … Ich wollte nicht lauschen.«

»Ach was«, winkte er ab. »Es geht schließlich nicht um Informationen des Geheimdienstes, sondern nur um das hiesige städtebauliche Programm. ›Warum nicht nach den Sternen greifen, wenn sie so schön leuchten‹, lautete die Devise meines Vaters. Das hat mich schon als Kind fasziniert und tut es bis heute. Jedenfalls hoffe ich, dass ich dem Viertel, in dem sich mein Hotel befindet, neue Impulse verleihen kann.« Pauls Enthusiasmus verlieh seiner Stimme Schwung. Er strahlte, als er über seine Visionen sprach.

»Was Sie sagen, klingt großartig«, erwiderte Marga. »Ich bin mir sicher, Sie setzen eine Entwicklung größeren Ausmaßes in Gang.«

»Ihr Wort in Gottes Ohr. Aber um noch mal auf das schöne Wetter zurückzukommen: Sie teilen sich die Arbeitszeit selbstverständlich frei ein, damit Sie den Sonnenschein auch ein wenig nutzen können.«

»Danke, das mache ich gern.« Marga zupfte noch immer an ihrem Shirt. »Herr Alprecht …«

Paul sah Marga abwartend an. »Ja?«

»Ich fand es nett von Ihnen, mir die Stadt zu zeigen. Zeit ist nicht gerade etwas, das Sie im Überfluss haben …«

»Das war pures Eigeninteresse«, wiegelte Paul schmunzelnd ab. »Wenn ich Sie schon hierher entführe, sollte ich Sie zumindest mit der Gegend vertraut machen, damit Sie nicht gleich in den ersten Tagen verloren gehen.«

Marga gefiel, wenn Paul seine lockere Seite zeigte, und dass er es in letzter Zeit immer häufiger tat, machte sie auf seltsame Art glücklich. »Wenn das so ist, verspreche ich offiziell, nicht abhandenzukommen.« Zur Unterstützung ihrer Aussage hob sie den Finger zum Schwur.

»Nichts anderes hatte ich von Ihnen erwartet.« Paul setzte eine staatstragende Miene auf. Dann lachten beide, und Marga schlenderte davon.

In ihrem Zimmer war sie mit wenigen Schritten bei ihrem Handy und tippte eine Nachricht an Kirsten und Eva.

Bin vor ein paar Minuten im Pyjama von Paul auf seiner Terrasse überrascht worden. Ihr könnt stolz auf mich sein, denn ich habe die Situation mit Bravour gemeistert.

Marga hängte einen Smiley an und drückte, bevor sie es sich anders überlegen konnte, auf Senden. Es verschaffte ihr ein Hochgefühl, die Situation mit Paul derart gut hinter sich gebracht zu haben und nicht vor Verlegenheit davongelaufen zu sein. Mit einem Grinsen im Gesicht startete sie ihre Morgenroutine, setzte sich anschließend vor den Laptop und drückte den Button *Neue E-Mail.* Sie war in der passenden Stimmung, um Paul mitzuteilen, dass sie nicht Anne war.

Hallo Paul,
ich schreibe nicht lange drum herum, deshalb das Wich-

tigste zuerst: Ich bin nicht Anne. Wir sind uns aber schon einige Male begegnet. Also keine Sorge, ich bin keine Stalkerin, die Dir nachstellt, falls Dir der Gedanke gekommen sein sollte.
Durch unseren Mail-Austausch ist mir zum ersten Mal richtig klar geworden, wie bereichernd ein geschützter Raum ist, in dem man einander begegnen kann, ohne sich zu verbiegen. Offen und ehrlich in Kontakt zu stehen empfinde ich als befreiend. Endlich geht es mal nicht darum, wie alt man ist, wie man aussieht oder was man arbeitet.
Seit wir uns schreiben, bin ich sogar der Überzeugung, alle Menschen sollten sich zuerst in Form von Briefen begegnen. Es gibt kein Dazwischenquatschen, keine Blicke, die missinterpretiert werden können, keine Sorge, das Falsche zu sagen oder im unpassenden Moment zu schweigen. Das ist es, was im Leben wirklich zählt – ein Miteinander ohne Vorurteile.
Ich schätze, wie reflektiert, offen, dabei durchaus selbstkritisch und immer wieder amüsant Du schreibst, Paul. Als würdest Du Dich selbst nicht allzu ernst nehmen. Das ist eine wertvolle Eigenschaft, wie ich finde. Und auch wenn es pathetisch klingt: Mich mit Dir auszutauschen fühlt sich an, als reiche mir jemand nach einer langen Wanderung ein Glas Wasser.
Noch etwas zum Thema Trauer. Nach meinem Verlust ist mir aufgefallen, dass ein Großteil der Menschen schnell die Geduld mit Trauernden verliert und sich – oft durchaus mit Nachdruck – erkundigt, ob es einem endlich besser geht. So nach dem Motto: Jetzt ist genügend Zeit ver-

gangen, rappel Dich auf, das Leben geht weiter. Andere haben auch jemanden verloren, also reiß Dich gefälligst zusammen.
Ein Jahr, höchstens zwei scheint die Grenze zu sein, die man mit Trauer verbringen darf.
Nach meiner Erfahrung ist der Schmerz des Verlustes allerdings nichts Kurz- oder Mittelfristiges, sondern gleicht einer Sinuskurve. Mal geht es rauf, mal runter, und dann holt Dich die Trauer nach Jahren, in denen es Dir besser ging, erneut ein und flüstert Dir zu: Vergiss mich nicht, ich bin noch da.
Was ich sagen will, ist: Ich werde Dich nie dafür verurteilen, was Du empfindest, Paul, noch werde ich bewerten, wie lang oder wie kurz Du trauerst. Für Schmerz gibt es kein rechtes Maß, noch gibt es eine falsche Art zu trauern. Jede Weise mit Schmerz umzugehen muss erlaubt sein. Man kann Trauer nicht in eine Schublade stecken und sagen, da und nirgendwo sonst gehörst du hin.
Übrigens habe ich Dir noch nicht gesagt, dass ich durch unsere Briefe meine Vorliebe für Gedichte wiederentdeckt habe. Ich fand schon immer Gefallen daran. Diesbezüglich komme ich nach meiner Mutter.
Einmal war sie krank und bat mich, ihr aus einem Buch vorzulesen, und ich habe sie nie wieder so andächtig lauschen sehen wie an diesem Tag. Plötzlich strahlte sie, und es schien, als sei jede Last von ihr abgefallen. Damals habe ich zum ersten Mal ganz bewusst erlebt, was Worte bewirken können.

Ich möchte Dir das Gedicht schicken, das ich nach dem Verlust des von mir so geliebten Menschen häufig gelesen habe:

Immer da

Wenn du bei mir bist, springt die Freude mich wie ein junger Hund an,
deine Nähe kitzelt noch das letzte bisschen Leben aus mir heraus.
Aber wenn du fort bist, wächst die Sehnsucht wie eine Blume in mir,
ich warte jede Stunde des Tages auf dich und träume von dir in der Nacht.
Jetzt, da du gestorben bist, weiß ich erst, was Liebe ist.

Die Verse stimmen mich traurig, lassen mich zugleich aber auf melancholische Weise dankbar sein, denn der Tod hilft uns, unsere Scheu abzulegen, damit wir den Menschen um uns herum zeigen, wie wichtig sie uns sind. In jeder Sekunde ist das Leben da und wartet auf uns. Und das nächste Mal, das verspreche ich Dir, Paul, schreibe ich etwas übers Glücklichsein.
Es grüßt Dich auch diesmal diejenige, die Dir weiterhin Mut zusprechen möchte!

Pauls Antwort erreichte Marga mittags, als sie gerade in ihr Käsebrot biss.

Liebe Unbekannte,

das Gedicht in Deinem Brief hat mich zu Tränen gerührt. Schon nach den ersten Zeilen ahnte ich, wohin die Reise geht, und als ich weiterlas und der letzte Satz in mir nachklang, ist der Damm gebrochen. Mich überkam ein unglaubliches Gefühl der Sehnsucht. Später empfand ich Unverständnis und Wut.

Ja, Du liest richtig: Wut.

In den letzten Tagen ist etwas passiert, womit ich nicht mal im Traum gerechnet hätte. Lediglich meine Loyalität Sybille gegenüber hält mich davon ab, Dir davon zu berichten.

So viel kann ich Dir allerdings sagen: Ich habe etwas herausgefunden, das den Menschen, den ich so gut zu kennen glaubte, in einem völlig anderen Licht erscheinen lässt, und die Wut darüber überkam mich wie ein Tornado. Wut auf Sybille und auf mich selbst, weil ich offenbar in der Blase meiner eigenen Perspektive gefangen war. Habe ich nur gesehen, was ich sehen wollte, weil Sybille neben mir so strahlte? Weil sie meinem Leben, das zum Großteil aus Arbeit besteht, endlich auch privat Glanz verliehen hat? Vielleicht war ich selbstgefällig. Und vor manchem habe ich offenbar die Augen verschlossen, weil es bequemer ist.

Vermutlich antwortest Du mir in Deinem nächsten Brief, ich solle weniger streng mit mir sein. Keine Sorge, ich habe keine Scheu vor dieser Art der Selbstreflexion. Außerdem fällt es mir leicht, mich Dir zu öffnen.

Der Tod, über den Du seit Deiner ersten Mail so klug schreibst, hat viele bisher unter der Oberfläche existie-

renden Anteile aus mir zutage gefördert. Erst unlängst habe ich geflucht, dass sich die Balken biegen. Ehrlich, ich wusste nicht, wie groß mein Repertoire an Schimpfworten ist – meine Eltern würden sich gewiss für mich schämen. Irgendwann habe ich mich wieder beruhigt und mir gesagt: »Gräm dich nicht. Ist niemand im Haus, der dich hören kann. Den Einzigen, den du erschrecken könntest, bist du selbst.«

Als ich mir das gesagt hatte, ging es mir gleich besser. Es hat mir gutgetan, alles rauszulassen, ohne meinen Gefühlen einen Riegel vorzuschieben.

Was Du über Deine Mutter schreibst, klingt traurig, als hätte sie, als sie Dich gebeten hat, ihr aus dem Gedichtband vorzulesen, eine schwere Zeit durchgemacht.

Wenn ich an meine Eltern denke, muss ich sofort lächeln. Ich habe viel Schönes mit ihnen erlebt, und unter uns, sie haben mich ziemlich verwöhnt. Ich bin ihr einziges Kind, dementsprechend haben sie einen Großteil ihrer Aufmerksamkeit auf mich konzentriert. Dass mir diese Zugewandtheit nicht geschadet hat, habe ich, denke ich, vor allem meiner Großmutter väterlicherseits zu verdanken.

Sie hat mich regelmäßig auf den Boden der Tatsachen zurückgeholt, wenn ich zu viele Flausen im Kopf hatte. Sie war es auch, die mir beibrachte weiterzumachen, wenn ich mir – sinnbildlich – den Kopf angestoßen hatte. Sie lehrte mich, mir Fehler einzugestehen und mich nicht in Grund und Boden zu schämen, sondern mich klugerweise zu entschuldigen.

Sie sagte Dinge, wie: »Das Leben ist wie eine Zugfahrt.

Während du von A nach B reist, stehst du mal im Gedränge, und mal wird ein Sitzplatz am Fenster frei. Obwohl es irre klingt, Paul, ist es manchmal falsch, das Richtige zu tun, doch es kann durchaus sein, dass es ein anderes Mal richtig ist, sich für das vermeintlich Falsche zu entscheiden. Versuch aus allem, was Dir im Leben begegnet, was zu machen.«

Nach diesem Einblick in das Wesen meiner Großmutter kannst Du Dir vermutlich vorstellen, welche Art Frau sie ist. Inzwischen ist sie über neunzig und leider dement, trotzdem ist es bis heute ein Highlight, Zeit mit ihr zu verbringen …

21. Kapitel

Das Tor, das Pauls Haus von der Straße abschottete, schloss sich kreischend hinter Marga. Mit wehendem Rock lief sie auf das Taxi am Straßenrand zu und nahm sich vor, dem Quietschen gleich morgen mit einem Fläschchen Öl zu Leibe zu rücken.

»Bom dia«, grüßte sie den Fahrer auf Portugiesisch und fügte auf Englisch hinzu: »Zum Bahnhof, bitte.« Sie kletterte auf die Rückbank und stellte ihre Badetasche neben sich.

Der Fahrer warf ihr durch den Rückspiegel einen Blick zu. »Sie wollen ans Meer, nicht wahr, Senhora?« Er rieb sich den Bart mit der flachen Hand, legte den ersten Gang ein und fuhr los. »Der Tejo und der Atlantik sind das Herz Lissabons. Und vom Bahnhof bis zum Atlantik brauchen Sie nur dreißig Minuten.«

Marga bejahte, holte ihren Reiseführer aus der Tasche und schlug ihn auf. »Stimmt es, dass der Tejo etwa fünfzehn Kilometer hinter dem ehemaligen Stadtkern in den Atlantik mündet?« Erneut begegnete sie dem Blick des Taxifahrers im Rückspiegel.

»Sim, Senhora.« Der Mann kam auf eine Felsformation zu sprechen. »Boca do Inferno … der Höllenschlund. Das müssen Sie sich ansehen.«

In einem Mischmasch aus Portugiesisch und Englisch redeten sie miteinander, bis das Taxi vorm Bahnhof anhielt. Marga bedankte sich für die vielen Tipps und stieg aus dem Wagen. In der Halle wimmelte es von Menschen. Sie suchte die Anzeigetafel und entdeckte schließlich das Gleis, auf dem ihr Zug fuhr. Sie hatte Glück und ergatterte einen Platz am Fenster, was sie schmunzeln ließ, weil es sie an Pauls Zeilen über seine Großmutter denken ließ. Wie schön und berührend er einmal mehr geschrieben hatte.

Draußen zog die Landschaft vorbei, und Marga genoss das Urlaubsgefühl, das sie empfand, seit sie aus dem Flugzeug gestiegen war. Schon bald wäre sie an der Costa do Estoril und käme an der Mündung des Tejo und am offenen Meer vorbei. Das Seebad Estoril war während des Zweiten Weltkriegs eine Hochburg für Spione gewesen und ein Tummelplatz für die obere Gesellschaft, hatte sie gelesen. Heute kamen vor allem Familien hierher, um mit ihren Kindern Zeit am Strand zu verbringen. Der Reiseführer beschrieb einen Fußweg, der an der Küstenpromenade entlanglief und zu kleinen, aber landschaftlich reizvollen Stränden führte.

Nachdem Marga eine halbe Stunde später den Zug verlassen hatte, besuchte sie als Erstes die Sommerresidenz des Präsidenten im Inneren der Zitadelle von Cascais, und hielt vor Staunen die Luft an, als sie später über eine Brücke zum Leuchtturm lief und die Treppe hinauf nahm. Keuchend kam sie oben an und blickte in die Ferne. Die Aussicht war atemberaubend. Marga konnte bis zur Westküste sehen.

In einem Café leistete sie sich später einen Eisbecher und betrat im Jachthafen einen E-Bike-Verleih. Der Besitzer, ein junger Mann mit Ohrring, deutete auf ein Schild, das einen Radweg Richtung Naturpark kennzeichnete.

»Der Park zieht sich die Küste entlang in immer einsamere Gegenden. Der Weg ist gut ausgebaut. Wenn Sie möchten, finden Sie dort sogar ein Eckchen nur für sich allein.«

Marga probierte ein Rad, zahlte die Leihgebühr und rollte kurz darauf an den Booten im Hafen vorbei. Obwohl sie gemächlich dahinfuhr, lag Cascais bald hinter ihr. Der Wind kam von Nordwest und blies heftiger, je näher sie der Westküste kam, doch die Luft blieb angenehm warm. Die Beschreibung des Mannes vom Fahrradverleih stimmte: Je länger sie radelte, umso verschlafener wirkte die Gegend. Sie genoss den Wind auf der Haut und entdeckte schließlich einen Holzweg, der durch die Dünen führte. Kurzerhand ließ sie das Rad stehen und schnappte sich ihre Tasche. Sich an Seilen festhaltend folgte sie den Planken, bis sie im Sand ausliefen und sich das blau glitzernde Meer vor Marga ausbreitete. Sie suchte sich ein ansprechendes Plätzchen, ließ ihre Sachen fallen, schlüpfte aus den Sandalen und rannte geradewegs ins Wasser.

Der Atlantik war kalt, das Wasser prickelte auf der Haut, als würden winzige Nadeln sie stechen. Sie hörte das Grollen der Wellen und die Schreie der Seevögel, stakste durch den warmen Sand zurück und machte Fotos, die sie Kirsten und Eva schickte. Als das getan war, breitete sie ihr Handtuch aus, ließ sich darauf nieder und schloss die Augen.

Das Meer rauschte gleichmäßig dahin. Marga genoss es, keine Pflichten erfüllen zu müssen, sondern einfach nur dazuliegen, bis das Klingeln ihres Handys ihr friedliches Nichtstun unterbrach. *Kirsten* verkündete das Display.

»Mein Gott, sind die Fotos schön … Und ich bin in Düsseldorf«, legte sie gleich zur Begrüßung los.

Marga setzte sich auf, blinzelte gegen die Sonne und sah aufs Wasser. »Höre ich da etwa Neid?«, fragte sie lachend.

»Natürlich!«, gab Kirsten unumwunden zu, »aber ich gönne es dir von Herzen! Du hast es verdient, mal rauszukommen. Was tust du gerade?«

»Ich sitze am Strand und blicke aufs Wasser. Wie stehen die Dinge zu Hause?«

»Alles beim Alten ...« Kirsten zögerte. »Oder so gut wie. Bis auf die Tatsache, dass Philip ausgezogen ist.«

Marga glaubte, sich verhört zu haben. »Philip ist fort?! Seit wann?«

»Seit vorgestern.«

»Und wieso rückst du erst jetzt damit raus?«

»Weil es nichts ändert, wenn ich es in die Welt posaune. Mir ist klar geworden, dass er nicht zu substanzieller Fürsorge gegenüber seiner Ehepartnerin fähig ist.«

Hatte Kirsten in der Buchhandlung nicht nur Margas Ratgeber, sondern gleich noch ein Buch über Eheprobleme gekauft? Ihre Worte klangen jedenfalls danach, und die Antwort auf Margas Frage kam, bevor sie sie überhaupt stellen konnte.

»Ich habe mir zwei Therapiestunden bei einer Psychologin gegönnt. Ich bin das Hin und Her zwischen Philip und mir leid. Es war Zeit, mir fachliche Hilfe zu holen.«

»Aha. Und was sagt die Psychologin?«

»Sie meint, ich soll mir weniger Gedanken über Philip machen und mich mehr mit mir beschäftigen. Bei der Wurzel bleiben, nennt sie es.«

Marga sortierte die Zusammenhänge. Kirsten und eine Therapie, das musste sie erst mal verdauen. Sie sah das Mienenspiel ihrer Freundin vor sich. Sicher hatte Kirsten mit vor Entrüstung über die Misere mit Philip gezeichnetem Gesicht vor der Psychologin gesessen.

»Wo ist Philip denn jetzt? In einem Hotel?«

Kirsten ließ ein trauriges Lachen hören. »Blödsinn, du kennst doch Philip. Ein Hotel käme für ihn böswilliger Geldvernichtung gleich. Er wohnt vorläufig bei seinem Bruder.«

Marga nahm das *vorläufig* erleichtert zur Kenntnis. Dass Kirsten sich Hilfe suchte, war richtig, doch sollte man nicht gleich übers Ziel hinausschießen, fand sie. Dazu neigte Kirsten nämlich.

»Was erhoffst du dir von der räumlichen Trennung?«

»Erst mal geht es darum, Philip begreiflich zu machen, dass es mir ernst ist, und da sein Bruder mit Sport nichts anfangen kann, wird Philip sich ausnahmsweise mal mit Gesprächen oder mit sich selbst die Zeit vertreiben müssen … Klar, das ging jetzt ziemlich schnell und hat Philip ganz schön überfahren, aber endlich bewegt sich mal was.« Marga hörte stumm zu, während Kirsten die Hintergründe ihrer Entscheidung ausbreitete. »Unsere Probleme liegen hauptsächlich an ihm, aber ich weiß natürlich, dass ich nicht völlig unbeteiligt bin … Was läuft in Lissabon? Hast du Alprecht endlich auf die Mail geantwortet, in der er dich als Anne anspricht?«

Marga gab Kirsten eine Zusammenfassung ihrer Reaktion samt Pauls Antwort darauf.

»Solange er nicht erfährt, dass du diejenige welche bist, hast du gute Karten«, meinte Kirsten. »Alprecht schätzt die Frau, die ihm schreibt. Er kann sich ihr anvertrauen.«

»Untersteh dich, auch nur daran zu denken, dass er es herausfinden könnte.« Marga überkreuzte die Füße und vergrub die Zehen im Sand. Sie wusste, dass ihre Mailkorrespondenz mit Paul ein Ablaufdatum hatte, und ihr bangte vor dem Tag, an dem sie vorbei wäre. Wenn sie nur nicht so viel Angst davor hätte, ihrem Chef zu beichten, wer ihm schrieb.

»Wie ist Alprecht eigentlich privat? Schläft er nackt?« Kirsten kicherte wie ein Schulmädchen und war schon wieder ganz in ihrem Element.

Marga merkte, dass sie rot wurde. Sie hatte sich Paul nie unbekleidet vorgestellt, warum sollte sie? Doch ihr blieb selbstverständlich nicht verborgen, wie attraktiv er war.

»Mensch, Kirsten, hör mit dem Unsinn auf. Paul ist Witwer … na ja, sozusagen. Und weder stelle ich ihn mir ohne irgendwas am Körper vor, noch werde ich ihn je wie Gott ihn schuf zu Gesicht bekommen.«

»Warum so prüde? Man darf doch wohl tagträumen. Lies mal das Buch über weibliche Verführerinnen, das macht dich locker. Und sag jetzt bloß nicht, dass du als Verführerin ungeeignet bist.«

»Doch. Bin ich, sogar mehr als das. Ich bin diesbezüglich sozusagen ein Anti-Talent. Mit Paul, das ist …«, Marga überlegte, wie sie es am besten ausdrückte, und fand ein Beispiel, »… das ist, als wären wir gemeinsam in einem Feriencamp.«

Kirsten gab sich noch nicht geschlagen. »Räumliche Nähe bedeutet meist auch emotionale Nähe. Sogar im Feriencamp. Da ganz besonders.«

Sie arbeiteten sich noch eine Weile an dem Thema ab, bevor Kirsten einlenkte. »Eins will ich dir trotzdem mitgeben, Marga. ›Ein bisschen realistische Hoffnung steht jedem gut‹, sagt meine Psychologin. Hast du davon schon mal gehört? Realismus und Hoffnung, ich dachte, das schließt sich gegenseitig aus. Was *ich* bisher als Hoffnung bezeichnet habe, war einerseits Zweckoptimismus und andererseits Träumerei. Frag dich mal, was auf dich zutrifft.«

Nachdem sie das Telefonat beendet hatten, warf Marga das Handy aufs Handtuch und begann mit den Füßen im Sand zu spielen. »Realistische Hoffnung. Was immer das bedeutet …«, murmelte sie vor sich hin.

Während der Stadttour hatte es zwischendurch manchmal ein fragiles Gefühl der Nähe zwischen Paul und ihr gegeben, überlegte sie. Oder bildete sie sich das nur ein? Sie dachte an den Moment am Brunnen, als sie sich die klebrigen Hände gewaschen und sich ihre Finger kurz berührt hatten. An ihre Plaudereien und Scherze. Düsseldorf und Sybille waren hier weit weg, es hatte nur sie beide gegeben und die unbeschwerten Stunden des Tages.

Marga schüttelte über sich selbst den Kopf. Jetzt ging die Fantasie mit ihr durch. Sie schloss die Augen und hörte die Seevögel kreischen, und plötzlich fühlte sie in sich etwas Starkes und zugleich Zartes anwachsen, eine Empfindung, die sie die ganze Zeit übersehen hatte. Oder hatte sie sich das Gefühl nur nicht zugestanden?

Wenn sie an Paul dachte – nicht an ihren Chef, sondern an den Mann, dem sie schrieb und der ihr inzwischen verlässlich antwortete –, wurde ihr jedes Mal warm ums Herz.

Es dämmerte bereits, als sie aus dem Zug stieg und vor dem Bahnhof den Taxistand ansteuerte. Vor Pauls Villa zahlte sie und schritt an den prächtigen Bäumen vorbei Richtung Eingang. In diesem Haus und in diesem Garten konnte man glücklich sein.

Sie öffnete die Eingangstür und betrat ihr luxuriöses Appartement. Zwischen ihren Zehen kitzelte ein Rest Sand, der sich auf dem Boden verteilte, als sie aus den Sandalen schlüpfte. Sie räumte ihre Tasche aus und hängte das Handtuch zum Trocknen ins Bad.

»Realistische Hoffnung«, murmelte sie, während sie im Spiegel ihr von der Sonne sanft gerötetes Gesicht betrachtete. Sie trat in den Korridor und folgte dem Gang mit den bodentiefen Fenstern und den farbenfrohen Gemälden an den Wänden. In der Mitte war ein extrabreites Fenster eingelassen. Von dort sah man auf den Pool im Garten.

Als Paul ihr das Haus gezeigt hatte, hatte Marga mit einem mulmigen Gefühl auf das Schwimmbecken geblickt. Seit Sybilles Unfall hatte ihr der Anblick schon in Düsseldorf Unbehagen bereitet, und auch hier löste das glitzernde Wasser Unruhe in ihr aus. Paul hatte ihr angeboten, den Pool zu nutzen, doch sie mochte nicht mal daran denken, in das Schwimmbecken zu steigen. Paul schien es ebenfalls zu meiden. Jedenfalls hatte sie ihn noch nicht darin schwimmen sehen.

Sie klopfte an die Tür zu Pauls Privaträumen. Vielleicht freute er sich, wenn sie ihm anbot, ihm etwas zu essen herzurichten. Außerdem würde die Hausarbeit sie von ihren wirren Gedanken ablenken, die noch immer um ihre gemeinsamen Stunden in Lissabon kreisten.

Sie drückte die Klinke, als ein leises »Ja, bitte« erklang, und blieb im Türrahmen stehen. »Guten Abend, Herr Alprecht. Ich war in Cascais und habe auf dem Markt eingekauft. Ich könnte Ihnen einen Imbiss bereiten.«

Pauls Handy, das mit der Rückseite nach oben auf dem Tisch lag, brummte. Er nahm es, sah darauf und bedeutete Marga, dass er den Anruf annehmen musste.

Marga hatte den Raum noch nicht verlassen, als eine männliche Stimme aus dem Mobiltelefon erklang. »… ein Ultraschallbild ist so was von krass, noch dazu, wenn es um ein Kind geht, von dem du nichts wusstest, ein Kind, das nicht mal deins ist …«

Marga blieb verdattert stehen. Lauschte gebannt den Worten, die abrissen, nachdem Paul hektisch auf dem Handy herumgedrückt hatte. Er sah sie mit steinerner Miene an, während Margas Gedanken zurück- und vorspulten und wieder zurück, um das Ganze zu begreifen.

»Was Sie gehört haben, ist … sehr persönlich«, setzte Paul an. In seiner Stimme mischten sich Unwohlsein und erzwungene Ruhe.

Marga nickte, doch die Gedanken in ihrem Kopf ließen sich nicht zum Schweigen bringen. Offenbar hatte Paul aus Versehen auf den Button *Sprachnachrichten* gedrückt, sodass sich die Nachricht eines Freundes abgespielt hatte. Sie brauchte einen Moment, bis sie die Sprache wiederfand.

»Herr Alprecht, dass ich über das Gehörte schweige, ist selbstverständlich. Sie können sich auf mich verlassen. Außerdem vergesse ich oft schnell wieder, was ich gehört habe. Ich … ich lasse Sie jetzt lieber allein.«

Pauls Adamsapfel bewegte sich, als er schluckte. »Danke für Ihre Verschwiegenheit. Loyalität ist heutzutage selten geworden.«

Marga erwiderte nichts darauf und verließ wortlos den Raum.

Der Himmel zeigte ein tiefes Dunkelblau, als sie später in den Garten ging. Sie hatte ihr Handy dabei, setzte sich in den Gartenstuhl und rief Connys Nummer auf. Die Zikaden zirpten, ansonsten war es ruhig.

»Hey, Mama. Hast du schon ein paar Ecken von Lissabon gesehen?«, meldete sich ihre Tochter. Sie klang in Eile.

»Habe ich, Liebes. Lissabon ist zauberhaft.« Marga fasste ihren Ausflug ans Meer in passende Worte. Im Hintergrund hörte sie Geraschel und das Geräusch eines Reißverschlusses. Offenbar zog Conny sich eine Jacke an und war auf dem Sprung irgendwohin. »Du hattest übrigens recht, Taxifahren ist hier keine Affäre …«

»Jaja.« Ein Schlüssel klimperte.

»Ehe ich es vergesse«, sagte Marga rasch, »ich rufe an, weil ich dir sagen möchte, wie sehr ich es schätze, dass du mir nie Dinge vorenthältst, bloß um einem Streit aus dem Weg zu gehen.«

Conny schwieg einen Augenblick, dann sagte sie: »Hört, hört. Mama 2.0.«

»Ich weiß, ich habe ein paar Dinge falsch gemacht, aber ich bin froh, dass du mir die Chance gibst, es in Zukunft besser hinzukriegen.«

»Lass die Kirche mal im Dorf, Mama. Von deiner übertriebenen Fürsorge abgesehen bist du schwer in Ordnung. Und inzwischen weißt du ja, dass du mich nicht mehr unter deine Fittiche nehmen musst, denn ich bin schon groß.« Hatte sich da eine Spur Genervtheit in Connys Tonfall geschlichen? »Übrigens, sorry, aber ich muss los. Tschüssi.«

Die Verbindung brach ab, und Marga schluckte. Sie hatte sich auf die Zunge gebissen, um nicht nach Tom zu fragen und ob Conny zu ihm unterwegs war, um mit ihm die Nacht zu verbringen. Und dennoch schien sie Conny verstimmt zu haben. Oder hatte ihre Tochter es einfach nur eilig gehabt? Übertriebene Fürsorge. Wie machten es denn andere Eltern?

Marga seufzte. Dann fiel ihr Paul ein. Und die Wahrheit, die er über Sybille erfahren hatte. Eine verschwiegene Schwangerschaft? Das war … krass.

22. Kapitel

»Ich freue mich, heute mit Ihnen auf die gelungene Renovierung des Hotels anzustoßen, und hoffe, ich übertreibe nicht, wenn ich sage: Wir alle können es kaum erwarten, dass sich die Türen des Hauses wieder für Gäste aus aller Welt öffnen! Herzlichen Dank, Senhora Costa, für die behutsame Neuinterpretation der Innenräume. Herzlichen Dank auch dem Team rund um Senhor Silva. Sie haben Großartiges geleistet. Mein besonderer Dank schließlich gilt selbstverständlich allen Mitarbeiterinnen und Mitarbeitern, die in den vergangenen Monaten nicht müde wurden, ihren Beitrag zu leisten, ungeachtet der unzähligen Male, die ich mich nach dem Stand der Dinge erkundigt habe. Ihrer aller Mühe hat sich gelohnt!« Paul hob sein Glas und hielt es der Menge entgegen. »Auf dass alle, die in diesem Haus arbeiten und nächtigen, stets glücklich sind.«

»Auf das Hotel!«, jubelte die Menge. »Und auf das Team!«

»Nicht zu vergessen auf den Chef«, rief eine kleinere Gruppe.

Gläser klirrten gegeneinander, Gespräche setzten ein. Paul stieg von seinem Rednerpodest und stieß mit einigen langjährigen Mitarbeiterinnen an.

»Wir können es kaum fassen, was aus dem Hotel geworden ist, Senhor Alprecht«, sagte Enia, die Lokalmanagerin. »Sie haben ihm ein neues Herz gegeben.« Die Begeisterung färbte ihre Wangen rosig, und es freute Paul, dass seine Angestellten seine Euphorie teilten.

»Geht mir genauso«, sagte er. »Wenn ich durch die Räume stöbere, komme ich mir wie ein Junge am Weihnachtsabend vor, der endlich seine Geschenke öffnen darf.« Er hob sein Glas und lächelte breit. »Zum Wohl!«

Der Architekt, ein junger Mann Mitte dreißig, trat zu der Gruppe, die sich um Paul drängte.

»Senhor Silva.« Paul schüttelte ihm die Hand. »Was Sie im Zuge der Renovierung geleistet haben, verdient höchstes Lob. Den Eingangsbereich möchte man nicht mehr verlassen. Ich hoffe, das wird nicht zum Problem«, scherzte er.

Obwohl er die Pläne natürlich gesehen und abgesegnet hatte, hatte es ihm, als er mit Marga zum ersten Mal das fertige Entree betreten hatte, die Sprache verschlagen. Das Oberlicht tauchte die Lobby tagsüber in herrlichen Sonnenschein und strahlte eine Imposanz aus, die Paul sich in seinen kühnsten Träumen nicht heller ausgemalt hatte. Ganz zu schweigen vom mosaikverzierten Brunnen und den überdimensionalen Terrakottatöpfen, in denen sich üppige Palmen reckten. Hinter dem Empfang prangte ein vier Meter hohes Gemälde in Blautönen, das Ankommenden das Gefühl gab, direkt aufs Meer zuzulaufen – der Eindruck war so echt, dass man fast damit rechnete, im nächsten Moment nasse Füße zu bekommen. Egal zu welchem Anlass jemand anreiste: Im *Para Lisboa* fühlte man sich wie im Urlaub!

Zufrieden lauschte Paul den Klängen des Fado, die im Hintergrund spielten. Vergessen die wiederkehrenden Zweifel, ob er übertrieben hatte, vergessen jede einzelne Sorgenfalte, die ihm die immensen Kosten der Renovierung auf die Stirn gezeichnet hatten; jeder einzelne Cent hatte sich gelohnt. Die Gäste würden in diesem Hotel eine unvergessliche Zeit erleben und sich auf eine Weise daheim fühlen, wie sie es selbst zu Hause nicht taten.

Paul ging durch die Reihen und hörte die Mitarbeiter in Superlativen schwärmen. Man kannte seinen Anspruch, Menschen glücklich zu machen, und es erfüllte ihn mit Stolz, dass sein Anliegen auf alle Beteiligten überschwappte. Er beglückwünschte die Innenarchitektin zur gelungenen Gestaltung der Zimmer und Suiten, kontrollierte, ob genügend Kellnerinnen und Kellner Tabletts mit Fingerfood anboten, und widmete seine Aufmerksamkeit schließlich den Vertretern der Presse, die ihn ebenfalls feierten und wohlwollende Artikel versprachen. Als gegen sechzehn Uhr die Tänzer kamen, die für einen angenehmen Ausklang der Eröffnung sorgen sollten, fuhr Paul mit einem tiefen Gefühl der Zufriedenheit nach Hause.

Gemächlichen Schrittes schlenderte er durch den Garten, der zu seinem Privathaus führte. Aus der Ferne hörte er das Zirpen der Zikaden, er ließ den Palmenhain hinter sich und kam an den blühenden Sträuchern vorbei, die so herrlich rochen, dass er stehen blieb und ein paarmal tief einatmete.

Auf der Terrasse zog er Schuhe und Strümpfe aus, lief barfuß übers Gras und setzte sich unter die bewachsene Pergola. Während er das Gefühl der lauen Sommerluft auf seiner Haut genoss, dachte er daran, dass er seinem Ziel noch nie so nahe gewesen war wie jetzt. Seit er das erste Hotel von seinem Vater übernommen hatte, träumte er vom ersten Platz im Ranking der besten Hotels Europas, und das *Para Lisboa* hatte eine reelle Chance.

Soeben wollte sich ein Lächeln auf Pauls Gesicht ausbreiten, als eine Biene aus der Bougainvillea aufflog. Er zuckte zusammen und legte automatisch eine Hand auf die Brust. Mit geballter Wucht stürzte Sybilles Tod auf ihn nieder und verdrängte jedes Hochgefühl. Pauls Puls beschleunigte sich, und er musste mehrmals schnell hintereinander einatmen, weil ihm ein seltsames Gefühl der Panik plötzlich die Luft abschnitt. Verwundert rieb er sich die Stirn. Dann fielen ihm die Worte der unbekannten Schreiberin ein.

Ich habe die Trauer anfangs als etwas erlebt, das mir den Atem nimmt. Ich hatte buchstäblich Angst zu ersticken.

Er hätte nie damit gerechnet, ebensolchen Empfindungen zu begegnen, doch es stimmte offenbar: Trauer war unberechenbar.

Um sich abzulenken, zog er sein Handy aus der Tasche und checkte die Nachrichten: Keine neue Antwort der Unbekannten. Er hob den Blick. Eigentlich hatte er sich nach dem anstrengenden Tag auf die Ruhe und das Alleinsein gefreut, doch nun drängte es ihn nach Gesellschaft und Trost. Er erhob sich und steuerte kurzerhand das Gästeappartement an. Vielleicht konnte Frau Reiter ihn aufmuntern. Heute früh hatte er einen Kuchen mit einer kurzen Nachricht in der Küche vorgefunden. Keine Ahnung, wann sie den gebacken hatte, aber auf jeden Fall war seine Haushälterin unbezahlbar.

Kurz ging ihm durch den Kopf, dass sie Jörgs Sprachnachricht gehört hatte, in der es um Sybilles ungewollte Schwangerschaft gegangen war, und er fragte sich, ob er sie noch einmal darauf ansprechen sollte, um ihr klarzumachen, wie wichtig ihre Diskretion in diesem Fall war.

»Sei nicht albern«, schalt er sich dann jedoch selbst. »Marga

Reiter ist der integerste Mensch unter dem Sternenhimmel.« Menschen wie sie waren schwer zu finden, und Paul beschloss, ihr demnächst den Lohn zu erhöhen.

Er erreichte ihre Tür, und als er auch nach dem zweiten Klopfen keine Antwort bekam, wollte er schon umdrehen, doch das Gefühl der Atemlosigkeit beengte ihn noch immer. Vermutlich konnte er es in den Hintergrund drängen, wenn er mit Marga sprach und dem Moment einen Anstrich von Normalität gab, also drückte er die Klinke hinunter. »Frau Reiter. Hallo? Sind Sie da?« Zögernd trat er ein. Wie erwartet herrschte in dem Raum penible Ordnung. Lediglich ein Sonnenhut auf dem Stuhl und ein geblümtes Kleid auf einem Bügel am Schrank deuteten auf die Anwesenheit eines Gastes hin. »Frau Reiter?«

Wieder bekam Paul keine Antwort. Bevor er heute Morgen zum Hotel gefahren war, hatte er einen Zettel auf die Küchentheke gelegt und seine Haushälterin gebeten, ein paar Lebensmittel zu besorgen. Ob sie zum Einkauf aufgebrochen war? Er hatte sie aufgefordert, sich ihre Zeit selbst einzuteilen, und mahnte sich selbst, nicht enttäuscht zu sein, dass sie nicht da war.

Von seiner inneren Unruhe getrieben, flatterte Pauls Blick umher, blieb schließlich am Tisch hängen, auf dem ein in seine Richtung aufgeklappter Laptop stand. Automatisch huschten seine Augen über den Bildschirm und erfassten die Anrede einer Mail: *Liebe Unbekannte …*

Ein Stich fuhr in Pauls Magen. Etwas in ihm schlug Alarm. Er beugte sich über das Display und las die nächsten Sätze.

… das Gedicht in Deinem Brief hat mich zu Tränen gerührt. Schon nach den ersten Zeilen ahnte ich, wohin die Reise geht, und

als ich weiterlas und der letzte Satz in mir nachklang, ist der Damm gebrochen. Mich überkam ein unglaubliches Gefühl der Sehnsucht. Später empfand ich Unverständnis und Wut.

»Oh Gott!« Paul stolperte rückwärts, als könne er sich dadurch schützen. Mit vor Unglauben geweiteten Augen starrte er auf die Zeilen, die seine innersten Gefühle beschrieben. Worte, von denen er geglaubt hatte, er richte sie an jemanden aus seinem Bekanntenkreis.

Warum zum Teufel befanden sie sich auf Marga Reiters Laptop?! Ein Gefühl der Ohnmacht beschlich ihn und setzte sich in ihm fest. Gleichzeitig brannte die Erkenntnis in seinem Körper: Seine Haushälterin war diejenige, die ihm schrieb. Diejenige, der er sein Innerstes anvertraute.

Einen Moment stand er reglos da. Niemals hätte er Marga Reiter als Absenderin der Briefe in Betracht gezogen, wieso auch? Schließlich hätte sie jederzeit mit ihm sprechen können, wenn ihr doch so viel daran lag, ihn zu trösten. Was sollte die Heimlichtuerei? Sie begegneten sich täglich, spätestens in ihrer zweiten Mail hätte sie ihm mitteilen müssen, wer sie war. Dass sie überdies seiner Einladung nach Portugal gefolgt war und hier nun so tat, als wäre alles wie immer, empfand er als herben Vertrauensbruch.

Als er den Kopf schüttelte, fiel sein Blick auf ein Buch, das neben dem Laptop lag und auf dessen Cover ein riesiges rotes Herz prangte. Paul nahm es zur Hand. »*Handbuch für weibliche Eroberinnen.* Das darf doch nicht wahr sein.« Er blätterte durch die Seiten. Eine Headline reißerischer als die nächste. *Wie man einen Mann erfolgreich erobert.* Mit einem Klatschen schlug er das Buch zu und ließ es auf den Tisch fallen. Mit einem Mal kam ihm die Frau, die sich seit zehn Jahren um seinen Haushalt kümmerte und mit einem untrüglichen Gespür für seine Stimmung immer dann einen Kuchen hervorzauberte, wenn er eine solche Aufmerksamkeit brauchte, erschreckend fremd vor. Er hatte geglaubt, Frau Reiter zu kennen und sich auf sie verlassen zu können, doch das stimmte offenbar nicht.

Erst Sybille und nun Marga Reiter. War er tatsächlich so blind, dass er Offensichtliches nicht wahrnahm?

23. Kapitel

Marga ließ den Staubwedel über die Rotweinflaschen tanzen. Das Drehen der Flaschen war unter Weinkennern ein strittiges Thema. Vermutlich wollte Paul sich deshalb persönlich um den Weinkeller kümmern – am Tag ihrer Ankunft hatte er so etwas erwähnt. Allerdings war Marga in den zwei oberen Stockwerken ziemlich schnell fertig gewesen, und so war sie hinuntergegangen, um zumindest dem Staub zu Leibe zu rücken. Dabei konnte sie ja wohl nichts falsch machen.

Der Wedel erfasste den Boden des letzten Regals und entfernte die feine weiße Schicht, die kaum der Rede wert war. Pauls Haus befand sich in tadellosem Zustand, und Marga dachte, dass ihre Anwesenheit hier eigentlich überflüssig war. Sie sah sich noch einmal um und vergewisserte sich, dass sie nichts übersehen hatte, dann schnappte sie sich den Eimer und die Putztücher und nahm die Treppe nach oben.

Sie folgte gern dem mit gemusterten Fliesen gestalteten Gang, es fühlte sich fast so an, als schlenderte sie durch den Garten, denn nur die bodentiefen Fenster trennten sie vom üppigen Grün draußen. Während sie durch die Scheibe beobachtete, wie ein Schmetterling schwebend über einer Blüte verharrte, überlegte sie, ob Paul sie vielleicht deshalb gebeten hatte, ihn nach Portugal zu begleiten, um nicht allein zu sein.

Trauer machte mitunter einsam, und Marga lächelte bei dem Gedanken, dass ihre Anwesenheit Paul womöglich die Leere in seinem Herzen füllte. Wenigstens ein bisschen.

Sie verstaute die Putzutensilien im Abstellraum, hängte die Schürze an den Haken und war nur noch wenige Schritte von ihrem Reich entfernt, als ein klatschendes Geräusch sie aufhorchen ließ. Die Tür zu ihrem Gästeappartement war nur angelehnt, und mit einem mulmigen Gefühl stieß Marga sie ganz auf. Vor dem Tisch am Fenster stand Paul.

»Sie kommen im richtigen Moment, Frau Reiter.« Sein Ton war tief und durchdringend, seine Miene verschlossen.

Überrumpelt blieb Marga stehen und fing Pauls scharfen Blick auf. Irgendetwas stimmte nicht. Ein Ausdruck von Besorgnis huschte über ihr Gesicht.

Er deutete auf ihren Laptop, den sie vorhin aufgeklappt gelassen hatte, weil das System ein Update installierte. Sofort wusste Marga, worauf er anspielte. Aufregung und Schuldgefühle durchliefen sie abwechselnd. Langsam kam sie näher.

»Sie sind also die unbekannte Schreiberin, die dafür plädiert, offen und ehrlich miteinander umzugehen?« Er verschränkte die Arme und musterte sie abschätzig, wie einen Makel, den er soeben an etwas Altbekanntem entdeckt hatte. »Zumindest schreiben Sie das.«

Margas Hände wurden feucht.

»Die Frau, die mich bittet, nicht nach ihrem Namen zu fragen, weil das nicht so wichtig sei. Soll ich Ihnen die Wahrheit sagen? Sie *wollten* mir Ihren Namen schlichtweg nicht sagen.«

Wie ein Bumerang kam die Angst, die sie davon abgehalten hatte, Paul über ihre Identität aufzuklären, zu Marga zurück. Gleichzeitig verpuffte die zarte Vertrautheit zwischen ihnen wie ein Feuerwerk, das für wenige Sekunden am Himmel gestrahlt hatte. Wenn es eine Reset-Taste gegeben hätte, hätte Marga sie jetzt gedrückt. Doch es gab keine.

»Aus verständlichem Grund, wie mir jetzt klar wird.« Pauls Ton war schärfer geworden. »Und das ist noch nicht alles.« Er griff nach Kirstens Buch und sah Marga in die Augen. »Es gibt auch noch einen Ratgeber für weibliche Eroberinnen …« Pauls verächtliche Stimme schnitt wie ein Messer mitten durch Margas Herz. Achtlos ließ er das Buch fallen. Es landete mit dem Rücken nach oben auf dem Tisch, seine Seiten zerknickten.

Marga spürte, wie ihre Nasenflügel sich vor Aufregung blähten. In ihr arbeitete es, die Gedanken überschlugen sich. Wie, in Herrgotts Namen, sollte sie Paul die Umstände am besten erklären? Dazu war mehr als ein einzelner Satz nötig, doch was, wenn er ihr nicht bis zum Ende zuhörte?

»Die Dinge sind nicht so, wie Sie denken«, stieß sie hervor. Wie schwer konnte es schon sein, ein paar Fakten zu formulieren und sie über die Lippen zu bringen? »Aber ich verstehe, dass Sie aufgebracht sind.«

»Sie verstehen es. Tatsächlich?« Paul hob die Brauen.

»Ich hätte Ihnen selbstverständlich sagen müssen, dass *ich* Ihnen schreibe. Gleich von Anfang an.« Marga wollte ausholen, doch Paul hob abwehrend die Hände.

»Kommen Sie mir nicht von wegen, es gäbe einen triftigen Grund für Ihre Heimlichtuerei. Glauben Sie, Sie können mich mit irgendwelchen Phrasen abspeisen? Hier geht es um einen massiven Vertrauensbruch.«

Marga fühlte sich, als hätte sie den entscheidenden Elfmeter im Finale der Weltmeisterschaft verschossen. Sie wollte Paul nicht abspeisen. Schon das Wort machte sie wütend. Ja, sie hätte ihm früher die Wahrheit sagen sollen, aber sie hatte nichts Böses im Sinn gehabt. Und er hätte ihr ja nicht antworten müssen, wenn ihn die Anonymität derart störte. An der Wahrhaftigkeit ihres Austauschs änderte es doch nichts, dass sie seine Haushälterin war und er ihr Chef. Oder?

Unschlüssig stand sie da, und mit einem Mal regte sich Widerstand in ihr. Sie hatte es so satt, zurechtgewiesen zu werden. Eberhart war Meister darin gewesen, ihr ein schlechtes Gewissen einzureden und ihr gleichzeitig das Wort abzuschneiden. Und nun fühlte es sich wieder so an, als habe sie etwas grundlegend falsch gemacht. Hatte sie sich nicht vorgenommen, für sich selbst einzustehen? Ihre Gefühle nicht nach innen zu kehren? Die Zeiten zu beenden, in denen sie anderen zuliebe streng mit sich selbst war?

»Herr Alprecht.« Marga straffte die Schultern, entschlossen, die Anschuldigungen abzuwehren. »Ich verstehe Ihre Irritation, aber ich werde mich nicht für etwas niedermachen lassen, das ich nicht begangen habe. Ich habe Ihr Vertrauen nicht missbraucht. Nicht so, wie Sie denken. Dass Sie mich nach all den Jahren des Kennens für derart niederträchtig halten, trifft mich.« Sie erinnerte sich nicht, jemals so mit jemandem gesprochen zu haben. So deutlich und forsch. Und obwohl es fremd für sie war, fühlte es sich gut an.

Ein verdutzter Ausdruck trat in Pauls Gesicht. Mit solch flammenden Worten hatte er offensichtlich nicht gerechnet.

Marga wartete ab, doch da Paul schwieg, sprach sie weiter. »Gerade weil Sie mein Arbeitgeber sind, habe ich die Briefe nicht unterschrieben. Ich hatte Sorge, Sie könnten es als anmaßend empfinden, dass sich ausgerechnet Ihre Haushälterin in Ihre Trauer einmischt.«

»Wegen unseres Dienstverhältnisses?«

»Ja.« Marga nickte. »Ich wollte Ihnen nichts Schlechtes und hätte Ihnen schon noch gesagt, dass ich die Absenderin der E-Mails bin. Und nur, damit das klar ist, ich weiß, dass es nicht für mich spricht, mehr Angst vor Ihrer Reaktion gehabt zu haben als vor meinem Mut.«

Paul löste seine verschränkten Arme voneinander. »Wenn es nur die Mails wären, würde ich Ihnen das Gesagte sogar abnehmen.« Sein Blick wanderte zu Kirstens Buch. »Aber dieser Ratgeber? Wer kauft denn so was?« Er schüttelte den Kopf. »Was wollen Sie damit bezwecken? Mein Vertrauen gewinnen? Mich *erobern*?« Er stieß ein bitteres Lachen aus. »Das passt überhaupt nicht zu Ihnen. Es ist billig.«

Marga wurde es siedend heiß, und sie kiekste: »Was die Briefe angeht, hatte ich keinen Plan.« Verdammt, sie musste sich um einen sachlichen Ton bemühen, das war jetzt das Wichtigste. Sie räusperte sich, bevor sie mit wieder festerer Stimme sagte: »Ich habe einfach losgetippt, und als die Mail fertig war, habe ich sie abgeschickt. Es war ein Impuls, ich ahnte nicht, dass es weitere geben würde … Was den Ratgeber betrifft – er ist ein Geschenk einer Freundin, die meinem Leben mehr Schwung verleihen möchte. Sie hält nichts von dezenten Andeutungen; ehrlich gesagt, neigt sie ein wenig zur Melodramatik. Ihr Lieblingsfilm ist *Pretty Woman.* Das sagt im Grunde alles.«

Paul rollte mit den Augen. »Diese Schmonzette mit Richard Gere und Julia Roberts?«

»Also Schmonzette ist ein vorschnelles Urteil«, entfuhr es Marga, bevor sie sich bremsen konnte. »Der Film verdeutlicht, wie wichtig Selbstwert und Liebe sind.«

Paul setzte zu einer Erwiderung an, als das Telefon in seiner

Gesäßtasche klingelte. Mit einer unwirschen Geste zerrte er es hervor und sah aufs Display, murmelte: »Da muss ich rangehen.« Er lief durch den Raum und ließ die Appartementtür laut hinter sich zuknallen.

Marga zuckte zusammen. Warum hatte sie das Mailprogramm ihres Laptops vorhin nicht geschlossen und dieses dumme Buch noch am Flughafen weggeworfen? *Billig,* ja, das traf es! Sie würde Kirsten wissen lassen, was ihr Geschenk angerichtet hatte. Frustriert griff sie nach dem Ratgeber und schleuderte ihn, mit einem Fluch auf den Lippen, in den Papierkorb. Wütend starrte sie hinterher, dann holte sie das Buch wieder heraus und warf es in die Schublade des Schreibtischs. Das Buch war nicht das Problem, sie selbst war es.

Eine Weile überlegte sie hin und her. Würde Paul ihr eine zweite Gelegenheit geben, sich zu erklären? Wenn er sich vom Schock seiner Entdeckung erholt hätte vielleicht? Doch wie sollte sie ihm nach diesem Aufeinandertreffen begegnen? Hätte sie sich doch einfach entschuldigen sollen? Aber für was?

Sie fand keine Antworten, ging ins Bad und drehte am Hahn der Regenfalldusche. Froh, einen Moment nicht denken zu müssen, entkleidete sie sich, stellte sich in die Kabine und ließ das Wasser an sich hinabrinnen.

Die Entspannung hielt nicht lange an, das Gefühl der Ohnmacht kehrte zurück. Es war gar nicht mal die Möglichkeit einer fristlosen Kündigung, die Marga wie ein Schlag traf, sondern Pauls anklagender Blick und sein Vorwurf, sie habe sein Vertrauen missbraucht. Wie konnte er so was denken, und vor allem, was glaubte er, hatte sie vor?

Seufzend wischte sie sich mit der Hand die Seifenreste aus dem Gesicht, stellte das Wasser ab und zog das Handtuch von der Stange. Sie musste Paul unbedingt die Hintergründe ihres Handelns erklären, vorher fände sie keine Ruhe. Wenn er ihr danach kündigen wollte, dann war es eben so. Doch sie würde erhobenen Hauptes gehen.

Sie wickelte sich in ein Frotteetuch, zog im Wohnzimmer die Vorhänge vors Fenster und begann zu schreiben.

Lieber Herr Alprecht …

Angesichts der förmlichen Anrede, fiel es Marga schwer, das Gefühl der Fremdheit zu ignorieren und die richtigen Worte zu finden, doch sie zwang ihre stockenden Finger zum Tippen.

Nach unserem Zusammentreffen fühle ich mich wie nach einem Marathonlauf, ohne vorher dafür trainiert zu haben. Abgesehen davon kommt es mir seltsam vor, Sie in dieser Mail zu siezen, wo wir uns bisher in unseren Briefen geduzt haben und dadurch eine gewisse Nähe zwischen uns entstanden ist.
Sei's drum. Es geht nicht um Sie oder Du, sondern darum, die Dinge aufzuklären.
Ich möchte Ihnen die Hintergründe erläutern, warum ich anfing Ihnen zu schreiben und warum ich es anonym tat. Dafür muss ich an den Anfang zurückkehren. Zu dem Punkt, an dem mein schlechtes Gewissen einsetzte. Dem Tag der Biene …

Während des Schreibens haderte Marga mit widerstreitenden Empfindungen. Sie war für Paul nicht länger das Phantom, die Frau ohne Namen. Diesmal bekäme er eine Mail von seiner Haushälterin. Sie überflog den Text, empfand ihn als zu wenig förmlich und löschte das Geschriebene mit einem Seufzen. Den Ton, den sie bisher angeschlagen hatte, konnte sie nicht beibehalten. Sie musste noch mal von vorn anfangen und distanzierter schreiben.

Lieber Herr Alprecht,
nachdem Sie aus meinem Zimmer gestürmt sind, verspüre ich das dringende Bedürfnis, das Missverständnis beziehungsweise die Missinterpretation zwischen uns aufzuklären.
Damit dies gelingt, muss ich an den Punkt zurückkehren, an dem alles begann. An dem Tag, als Ihre Verlobte starb, wollte ich eigentlich kündigen. Ich hatte bereits einige Tage hin- und herüberlegt, ob ich diesen Schritt gehen wollte. Es ist ja nicht so, dass ich nicht gern bei Ihnen arbeite, ganz im Gegenteil. Doch gab es in den Wochen zuvor, und es tut mir leid, Ihnen das so direkt ins Gesicht sagen zu müssen, immer öfter Spannungen zwischen Ihrer Verlobten und mir, die zu grundlegend waren, um sie zu ignorieren. So kam ich zu dem Ergebnis, dass es zwischen uns auf Dauer nicht hätte gut gehen können. Es fällt mir schwer, es Ihnen zu erklären …

Marga sah auf den blinkenden Cursor, ließ ihren Fuß auf dem Boden kreisen, wie früher, wenn sie nervös gewesen war.

… Spannungen zwischen Ihrer Verlobten und mir … fällt mir schwer, es Ihnen zu erklären … Das klang alles so falsch. Was sie mit Sybille erlebt hatte, war ihre Sache, sie wollte nicht

schlecht über Pauls verstorbene Verlobte schreiben. Für Paul war es ohnehin nicht wichtig, weshalb sie hatte kündigen wollen. Sie löschte den Absatz und formulierte noch einmal neu.

… ich habe mir schwere Vorwürfe gemacht, Sie an diesem Tag angesprochen zu haben, nur weil ich unbedingt mein Kündigungsschreiben loswerden wollte. Hätte ich Sie nicht aufgehalten und wären Sie früher in den Garten gekommen, hätten Sie unter Umständen die Biene auf dem Wasser entdeckt und sie aus dem Pool gefischt. Es fällt mir schwer, es auszuschreiben, aber dann hätte Ihre Verlobte weiter ihre Bahnen schwimmen können, und nichts wäre passiert …

Marga fühlte erneut die Last der Schuld auf ihren Schultern, zugleich empfand sie den dringenden Wunsch, die Zeit zurückdrehen zu können. In ihrer Schläfe begann es unangenehm zu pochen. Sie schrieb weiter.

Ich habe mir oft vorgestellt, auf wie viele verschiedene Arten dieser Tag hätte enden können. Und jedes Mal musste ich mir eingestehen, an der furchtbaren Entwicklung zumindest beteiligt gewesen zu sein. Dieses Gefühl der Mitschuld gab den Ausschlag, mir Ihre Mailadresse zu merken, als ich sie auf der Kücheninsel zwischen der Post entdeckte.
Und als ich abends in meinem Wohnzimmer saß, kam mir die Idee, Ihnen schriftlich mein Beileid auszudrücken, sehr naheliegend vor. Ich wollte es nicht auf die ober-

flächliche Weise tun, wie das meist geschieht, sondern anders, persönlicher.
Ich setzte mich also an meinen Laptop, und während ich Ihnen schrieb, brachte der Tod Ihrer Verlobten den Schmerz über den Tod meiner Tochter Nane mit einer Wucht zum Vorschein, mit der ich nach all den Jahren nicht mehr gerechnet hatte. Nane verstarb kurz nach der Geburt, und plötzlich habe ich alles noch einmal gespürt. Da wusste ich, wie einsam und verloren Sie sich fühlen müssen. Wie ausgeschlossen aus Ihrem eigenen Leben.
So kam es, dass ich über Trauer und die Bewältigung dieses speziellen Schmerzes schrieb und darüber, wie wichtig es ist, diese Gefühle nicht zu unterdrücken. Aus einer Mail sind schließlich zwei geworden, weil es guttat, die Trauer in Worte zu kleiden. Ja, auch mir, das ist der egoistische Teil der Geschichte.
Dann haben Sie mir unerwartet geantwortet, und die Dinge verselbstständigten sich.
Ich wollte Ihnen weder zu nahetreten, noch wollte ich meine Situation als Haushälterin ausnutzen – in welcher Weise auch immer Sie sich das vorstellen. Selbstverständlich hätte ich Sie über meine Identität aufklären müssen; dass ich es nicht tat, tut mir leid, und ich kann es lediglich durch profane Scheu erklären. Nachdem die erste Nachricht namenlos rausgegangen war, wusste ich einfach nicht, wie ich es angehen sollte, und so habe ich es ein ums andere Mal verschoben … bis es zu spät war.
Was den Ratgeber angeht: Ich finde ihn ebenfalls

schrecklich, allerdings ist meine Freundin der festen Überzeugung, ich sei bereits zu lange allein und es wäre höchste Zeit, die Augen zu öffnen für neues Glück. Es ist ein Geschenk mit Augenzwinkern.
Ich erwarte nicht, dass Sie die Dinge ähnlich sehen wie ich, Herr Alprecht, noch rechne ich mit einer Antwort. Aber ich hoffe, Sie nehmen sich Zeit, diese Zeilen zu lesen.
Herzliche Grüße
Marga Reiter

Margas Zeigefinger schwebte über *Senden*. Meist überlegte sie viel zu lange, bis sie sich zu etwas durchrang. Auch jetzt haderte sie mit sich. Vielleicht ordnete Paul ihr hitziges Gespräch mit ein bisschen Abstand ja doch noch richtig ein, während ihre E-Mail eventuell aufdringlich rüberkam.

»Jetzt drück schon«, schimpfte sie mit sich, schluckte den Gram über die Situation hinunter und klickte auf den Button.

Sie klappte den Laptop zu, warf sich aufs Bett und versuchte, den sich anbahnenden Kopfschmerz auszublenden. Minutenlang lag sie da, bevor die friedliche Ruhe durch das Getöse eines Laubbläsers unterbrochen wurde. Der Krach war ohrenbetäubend. Marga zog sich die Decke über den Kopf und fluchte.

24. Kapitel

Draußen raschelte der Wind an den Ästen der Bäume, als Marga im Dunkeln aufwachte. Sogleich griff sie sich an die Schläfe. Die Kopfschmerzen stachen nicht mehr so scharfkantig wie noch Stunden zuvor, dafür war ihr Mund staubtrocken, und ihre Zunge klebte am Gaumen. Sie schlug die Decke zur Seite, ging ins Bad und trank aus dem Hahn.

Als sie ins Schlafzimmer zurückkehrte, bemerkte sie, dass der Wind die angelehnte Terrassentür aufgedrückt hatte. Sie spähte in den Garten. Dichte Wolken zogen über den Himmel. Es hatte kräftig geregnet, das Gras und die Platten am Boden waren nass. Sie verriegelte die Tür, legte sich ins Bett, kuschelte sich zwischen die Kissen und schlief wieder ein.

Stunden später erwachte sie erneut. Inzwischen war der Himmel blank geputzt und die Wetter-App kündigte fünfunddreißig Grad an.

Während des Zähneputzens überlegte Marga, ob es nicht das Vernünftigste wäre, sich nichts anmerken zu lassen. Wenn Paul vorhatte ihr Dienstverhältnis aufzulösen, war das seine Entscheidung. Und sie täte gut daran, sich souverän zu verhalten, denn sie blieb dabei: Sie hatte sich nichts zuschulden kommen lassen.

Weil es in ihrer Teenische lediglich einen Wasserkocher gab, marschierte sie ins Hauptgebäude hinüber. Alles in diesem Haus war riesig, auch die Küche mit der überdimensionalen Insel, den Barhockern mit Binsengeflecht und den grün-weißen Kacheln an den Wänden. In der Mitte hing ein grüner venezianischer Kronleuchter, zusätzlich gab es zwei Stehleuchten, die die Küche in weiches Licht hüllten. Längst hatte Marga den Raum zu ihrem liebsten Platz in Pauls Zweitwohnsitz auserkoren. Besonders mochte sie die Patina des steinernen Waschbeckens in Form einer Tränke. Hier und da waren die Farben der Fliesen ausgeblichen, doch das tat dem Charme keinen Abbruch. Im Gegenteil. Das Haus lebte, es schien zu atmen und Marga seine Geschichte zuzuflüstern. Während des Flugs hatte Paul ihr von der alten Dame erzählt, der er dieses Haus abgekauft hatte, und dass das Gebäude aus dem 19. Jahrhundert stammte.

»Nicht alles ist perfekt, aber wenn ich am Morgen in die Küche komme, werde ich gleich mit einem Blick in den Garten belohnt. Das sind die Dinge, die zählen«, hatte er gesagt. Und nicht übertrieben. Denn das Highlight der Küche waren auf jeden Fall die spitz zulaufenden Fenster mit den Buntglaselementen. Von dort überblickte man nicht nur einen Teil des Gartens, sondern auch den Steinbrunnen, aus dessen reich verzierter Fontäne Wasser sprudelte, und einen Orangenbaum, der von einer niedrigen Hecke umfriedet war.

Marga warf den Kaffeeautomaten an und nahm einen Porzellanbecher vom Bord. Der amerikanische Kühlschrank war gut gefüllt. Sie entschied sich für Butter und Marmelade und steckte zwei Scheiben Weizentoast in den Toaster. Während sie darauf wartete, dass das Brot heraussprang, und durch das fantastische Fenster hinausstarrte, fiel ihr ein, dass der Gärtner bei ihrem ersten Aufeinandertreffen über den Goldenen Schnitt gesprochen und ihr erklärt hatte, wie wichtig es sei, verwelkte Blüten zu entfernen, bevor der Prozess der Samenbildung begann.

»Verwelktes frisst Energie, Senhora. Ein sorgfältiger Rückschnitt hilft den Pflanzen und verhindert, dass Blüten faulen und es zu Pilzbefall kommt.«

Der Kaffee war fertig, Marga pustete darauf und trank vorsichtig einen ersten Schluck.

»Sorgfältiger Rückschnitt.« Sie stellte die Tasse ab. Der Vergleich passte zu ihrer Situation. Seit gestern kam sie sich wie eine Pflanze vor, die man kräftig zurechtgestutzt hatte. Pauls bitterböser Blick, der sich wie ein Richtspruch in sie hineingebohrt hatte, stand Marga noch immer vor Augen, und sie schüttelte sich. Ob sie wohl in der Lage war, neue Blüten zu treiben wie eine beschnittene Pflanze? Allerdings war Paul eher mit einer Heckenschere zugange gewesen statt mit einer Zweigzange.

Marga trank mit großen Schlucken ihren Kaffee und knabberte an ihrem Toast, als sie auf dem Gang Schritte hörte. Automatisch zog sie die Schultern hoch, und gerade, als sie sich umdrehte, betrat Paul in T-Shirt und Jeans die Küche. Sein Haar war verstrubbelt, und er war barfuß. Ohne etwas zu sagen, blieb er stehen und musterte sie. Marga glaubte, ihm anzusehen, dass er nicht mit ihr gerechnet hatte.

Das Schweigen zwischen ihnen wurde unangenehm. Sie rutschte vom Barhocker und sagte: »Guten Morgen, Herr Alprecht. Ich bin schon fertig.« In demonstrativer Geschäftigkeit räumte sie das benutzte Geschirr in die Spülmaschine. Doch das Gefühl der Beklommenheit war schwer zu ignorieren. Sie schloss den Geschirrspüler und ging an Paul vorbei, dabei schnappte sie einen leise gemurmelten Gruß von ihm auf.

Er hatte ihre Mail bestimmt nicht gelesen. Ebenso wenig die zweite, die sie ihm etwas später geschrieben hatte. Vielleicht hatte er beide einfach gelöscht und würde deshalb nie erfahren, was sie ihm hatte mitteilen wollen.

Das unterkühlte Zusammentreffen in der Küche beschäftigte Marga den gesamten Vormittag über. Sie säuberte die blitzblanken Zimmer im ersten Stock geradezu verbissen, danach nahm sie sich der Bibliothek im Erdgeschoss an, sortierte alte Zeitungen aus und leerte den Papierkorb, in dem sich nur ein paar beschriebene Blätter befanden.

Zur Mittagspause setzte sie sich auf die Terrasse vor ihrem Wohnzimmer, steckte sich Stöpsel in die Ohren und hörte Musik. Pauls Angebot, den Pool zu benutzen, kam ihr in den Sinn, doch obwohl das Thermometer jeden Tag über dreißig Grad anzeigte, hatte sie sich weiterhin nicht dazu durchringen können, ihren Widerwillen zu überwinden. Ein einziges Mal war sie an den Beckenrand getreten, aber noch bevor sie auch nur die Beine ins Wasser hätte hängen lassen können, hatte sie eine plötzliche Beklemmung erfasst. Ihr Puls hatte sich beschleunigt, und Marga war rückwärts vom Beckenrand weggetaumelt. Als sei Sybilles Unglück ansteckend.

Am späten Nachmittag war sie mit allem fertig, das man sinnvollerweise als Hausarbeit bezeichnen konnte, und wusste nicht, was sie mit dem Rest des Tages anstellen sollte. Das Herumgrübeln verunsicherte sie. Sie *musste* etwas tun. In einer Zeitschrift hatte sie über die *Conserveira de Lisboa* gelesen, einen Laden im Stadtteil Alfama, den es bereits seit 1930 gab.

Dort bekam man unter anderem Sardinen in Dosen, die mit so wunderschönen Illustrationen verziert waren, dass man sie, so hieß es zumindest, gar nicht öffnen wollte. Conny aß für ihr Leben gern Sardinen und liebte Mitbringsel, also entschloss Marga sich kurzerhand in die *Conserveira* zu fahren, um welche zu kaufen. Vielleicht half das.

Sie nahm sich ein Taxi und stieg unweit der *Conserveira aus.*

Das Geschäft war schon aufs erste Hinsehen eine Offenbarung. Mit Steinplatten belegte Weinfässer dienten als Tische, es gab alte Holzregale, die mit allerlei Leckereien lockten. Man fand nicht nur die erwähnten Konserven in außergewöhnlichen Verpackungen, sondern auch künstlerisch gestaltete Geschenkboxen. Marga ging mit offenen Augen herum und legte schlussendlich einen ganzen Schwung Sardinendosen und zwei Geschenkboxen für Kirsten und Eva in den Einkaufskorb.

Mit einer prall gefüllten Tüte verließ sie eine Stunde später das Geschäft, bummelte ein wenig herum und machte sich schließlich auf die Suche nach einer Fado-Bar. Der portugiesische Musikstil, der von unglücklicher Liebe, sozialen Missständen, vergangenen Zeiten und Sehnsucht erzählte, war angesichts der Umstände vermutlich nicht das Richtige für ihre Stimmung, doch da sie Conny versprochen hatte, unbedingt eine solche Bar zu besuchen, nutzte sie die Gelegenheit. Wer wusste schon, ob sie noch mal herkäme?

Mach es für dich und nicht für mich, lautete Connys knappe Erwiderung auf Margas entsprechende Nachricht. Marga versuchte, nicht enttäuscht zu sein; vielleicht hatte Conny augenblicklich einfach keine Zeit für eine ausführliche Antwort. *Oder du drängst dich mal wieder zu sehr auf,* flüsterte eine Stimme in ihrem Kopf, die sehr nach Evas klang. War sie tatsächlich eine derart wild wuchernde Pflanze, dass einfach jeder sie zurechtstutzen musste?

»Bis wohin darf ich eigentlich ich selbst sein?«, fragte sich Marga, als sie mit einer Frau zusammenstieß. »Desculpe!« – Entschuldigung. »Ich habe nicht auf den Weg geachtet.«

»Wo wollen Sie denn hin?« Die Frau lächelte sie an.

»Äh … ich suche eine Fado-Bar«, erwiderte Marga überrumpelt. Offenbar hatte die Frau sie falsch verstanden. Das Repertoire an Margas portugiesischen Vokabeln hielt sich in Grenzen.

»Den besten Fado der Stadt hört man in der *Casa de Linhares*. Das ist unweit des Tejo«, meinte die Frau. »Der Besitzer ist mein Bruder. Und ich schwöre Ihnen, man bekommt Fado nirgends mit so viel Hingabe vorgetragen wie dort.«

Sie beschrieb Marga den Weg, und als die schließlich an der Bar ankam, staunte sie nicht schlecht. Die *Casa de Linhares* befand sich in den Fundamenten des Palastes *Condes de Linhares*, mit alten Steinplatten auf dem Boden und Wänden aus Backstein und Steinsäulen. Der Laden war brechend voll, doch ein verliebtes Paar verließ gerade seinen Platz, und Marga ergriff die Chance und ließ sich auf einen der beiden freien Holzstühle fallen. Als kurz darauf der Kellner zu ihr kam, fragte sie nach den Gerichten und bestellte auf Empfehlung den Fisch des Tages. Es schmeckte grandios, sehr würzig, nach fremden Kräutern, sodass Marga ihr Mahl regelrecht zelebrierte, während sie in den Klängen des Fado versank.

Sie schob sich gerade den letzten Bissen in den Mund, als hinter ihr eine Tasche von einer Stuhllehne rutschte. Marga hob sie auf und reichte sie einer jungen Frau, die sich überschwänglich bei ihr bedankte. Ein paar Sätze später lud die

Frau, die mit einer Freundin am Tisch saß, Marga ein, sich zu ihnen zu setzen, und Marga rutschte gern zu ihnen hinüber. Sie stellten sich einander vor, und bei einer Tasse starken Kaffee und einem Schnaps, den die Frauen *bica* nannten, begannen sie über Musik und übers Leben zu plaudern.

Sie radebrechten in einem wilden Mix aus Englisch und Portugiesisch, doch Marga gelang es trotzdem, von Conny zu erzählen, nachdem Ana, eine der beiden Frauen, sich erkundigt hatte, ob sie einen Anruf erwarte, weil sie ständig auf ihr Handy blicke. Marga war gar nicht aufgefallen, dass sie regelmäßig aufs Display schielte, erzählte dann aber von ihren Schwierigkeiten, einerseits sie selbst zu sein – »eine Mutter, die wissen will, wie es ihrem Kind geht« – und diesem »Kind« andererseits den angemessenen Freiraum zu lassen.

»Ach, deine Conny wird schon wissen, dass du sie liebst«, beruhigte sie Callie, die zweite Frau. »Meine mamã kann auch ganz schön klammern. Das gehört wohl dazu.« Sie lachte und bestellte eine weitere Runde *bica*.

»Und was machst du, wenn deine Mutter sich zu aufdringlich benimmt?«, traute sich Marga zu fragen, nachdem sie den Schnaps gekippt hatte.

Callie zuckte mit den Schultern. »Nichts. Ich sag ihr, dass sie nicht nerven soll, sie hält sich ein paar Wochen dran, und dann ruft sie wieder täglich an.«

Das klingt unbeschwert, dachte Marga. Ob Conny die Sache ebenso locker sah und sie, Marga, zu viel hineininterpretierte? Möglicherweise gehörten Spannungen einfach dazu.

Die Zeit verflog, sie lauschten dem Fado und redeten bis Mitternacht, erst dann verließ Marga die *Casa de Linhares* und stieg in ein Taxi. Den Schnaps hätte sie nicht trinken sollen, dachte sie, weil sich ihr Kopf anfühlte, als schwappe alles darin hin und her, und es ihr nicht gelang, den Sicherheitsgurt anzulegen. Andererseits war der *bica* vielleicht genau das Richtige gewesen, um mit dem Tag, ach was, mit allem, was ihr so endlos im Kopf herumschwirrte, fertigzuwerden.

»Ich spiele jetzt mit!«, murmelte Marga vor sich hin und spürte Wärme in sich aufwallen, weil die Portugiesinnen sie zum Abschied herzlich in den Arm genommen und die Hoffnung ausgedrückt hatten, dass sie wiederkäme.

»Lissabon breitet seine Arme um jeden. Wer einmal hier war, kommt zurück.«

Ja, tatsächlich, die Stadt hatte auch Marga verzaubert. Sie schmiegte sich in den Rücksitz und zog ihr Handy aus der Tasche. Keine Nachricht von Conny. Aber es war höchste Zeit, Kirsten und Eva von ihrem Streit mit Paul zu berichten.

Evas Antwort erreichte sie zuerst:

Meine Güte, bei dir ist wirklich was los, Marga. Lass dich nicht kleinkriegen! Und wenn Paul nicht mit sich reden lässt, sag ihm, dass er kein sturer Bock sein soll, schließlich hast du es nur gut gemeint.

Als das Taxi in die Straße zu Pauls Haus einbog, kündigte ein Geräusch Kirstens Reaktion an:

Du und Vertrauensmissbrauch? Wenn Alprecht das glaubt, hat er beim Thema Menschenkenntnis den Durchblick verloren. Manchmal heiligt der Zweck die Mittel, schließlich wolltest du ihm nur zur Seite stehen. Gib Bescheid, wenn er dir doch noch auf deine Mails antwortet. Und bleib standhaft, hörst du? Streit hin oder her, ich beneide dich trotzdem, denn du bist in Portugal!!! xx Kirsten

25. Kapitel

Ein Muskel zuckte vor Nervosität am Hals des jungen Mannes. »Ich wollte unbedingt in Ihrem Hotel arbeiten, denn Ihr Ruf eilt Ihnen voraus, Senhor Alprecht. Und nun bin ich tatsächlich Teil des *Para Lisboa*.«

Paul freute sich über den Stolz, der aus Senhor Rodrigues' Worten klang. »Ich hoffe, Sie können bald aus eigener Erfahrung sprechen und nicht nur vom Hörensagen«, erwiderte er. »Sie haben bereits in guten Häusern gearbeitet und kennen die Wünsche vom Housekeeping bis zu den aberwitzigen Vorstellungen mancher Prominenter. Sie wissen, dass die Erfüllung jedes noch so außergewöhnlichen Anliegens bei uns oberste Priorität hat. Ein guter Concierge kann mit Kompetenz, Gespür und einem Lächeln Wunder wirken, um Stammgäste zufriedenzustellen oder sie überhaupt erst zu gewinnen.«

»Oh ja, das weiß ich nur zu gut«, lachte Senhor Rodrigues. »Sie können sich auf mich verlassen, Senhor Alprecht. Ich werde mein Bestes geben, um alle Wünsche wahr werden zu lassen.«

Paul nickte zufrieden. Er zahlte großzügige Gehälter und stand in ständigem Austausch mit dem Team. Einmal im Jahr führte er eine Umfrage zur Zufriedenheit seiner Angestellten durch und passte die Bedingungen stetig den geäußerten Vorstellungen an. Inga behauptete, er habe nicht nur eine Tochter – sie –, sondern unzählige weitere »Kinder«, seine Angestellten.

»Wer nimmt denn alle in seinem Umfeld unter seine Fittiche? Du kannst einfach nicht loslassen, Dad. Daran musst du noch arbeiten.«

»Nun, Spatz, nur wer andere glücklich macht, kann auch selbst glücklich sein.«

Nach dem Gespräch mit dem Concierge überprüfte Paul, ob die fehlende Lampe im zweiten Stock aufgehängt worden war. Er kümmerte sich gern auch um die kleinen Dinge, obwohl sein Assistententeam ihn regelmäßig daran erinnerte, dass er solches ihnen überlassen sollte. Schließlich ging er in sein Büro und öffnete sein Mailpostfach. Nach ihrem unerfreulichen Aufeinandertreffen hatte er nicht erwartet, dass Frau Reiter ihm noch einmal schreiben würde. Doch genau das hatte sie getan. Zweimal, um präzise zu sein.

Nach anfänglichem Zögern las er die erste, schließlich auch die zweite Mail. Grundsätzlich imponierte ihm, dass seine Haushälterin sich nicht versteckte, sondern den Dialog suchte. Er schätzte Menschen, die sich bemühten, verfahrene Situationen aufzulösen. Trotzdem wusste er nicht, was er von ihren Zeilen halten und wie er darauf reagieren sollte.

Ein weiterer Punkt, der ihn beschäftigte, war Inga. Sie hatte ihn angerufen und erzählt, dass sie glaubte, etwas über ihre Mutter herausgefunden zu haben.

»Mama hat, glaub ich, einen Neuen, Dad«, hatte sie rundheraus gesagt.

»Weißt du es, oder nimmst du es an?«, hatte er nachgefragt.

»Es ist so ein Gefühl, aber mein Gefühl täuscht mich selten. Mama ist neuerdings mit den Gedanken ständig woanders. Ich denke, sie traut sich nicht, mir von dem Typen zu erzählen. Das nervt echt.«

Sie hatten darüber gesprochen, wie es wäre, den *Neuen* kennenzulernen, falls es ihn denn gäbe. Paul hoffte inständig, dass Inga mit dem Mann klarkäme und er mit ihr. Aber man wusste natürlich nie.

Seit er, unter Schimpf und Schande, drei Semester vor seinem Abschluss von der Universität abgegangen war, um sich ins Arbeitsleben zu stürzen, wusste Paul aus eigener Erfahrung, welche Probleme es zwischen Eltern und ihren erwachsenen Kindern geben konnte. Sein Vater war damals entsetzt gewesen, und es hatte gedauert, bis es zu einer Aussöhnung zwischen ihnen gekommen war. Erst sein Durchhaltewille und der sich einstellende Erfolg hatten seinen Vater letztlich davon überzeugt, dass er das Richtige getan hatte.

Menschen, die von außen auf sein Leben blickten, sahen vornehmlich die tollen Events, die Paul in seinen Hotels veranstaltete, und die interessanten Menschen, denen er begegnete, sie hörten von den Ländern, die er bereiste. Wenn er erwähnte, dass er geschäftlich nach Lissabon musste, entdeckte er nicht selten Neid in den Gesichtern seiner Gesprächspartner.

Doch sein Job war wenig glamourös. Vom ersten Tag an hatten Pauls Tage aus Geschäftigkeit bestanden: stundenlange Meetings, unzählige Telefonate und abendliche berufliche Verabredungen. Und natürlich schrieb oder rief man ihn auch sonntags an. Trotzdem liebte Paul, was er tat. Es gefiel ihm, Menschen Arbeit zu geben und seine Gäste glücklich zu machen. Präsent und aufmerksam zu sein, verschaffte ihm ein gutes Gefühl.

Dass es ihm bisher nicht gelungen war, eine gewisse Balance zwischen Arbeit und Privatleben auszuloten, wusste er, verschob eine Änderung der Situation aber immer wieder auf später – was letztendlich zum Bruch mit Ingas Mutter geführt hatte.

»Du wusstest doch, worauf du dich eingelassen hast«, hatte er ihr kurz vor dem Ende einmal vorgehalten.

Sie hatte tief geseufzt und genickt. »Ja, das wusste ich. Aber man hofft ja trotzdem immer wieder, dass jemand sich ändert. Oder?«

Stimmte das? Gab es jemanden, den er verändern wollte? Er dachte an Sybille und die Lüge, mit der sie gestorben war. Nach wie vor verspürte er Wut auf seine Verlobte, doch er musste zugeben, dass ihre Beziehung wunderbar funktioniert hatte. Sybilles berufliche Ambitionen hatten gut in sein durchgetaktetes Leben gepasst. Sie hatte nicht auf ihn gewartet, wenn es abends später wurde, sie war mit Freundinnen ausgegangen oder hatte sie zu sich nach Hause eingeladen. Nie hatte sie beklagt, dass ihr etwas fehlte. Stattdessen war sie souverän mit der Situation umgegangen und ihren eigenen Weg gegangen. Dass ein Mann ihr über seine häufige Abwesenheit hinweghelfen könnte, hätte Paul niemals in Betracht gezogen.

Er hob den Kopf. An der Wand hing ein Foto seiner Großmutter. Falten zierten ihr Gesicht, und sie lächelte versonnen. Das Bild war authentisch, echt. Gerade das mochte er so daran. Nichts war gestellt. Es war kurz vor ebenjenem Abgang von der Uni gewesen, er hatte sie besucht, um ihr als Erstes von seiner Entscheidung zu erzählen, bevor er den Abbruch seinem Vater gestehen wollte.

»Mit leichtem Gepäck reist es sich besser, Paul«, hatte sie

gesagt und ihm Pfannkuchen mit Marmelade serviert, bis sein Magen drückte. »Jetzt mag dir das nicht wichtig erscheinen, aber später erinnerst du dich hoffentlich daran, was ich dir heute sage. Später, wenn dir der Schädel vor lauter Terminen brummt und du überlegst, wo der Paul von damals abgeblieben ist.«

»Wird schon nicht passieren. Für Pfannkuchen bei dir hab ich immer Zeit«, hatte er vergnügt gekontert. Und es geglaubt.

Vielleicht trug er tatsächlich einen Rucksack, in den er zu viel hineingepackt hatte. Denn Pfannkuchen hatten schnell der Vergangenheit angehört. Doch ohne Einsatz gab es keinen Erfolg, und halbe Sachen lagen Paul nicht. Er plante jede Eröffnung und den Betrieb jedes Hotels akribisch. Darin, das Beste aus sich herauszuholen, lag für ihn der Reiz des Lebens. Perfektion gab ihm ein Gefühl der Befriedigung.

Mit leichtem Gepäck reist es sich besser. Seine Großmutter hatte ihn gewiss nicht von seinem eingeschlagenen Weg abbringen wollen – sie respektierte die Entscheidungen anderer. Immer. Doch was hatte sie ihm mit diesem Satz sonst mitgeben wollen?

Leider war es zu spät, sie zu fragen. Die Tatsache, dass seine Großmutter in eine Welt abdriftete, zu der Paul nur noch sporadischer Zugang gelang, hatte ihn anfangs gekränkt. Inzwischen hatte er sich mit ihrer Demenz abgefunden und versuchte auszublenden, dass sie sich jeden Tag mehr von ihm entfernte.

Bis die erste E-Mail von Frau Reiter eingetroffen war. Er musste schlucken, als er sich eingestand, dass ihn die anfängliche Traurigkeit über das Schicksal seiner Großmutter immer wieder überflutete, seitdem er ihre Zeilen gelesen hatte. Die

Worte seiner Haushälterin hatten dafür gesorgt, dass er, nach anfänglichem Dagegenstemmen, seine Gefühle inzwischen zuließ, ohne sie kleinzureden. Durch die Briefe der »Unbekannten« hatte er gelernt, dass Verdrängung keine Option war, weil jedes unterdrückte Gefühl darauf lauerte, irgendwann zurück ins Bewusstsein zu drängen – und dann mit doppelter Wucht. Frau Reiters Briefe halfen, und er hatte sich auf jeden einzelnen gefreut. Sie war diejenige, die vor ihm den Weg des Verlusts und der Trauer gegangen war.

Paul starrte auf das Display seines Computers.

Inzwischen sah er die Briefe als eine Art Zäsur. Abends, wenn er ins Bett gegangen war und die Hände hinter dem Kopf verschränkt hatte, hatte er zugeben müssen, sich schon lange nicht mehr so gut mit jemandem »unterhalten« zu haben wie mit der unbekannten Briefeschreiberin. Dass er sie für Anne, eine sympathische, aber flüchtige Bekannte gehalten hatte, hatte für den nötigen Abstand gesorgt, um sich zu öffnen.

Dass es sich bei der Briefeschreiberin jedoch um Marga Reiter handelte, änderte die Sache komplett. Seiner Haushälterin hätte er sich nie derart geöffnet, wie er es in seinen Briefen getan hatte.

Das passte einfach nicht. Sie war keine Vertraute, sondern die Frau, die stets freundlich und beflissen im Hintergrund agierte, so selbstverständlich, dass sie ihm manchmal wie ein Möbelstück vorkam, das schon immer in seiner Wohnung stand. Er mochte Frau Reiter auf eine Art, über die man nicht nachdenken musste – wie die Vögel im Garten, die einem gefielen, ohne dass man einen Gedanken an sie verschwendete. Vom ersten Tag an hatte Marga Reiters Präsenz nie eines weiteren Wortes bedurft. Sie war diejenige, die sich kompetent und verlässlich um den Haushalt kümmerte; mehr hatte er nie in ihr gesehen.

Ja, er hatte sie in eine Schublade gesteckt. Auf diese Weise erfasste man Menschen am schnellsten. Und er hatte nie den Eindruck gehabt, sie lege es darauf an, irgendwie besonders auf ihn zu wirken. Es schien, als wäre es ihr schlicht nicht wichtig, was er über sie dachte – was er als äußert angenehm empfand. Er konnte nicht viel damit anfangen, wenn Angestellte den Rücken zu tief beugten, bloß weil er der Chef war.

Die wenigen Male, die er mit Frau Reiter gesprochen hatte, waren nicht weiter erwähnenswert gewesen. Erst nach Sybilles Tod hatte sich auf subtile Weise etwas verändert, wie ihm jetzt aufging. Frau Reiter schien das, was um ihn herum geschah, auf ihre ganz eigene Weise mitzubekommen, und ordnete seine Gefühle und das, was ihm half, richtig ein. Ab da hatte er sich in ihrer Gegenwart getröstet gefühlt. Ihre Präsenz und Ruhe und die wenigen klugen Worten, die sie ihm schenkte, waren wie Balsam gewesen.

Dass sie nur deshalb in der Lage gewesen war, so einfühlsam auf ihn zu reagieren, weil sie aus seinen E-Mails seine innersten Gefühle kannte, fühlte sich bitter an. In ihrem Streit hatte sie sich gegen den Begriff des Vertrauensbruchs gewehrt, doch genau das war ihr Verschweigen ihrer Identität in seinen Augen. Sie hatte ihn um das Recht betrogen, selbst zu entscheiden, wem er sich öffnen wollte – oder wem nicht.

Na ja, Paul, hätte sie dir von Anfang an ihren Namen verraten, hättest du dich ihr nie anvertraut, sagte seine Großmutter in seinem Kopf. *Es war die einzige Möglichkeit, zu dir vorzudringen.*

Paul starrte auf die letzten Sätze der Mail, griff nach einem Krug und goss sich Wasser ein. Vor seinem inneren Auge sah er, wie Frau Reiter sich den Hals verrenkte, als er sie unlängst auf seiner Terrasse erwischt hatte. Hätte er da nicht bereits wissen müssen, dass etwas nicht stimmte?

Er wischte sich mit der Hand über den Mund und überflog noch einmal den Anfang ihrer letzten Nachricht.

Nachdem ich die erste Mail weggeschickt hatte, ging es mir nicht sonderlich gut. Ihnen als Marga Reiter zu schreiben, fühlte sich fremd an, als hätte ich ein Päckchen an die richtige Adresse geschickt, allerdings einen falschen Inhalt reingesteckt. Also habe ich diese zweite Mail zu schreiben begonnen und werde sie abschicken, bevor ich es mir anders überlege. Manchmal ist es besser etwas zu tun, ohne es bis ins Letzte zu analysieren. Ich denke, das würde auch Ihre Großmutter so sehen; so haben Sie sie mir jedenfalls beschrieben.

Paul spürte eine rätselhafte Mischung aus Verbundenheit und Fremdheit, während er weiterlas.

Der Briefaustausch mit Ihnen hat mir in den letzten Wochen viel Kraft gegeben. Bis dahin hatte ich nicht gewusst, dass nach wie vor ein letztes bisschen Trauer über den Verlust meiner Tochter in mir schlummerte. Insgeheim hatte ich geglaubt, längst damit abgeschlossen zu haben.
Doch als ich nach dem Tod Ihrer Verlobten erneut um Nane weinte, begriff ich, wie weh es noch tat, sie nicht

mehr in meinem Leben zu haben, sie nie aufwachsen und Entscheidungen treffen zu sehen, und plötzlich wurde mir klar, dass mich die Trauer, zumindest der letzte Rest davon, immer begleiten wird. Und dass ich gar nicht vollkommen damit abschließen muss. Sie ist ein Teil von mir, der beweist, dass Nane am Leben war und geliebt wurde.
Hin und wieder werde ich also um meine Tochter trauern, doch es wird ein Schmerz sein, der mich stärkt und nicht wie jemand fühlen lässt, der keinen Abschluss hinbekommt. Nane ist an meiner Seite. Sie begleitet mich über ihren Tod hinaus, als das traurigste Kapitel meines Lebens zwar, aber auch als der Mensch, der mir gezeigt hat, wie einzigartig und grenzenlos Liebe ist.
Das alles wäre mir ohne unsere Briefe nie so deutlich vor Augen gestanden.
Es hat mir geholfen zu wissen, dass ich nicht allein mit meiner Trauer bin, dass auch Sie mit Gefühlen tiefen Schmerzes durchs Leben gehen. Trauer hat die Fähigkeit, Menschen zu verbinden, ihnen zu zeigen, dass sie gemeinsam stärker sind und so viel schaffen können.
Ich hoffe, Sie nehmen mir diesen neuerlichen Brief nicht übel. Ich habe es nach unserm Disput nicht übers Herz gebracht zu schweigen, schließlich sind wir uns auf menschlicher Ebene nähergekommen, sodass es mir unmöglich erscheint, auf solch abrupte Weise auseinanderzugehen. Selbstverständlich werde ich ab sofort auf jeglichen privaten Austausch mit Ihnen verzichten. Was unser Dienstverhältnis anbelangt, liegt die Entscheidung in Ihren Händen.

Ich wünsche Ihnen, dass es Ihnen gelingen möge, die Aussöhnung mit dem Geschehenen in Ihrem ganz eigenen Tempo zu vollziehen!
Danke fürs nochmalige »Zuhören« und für die gemeinsame Zeit, Herr Alprecht.
Herzlich
Marga Reiter

Paul hielt inne. Sybille hatte kaum je ein Wort über Frau Reiter verloren, und Inga sah sie vermutlich genauso als Selbstverständlichkeit an wie er selbst. Wenn seine Tochter am Wochenende bei ihm übernachtete, war sie froh, dass jemand ihre Schuhe putzte oder einen Kuchen auf die Theke stellte.

Doch hinter diesen Annehmlichkeiten steckte ein Mensch mit Erfahrungen, Emotionen und Hoffnungen. Warum fiel es ihm nur so schwer, die Briefe, die ihm so viel bedeuteten, mit seiner Haushälterin zu verknüpfen? Weshalb wehrte sich sein Inneres dagegen, in Marga Reiter beides zu sehen: eine Angestellte *und* eine Vertraute?

Er rieb sich die Schläfen. Was sollte er jetzt tun? Das Kapitel Marga Reiter ein für alle Mal abschließen? Hatte sie unlängst nicht selbst geschrieben, dass sie ihm hatte kündigen wollen?

»Raus aus dem Desaster und noch mal durchstarten«, lautete Jörgs Goldene Regel für schwierige Momente.

Paul schloss das Mailprogramm und fuhr den Computer hinunter, murmelte: »Neu durchstarten. Damit liegst du richtig, Jörg.«

Er konnte nicht so tun, als wäre er *nur* Frau Reiters Chef und sie *nur* seine Haushälterin. Auch er hatte sich längst an das *Du* zwischen ihnen gewöhnt. Und diese Nähe bekäme er nie wieder aus seinem Kopf, wenn er Frau Reiter in seinem Haus wirtschaften sähe. Die Dinge hatten sich grundlegend geändert.

Nein, sie konnte nicht beides sein – wer ließ schon eine Vertraute Fenster putzen und Staub wischen? –, besser, sie gingen getrennte Wege. Er würde ihr eine großzügige Abfindung zahlen und ihr alles Gute für ihren weiteren Weg wünschen. Was vorgefallen war, tat ihm leid. Aber man konnte die Zeit nun mal nicht zurückdrehen.

26. Kapitel

Marga schloss die Türen tagsüber gegen die Hitze, allzu schnell kroch sie ins Zimmer und nistete sich dort ein. Nun öffnete sie sie wieder und lief über die Steinplatten im Garten, die die Wärme des Tages bis in den späten Abend hinein speicherten.

Paul geschrieben zu haben war richtig, sprach Marga sich gut zu. Sie hatte sich nicht verkrochen, sondern war für sich selbst eingestanden. Die Vorstellung größer oder besser zu sein, als sie sich manchmal selbst sah, gab ihr die Kraft abzuwarten, was geschah.

Sie spazierte eine Weile im Garten umher und kam schließlich beim Pool an. Längst hatte die Dämmerung sich zu Dunkelheit gewandelt, trotzdem war es noch immer sehr warm. Wie es wohl wäre, die Beine ins Wasser zu halten und sich abzukühlen?

Marga setzte sich auf den gefliesten Rand und trommelte mit den Fingern auf ihr Knie. Sie spürte, wie die Furcht vor dem Schwimmbecken ihr in die Knochen kroch, ihren Puls beschleunigte und den Mund austrocknete. Sie sah Sybilles schlanken Körper vor sich, wie er leblos auf den Kacheln neben dem Pool lag, fassungslose Menschen um sich herum.

Das war etwas, das Marga in ihren Mails nicht erwähnt hatte: In jenem Moment war ihr das Wasser drohend vorgekommen, und obwohl es natürlich albern war, konnte sie das Gefühl nicht abschütteln, dass es nach ihr greifen und sie ebenfalls ertränken würde, sobald sie ihm zu nahe käme.

Blödsinn, schalt sie sich.

Das war bloß der Versuch ihres Hirns, dem erlittenen Schock einen greifbareren Grund zu geben als eine lächerliche Biene. Wenn sie ihrer Psyche bewies, dass im Wasser nichts lauerte, würde sie sich beruhigen.

Marga ließ einige Minuten verstreichen, bis das Gefühl der Beklemmung nachließ und sie in der Lage war, zumindest einen Zeh ins Wasser zu stecken. Sie schnappte nach Luft, als das Wasser ihren Fuß umschloss, doch nach ein paar Sekunden beruhigte sich ihr Herzschlag. Schließlich ließ sie die Beine bis zum Knie in die unbewegte Wasserfläche gleiten. Es gurgelte und plätscherte bei der Bewegung, und das kühle Nass löste ein Gefühl der Erfrischung in Marga aus. Sie lehnte sich zurück und blinzelte in den Sternenhimmel.

Sterne sind strahlend helle Augen, die dir ohne Worte das Wunder des Lebens präsentieren. Wo kam dieser wunderschöne Satz plötzlich her?

Normalerweise nahmen düstere Gedanken gern den größten Raum in Marga ein, und wenn etwas passierte, das sie nicht einordnen konnte, wucherten die Sorgen wie Unkraut. Es war der Blick ihrer Mutter auf die Welt, der irgendwann zu Margas eigenem Blick geworden war. Er hatte sich durch den Alkoholismus ihres Vaters verfestigt, durch Nanes Tod weitere Nahrung bekommen und durch Eberharts Betrug seinen Höhepunkt erfahren.

»Sorgen macht man sich sicherheitshalber.« Marga hörte den Satz ihrer Mutter selbst nach all den Jahren noch.

»Wieso sicherheitshalber, Mama? Sorgen machen doch nicht sicher, sondern unsicher«, hatte sie in ihrer kindlicher Logik entgegnet.

»Später wirst du es begreifen, Kleines. Es ist besser, Sorgen zu haben, die man fassen kann, als sich vor etwas zu fürchten, das im Dunkeln liegt. Wenn man den Sorgen ins Gesicht sieht, weiß man wenigstens, wogegen man ankämpft. Doch wenn man sie in irgendeiner dunklen Ecke vermutet, ist es viel schlimmer. Dann weiß man nämlich nicht, was auf einen zukommt.«

Es hatte logisch geklungen. Erst seit dem Tag der Biene begriff Marga, dass die vermeintliche Sicherheit auf Kosten des Er*lebens* ging. Zum Glück gab es ein Gegenmittel gegen alle Zweifel, Ängste und Bedenken: Neuerdings traten ihre Sorgen gegen das unsichtbare Band an, das sich zwischen Paul und ihr gespannt hatte und das ihr innere Stärke verlieh.

Dieses Band von Mensch zu Mensch wollte Marga nicht einfach kappen, dachte sie plötzlich. Vielleicht hatte Paul ihre Mails ja doch gelesen und überlegte bloß, wann und wie sie noch einmal ins Gespräch kommen konnten.

Sie gab sich diesem zarten Pflänzchen Hoffnung hin und unterfütterte es mit dem Glücksgefühl, das sie hier in Portugal zuverlässig begleitete, wenn morgens die Sonne über die Dächer und Baumwipfel leuchtete, tagsüber der Wind mit ihren Haaren spielte und ihr die Haut kühlte und abends die Zikaden summten. Die Zeiten, in denen ihr Leben immer knapp außerhalb ihrer Reichweite gewesen war und sie jeglicher Kampfgeist verlassen hatte, waren vorbei.

Sie hatte keine Lust mehr auf Sorgen. Sie kamen ihr inzwischen wie Lebewesen vor, die Angst davor hatten, nicht ernst genommen zu werden. Sorgen waren schließlich keine Sorgen mehr, wenn man sich nicht länger vor ihnen fürchtete.

»*Hätte ich doch bloß* … das fühlt sich später gruselig an. Dann lieber mal danebenliegen und das Nächste ausprobieren.« Das hatte Conny mal gesagt. Wann war ihre Tochter eigentlich so lebensklug geworden?

Kein Leben auf Sparflamme, sondern eins, bei dem manches klappte und man nicht unterging, wenn anderes schiefging.

Marga blieb eine Weile liegen, irgendwann zog sie die Beine aus dem Pool und ging zurück in ihr Appartement. Für den Moment war es in Ordnung, dass Paul sich unsichtbar machte. Ohne ein erneutes Zusammentreffen blieb wenigstens alles in der Schwebe.

Marga nahm ihr Handy, prüfte ihr Mailpostfach und spürte, wie ihr Herz einen Satz machte, als sie eine Nachricht von Paul entdeckte.

Rasch begann sie zu lesen.

Liebe Frau Reiter,
ich danke Ihnen für Ihre beiden E-Mails. Es spricht für Sie, dass Sie sich die Zeit genommen haben, mir Ihre Sichtweise zu erläutern. Und bevor Sie ins Grübeln kommen, möchte ich eins unmissverständlich klarstellen: Ich verstehe manches nun besser und möchte mich aufrichtig für den rauen Ton bei unserer letzten Unterhaltung entschuldigen. Ich habe Sie ziemlich niedergemacht, das tut mir leid.
Abgesehen davon habe ich überlegt, wie es mit uns weitergehen soll, und möchte gleich zum entscheidenden

Punkt kommen. Frau Reiter, ich denke, es ist das Beste, wenn unsere Wege sich trennen …

Marga verstand nur noch die Hälfte dessen, was nach der Mitteilung der Kündigung kam. Ihr Herz klopfte wild – das war nicht der Paul, den sie durch seine Briefe kennengelernt hatte. Hier schrieb jemand Fremdes, der erfolgreiche Hotelier und nicht mehr der empfindsame Mann.

Sie las die Mail zu Ende und rief gleich danach Evas Nummer auf. Ihr Realismus war jetzt gefragt. Jeder Mensch, egal ob Mann oder Frau, sollte sich selbst genügen, unabhängig davon, was andere über ihn dachten, lautete Evas Credo, und sie würde Marga den nächsten Schritt aufzeigen und sie ermuntern weiterzugehen. Hoffentlich schlief sie nicht schon oder war mit Martin oder Kirsten oder sonst jemandem unterwegs.

Marga schnappte nach Luft, als sie Evas Stimme hörte. »Eva?! Gott sei Dank, dass ich dich erwische.«

»Marga. Hey, schön, dich zu hören. Wenn du um die Zeit aus Portugal anrufst, gibt es Neuigkeiten.« Eva lachte vergnügt. »Hast du Paul geküsst oder er dich? Falls ja, flippt Kirsten aus. Manchmal gehen Wünsche eben doch in Erfüllung.«

»Eva …«, fuhr Marga dazwischen. »Ich habe nichts von küssen oder dergleichen gesagt. Außerdem ist das absolut lächerlich.«

Am anderen Ende trat augenblicklich Stille ein. »Nein, stimmt. Klar.« Eva klang ein kleines bisschen enttäuscht. »Erzähl … Was ist passiert?«

»Paul hat mir gekündigt. Es ist alles aufgeflogen.« Marga hörte selbst, wie entsetzlich das klang.

»Oh nein! Scheiße.« Eva holte laut Luft und sprach mit getragener Stimme weiter. »Leg los. Wie sind die Hintergründe? Ich höre zu …«

Marga erzählte alles, was wichtig war, und brachte ihre Freundin auf den neuesten Stand. »Und jetzt schreibt er mir, dass wir ab sofort getrennte Wege gehen. Gerade als ich anfange, mir weniger Sorgen zu machen, passiert mir so was, Eva. Weißt du, manchmal bin ich mir nicht sicher, ob das, was ich unter Realismus verstehe, wirklich Realismus ist. Nimm Conny. Während ich mich ihrer Affäre wegen gesorgt und die Verfechterin der Moral gegeben habe, hatte sie Spaß und war glücklich. Wer von uns beiden lag richtig? Ich oder sie?«

»Ihr hattet beide Gründe für eure Sichtweise. Du wolltest deine Tochter vor Leid bewahren, und Conny hatte keine Lust, sich von dir vom Leben abhalten zu lassen. Man muss halt immer je nach Situation abwägen.«

»Abwägen … absolut richtig … Aber was bedeutet das für mich, meinen Job und meine Mailkorrespondenz mit Paul? Was glaubst du, soll ich tun?«

»Gute Frage. Ehrliche Antwort: abreisen.«

»Darauf bin ich auch schon gekommen«, entkam es Marga enttäuscht. Irgendwie hatte sie gehofft, dass Eva ein großartiger Einfall käme, der die Situation retten konnte. Aber für Traumfantasien hätte sie wohl eher Kirsten anrufen müssen, adieu Realismus. »Ich sollte nach vorn schauen. Unbedingt. Das weiß ich selbst.«

»Sorry, Marga, ich kann leider keine Wunder wirken. Das Leben ist manchmal echt be…scheiden. Komm erst mal heim, dann sehen wir weiter.«

Marga beendete das Telefonat mit einem beklommenen Gefühl und machte sich gleich ans Packen. In Windeseile stopfte sie ihre Kleidung in ihre Reisetasche und wiederholte Evas letzte Sätze in Dauerschleife: »Mach dich mal nicht bange. In jedem Ende steckt ein Neubeginn.«

Doch wie immer ihr Neubeginn aussähe – es wäre einer ohne Paul. Die Erkenntnis schmerzte mehr, als sie erwartet hätte.

27. Kapitel

Nach einer kurzen Nacht – sie hatte lange nicht einschlafen können –, trug Marga am nächsten Morgen ihr Gepäck vor die Eingangstür und stellte es dort ab.

Sie hatte tatsächlich noch einen Flug für diesen Tag ergattert und Eva während eines weiteren Telefonats das Versprechen abgenommen, sie vom Flughafen abzuholen. Kirsten würde nicht mitkommen können, weil sie heute ein Zahnimplantat gesetzt bekam.

Beim Aufstehen hatte Marga hin- und herüberlegt, ob sie sich persönlich von Paul verabschieden sollte oder ob eine Nachricht ausreichte. Nun blickte sie mit einem zwiespältigen Gefühl auf den Zettel in ihrer Hand. Zwei Sätze waren definitiv ein kurzer Abschied, doch angesichts der Umstände mussten sie reichen, schließlich war es Paul gewesen, der die Kündigung businessmäßig mal eben so aus dem Handgelenk geschüttelt hatte.

Marga verscheuchte den Gedanken, dass ein Abschied von Angesicht zu Angesicht nach zehn Jahren vielleicht doch angemessener wäre, und machte sich auf den Weg zur Küche. Paul nahm sich morgens immer ein Stück Obst aus der Schale. Wenn sie ihre Nachricht danebenlegte, würde er sie finden.

Als sie das Papier positionierte, fuhr ihr Daumen über das

feine Porzellan der Schale. Kaum zu glauben, dass dies ihr letztes Mal in dieser wunderschönen Küche war. Sie warf einen Blick durch das gestern erst frisch geputzte Fenster. Draußen streckte der Orangenbaum seine Äste majestätisch zum Himmel. Die Früchte daran leuchteten im satten Orange, der Brunnen plätscherte seine friedliche Melodie.

Marga dachte an ihre Wohnung zu Hause, die ihr mit einem Mal klein und eng vorkam, an Düsseldorf und die grauen Straßen unter langweiligem Himmel. Sie fühlte sich, als vertreibe man sie aus dem Paradies, und wischte sich ärgerlich ein Brennen aus dem Auge.

»Ach was, zu Hause ist es am schönsten!«, warf sie sich selbst entgegen. »Und falls nicht, dann tue ich etwas dafür.« Energisch wandte sie sich vom Fenster ab, nahm jedoch zu viel Schwung und knickte mit dem linken Fuß um. Ein stechender Schmerz fuhr ihr durchs Gelenk, und sie stürzte zu Boden. Einen Moment begriff sie nicht, wie ihr geschah, und japste nach Atem. Als sie vorsichtig den Knöchel betastete, musste sie einen Aufschrei unterdrücken.

Pauls Stimme ließ sie zusammenfahren. »Haben Sie sich verletzt?« Sie hatte ihn gar nicht kommen hören und riss die Augen auf, als er plötzlich neben ihr auftauchte.

»Nein, ich glaube nicht.« Marga stemmte beide Hände auf den Boden. Ein lädierter Fuß hatte ihr gerade noch gefehlt.

»Schaffen Sie es hoch?« Paul wartete ihre Antworte nicht ab und reichte ihr die Hand. »Kommen Sie, stützen Sie sich auf mich.« Als Marga keine Anstalten machte das Angebot anzunehmen, schob er hinterher: »Jetzt seien Sie nicht stur und lassen Sie sich helfen. Oder wollen Sie Wurzeln schlagen?«

Notgedrungen ergriff Marga Pauls Arm, biss die Zähne zusammen, weil eine neue Schmerzwelle durch ihren Fuß jagte, und humpelte an Pauls Seite ins Wohnzimmer hinüber. Dort half Paul ihr, auf die Couch zu gleiten. Dankbar sank sie in die Kissen.

»Ich rufe eine Ärztin«, sagte Paul. »Drei Häuser weiter wohnt eine. Sie ist erst vor einem halben Jahr eingezogen, aber ich habe ihr mehrere Bücherkisten reingetragen – sie schuldet mir was.«

»Nicht nötig, es ist halb so schlimm«, stieß Marga hervor. Sie hatte nicht vor, auch nur eine Minute länger als nötig in diesem Haus zu bleiben. Sie würde nach Hause fliegen. Was dann käme, wusste sie noch nicht so genau.

»Halb so schlimm?« Paul zog die Brauen zusammen. »Sie sollten mal Ihr Gesicht sehen. Bevor sich kein Mediziner Ihren Fuß angesehen hat, lasse ich Sie nicht aus dem Haus.«

»Hätte ich mir draußen den Knöchel verstaucht, hätten Sie es nicht mal mitbekommen.« Marga wusste, dass sie ungehalten klang, doch es gelang ihr nicht, ihren Frust zurückzuhalten.

»Tatsache ist, Sie sind hier. Und damit das klar ist, Ihr Blick ändert nichts daran, dass ich mich um Sie kümmern werde.«

Empört sah Marga hoch. »Welcher Blick? Wie schaue ich denn?«

»Maßregelnd …« Paul bedachte sie mit einem Stirnrunzeln. »Als wäre es verboten, mir Sorgen um Sie zu machen … Bleiben Sie um Himmels willen, wo Sie sind. Mein Handy liegt im Schlafzimmer. Ich hole es nur rasch.«

Die Hände ineinander verschränkt blieb Marga auf der Couch zurück und überlegte, was sie tun sollte. Vernünftigerweise sollte sie ihren Groll beiseiteschieben, doch es wurmte sie, gerade jetzt auf Pauls Hilfe angewiesen zu sein.

Mit einem Glas Wasser und einem Kühlbeutel kehrte er zurück. »Die Ärztin ist unterwegs«, erklärte er, bevor er ihr den Eisbeutel reichte. »Nehmen Sie das zum Kühlen. Und trinken Sie etwas. Sie sehen blass aus.«

Marga nahm das Wasserglas entgegen und benetzte die Lippen. Paul beugte sich über sie, um zwei Kissen unter ihren Fuß zu schieben, und ihr fiel auf, dass sein Blick dunkel und funkelnd war, wenn er sich auf etwas konzentrierte. Einen Blick wie diesen hatte sie noch nie bei jemandem gesehen. Ehrlicherweise musste sie jedoch zugeben, dass die Anzahl der Männer, denen sie so nahe kam wie Paul Alprecht in diesem Moment, recht überschaubar war.

Marga stellte das Glas gerade wieder auf den Beistelltisch, als im Gang der Gong erklang. Paul eilte hinaus.

»Danke, dass Sie so schnell gekommen sind«, hörte Marga ihn sagen.

»Kein Problem. Ich war noch zu Hause, der Anruf kam also zur rechten Zeit«, antwortete eine Frauenstimme.

Mit einer Frau an seiner Seite – sie war um die fünfzig, mit kurzen hellen Haaren und hielt einen Arztkoffer auf eine Weise in der Hand, als wäre er die logische Verlängerung ihres Körpers – kam Paul zurück ins Wohnzimmer.

Nach einem festen Händedruck und der Nennung ihres Namens stellte die Ärztin den Koffer ab und beugte sich über Margas Fuß. »Dann sehe ich mir mal Ihren Knöchel an. Können Sie ihn bewegen. Geht das?«

Marga begann zaghaft, den Fuß zu kreisen. Der Schmerz hielt sich in Grenzen. *Ich will nicht hierbleiben, alles, nur das nicht,* geisterte es durch ihren Kopf.

Die Ärztin betastete den Knöchel und stellte Marga ein

paar Fragen. Schließlich diagnostizierte sie: »Es ist nicht mal eine Verstauchung. Sie sind einfach nur unglücklich umgeknickt und haben sich die Bänder gedehnt.«

Marga fiel ein Stein vom Herzen. »Dann kann ich reisen? Ich war nämlich auf dem Weg zum Flughafen, und wenn ich mich beeile, schaffe ich es noch.«

»Im Prinzip spricht nichts dagegen«, meinte die Ärztin. »Schonen Sie den Fuß zu Hause aber bitte noch.«

Marga war gleich leichter zumute. Vermutlich war es der Schreck gewesen, der den Schmerz in ihrem Fuß verstärkt hatte. Ihr Po tat im Grunde viel mehr weh. Kein Wunder, sie war aufs Steißbein gefallen, doch das erwähnte sie nicht.

»Ich lasse eine Salbe hier.« Die Ärztin zog eine Tube aus ihrem Koffer und reichte sie Marga. »Auf Wiedersehen, Frau Reiter. Guten Flug.« Sie schüttelte ihr die Hand und ging dann mit Paul hinaus.

Wenige Augenblicke später fiel im Flur die Tür ins Schloss. Dann war es still. Von Paul war nichts zu hören.

Marga hob ihr Hinterteil. Es tat verdammt weh, doch sie versuchte nicht darauf zu achten. Noch konnte sie den Flug schaffen. Sie hievte sich hoch, konzentrierte sich darauf, den lädierten Fuß nicht zu sehr zu belasten, und schaffte es bis zur Wohnzimmertür, wo sie beinahe mit Paul zusammenstieß, der gerade hereinkam.

Marga zuckte zurück.

»Wo wollen Sie hin?« Paul hatte instinktiv die Hand ausgestreckt, um einen Zusammenstoß zu verhindern, und ließ sie nun sinken.

»Zum Flughafen.« Marga tat einen weiteren Schritt, um an Paul vorbeizukommen, doch er stellte sich ihr in den Weg.

»Finden Sie es nicht vernünftiger, noch einen Tag hierzubleiben und den Fuß hochzulegen?«

»Ganz und gar nicht. Der Flug ist gebucht. Ich fliege«, entgegnete Marga bestimmt.

»Jetzt seien Sie nicht so störrisch.« Paul begriff, was er gesagt hatte. Sein Gesichtsausdruck änderte sich merkbar. »Entschuldigen Sie den Ausdruck. Ist es wegen der Kündigung? Ich dachte, das sei in Ihrem Sinn, weil Sie in einer Ihrer Mails erwähnten, dass Sie das selbst vorhatten … am … am Tag der Biene. Und sollte es um meinen Ton gehen, entschuldige ich mich noch einmal persönlich bei Ihnen, Sie derart angefahren zu haben.«

Marga schüttelte den Kopf. »Es ist nicht wegen der Kündigung. Nicht nur«, schränkte sie ein. »Es ist vor allem meinetwegen.« Sie zögerte, doch dann sprach sie es aus. »Wenn ich Ihre Briefe lese, habe ich das Gefühl, Sie zu kennen … dann, dann sind Sie jemand anderes …« Sie spürte, wie ihre Wangen heiß wurden, und biss sich auf die Lippe.

»Jemand anderes?« Paul zog die Brauen hoch, sagte jedoch nichts weiter darauf.

»Jemand, den ich besser kenne als Herrn Alprecht.« Es brachte nichts, der Situation auszuweichen, also fuhr Marga fort: »Wissen Sie, ich habe mein halbes Leben hauptsächlich an andere gedacht und an deren Bedürfnisse. Es war für mich normal, meine eigenen Anliegen zurückzustellen. Und … na ja … ich war mir meiner selbst nie sicher. Vermutlich bin ich es noch immer nicht. Aber inzwischen weiß ich zumindest, was sich falsch anfühlt und was richtig.« Sie zuckte mit den Schultern. »Na ja, und hierzubleiben fühlt sich eben falsch an. Deshalb fahre ich jetzt zum Flughafen – ich vertraue auf dieses Gefühl.«

Marga nutzte die Lücke, die sich zwischen Türstock und Pauls Körper auftat, und schob sich dazwischen. Wenn sie es durch die Eingangstür schaffte und das Gartentor sich hinter ihr schlösse, hätte sie es geschafft.

Sie war noch nicht weit gekommen, da erschallte Pauls Stimme. »Ich habe keine Ahnung, wie ich damit umgehen soll, dass *wir* uns schreiben, Marga …«

Marga. Ihr Vorname aus Pauls Mund traf sie wie ein Blitz. Obwohl sie weitergehen wollte, blieb sie stehen. Paul schloss zu ihr auf. Mit einer Miene, die Zugewandtheit und zugleich Schüchternheit ausdrückte, sah er sie an.

»Bei dem Gedanken, keine Briefe mehr von dir zu bekommen, fühle ich mich wie ein halber Mensch.«

In seinen Tonfall hatte sich eine melancholische Traurigkeit geschlichen. Marga konnte es hören. Ihr Herz klopfte, als wollte es zerspringen, und sie zitterte vor Aufregung. »Dann geht es uns gleich. Ich fühle mich schon jetzt so.«

»Vielleicht … können wir gemeinsam herausfinden, wie das alles weitergeht …«

Marga hörte Pauls Worte und erwidert nichts darauf, sie wusste beim besten Willen nicht, was sie sagen sollte. Und ehe sie sich's versah, schob er sein Gesicht näher an sie heran, legte seine Hand in ihren Nacken und küsste sie.

28. Kapitel

Marga nahm das leise Rauschen bereits seit einer ganzen Weile unterschwellig wahr, nun drang es an die Oberfläche ihres Bewusstseins und ließ sie die Augen öffnen. Über ihr drehten sich die Rotorblätter des Deckenventilators und sorgten für ein angenehm erfrischendes Gefühl auf ihrem Gesicht.

Neben sich ertastete sie die Kuhle, in der Pauls Körper während der Nacht gelegen hatte. Der verwaiste Platz setzte eine Flut von Bildern in Gang: Sie sah, wie Paul sich vorbeugte und sie küsste; ein erster für sie beide überraschender Kuss, dem weitere folgten; sah die sich öffnende Tür zu seinem Schlafzimmer, die Tiefe seiner Augen, als sein Gesicht so dicht vor ihrem gewesen war, dass sein Atem ihre Lippen kitzelte.

Sie drückte mit Daumen und Zeigefinger gegen ihre Augenlider. Es war nicht leicht, einen klaren Gedanken zu fassen, während die Erinnerungen durch ihren Kopf geisterten, untermalt von Pauls Stimme. Dieser Tonfall, dessen Klang sie wie hypnotisiert gelauscht hatte. Nicht dass sie übertrieben viel gesprochen hätten – hauptsächlich hatten sie sich geküsst –, doch die wenigen Male, in denen Paul ihr Worte ins Ohr geraunt hatte, erschienen Marga auch jetzt noch so lebendig, als läge er neben ihr.

Was geschehen war, hatte keiner von beiden kommen sehen, im Grunde war es ein Wunder. Und es fiel Marga schwer, mit der Geschwindigkeit umzugehen, in der alles auf sie einstürmte. Wenn sie die Zeit zurückdrehen könnte, würde sie eine langsamere Gangart wählen. Doch das Leben hatte sein eigenes Tempo.

Nichts ist falsch daran, die Nacht mit Paul verbracht zu haben, dachte sie. Und gleich darauf: *Außer dass Sybille erst vor Kurzem verstorben ist und du Pauls Haushälterin bist.*

Sie ignorierte den Gedanken und entdeckte den Wecker auf Pauls Nachttisch. 6 Uhr 10. Herrgott. Sie müsste längst auf den Beinen sein. Sie sprang auf und humpelte durchs Zimmer, fand ihre Kleidung fein säuberlich über einen Sessel drapiert. Paul musste sie dorthin gelegt haben, *sie* war es nicht gewesen. Während sie sich ankleidete, dachte sie plötzlich an Kirsten. Wie oft hatte die ihr von den ersten Nächten mit Philip vorgeschwärmt.

»Wir haben uns stundenlang im Bett gerekelt. Ich war verschossen in Philip, wie es ärger nicht geht.«

Marga hatte mit Eberhart nicht mal eine kleine Version dieser Leidenschaft erlebt, und wie sie es auch drehte und wendete, die Jahre mit ihm waren bestenfalls durchschnittlich gewesen. Von Connys Geburt einmal abgesehen hatte nichts in ihrem Leben die Hoffnung auf eine wunderbare Zukunft erweckt, an die es sich später zu erinnern lohnte.

Nun jedoch durchströmte Marga dieses herrliche Kribbeln, von dem Kirsten sagte, alle, die länger als zehn Jahre zusammen wären, sehnten sich nach nichts mehr als nach diesem *Herzensrausch* der ersten Zeit. Noch immer glaubte Marga, Pauls Arme um ihren Körper und ihre um seinen zu spüren, glaubte, seinen Geruch zu riechen: eine Mischung aus Zahnpasta, etwas Süßem, das sie nicht zuordnen konnte, und einer Note seines Aftershaves.

Was sie in den letzten zwanzig Stunden erlebt hatte, verstörte und beseelte sie gleichermaßen. Irgendetwas in ihr hatte sich aufgerichtet. Als würde sie von einer unsichtbaren Kraft nach oben gezogen. Der Grund war nicht allein die Nacht mit Paul, sondern auch ein bisschen sie selbst. Die Marga von früher wäre nach Pauls Kündigung mit hängenden Schultern abgereist. Gegenwehr Fehlanzeige. Doch ihre neue Version hatte ihren Gefühlen eine Stimme gegeben, und das machte sie stolz. Endlich spielte sie mit. Hatte nun sogar ein Tor geschossen.

Schmunzelnd schloss Marga die Riemen ihrer Sandalen. Ihr Fuß schmerzte kaum noch, und die Schwellung war zurückgegangen. Als sie sich aufrichtete, fiel ihr Blick auf eine Collage aus Schwarz-Weiß-Fotos, die neben Pauls Kleiderschrank an der Wand hing. Schnappschüsse von Paul und Inga.

Marga trat näher heran und betrachtete die Fotos. Auf einem standen Paul und seine Stieftochter vor einem Grill im Garten in Düsseldorf. Marga erkannte die Bäume im Hintergrund. Auf einem weiteren Bild saßen sie am Tisch eines Bistros, beide ein breites Lächeln im Gesicht; auf dem dritten Schnappschuss schwammen sie im Meer, und auf einem weiteren Foto blies Inga die Kerzen auf ihrer Geburtstagstorte aus, während Paul den Arm um sie legte, ganz der stolze Vater.

Während Marga die Rückblicke gemeinsamer Erlebnisse betrachtete, stieg ein heißes Gefühl der Sehnsucht nach Nane in ihr auf. Wie gern hätte sie ähnliche Situationen mit ihrer Erstgeborenen erlebt, hätte sie laufen lernen, mit der Schultüte im Arm vor der Schule stehen und mit ihren Freunden spielen sehen. Immerhin war ihr das Glück eines zweiten Kindes beschieden worden, und sie hatte all diese Momente mit Conny geteilt. Seltsam, Eberhart verblasste in ihren Erinnerungen, als sei er gar nicht dabei gewesen. Sie hatten das klassische Modell gelebt – er war seinem Beruf nachgegangen, sie hatte sich um Haushalt und Kind gekümmert und diese Aufteilung nie infrage gestellt. Ob sie heute ein entspannteres Verhältnis zueinander hätten, wenn Eberhart als Vater präsenter gewesen wäre?

Marga löste sich von den Fotos und entdeckte etwas Helles auf dem Nachttisch. Mit wenigen Schritten war sie neben dem Bett und griff nach dem zusammengefalteten Papier. Rasch öffnete sie es und betrachtete die krakeligen Buchstaben.

Entschuldige meine Klaue, Marga …

Pauls Schrift war in der Tat alles andere als leserlich. Doch sie würde den Inhalt schon enträtseln.

… leider ist es mir nie gelungen, schöner zu schreiben, aber ich vermute, Du kannst das hier trotzdem lesen. Es war wunderbar, Dich zu küssen. Es fühlte sich vertraut an, obwohl das, rein logisch betrachtet, nicht sein kann. Und doch empfinde ich genau das … dass Deine Küsse zu mir passen.

Nach den gemeinsamen Stunden fiel es mir schwer einzuschlafen, und obwohl ich erst gegen halb drei eingenickt bin, war ich schon sehr früh wieder wach. Da ich Dich nicht wecken wollte, habe ich mich aus dem Zimmer geschlichen, um joggen zu gehen. Das hat nämlich den Vorteil, dass man frisches Gebäck für ein leckeres Frühstück besorgen kann. Und genau das werde ich tun. Wir sehen uns also später in der Küche. Ungefähr gegen

halb sieben. Falls Du noch schläfst, wecke ich Dich mit dem Duft nach frischem Kaffee.
Bis später
Paul

Marga presste den Zettel an die Brust. Erst die Nacht mit Paul und nun diese Zeilen – als spielte sie nicht nur plötzlich mit im Spiel des Lebens, sondern sei sogleich zur Kapitänin der Mannschaft aufgestiegen.

Sie trat auf den Gang und lief zum Gästeappartement hinüber. Ihr Gepäck, das sie gestern irgendwann von der Eingangstür zurück in ihr Zimmer getragen hatten, wartete vor dem Schrank. Sie war nicht dazu gekommen, irgendwas auszupacken, und Marga schoss Hitze in die Wangen, als sie daran dachte, was sie davon abgehalten hatte. Oder vielmehr wer. Ihre Bettdecke lag noch immer als knuddeliger Berg am Boden, und mit einem Lächeln im Gesicht hob Marga sie auf und breitete sie auf ihrer Matratze aus, strich sie glatt.

Anschließend kramte sie in ihrem Necessaire nach Zahnbürste und Hautcreme und verschwand im Bad. Sie legte gerade einen Hauch Lipgloss auf, als von fern Pauls Schritte auf den Fliesen erklangen. Marga spürte, wie ihr schon wieder die Röte ins Gesicht stieg. Sie errötete leicht, auch ohne dass Außergewöhnliches geschah, und es war Ewigkeiten her, seit sie das letzte Mal eine Nacht mit einem Mann verbracht hatte. Damals mit Eberhart. In einem anderen Leben. Auf einem anderen Planeten. Was wohl Conny dazu sagen würde, dass sie ihren Chef geküsst hatte? Sicher würde sie Augen machen und es vermutlich anfangs nicht glauben wollen, sondern vermuten, Marga ziehe sie auf.

»Meine Mutter küsst keine Männer. Schon seit Jahren nicht. Sie weiß gar nicht mehr, wie das geht«, würde sie behaupten und mit einem gewissen Vorwurf in der Stimme hinzufügen: »Schon gar nicht küsst sie ihren Chef. Das gehört sich nämlich nicht.«

Marga seufzte. »Erst mal wird gefrühstückt. Und sich auf keinen Fall gesorgt. Sorgen brauchen allen Mut wieder auf«, redete sie sich gut zu, während sie nach frischer Kleidung suchte und gleichzeitig ihr Handy eine Nachricht ankündigte.

Was ist los, Marga? Erst schreibst du mir, ich soll dich doch nicht vom Flughafen abholen und dann höre ich nichts mehr von dir. Klär mich bitte auf. xx Eva

Kirsten hatte ihr ebenfalls geschrieben.

Habe den Zahnarzt gut überstanden. Liege auf der Couch und kühle meine Wange. Hat Paul dich tatsächlich gefeuert? Oder gibt es eine unerwartete Wendung? Haben sich die Wogen wieder geglättet? Hat er verstanden, warum du ihm nicht gesagt hast, dass du diejenige bist, die ihm schreibt? Kann es kaum erwarten, mehr zu erfahren. Umarmung, Kirsten

Marga tippte in Windeseile eine Antwort, um ihre Freundinnen zu beruhigen.

Bei mir überschlagen sich die Ereignisse. Paul hat mich GEKÜSST. Wenn das kein Wunder ist, heiße ich nicht länger Marga Reiter. Gerade ziehe ich mich an, denn er hat frisches Gebäck fürs Frühstück besorgt und wartet auf mich. Ich kann alles noch gar nicht fassen und melde mich bald mit weiteren Infos. Eure Marga

Sie schlüpfte in Shorts und T-Shirt und vergewisserte sich mit einem Blick in den Spiegel, dass sie Paul so unter die Augen treten konnte. Schon ihre legere Kleidung symbolisierte die Änderung ihrer Situation. Als Pauls Haushaltshilfe wäre sie nie in kurzen Hosen zu ihm gegangen. Doch nun standen die Dinge anders. Kurz entschlossen warf sie die Tür hinter sich zu und steuerte die Küche an. Schon von Weitem hörte sie Paul singen.

Im Türrahmen blieb sie stehen, um die Szene auf sich wirken zu lassen. Ein Streifen goldenen Lichts füllte den Raum mit warmer Helligkeit und dort, wo es durch die Buntglasteile des Fensters fiel, mit farbigen Tupfen. Paul tauchte durch das Licht, während er mit geschmeidigen Bewegungen hin und her lief und geschäftig hantierte. Offenbar hatte er sich nach dem Joggen umgezogen, denn er trug ein frisches Kurzarmshirt und eine Baumwollhose in hellem Grün und keine Schuhe. Marga sah eine Teekanne, in der ein Teesieb schwamm, und einen Teller mit Schinken, Käse und Streifen roter und gelber Paprika, außerdem einen Brotkorb, in dem sich frisches Gebäck stapelte. Die Mengen an Köstlichkeiten hätten einen ganzen Schwung Gäste gerechtfertigt.

Margas Blick wanderte weiter zu einem Tablett mit Puddingtörtchen – jene Gebäckkunst der Mönche, die das Rezept damals verkaufen mussten, um zu überleben. Die besten Puddingtörtchen, die Marga jemals gegessen hatte.

Eine sentimentale Wärme drang durch ihren Körper. Paul hatte ihre Begeisterung für diese Spezialität nicht vergessen und war extra zu der Bäckerei gelaufen, die die besten herstellte. Das rührte sie mehr als alles andere.

Sie gönnte sich noch einen Augenblick, um ihre Freude zu genießen, dann räusperte sie sich. Pauls Gesang erstarb, er drehte sich zu ihr um.

»Marga. Guten Morgen.« Sein Lächeln leuchtete wie die Frühlingssonne. »Die Eier brauchen noch eine Minute«, er deutete auf einen Topf, in dem Wasser sprudelte, »ansonsten bin ich so weit. Bist du hungrig?«

»Und wie. Ich könnte Mengen verputzen.« Etwas in Marga sagte ihr, dass Paul keine Erklärung über die gemeinsam verbrachten Stunden von ihr erwartete. Sie mussten nicht zerpflücken, was geschehen war. Diese Selbstverständlichkeit machte den Augenblick leicht.

Ich habe keine Ahnung, was ich von diesem Morgen halten soll, vielleicht muss ich das auch gar nicht. Vielleicht reicht es, ihn vom Leben geschenkt zu bekommen und ihn auszukosten.

»Ich dachte, wir essen unterm Orangenbaum. Es gibt keinen besseren Platz zum Frühstücken.«

»Klingt wundervoll. Weißt du was, ich trage schon mal was hinaus.« Marga schnappte sich den Brotkorb und den Teller mit Schinken und Weichkäse und ging damit in den Garten. Paul hatte einen Gartentisch unter dem Orangenbaum aufgeklappt und zwei Stühle hinzugestellt, beides Designerstücke, die durch ihren schlichten Stil bestachen. Nicht zum ersten Mal dachte Marga, dass Paul zwar reich war und als Hotelier einen gewissen Lebensstandard beweisen musste, dass ihm das jedoch mit einer bescheidenen Lässigkeit gelang. Sie mochte seinen Pragmatismus. Zudem gefiel es ihm anscheinend, ein leckeres Frühstück herzurichten. Er kam mit den gekochten Eiern und der Teekanne hinaus und blickte zufrieden auf die Fülle vor sich.

»Ich habe den Tee mit frisch gepresstem Orangensaft und Honig zubereitet. Geheimrezept meiner Mutter«, erzählte er, während er Marga einschenkte.

Sie führte die Tasse an die Lippen und kostete. Es schmeckte wie lauwarmer Fruchtsaft. Erfrischend und aromatisch.

»Daran könnte ich mich gewöhnen«, räumte sie willig ein, nahm vom Brot – es sah wie Baguette aus, hatte aber weniger Löcher im Teig – und bestrich es mit Butter. Als sie das Messer sinken ließ, fing sie Pauls Blick auf.

»Ein wundervoller Morgen, nicht wahr?« Er lächelte warm.

»Schöner kann ich mir den Start in den Tag nicht vorstellen«, stimmte sie ihm zu.

Er legte sich eine Scheibe Schinken aufs Brot und schob sich eine Cocktailtomate in den Mund. »Hast du Lust, nachher mit mir ins Hotel zu fahren?«, murmelte er kauend. »Wir sind endlich mit allem durch, sogar mit den Kleinigkeiten.«

Marga stellte die Tasse klappernd auf den Unterteller, ergriff Pauls Hand, die er über den Tisch schob, und legte ihre darüber. »Liebend gern.«

29. Kapitel

Autos krochen über die Straße, Fahrradfahrer schlängelten sich an ihnen vorbei, eine Frau schob einen Kinderwagen über den Zebrastreifen und lächelte dabei glücklich. Margas Blick wanderte von der Straße unter ihr zu den sonnenbeschienenen Hausdächern, schließlich zum Lavendelblau des Himmels. Auf ihrem Platz in der Fensternische fühlte sie sich wie ein Vogel im Nest, unter sich die Welt, weit und offen. Sie drehte sich zu Paul um, dessen Hand vertraulich auf ihrer Schulter lag.

»Hier zu sitzen ist, als wäre man im Kino. Wie bist du auf die Idee gekommen, so eine Nische zum Rausschauen in dein Hotel zu bauen?«

»Das Baumhaus meiner Kindheit … daran habe ich gedacht. Menschen lieben es, auf etwas hinunterzuschauen.« Paul skizzierte seine Gedanken bezüglich dieses speziellen Punkts des Umbaus. Marga hörte ihm zu und nickte eifrig. »Ich bin kein Fan von seelenlosen Fünfsternehotels. Ruhe, Geborgenheit, Persönlichkeit und ein Wiedererkennungswert, das ist es, worauf es ankommt. Wir haben lange herumgetüftelt, um die Fensternischen zu dem zu machen, was sie jetzt sind.«

Nicht selten hatte Marga überlegt, was Paul den ganzen Tag

tat, womit man sich beschäftigte, wenn man das Konzept eines Hotels erarbeitete. Nun wusste sie es. Die Individualität der Räume des *Para Lisboa* faszinierte sie. Als Erstes, nachdem sie hinter Paul die Suite betreten hatte, war ihr die Ruhe aufgefallen, die die Räume ausstrahlten – sobald man die Türschwelle hinter sich gelassen hatte, setzte Entspannung ein, und man atmete tiefer. Als liefe die Zeit in diesem Zimmer langsamer. Der Blick aus der Fensternische verstärkte den Eindruck.

»Und hier geht es ins Bad«, kündigte Paul an, nachdem Marga ihren Platz am Fenster verlassen hatte. Er schob die Tür zum Nebenraum auf, und Marga blieb beeindruckt stehen. In den meisten Hotels waren die Bäder fensterlos, doch hier erlaubte eine in Stein gefasste Scheibe den Blick nach draußen. Die Wand war in einem satten Violett gestrichen, und es gab ein Naturstein-Waschbecken auf Säulen, das indirekte Beleuchtung in einen warmen Schein tauchte. Auch das Schlafzimmer, das sie als Nächstes besichtigten, erfreute durch Details. Hier leuchteten die Wände in einem hellen Sandton, und ein Muschelmosaik zog sich durch den Raum.

Marga dachte an die Pensionen in Bayern, die Eberhart regelmäßig für sie gebucht hatte und die in ihrer Erinnerung alle gleich aussahen. Zweckmäßig und unpersönlich. Damals war ihr das nicht aufgefallen; sie hatte das Gewöhnliche als selbstverständlich hingenommen. Nicht einmal das Viersternehotel, das sie sich im letzten Jahr ihrer Ehe gegönnt hatten, konnte dem, was sie hier bestaunte, auch nur ansatzweise das Wasser reichen. Nie hätte sie geglaubt, jemals in einem Hotel wie diesem zu stehen.

Marga deutete auf Fotos, die in einem hübschen Holzrahmen auf dem Nachttisch standen. »Was hat es damit auf sich?«

»Das sind Schnappschüsse der Gäste, die die Suite ab morgen gebucht haben. Wenn uns jemand regelmäßig besucht, empfangen wir ihn mit privaten Bildern. Menschen lieben den Reiz des Fremden, doch es ist gut, wenn sich das Neue mit Bekanntem mischt, das schafft Geborgenheit. Es gibt schließlich nichts Schöneres als ein Gefühl des Aufgehobenseins, sobald man ein Hotel betritt. Danach sehnen Menschen sich am meisten.« Paul sah Marga fragend an. »Sag mal, fällt dir etwas auf, das wir noch verbessern könnten? Jeder Gast hat andere Bedürfnisse. Und je mehr Ideen wir sammeln, umso besser.«

»Was sollte *ich* denn für verbesserungswürdig halten? Ich komme kaum je aus meiner Wohnung heraus.«

»Du gehst mit offenen Augen durchs Leben. Du siehst vielleicht Dinge, die mir entgehen. Man wird schnell betriebsblind, wenn man ständig von Fachleuten umgeben ist.«

Marga blickte sich um, nahm jedes Detail unter die Lupe. »Hier wurde nichts dem Zufall überlassen«, urteilte sie schließlich. »Alles wurde bis ins Letzte durchdacht.« Sie dachte nach. »Aber vielleicht …«

Paul machte eine Handbewegung, Marga möge fortfahren.

»… vielleicht wäre ein Members-Club eine gute Ergänzung.«

Paul stutzte. »Ein Members-Club? Wie in England?!«

»Oder in Berlin. Du kennst doch das *Soho House*. Meine Freundin Kirsten war letztes Jahr mit ihrem Mann dort und hat mir davon vorgeschwärmt. Der Members-Club lasse jedes Herz höherschlagen, meinte sie. Man ist dort unter sich und trifft offenbar immer jemanden, mit dem man sich unterhalten kann, wenn man es möchte. Was gibt es Angenehmeres, als sich als Teil einer Gemeinschaft zu fühlen? Und das

Beste ist, dass ein Members-Club die Menschen vor Ort ins Hotel holt. Bestimmt ist es kein Problem, ein gewisses Klientel dafür zu erwärmen, Mitglied zu werden. Wenn man etwas Großartiges dafür geboten bekommt, zahlt man die Gebühr doch gern. Und du kannst den Members-Club auf mehrere deiner Hotels ausweiten.« Margas Blick ging ins Leere, wie immer, wenn die Fantasie sie packte. »Sag mal, wäre es nicht toll, wenn die Mitglieder ihre Lieblingsgerichte auf der Karte fänden und es eine Bibliothek mit ihren Lieblingsautorinnen und -autoren gäbe, und natürlich die Musik, die sie bevorzugen? Man müsste die Leute diskret nach ihren Vorlieben fragen und könnte mit dem Wissen das Beste erlebbar machen. Außerdem könnte man Vorträge zu wichtigen Themen andenken, durchaus mit Vortragenden aus den Reihen der Mitglieder. Es wäre nicht viel anders als bei einem Familientreffen, wo jeder das einbringt, was er weiß und kann …« Marga hatte sich nie zuvor mit dem Thema beschäftigt, doch nun sprudelten die Einfälle zu ihrer eigenen Verwunderung nur so aus ihr heraus.

»Das sind durchaus brauchbare Ideen.« Paul schnalzte mit der Zunge. »Wieso bin ich nicht selbst darauf gekommen? Die meisten Presseberichte sind bereits erschienen, aber es steht noch ein längeres Interview in einer Zeitung an, die über besondere Hotels berichtet. Dort könnte ich die Idee zur Sprache bringen. Und eine Umfrage wäre nicht schlecht, um die Bedürfnisse potenzieller Mitglieder zu erfassen.« Paul zog sein Handy aus der Tasche. »Ich gebe das gleich mal an unser Social-Media-Team weiter.«

»Wie heißt es so schön?«, sagte Marga, während er tippte. »Man muss das Rad nicht neu erfinden … um gut vorwärtszukommen … Der Nachsatz ist von mir.« Sie klopfte sich in einer gespielten Geste des Stolzes auf die Schulter.

Paul hob den Kopf. Im ersten Moment dachte Marga, er wolle sie küssen, weil er einen Schritt auf sie zumachte, doch dann hielt er inne und runzelte die Stirn. »Weißt du was?«, sagte er. »Ich werde dir jetzt noch etwas ganz Besonderes zeigen.«

Eine Viertelstunde später lenkte er den Wagen an den Straßenrand, stellte den Motor ab und öffnete schwungvoll die Fahrertür. Sofort drang das Zirpen der Grillen und das Zwitschern der Vögel zu ihnen herein. Paul deutete nach vorn. »Was ich dir zeigen möchte, befindet sich in der Nähe der Allee dort hinten.« Er wies auf eine entfernte Baumgruppe. »Es sind nur ein paar Schritte.«

Was konnte es hier schon geben, überlegte Marga mit Blick auf das weite Feld, das sich vor ihnen erstreckte. Weit und breit war kein Haus zu sehen, nicht mal eine Scheune oder etwas Ähnliches, es gab keine Hinweise auf einen Fluss, nur Wiesen, Steine und Bäume. Was wollte Paul ihr zeigen?

Neugierig stieg sie aus dem Wagen und folgte ihm einen Schotterweg entlang, der sich, je weiter sie kamen, immer mehr zu einem Trampelpfad wandelte, weil von links und rechts Blumen, Kräuter und Gras hineinwuchsen.

»Hierher verirrt sich kaum jemand, deshalb wirkt alles so verwildert«, erzählte Paul, während sie auf die Baumreihe zuhielten.

Kurz darauf blieben sie vor einem mächtigen Ahorn stehen, der sich wuchtig in die Höhe reckte. Marga legte den Kopf in den Nacken, um seine Krone bewundern zu können. Paul ließ ihr Zeit, sich an diesem Wunderwerk der Natur zu erfreuen, bevor er ihr zunickte, ihm weiter zu folgen. Sie umrundeten den Baum, und dann sah Marga es: eine kleine Kapelle. Die kleinste, die sie je gesehen hatte.

»Was ist das?«, entkam es ihr überrascht.

»Eine Gedenkstätte. Für eine Frau.«

Der Gedanke an Sybille ploppte schneller in Margas Kopf auf, als ihr lieb war. Zögernd trat sie neben Paul zum Eingang, den ein rostiges Gitter versperrte. Durch die Stäbe sah man ins Innere auf einen kleinen Altar, auf dem das Foto einer Frau stand. Links und rechts gab es je eine Bank, auf der zwei Menschen Platz fanden.

»Der frühere Manager des *Para Lisboa* hat diese Gedenkstätte errichtet«, erzählte Paul.

»Was?« Margas Augen weiteten sich. »Wieso? Für jemanden aus seiner Familie?«

Paul schüttelte den Kopf. »Das ist das Besondere: Er tat es für einen seiner Angestellten, Dario, genauer gesagt, für dessen Frau Rita.«

Marga wusste nicht, womit sie gerechnet hatte, damit jedenfalls nicht. »Warum hat er das getan?«

Pauls Hand lag auf der weiß getünchten Mauer des Häuschens. »Weil er etwas tun wollte, um Darios Kummer zu lindern.« Er klang gerührt. »Er wollte ihm zeigen, dass er dessen Trauer bemerkte, obwohl ihr Dienstverhältnis sie eigentlich trennte. Weißt du, die meisten Ehen verlaufen mit den üblichen Höhen und Tiefen, handfester Krach kommt genauso vor wie harmonische Zeiten. Dario und Rita jedoch teilten etwas ganz Besonderes miteinander. Im Hotel wusste jeder, dass sie sich in über dreißig Jahren nicht einmal gestritten hatten. Es gingen sogar Scherze herum, dass sie zu langweilig zum Streiten wären oder zu faul, doch die Sprüche änderten nichts daran, dass jeder auf den ersten Blick bemerkte, dass die beiden ein Herz und eine Seele waren. Rita kam Dario oft im Hotel abholen, deshalb kannten alle sie. Und dann, von einem Tag auf den anderen ...« Paul sprach nicht weiter, seine Stimme riss ab.

Margas Augen tasteten das Innere der Gedenkstätte ab. Viel gab es nicht zu sehen, ein paar Heiligenbilder und Ritas Foto, außerdem ein zweites Bild, auf dem ein Mann neben ihr stand und den Arm um sie legte, vermutlich Dario. Plötzlich erfasste Margas Blick etwas Außergewöhnliches. An der Wand, links der einen Bank, prangte eine Biene. Instinktiv legte Marga sich die Hand auf den Mund und verschloss ihre Lippen. Es konnte doch wohl nicht sein, dass Rita, genau wie Sybille, durch einen Bienenstich gestorben war.

Paul griff nach Margas freier Hand. »Es ist nicht das, was du denkst. Keine Sorge.«

Marga spürte, wie der Wind ihr die warme Luft aus dem Gesicht wehte und den schrecklichen Gedanken mit sich nahm.

»Rita war Imkerin, deshalb die Biene. Sie hatte einen Herzinfarkt«, er deutete auf seine Füße, »und zwar genau hier. Sie ist gern in der Gegend herumspaziert. Bienen waren ihr Leben ... Sie hat über Insekten geredet, als wären es ihre Kinder.«

Der Krampf in Margas Magen löste sich langsam. Sie stieß einen tiefen Seufzer aus, konnte wieder freier atmen. »Ich weiß nicht, was ich gedacht hätte, wenn es anders gewesen wäre«, gestand sie.

»Dieser Ort verströmt eine ungeheure Kraft, findest du nicht auch? Deshalb habe ich dich hergebracht.«

Marga nickte. Sie spürte den Frieden und die Stille, die die Gedenkstätte umgaben.

»Vorhin musste ich wieder daran denken, wie ich mich fühle, wenn ich hier bin … als leuchte etwas aus Ritas Vergangenheit zu uns Lebenden herüber … und als ginge die Liebe zu Dario, die sie nicht mehr ausleben kann, auf diejenigen über, die hier stehen und ihrer gedenken. Ich fühle mich getröstet, wenn ich hier bin. Es klingt seltsam, ich weiß.«

»Es klingt poetisch und wunderschön. Erzähl mir etwas über Rita«, bat Marga. »Wie war sie?«

»Oh, da gäbe es eine Menge zu sagen. Ich war noch ein ziemlicher Grünschnabel, als ich das *Para Lisboa* damals übernahm, aber gleich bei meiner ersten Stippvisite begegnete ich Rita. Während die meisten Mitarbeiter scheu vor mir buckelten, weil sie noch nicht wussten, was sie von ihrem neuen Chef zu halten hatten, verwickelte sie mich prompt in ein Gespräch über Bienen und erzählte, dass sie in der Mythologie für das Göttliche stehen und wir Menschen uns eine Menge von ihnen abschauen können. Wir trafen noch häufiger aufeinander, und manchmal schenkte sie mir ein Glas selbst gemachten Honig. Kurz vor ihrem Ableben nahm sie mich zur Seite und sagte: ›Senhor Alprecht, wenn Sie Bienen nicht nur als Insekten wahrnehmen, erschließt sich Ihnen die Symbolkraft dieser wundervollen Tiere. Sie stehen für Unsterblichkeit.‹« Pauls Griff um Margas Hand wurde fester. »Unsterblichkeit … ist das zu fassen? Und dann kommt Sybille durch eine Biene ums Leben. Ausgerechnet!«

Eine Weile schwiegen sie, dann sprach Paul weiter. »Ich weiß manchmal noch immer nicht, wie ich mit allem umgehen soll … dass es Sybille nicht mehr gibt und sie, keine Ahnung von wem, schwanger war. Es ist schrecklich, dass ihr ungeborenes Kind mit ihr gestorben ist … Ich habe mit all ihren Freundinnen gesprochen, aber keine hat mir etwas über Sybilles Schwangerschaft erzählen können, entweder weil sie nichts davon wussten oder weil sie mir nichts sagen wollen. Vermutlich Ersteres. Sybille konnte verschlossen sein, wenn es um sie selbst ging … Wenn ich nachts wach liege, macht es mich sprachlos, dass meine Traurigkeit über ihren Tod in Wut umgeschlagen ist. Trotzige, kindische Wut. Dass ich so kleinlich sein kann, hätte ich nicht gedacht …«

Marga wusste nicht, was sie darauf erwidern sollte. Doch vermutlich erwartete Paul gar keine Antwort von ihr. Denn es gab ja nur den einen Weg: Er musste die Situation akzeptieren und weiterleben.

Sie hielten sich an den Händen und standen stumm da. Schließlich sprach Marga einen Gedanken aus. »Fühlst du dich schuldig?«

Paul drehte den Kopf und bedachte sie mit einem durchdringenden Blick. »Unseretwegen?«

Es fiel Marga schwer, ihre Bedenken in Worte zu fassen. Doch Paul musste wissen, was an ihr nagte. »Sybilles Unfall ist noch nicht lange her. Und nun küssen wir uns … und stehen hier.«

Paul stieß leise die Luft aus. »Ehrlich gesagt, hatte ich noch keine Zeit, darüber nachzudenken. Es ist alles so schnell passiert.«

30. Kapitel

Es war kurz vor sieben am Morgen – Paul hatte das Haus bereits wegen wichtiger Termine verlassen –, Marga saß vor ihrem Laptop und versuchte die Verbindung zu Eva und Kirsten herzustellen, die für heute um diese Zeit eine Videotelefonat-Verabredung vorgeschlagen hatten, damit sie Marga während des Gesprächs in die Augen blicken konnten.

Ich sehe dir an, wenn du flunkerst, hatte Kirsten sie wissen lassen. *Das weißt du, Marga. Wenn der superbeschäftigte Paul Alprecht ein paar Tage mit dir in Lissabon anhängt, ist dir das hoffentlich ein längeres Gespräch mit uns wert …*

Eva hatte in dieselbe Kerbe geschlagen: *Das mit Paul und dir ist die Sensation schlechthin. Ich lechze nach Details.*

Was Marga erlebte, konnten nicht nur ihre Freundinnen, sondern auch Marga selbst kaum glauben. Zum ersten Mal seit Jahren – ach was, in ihrem ganzen Leben – taktete sie die Woche nicht durch, sondern lebte von Tag zu Tag. Nicht zu überlegen, was es als Nächstes zu erledigen galt, fühlte sich an, als würde ihr Kopf von einer Menge Gerümpel befreit. Und dass morgens Paul neben ihr lag, wenn sie aufwachte, kam ihr erst recht wie ein Traum vor, doch beides war ihre neue Realität.

Sobald sie zurück in Düsseldorf wäre, würde sie Conny zu einem gemütlichen Abend einladen und ihr erzählen, dass

Paul und sie zueinandergefunden hatten. Unter den gegebenen Umständen wäre es nicht länger möglich, weiterhin die gute Seele in seinem Haus zu sein und von montags bis freitags für ihn zu arbeiten. Was das in weiterer Folge bedeutete, diesen Gedanken ließ Marga fürs Erste unangetastet.

Die Verbindung kam zustande. Kirstens und Evas Gesichter erschienen auf dem Bildschirm.

»Hey, ihr beiden.« Marga winkte.

Kirsten saß in ihrem Wohnzimmer auf der Couch, Eva hockte auf dem Barhocker, den sie einst für ihre Küche gekauft hatte, und legte gerade Kajal auf.

»Bin sofort bei euch, Mädels, aber ich will fertig sein, damit ich nach unserem Gespräch gleich loskann.« Sie seufzte und blinzelte in die Kamera. »Ach ja, die Arbeit.«

»Schau mich nicht so an«, grinste Marga. »Theoretisch muss ich auch arbeiten.«

Bevor Eva einen Kommentar dazu abgeben konnte, mischte sich Kirsten ein: »Wo bleiben eure Manieren? Erst mal: Schön, euch zu sehen! Marga, du siehst gut aus.«

»Sie sieht sehr *entspannt* aus«, konkretisierte Eva. »Woher das wohl kommt?« Sie legte ihren Kajalstift beiseite und musterte Marga, als müsse sie tatsächlich überlegen.

Marga zuckte mit den Schultern. »Mir geht es so gut wie noch nie. Daher kommt es. Ist ja wohl klar.«

»Ginge mir auch so, wenn ich in einer Villa in Portugal abhinge«, lachte Eva.

»Lassen wir die Förmlichkeiten, rück mit den Geschehnissen der letzten Tage raus«, verlangte Kirsten. »Und keine Ausflüchte oder Herunterspielen der Tatsachen. Zumindest *ich* will alles ganz genau wissen.«

»Kirsten wird sich mit nicht weniger als dem Anfang eines Blockbusters zufriedengeben«, kommentierte Eva. »Ich hoffe, Alprecht kann da mithalten.«

»Halt die Klappe, ich brauche keine Dolmetscherin«, brummte Kirsten. »Marga, lass hören.«

Marga freute das Interesse ihrer Freundinnen, und sie schilderte, wie sie am Tag ihrer geplanten Abreise im Flur gestürzt war. »Und als die Ärztin weg war und ich zur Tür wollte, kam es zu dem unerwarteten Kuss.« Margas Lippen formten ein sanftes Lächeln. »Es mag kitschig klingen, aber jetzt weiß ich endlich, was Frauen meinen, wenn sie sagen, dass sich ein Kuss einfach richtig angefühlt hat.«

»Das klingt zu schön«, schwärmte Kirsten. »Als könnte es unmöglich *wirklich* passiert sein.« Sie wandte den Blick zu dem Rechteck des Bildschirms, auf dem sie vermutlich Eva sah. »Findest du nicht, dass es jetzt höchste Zeit ist, deinen übertriebenen Realitätssinn zu überdenken? Was Marga mit Alprecht erlebt, ist *die* Romantik, von der ich immer spreche … so was passiert so schnell nicht wieder.«

»Wie du es sagst, klingt es, als wär's bald schon wieder vorbei«, murmelte Eva.

»Dreh mir nicht das Wort im Mund um. Was zählt, ist das, was *gerade* geschieht. Marga weiß, wie ich es meine, nicht wahr?«

»Ich glaube schon …«, erwiderte Marga.

»Und wie ging es weiter? Seid ihr nach dem Kuss Händchen haltend durch die Villa gelaufen?«, wollte Kirsten kichernd wissen.

Marga beantwortete geduldig alle Fragen, bis die Freundinnen endlich zufrieden waren und eine kleine Pause entstand.

Eva war aufgestanden und kam mit einem Becher in der Hand zurück.

»Drifte jetzt aber bitte nicht in die High Society ab, ja?«, sagte Kirsten unvermittelt. »So nach dem Motto, was Julia Roberts im Film hinkriegt, schaffe ich im echten Leben mit links.«

Marga hob die Augenbrauen, und Eva schüttelte grinsend den Kopf. »Ich bin nicht Julia Roberts. Dafür habe ich zu breite Hüften und zu kurze Haare … und natürlich den falschen Beruf.«

»Na ja, am Beruf und an den Hüften soll's nicht liegen. Und was Alprecht anbelangt … er kann durchaus mit Richard mithalten. Geldtechnisch zumindest …«, meinte Kirsten.

»Womit wir bei den Finanzen wären«, schaltete Eva sich ein. »Von wegen Romantik – ohne den monetären Hintergrund würde *Pretty Woman* niemals funktionieren.«

»Wie auch immer«, sagte Marga. »Die letzten zwanzig Jahre war mein Leben die Blaupause in Sachen Pech in der Liebe, da kann die Nadel jetzt ruhig mal in die andere Richtung ausschlagen und mir einen positiven Verlauf bescheren. Ich habe noch nie einen Mann getroffen, der so warmherzig und aufmerksam ist wie Paul. Dabei bin ich nicht mal halb so hübsch wie die Frauen, die er bisher an seiner Seite hatte. Oder so schlagfertig, selbstbewusst, unternehmungslustig – was immer ihr wollt. Dennoch gibt er mir das Gefühl, die tollste Frau zu sein, die er je getroffen hat. Finanzen hin oder her, Paul ist als Mensch ein absoluter Glücksgriff.« Marga griff nach dem Glas Wasser neben ihrem Laptop und trank einen Schluck.

»Wo du recht hast, hast du recht«, stimmte Eva ihr zu. »Wenn jemand es verdient, mal auf die Sonnenseite zu fallen, dann bist das du, Marga. Du hast es in den letzten Jahren von uns dreien definitiv am schlechtesten erwischt. Im Grunde ist es, als hätte das Schicksal es sich endlich anders mit dir überlegt. ›Bis jetzt habe ich Marga übel mitgespielt, aber da sie sich so gut geschlagen hat, ändere ich das Programm. Voilà – hier kommen die angenehmen Jahre mit dem Deluxe-Programm.‹«

»Danke für den Ausblick«, lachte Marga.

»Ich will Paul Alprecht doch keineswegs angreifen.« Kirsten wirkte mit einem Mal wie ein kleines Mädchen, das man aus dem Sandkasten verbannt hatte. »Ich möchte nur, dass du uns nicht vergisst, Marga … falls er und du … also falls das mit euch was Ernstes wird.«

In Marga regte sich Mitgefühl. Sie ahnte, wie Kirsten sich fühlte. Im Grunde erlebte sie gerade das, was die Freundin sich selbst wünschte – eine romantische Liebesgeschichte wie aus einem Drehbuch. »Das wird nie und nimmer passieren«, versprach sie. »Ihr seid meine Freundinnen, das vergesse ich doch nicht. Außerdem denke ich nicht so weit in die Zukunft.«

»Bei Eberhart hast du nicht weit genug vorausblicken können«, erinnerte sie Kirsten. »Ich weiß noch, was du dir alles für *später einmal* und *wenn erst* vorgenommen hast. Und bei Conny ging es doch auch immer darum, was *irgendwann* sein soll. Oder ganz aktuell« – Kirsten stach mit ihrem Zeigefinger in Margas Richtung –, »dass eine Zukunft mit ihrem Professor nicht möglich ist, weil er sich schon für ein Leben mit seiner Frau samt Kindern entschieden hat.«

»Und was hat es mir gebracht?« Marga schüttelte abwehrend den Kopf. »Nichts außer Streit und Ärger. Nein, dieses ganze Zukunftsding erscheint mir immer mehr wie eine Sackgasse. Diesmal mache ich es anders. Nicht hetzen und nicht stolpern, sondern einen Schritt nach dem nächsten gehen. Vom Hinfallen habe ich die Nase voll.«

»Darin kann ich dich nur unterstützen, Marga«, pflichtete Eva ihr bei. »Man muss nicht immer wissen, wo man ankommt, und auch nicht, ob aus etwas was wird.«

»Ich schon.« Kirsten pustete sich eine Strähne ihres Haars aus dem Gesicht.

»Apropos«, ergriff Marga die Gelegenheit, das Thema zu wechseln. »Was ist denn mit dir und Philip?«

»Ach, nur das absolute Kontrastprogramm.« Als hätte sie nur darauf gewartet, legte Kirsten los und sparte nicht mit Einzelheiten. »Mit meiner Psychologin spreche ich aktuell über den ständigen Drang zur Selbstoptimierung beziehungsweise zur Optimierung meines Lebens. Geht euch das manchmal auch so auf den Nerv?« Sie wartete nicht auf eine Antwort, sondern sprach gleich weiter. »Sie sagt, es sei durchaus legitim, sich danach zu sehnen, niemandem und nichts entsprechen zu müssen.«

»Was Philip wohl dazu sagt? Der leidet momentan sicher auch, schließlich muss er *dir* entsprechen«, zog Eva Kirsten auf.

»Keine scherzhaften Bemerkungen über dieses Thema«, bat Kirsten. »Philip und ich, das ist zu ernst, um darüber zu witzeln.«

Eva zuckte mit den Schultern. »Na schön. Dabei meinte ich es durchaus ernst.«

Kirsten ging nicht darauf ein, sondern kündigte an: »Wenn er das nicht hinkriegt, schaue ich mich nach einem anderen um.«

Eva, die gerade einen Schluck aus ihrem Becher genommen hatte, verschluckte sich und hustete. »Nun mach mal halblang, Kirsten«, ächzte sie, als sie wieder sprechen konnte. »Bring erst mal deine Therapie zu Ende, bevor du die Abrissbirne schwingst.«

Weil Kirsten schwieg, fragte Marga in Evas Richtung: »Und du? Was hast du für Pläne?«

»Ihr kennt mich. Ich lasse mich gern überraschen. Es kommt im Leben, wie es kommt.«

»Und Martin?«, brachte Kirsten zur Sprache. »Was ist mit ihm?«

»Falls er ein Langstreckenläufer ist, was uns anbelangt, wäre das für mich genauso in Ordnung, wie wenn ihm nach kurzer Zeit die Luft ausgeht. Ich habe euch … und mich. Ich bin die Hauptperson in meinem Leben. Das wird immer so bleiben.« Sie zuckte mit den Schultern, und Marga fragte sich nicht zum ersten Mal, woher ihre Freundin die Gelassenheit nahm. Eva besaß eindeutig ein Talent dafür, die Wendungen des Lebens so anzunehmen, wie sie nun einmal kamen, und haderte nicht mit Umständen, die sie nicht ändern konnte. Ob sich das lernen und trainieren ließ?

»Ich tippe, dass du es bist, die irgendwann genug von trauter Zweisamkeit hat«, prophezeite Kirsten derweil. »Du und was Langfristiges, das passt einfach nicht, Eva. Ist nun mal so.«

»Dann hätten wir das auch geklärt.« Eva zog eine amüsierte Grimasse in Richtung Kirsten.

»Damit ist das Schlusswort gesprochen«, verkündete Marga und winkte ihren Freundinnen zum Abschied. »Ich gehe duschen.«

Kurz darauf machte sie sich im Gästebademantel auf den Weg zu Pauls Außendusche auf der Rückseite des Hauses, die so gut zwischen den grünen Sträuchern versteckt lag, dass man sie fast übersah. Paul hatte ihr den einfachen Waschplatz gestern gezeigt, als sie von ihrem Ausflug zu der Gedenkstätte zurückgekehrt waren, schweigsam und verschwitzt, und sie zaghaft unter freiem Himmel und laufender Brause geküsst.

Viel mehr war nicht passiert – Pauls Finger hatten sanft über ihre Schultern gestrichen, als er ihr im Anschluss ein Handtuch reichte, und sie hatte seinen neugierigen Blick bemerkt, mit dem er ihren Körper musterte. Dann hatte er sich zurückgezogen, um eine Mahlzeit am Grill vorzubereiten. Marga mochte seine Zaghaftigkeit und das sachte Erkunden dessen, was zwischen ihnen wuchs.

Abends hatten sie in Decken gewickelt unter dem Orangenbaum gesessen und waren ins Erzählen gekommen. Insgeheim hatte Marga ihr Gespräch mit denen Eberharts verglichen, dem immer irgendetwas unter den Nägeln gebrannt hatte, das es auszudiskutieren galt, meistens ohne dass sie sich zum Schluss einigen konnten. Es schien, als habe ihr Ex-Mann absichtlich alles Trennende betont, um die Grenzen ihrer Ehe abzustecken. *Hier bin ich, dein Platz ist da drüben.*

Sich mit Paul auszutauschen war hingegen leicht. Sie fanden Verbindungen zueinander, und wo sie sich unterschieden, fühlte es sich nicht an wie eine Barriere, sondern wie eine Einladung. Ebenso schön war es, mit Paul zu schweigen.

Marga lächelte bei dem Gedanken an den vergangenen Abend, zwängte sich zwischen zwei Bambusstauden hindurch und betrat das geflieste Viereck unter der Duschstange. Das Thermometer, das am Gestänge hing, zeigte, dass die Temperatur innerhalb weniger Stunden um zwölf Grad gefallen war – es nieselte aus grauen Wolken, doch wenigstens ging kein Wind. Marga drehte am Hahn. Schlechtes Wetter war kein

Grund einzuknicken. Sie legte ihr Handtuch auf ein Holzgestell und stellte sich unter den Strom warmen Wassers. Den Kopf im Nacken spürte sie, wie es warm und wohlig an ihr hinabrann, und sah den Dampfschwaden nach. Im Freien zu duschen wecke Lebensgeister, hatte Paul gesagt, und sie spürte, was er meinte. Was einen bedrückte oder belastete, schien sich aufzulösen. Übrig blieb reine Freude.

Ein Schrei des Glücks lag Marga in der Kehle. Sie war verliebt, was beinahe mehr war, als sie aushalten konnte. Eva hatte offenbar recht: Das Schicksal spendierte ihr das Deluxe-Programm.

Als sie später ein wenig in der Küche herumwerkelte, weil es ihr seltsam vorkam, gar nichts zu tun, entschied sie, dass das Wetter perfekt für heiße Schokolade war. Sie nahm einen Porzellanbecher vom Bord und suchte nach Kakaopulver. Während sie Schubladen und Schränke öffnete, dachte sie daran, was Paul ihr gestern vor dem Einschlafen erzählt hatte. Sie waren noch einmal auf Dario und Rita zu sprechen gekommen. Paul hatte von Darios Schmerz nach Ritas Tod erzählt und wie sehr sein Angestellter mit seinem Schicksal gehadert hatte. Er habe Dario überhaupt nicht wiedererkannt, sagte Paul, er sei ihm vorgekommen wie ein zerschrumpelter Schatten seiner selbst. Bis er sich eines Tages an Ritas Worte anlässlich ihres zehnten Hochzeitstages erinnert habe.

»Wir dürfen das Gestern nicht als selbstverständlich nehmen, Dario, denn es bedeutet, dass es das Heute gibt. Das Leben schenkt uns einen weiteren Tag.«

Beim Zuhören hatten sich die Härchen auf Margas Armen aufgestellt, und sie hatte sich eine Träne aus dem Auge wischen müssen, während sie dicht an Paul herangerutscht war, der sie sanft an sich drückte. Wie auch immer die Dinge standen – ob man sich über die Vergangenheit freute oder sich grämte – man hatte die Chance, seine Lehren daraus zu ziehen, denn ein weiterer Tag lag vor einem.

»Was ist aus Dario geworden?«, hatte Marga gefragt. »Ist er über Ritas Tod hinweggekommen? Hat er vielleicht noch einmal geheiratet?«

»Geheiratet hat er nicht mehr«, hatte Paul erzählt. »Aber er bezeichnet Ritas Worte bis heute als ihr Vermächtnis. ›Ritas Satz wird mich durch den Rest meines Lebens hindurchretten. Sie hätte niemals den Kopf in den Sand gesteckt. Also tue ich es auch nicht.‹ Er hat das Hotel wenige Monate nach ihrem Tod verlassen und begonnen, sich um Straßenkinder zu kümmern. Er sagte, er könne nicht weitermachen wie zuvor. Alle waren traurig, dass er wegging, doch viele seiner Kollegen haben sein Projekt unterstützt. Ich tue es bis heute. Dario wird nicht müde, für seine Herzensangelegenheit einzustehen. Rita wäre stolz auf ihn.«

Marga fand den Kakao und häufte drei Löffel in ihren Becher. Während sie Sahne aufschlug, hallte die Geschichte in ihr nach. Dass Paul ihr die Gedenkstätte gezeigt hatte, bedeutete ihr viel. Sie begegneten sich nicht an der Oberfläche, sondern teilten etwas miteinander, das tiefer ging. Genauso hatte sie sich eine glückliche Beziehung immer vorgestellt. Und nun lebte sie es.

31. Kapitel

Paul glaubte seinen Augen nicht zu trauen, als er einen Tag später die Haustür öffnete. Ehe er sich's versah, fühlte er zwei Arme um sich, die ihn fest umschlangen. Schließlich wurde er losgelassen und mit einem vergnügten Blick bedacht.

»Bevor du dich fragst, wie ich hergekommen bin: Ich habe mich kurzerhand ins Flugzeug gesetzt. Und zwar aus einem bestimmten Grund.«

»Und der wäre?«, wollte Paul wissen, noch immer verdattert, Inga vor sich zu sehen.

»Ich helfe dir beim Entspannen. Wenn du schon ein paar Tage im Süden abhängst, brauchst du Gesellschaft. Sonst kommst du noch auf dumme Ideen und arbeitest, obwohl du eigentlich chillen und die Wiedereröffnung deines Hotels feiern solltest.«

»Und als gute Tochter gilt es, das zu verhindern?«, mutmaßte Paul.

Ingas kühner Blick streifte ihn. »Du sagst es. Als Tochter hat man nun mal auch Pflichten zu erfüllen.« Sie ließ die Reisetasche von der Schulter rutschen und übergab sie Paul. Das Gepäckstück war alles andere als leicht, was wohl hieß, dass Inga für länger als ein, zwei Tage gepackt hatte.

»Spontaneität und ich …«, frohlockte sie. »… wie du weißt,

ist das im Grunde ein und dasselbe.« Sie ging an Paul vorbei und stapfte Richtung Küche. »Haben wir genug zu essen im Haus? Ansonsten starten wir sofort einen Großeinkauf. Ich könnte zwei Tage durchfuttern.« Mit Schwung öffnete sie den Kühlschrank und starrte auf die gut gefüllten Fächer. »Warst *du* einkaufen?«

Paul trat an ihre Seite. »Das geht nicht auf mein Konto, sondern auf Marga Reiters. Sie hat mich hierherbegleitet.«

Inga blickte überrascht, dann rieb sie sich vorfreudig die Hände. »Wenn das so ist, werden wir ja wie die Royals betreut. Hat sie schon was gebacken?«

»Nein … ja …« Paul stockte. »Sie hat gebacken, aber es ist nichts mehr da. Das will ich sagen.«

»Macht nichts.« Inga ließ sich nicht aus der Ruhe bringen. »Ich bitte unsere gute Fee einfach um einen neuen Kuchen. Nachschub steht schneller auf dem Tisch, als du glaubst. Du kennst Frau Reiter, sie erfüllt uns mit Freude jeden Wunsch. Es gibt keine bessere Haushälterin als sie.« Sie holte Mineralwasser aus dem Seitenfach, schraubte am Verschluss und trank direkt aus der Flasche. »Wo ist sie denn?« Sie wischte sich über den Mund.

»Wer?«, fragte Paul geistesabwesend.

»Frau Reiter.« Inga runzelte die Stirn und bedachte ihn mit einem tadelnden Blick. »Du brauchst wirklich ein paar freie Tage, Dad, du stehst echt auf der Leitung.«

»Im Gemüseladen und beim Bäcker … Glaube ich«, schob er hinterher, weil ihm klar wurde, dass er sich nicht sicher war, wo Marga steckte.

Die vergangenen Tage mit ihr kamen ihm in Ingas Gegenwart mit einem Mal wie aus einem anderen Leben vor. Während er mit ihr die Welt um sich herum vergessen und sich über nichts Gedanken gemacht hatte, weder darüber, wie es mit Marga und ihm weiterginge, noch über Inga oder was sie von der Sache halten würde, hatte sich die Welt weitergedreht. Ingas Überraschungsbesuch hatte den Tagen, in denen lediglich der Moment galt, unwiderruflich ein Ende bereitet. Paul spürte, wie Bedauern in ihm wuchs.

Er reichte Inga einen Teller mit Gebäckresten vom vergangenen Abend und nahm sich vor, seine Gefühle für Marga weder kleinzureden noch sie zu verschweigen. Inga konnte man nichts vormachen, sie hatte eine Antenne für so etwas. Außerdem waren Heimlichkeiten wie ein Stein im Schuh. Sie drückten und quälten, bis man es nicht mehr aushielt mit ihnen. Nein, er würde seiner Tochter von Margas Mails erzählen, was hoffentlich die perfekte Überleitung zu der Tatsache wäre, dass er sich schlussendlich haltlos in seine Haushälterin verliebt hatte. Ja, er musste es sich eingestehen – hinter der Frau, die jahrelang in seinem Haus für Ordnung gesorgt hatte, ohne dass er besonders auf sie geachtet hätte, war ein Mensch zum Vorschein gekommen, dem er nahe sein wollte, weil er seine Seele berührte.

»Wenigstens gibt es ein paar Krümel«, murmelte Inga mampfend und riss Paul aus seinen Gedanken. »Machst du uns Spiegeleier mit Tomaten und Gartenkräutern? Und mit Käse?« Ohne Pauls Antwort abzuwarten, öffnete sie ein weiteres Mal den Kühlschrank und holte die Zutaten heraus. »Wir haben alles da. In die Stadt fahren können wir also später noch. Jetzt wird erst mal das Begrüßungsprogramm gestartet. Spiegeleier à la surprise für deine Lieblingstochter. Ach ja, by the way, Mama hat einen Lover. Jetzt ist es fix.« Inga holte sich ein

Schneidebrett und begann, den Käse in dünne Scheiben zu schneiden.

Paul hatte eine Pfanne aus dem Schrank genommen und sah seine Tochter überrascht an. »Hat sie es dir endlich gesagt?«

Inga stieß einen seltsamen Laut aus. »Schön wär's. Ich hab ein Telefonat belauscht.« Sie hob beide Hände, in der Rechten das Messer, mit dem sie den Käse schnitt. »Es gehört sich nicht zu lauschen. Ich weiß. Aber es hat sich halt so ergeben.«

Paul hob die Augenbrauen. »Was heißt, es hat sich so ergeben?«

»Ich stand in der Tür, und Mama hat echt nicht gerade geflüstert. Ich rede die Umstände nicht schön, Ehrenwort. Es war wirklich so.«

Paul gab ein großes Stück Butter in die Pfanne. Inga liebte es, wenn er Spiegeleier für sie briet, das gab ihr das ultimative Gefühl von Familie, wie sie behauptete. Allerdings waren Spiegeleier das Einzige, das Paul zubereiten konnte. Zu seinem Glück gehörte sein Rezept mit Tomaten, Käse und Kräutern jedoch zu Ingas Favoriten, wenn es um einen schnellen Snack ging.

»Hast du deine Mutter darauf angesprochen?«, fragte Paul, während er Eier aus dem Karton nahm.

Inga bearbeitete weiter den Käse. »Noch nicht.«

Das erste Ei landete in der Pfanne. »Das solltest du tun. Eigentlich müsste deine Mutter mit dir sprechen, aber wenn du es schon weißt, ist es durchaus in Ordnung, wenn du das Gespräch suchst. Es sollte nichts zwischen euch stehen. Das sorgt nur für Unmut.«

Inga reichte Paul das Brett mit dem Käse. »Tja, ich fühle mich echt nicht wohl dabei, von ihrem Neuen zu wissen, weil ich es nämlich nicht wissen sollte … vielleicht bin ich sogar ein klitzekleines bisschen verstimmt, weil Mama es mir nicht längst gesagt hat.« Sie blickte aus dem Fenster. »Ich hole mal die Kräuter.«

Paul fasste Inga an der Schulter und strich ihr sanft über die Wange. Seit seiner Scheidung von Birgit gab es Momente, in denen Inga damit haderte, nicht seine leibliche Tochter zu sein. Für Paul jedoch gab es nichts, was sein Gefühl für sie schmälern konnte. Er dachte daran, dass sie unlängst erwähnt hatte, liebend gern wieder bei ihm wohnen zu wollen, und obwohl ihn der Gedanke freute, bekümmerte ihn die Idee gleichzeitig. Denn er wusste, dass Birgit etwas dagegen hätte. Sie sähe es als Scheitern ihrer Mutterrolle. Und nun hatte Inga auch noch von Birgits heimlichem Freund erfahren und würde ihrer Mutter früher oder später die Hölle deswegen heißmachen. Er verkniff sich ein Seufzen.

»Verstimmt zu sein ist in Ordnung«, sagte er. »Wichtig ist, dass du zeitnah etwas unternimmst, um dieses Gefühl wieder loszuwerden.«

»Ich weiß, Dad. Und ich werde definitiv was unternehmen und Mama den Marsch blasen.« Ein kurzer, geknickter Blick folgte. »Kann gut sein, dass ich deswegen hergekommen bin … wegen ihrem Lover, meine ich … und weil Mama so feige ist und es vor mir verheimlicht. Als wäre sie der Teenager und nicht ich.«

Paul hatte etwas in der Art vermutet. »Sei nicht zu streng mit ihr. Sie traut sich vermutlich noch nicht aus der Deckung und sorgt sich, was du dazu sagst, dass sie jemanden gefunden hat.«

»Ich bin nicht streng, nur korrekt.« Inga schmollte. »Außerdem lass ich mich nicht gern wie ein kleines Kind behandeln. Sollten Mama und ich nicht ein Team sein? Auf Augenhöhe kommunizieren?«

»Auf jeden Fall. Was aber nicht bedeutet, dass du einfach abhauen kannst, ohne deiner Mutter zu sagen, was du vorhast. Weiß sie, dass du hier bist?«

Inga druckste herum. »Doch … na ja, nicht ganz … ich hab ihr einen Zettel auf den Schreibtisch gelegt.«

»Und darauf steht?« Paul hob Ingas Kinn und blickte ihr durchdringend ins Gesicht. »Komm schon. Raus mit der Sprache.«

Inga rollte genervt mit den Augen. »Ich hab geschrieben, dass ich meine Gehirnzellen durchlüften muss. Was ja auch stimmt.« Sie zuckte mit den Schultern und befreite sich aus seinem Griff.

»Und wo du vorhast, deine Gehirnzellen durchzulüften, soll deine Mutter erraten, oder wie darf ich das verstehen?«

»Warum nicht?«, antwortete Inga patzig. »Wo sollte ich schon sein außer bei dir?«

»Also da fallen mir spontan ein paar deiner Freundinnen ein, und auch sonst gibt es zahlreiche Möglichkeiten, wo du unterkommen könntest. Außerdem bist du noch keine achtzehn, Inga. Du brauchst die Einverständniserklärung deiner Mutter, wenn du alleine ins Ausland fliegst. Wie du die bekommen hast, ohne ihr zu sagen, was du vorhast, ist mir ein Rätsel.«

»Es wird Mama schon nicht umbringen, wenn sie mal nicht weiß, wo ich bin. Als Erstes ruft sie sowieso dich an«, blieb Inga stur. »Außerdem hab ich noch einen leiblichen Vater. Der hat mir die Einverständniserklärung gegeben. Ohne viel Trara.«

»Na wunderbar. Das ist mal eine Ansage. Dafür ist dein Vater also gut.«

»Ja, warum nicht? Für irgendwas muss er ja da sein.«

»Um das klarzustellen: Deine Mutter ruft nicht als Erstes mich an, da liegst du falsch.« Paul klang ernst. »Weil nämlich du sie anrufst und ihr sagst, wo du bist. Deine Mutter in Angst und Schrecken zu versetzen, ist nicht gerade die feine englische Art.«

Inga zupfte Paul spielerisch am Ärmel. »Ich hab auch nie behauptet, Engländerin zu sein.« Grinsend deutete sie auf die Pfanne, in der die Butter inzwischen einen wunderbar goldenen See bildete. »Mach du mal weiter, sonst kokelt uns noch das gute Fett an.« Sie drückte Paul einen Kuss auf die Wange. »Ohne Kräuter schmecken die Eier nur halb so gut. Ich bin gleich zurück. Ach ja, ehe ich's vergesse: Ich hab dich lieb, Dad. Und ich verspreche dir, beim nächsten Mal hinterlasse ich Mama die Google-Koordinaten, wenn ich abhaue.« Sie öffnete das Fenster und schwang sich über das Sims in den Garten, hüpfte hinüber zum Kräuterbeet.

»Wie schaffst du es nur immer, mich auf deine Seite zu ziehen?«, murmelte Paul, während er durch die Scheibe beobachtete, wie Inga Petersilie und Basilikum erntete. Plötzlich drehte sie sich um und warf ihm einen Luftkuss zu.

Sie waren gerade mit dem Essen fertig, als im Flur die Eingangstür ins Schloss fiel. Margas Stimme schallte bis zu ihnen in die Küche. »Paul! Ich bin wieder zurück.«

Inga leckte sich den Finger ab, mit dem sie den Rest des flüssigen Eigelbs vom Teller gewischt hatte. »Seit wann duzt Frau Reiter dich?«

»Seit Kurzem.« Paul versuchte das Unbehagen zu unterdrücken, das ihm unvermittelt die Kehle hinaufkroch. »Ich habe ihr die Stadt gezeigt, dabei hat es sich ergeben. Ähm, man kann doch nicht durch Lissabon schlendern und sich siezen.« Paul rechnete mit einem schrägen Blick, doch Inga zuckte bloß mit den Schultern.

»Find ich gut«, meinte sie. »Wir kennen Frau Reiter schon so lange. Sie ist seit Ewigkeiten Teil unseres Lebens.«

»Genau«, beeilte Paul sich zu antworten, erleichtert, dass Inga nicht nachbohrte. Er wollte ihr das, was geschehen war, bei ruhiger Gelegenheit mitteilen und nicht hier zwischen Tür und Angel. Er stand auf und begann den Tisch abzuräumen.

Marga erschien mit einem Korb voller Einkäufe im Türrahmen. Ihr Blick erfasste Inga. »Oh. Hallo, Inga. Das ist ja eine Überraschung!«

Paul sah Marga die Irritation an. Mit zwei Schritten war er bei ihr und nahm ihr den Korb ab. »Stell dir vor, vorhin klingelt es, und als ich öffne, steht meine Tochter vor mir.«

»Dad hat nicht schlecht gestaunt.« Inga grinste und reichte Marga die Hand. »Hallo, Marga. Ich darf dich doch auch so nennen, oder? Dad hat gerade die Neuigkeiten verkündet. Klasse, wurde höchste Zeit.«

»Die Neuigkeiten?« Margas Gesicht fiel regelrecht in sich zusammen.

Paul stand an der Kücheninsel, wo er den Korb hingestellt hatte, und überlegte, wie er Marga ein unauffälliges Zeichen geben konnte, um ihr zu erklären, was mit *die Neuigkeiten* gemeint war.

»Was zwischen euch passiert ist …«, erklärte Inga. »Du schaust mich an, als wäre ich ein Geist.«

Marga lächelte gekünstelt. »Das ist alles ganz plötzlich gekommen«, gab sie zu. »Die Neuigkeiten, meine ich.«

»Na, so dramatisch ist es jetzt auch wieder nicht. Du arbeitest schon so lange für Dad, da war das Du längst überfällig.«

Bei Marga fiel der Groschen. »Das Du«, sie entspannte sich sichtlich. »… ja, ich hab mich gefreut, als dein Vater es mir angeboten hat.«

»Es ändert sich dadurch im Grunde ja nichts«, meinte Inga. »Und logischerweise sollten wir auch Du zueinander sagen. Was super ist, dann fällt mir die Bitte nach einem meiner Lieblingskuchen nämlich gleich viel leichter. Bitte, bitte, Marga, kannst du mir was backen? Deine Kuchen sind die besten!«

»Natürlich, Inga. Ich räume nur kurz die Einkäufe ein, dann mache ich mich an die Arbeit. Was hättest du denn gern?«

Inga zählte ihre Favoriten auf, schließlich einigte sie sich mit Marga auf eine mit Sahnecreme gefüllte Biskuitrolle.

»Siehst du, Dad.« Inga rieb sich vorfreudig die Hände. »Marga erfüllt mir jeden Wunsch.« Sie beugte sich zu Marga hinüber und flüsterte ihr etwas ins Ohr, das Paul allerdings hörte: »Falls Dad mal zu lange mit einer Gehaltserhöhung wartet, wasche ich ihm den Kopf. Du bist nämlich unersetzbar.« Laut sagte sie: »Warum bist du eigentlich nicht Konditorin geworden, Marga? Mit deinen Kuchen würdest du jeden Preis abräumen. Ungelogen!«

32. Kapitel

Marga gab die Blumen in eine Vase und trug sie in Ingas Zimmer. Sie hatte im Garten nach den schönsten Blüten Ausschau gehalten, um mit einem Potpourri an Farben ein Zeichen des Willkommens zu setzen.

Du bist unersetzbar.

Marga lächelte angesichts dieses Ausspruchs. Es war klar, dass er sich vor allem auf ihre Funktion als Familienkuchenbäckerin bezog, dennoch freute es sie. Und sie verbot sich den Gedanken, dass sie Ähnliches gern einmal von Conny gehört hätte. *Vielleicht ist es das,* überlegte sie. *Die Distanz zu Inga, die unser Verhältnis lockerer sein lässt.* Übertriebene Fürsorge ließ sich vermutlich leichter annehmen, wenn sie nicht von der eigenen Mutter kam.

Nach Ingas Bitte hatte Marga sich jedenfalls sogleich mit Feuereifer in der Küche zu schaffen gemacht, und als die Rolle mit Sahnecreme und Brombeerfüllung im Kühlschrank stand, hatte sie sich unter dem Vorwand, das Bett für Inga überziehen zu wollen, zurückgezogen, um Vater und Tochter den Raum zu geben, den sie brauchten, denn offenbar war Paul noch nicht dazu gekommen, Inga von seinen neuen Gefühlen für seine Haushälterin zu berichten. Im Vorbeigehen hatte sie seinen um Verständnis bittenden Blick aufgefangen und gehört, wie er ihr zuflüsterte, er werde später zu ihr kommen.

Seitdem waren über zwei Stunden vergangen, und Marga schaffte es nicht, tatenlos herumzusitzen. Also ging sie in den Abstellraum, schnappte sich die Putzutensilien und trug sie in Ingas Zimmer. Staub musste man im Haus inzwischen mit der Lupe suchen, jedes Zimmer glänzte vor Sauberkeit, doch das Wischen lenkte Marga zumindest ab. Nachdem sie mit den Möbeln durch war, zog sie den Vorhang vors Fenster, damit die Sonne den Raum nicht zu sehr aufheizte, und prüfte, ob im Bad alles bereitlag: Toilettenpapier, frische Seife, Handtücher, eine neue Tube Zahnpasta und Bodylotion.

»Wie soll das Kind denn jemals Selbstständigkeit lernen, wenn ihm immer alles hingestellt wird?«, hatte Eva wissen wollen, als Marga davon erzählt hatte, dass ihre Aufgaben im Hause Alprecht auch den Drogerieeinkauf umfassten.

»Ach, du übertreibst mal wieder«, hatte Marga abgewiegelt. »Klopapier zu kaufen muss man doch nicht lernen. Das kriegt man auch so hin.«

Eva hatte wie so oft mit den Schultern gezuckt. »Wenn du meinst.«

Conny hat sich nie so bedienen lassen wollen, überlegte Marga. Ihrer Tochter war die eigene Unabhängigkeit immer wichtig gewesen, und sobald sie herausgefunden hatte, wie das mit dem Geld funktionierte, hatte sie regelrecht eingefordert, einkaufen gehen zu dürfen. Ob sie sich anders entwickelt hätte, wäre sie ähnlich luxuriös aufgewachsen wie Inga? Was man kannte, stellte man nicht infrage, oder? Unweigerlich drängte sich Marga die Frage auf, ob Inga wohl damit würde leben können, dass mit dem Zusammensein ihres Vaters mit ihr, Marga, zwei so unterschiedliche Welten aufeinanderprallten.

Nachdenklich verließ sie das Zimmer und ging hinüber in ihr Gästeappartement. Die Stimme in ihrem Kopf mahnte gern, dass die Dinge nicht so einfach waren, wie sie hoffte, doch diesmal beschloss Marga, nicht darauf zu hören und den Bedenken keinen Raum zu geben. Das mit Paul und ihr würde sich schon regeln lassen. Ganz bestimmt.

Als es kurz darauf klopfte, sprang Marga aus dem Sessel und riss die Tür auf. Paul stand im Gang, und auf seinem Gesicht lag ein Ausdruck des Bedauerns. Marga blickte ihn fragend an.

»Können wir kurz reden?« Er warf einen Blick über die Schulter, als vergewissere er sich, dass ihn niemand beobachtete, trat erst dann ein und schloss die Tür hinter sich. »Meine Güte, Marga.« Er fuhr sich durchs Haar. »Ich komme mir wie ein Spion vor, der auf seiner Mission nicht entdeckt werden darf.«

Marga runzelte die Stirn. »Und wer bin dann ich?«, fragte sie. »Eine Doppelagentin, mit der du zusammenarbeitest?« Sie konnte ein Kichern nicht unterdrücken.

»So was in der Art.« Er öffnete die Arme und zog Marga an sich. »Inga hatte eine Menge zu erzählen. Es hat ein bisschen gedauert.«

»Ich war ganz schön erschrocken, sie zu sehen, als ich vom Einkaufen zurückkam«, murmelte Marga an seiner Schulter.

»Birgit hat jemanden kennengelernt, nur hat sie Inga leider nichts davon gesagt.« Paul ließ Marga los. »Inga hat es selbst rausgefunden und ist nun bitter enttäuscht. Sie fühlt sich außen vor. Hauptsächlich deshalb ist sie hier.«

»Klingt nach einer ganz schön verzwickten Situation.«

»Das kannst du laut sagen. Mir ist schleierhaft, wieso Birgit sich so verhält. Niemand möchte sich ausgeschlossen fühlen, schon gar nicht die eigene Tochter. Wer immer ihr Neuer ist, sie täte gut daran, ihn ihr schnellstmöglich vorzustellen.«

»... oder Inga zumindest reinen Wein einzuschenken. Es gibt nichts Schlimmeres für Kinder als das Gefühl, von ihren Eltern hintergangen zu werden.«

»Da sagst du was Wahres.« Paul seufzte tief und versenkte die Hände in den Hosentaschen, nur um sie gleich darauf wieder herauszuziehen. »Birgit hat früher einige Entscheidungen abgenickt, als ginge es sie nicht wirklich etwas an. Die Fröhlichkeit, die ich anfangs so an ihr bewundert habe, stellte sich leider immer öfter als Oberflächlichkeit heraus. Ab da habe ich versucht, ein Gegengewicht zu bilden – bedauerlicherweise mit der Folge, dass Inga oft nicht wusste, auf welche Seite sie sich stellen sollte. Auf die ihrer Mutter oder auf meine. Es ist noch nicht lange her, dass sie mir das anvertraut hat.«

Marga überlegte. »Sag mal, kann es vielleicht sein, dass deine Ex-Frau diesen neuen Mann lediglich als Affäre sieht, die nur von kurzer Dauer ist, und sie Inga deshalb nichts gesagt hat? Warum sollte sie sonst das Risiko eingehen, ihre Tochter vor den Kopf zu stoßen?«

Paul hob die Hand und strich ihr gedankenverloren über das Schlüsselbein, während er sagte: »Ich glaube eher, sie unterschätzt Ingas Sensibilität. Nicht bewusst, eher aus Unachtsamkeit, vielleicht auch aus Bequemlichkeit.«

Marga legte ihre Hand an Pauls Wange. »Umso schöner, dass Inga dich hat. Auf dich kann sie immer zählen.«

»Womit wir beim Thema wären.« Er ließ sie los und fasste ihre Hand. Zog sie von seinem Gesicht.

Marga ahnte, was er ihr sagen wollte. Seine Miene war nicht schwer zu deuten.

»Ich möchte in dieser heiklen Situation nicht über meine Gefühle für dich mit Inga sprechen. Es ist vernünftiger abzuwarten, bis die Situation zu Hause sich entspannt hat und ich in Ruhe mit ihr reden kann.«

»Das verstehe ich. Es hat keinen Sinn, mit der Tür ins Haus zu fallen. Das ist in niemandes Interesse.«

Paul küsste sie zärtlich. »Danke für dein Verständnis … Ich glaube, Inga sträubt sich innerlich gegen den neuen Partner ihrer Mutter. Und ich möchte nicht, dass sie dieses negative Gefühl auf uns überträgt, wenn sie erfährt, dass wir uns nähergekommen sind.«

»Es würde mir viel bedeuten, wenn ich eines Tages ebenfalls für Inga da sein dürfte. Nicht als die Frau, die ihr ihren Lieblingskuchen backt und ihre Schuhe putzt, wenn sie es vergessen hat. Sondern als jemand, zu dem sie kommen kann, wenn sie reden möchte. Wenn wir behutsam vorgehen, wird sich alles fügen. Wir schaffen das schon.«

Paul strich Marga eine Haarsträhne aus dem Gesicht. »Ich bin so froh, dass du begonnen hast, mir zu schreiben …« Er lächelte. »Die vergangenen Tage haben mir viel Kraft gegeben. Es war befreiend, nichts Großartiges regeln zu müssen, sondern einfach nur zu leben. Mit dir!«

Wie schnell man sich an die Nähe zu jemandem gewöhnte. Marga fühlte sich, als wären die Jahre des emotionalen Darbens nur ein flüchtiger Traum gewesen. Sie stellte sich auf die Zehenspitzen und küsste Paul.

Als im selben Moment hinter ihnen die Tür aufsprang, begriff Marga zunächst nicht, was geschah, bis sie einen Blick über Pauls Schulter warf und Inga im Rahmen entdeckte. In der Hand hielt sie Nadel und Faden, offenbar um Marga um Hilfe bei einer Handarbeit zu bitten, und starrte sie an. Paul ließ erschrocken von ihr ab.

»Sagt mal, seid ihr gaga?!« Die Erschütterung in Ingas Augen traf Marga. »Wieso küsst ihr euch?« Ihre Stimme überschlug sich beinahe.

»Inga, Marga und ich …«

»Scheiße!«

Marga hatte Inga noch nie derart hoch kreischen hören. Das Geräusch ließ sie schaudern. »Ihr seid euch nähergekommen, sieht man ja. Und anstatt mir das zu sagen, behauptet ihr, dass ihr euch bloß das Du angeboten habt, weil man sich in Lissabon nicht siezen kann? Das ist totaler Bullshit und so was von zum Kotzen!« Ihr Gesicht verzog sich zu einer wütenden Fratze, und sie fixierte Paul. »Mama und du, ihr sucht jeder nach eurem Glück, bloß mich geht das nichts an, oder was? Bin ich etwa kein Mitglied dieser Familie mehr?«

Paul raufte sich die Haare, trat seiner Tochter entgegen, die ein paar Schritte ins Zimmer gestampft war, doch sie wich vor ihm zurück. Er seufzte. »Inga, Schatz, du bist mir lediglich zuvorgekommen. Es ist folgendermaßen: Nach Sybilles Unfall hat Marga mir eine Mail geschrieben …«

»Hör auf, Dad. Ich mag es nicht, wenn man mich verarscht. Sag doch einfach, wie es ist.« Sie funkelte Paul mit ihren großen Augen an. »Ihr geht miteinander in die Kiste. So sieht's aus! Und um dir das noch mal in Erinnerung zu rufen …« Jetzt war sie es, die ihrem Vater entgegentrat. »… Sybille ist gerade erst unter der Erde. Und du küsst bereits die Nächste. Das ist geschmacklos.« Ingas Wut ließ ihren Körper beben. Mit ausgefahrenen Ellbogen und zuckenden Mundwinkeln stand sie da und schnitt Paul das Wort ab, ehe er auch nur den Mund öffnen konnte. »Gib dir keine Blöße und komm mit einer besänftigenden Geschichte daher, um mich ruhigzustellen. Ich warne dich!«

Früher hatte Marga schmunzelnd mitangesehen, wie Paul und Inga sich abklatschten. Wenn seine große und ihre kleine Hand sich trafen, war das wie ein Schwur gewesen, auf ewig wie Pech und Schwefel zusammenzuhalten. Nun zerriss dieses Bild der Eintracht vor ihren Augen, und ohne dass Marga es wollte, trat Connys Gesicht an Ingas Stelle. Schmerz überrollte sie. Hatte sie nicht etwas Ähnliches mit ihrer Tochter erlebt? Sie spürte die zornige Hilflosigkeit, die Paul und Inga in diesem Moment fühlen mussten am eigenen Leib. Die Fassungslosigkeit darüber, was gerade geschah, ohne dass einer von ihnen es verhindern konnte. Wie traurig sie waren.

Inga wandte sich in Margas Richtung und starrte sie unverwandt an. Marga fröstelte unter ihrem Blick.

»Ohne mit der Wimper zu zucken, machen Sie sich an meinen Vater ran – das ist pietätlos!«, zischte Inga. »Sie sind für mich gestorben!« Nachdem es heraus war, sanken ihre Schultern nach unten. Ihre Formulierung kam ihr offenbar selbst unpassend vor. Doch es war zu spät. Sie hatte sie benutzt.

»Inga! Lass uns bitte in Ruhe reden.« Paul streckte ihr die Hand entgegen, doch es war deutlich, dass Inga zu verletzt war, um sich anzuhören, was ihr Vater sagte.

»Du solltest ein Vorbild für mich sein«, sagte sie, plötzlich tonlos, als hätte sie all ihre Kraft aufgebraucht. »Alle Eltern sollten Vorbilder für ihre Kinder sein. Das dachte ich zumindest immer. Aber das ist anscheinend eine Illusion.« Sie drehte sich um, stapfte zur Tür und riss sie mit viel zu viel Schwung auf. »Für das *gestorben* entschuldige ich mich … *erledigt* passt genauso gut.« Hinter ihr rumste die Tür ins Schloss. Ein zweites Krachen Sekunden später ließ Paul und Marga wissen, dass Inga sich in ihr Zimmer zurückgezogen hatte. Danach herrschte Totenstille.

Paul fuhr sich mit der Hand durchs Gesicht. Seine Miene war versteinert. »So habe ich Inga noch nie erlebt«, murmelte er niedergeschlagen.

»Vielleicht liegt es an mir?« Margas Stimme klang dünn und unsicher.

»Nein! Wieso sollte es? Inga mag dich. Wenn wir früher bei Stress gegen Birgit eine geschlossene Front bildeten, sagte sie immer: ›Frau Reiter ist derselben Meinung wie wir. Dann liegen wir richtig.‹ Es klang, als wärst du so eine Art Instanz innerhalb der Familie.«

»Sie schätzt mich als Haushälterin, Paul, als die Frau, die sich um ihre herumliegenden Sachen kümmert und ihr Kuchen backt. Teil deines privaten Lebens zu sein ist etwas anderes.«

»Ich kriege das hin, Marga.« Pauls Ton gewann seine Klarheit zurück und hatte nun etwas Besänftigendes. »Kein Grund, schwarzzumalen. Morgen sieht die Welt schon wieder anders aus. Inga ist ein kluges Mädchen und begreift sicher rasch, dass du ihr nichts wegnimmst. Sofern das einer ihrer Gedanken sein sollte.«

Pauls Worte sorgten dafür, dass Marga sich entspannte. Er

sprach weiter, und während sie ihm zuhörte, war es, als käme hinter einer Gewitterfront der erste helle Sonnenstrahl hervor. Doch ein kleiner Teil in ihr blieb skeptisch, ob es so käme, wie Paul hoffte.

33. Kapitel

Marga schob das Blech in den Ofen und stellte den Timer ein. Dreißig Minuten. Danach wären die Hefebrötchen innen weich und außen knusprig und mussten nur noch auskühlen.

Mit acht oder neun, Marga wusste es nicht mehr so genau, hatte Inga locker drei, vier solcher Brötchen hintereinander verputzt, und kaum hatte sie sich mit einem verschmitzten Grinsen über den klebrigen Mund gewischt, hatte sie Marga ein lang gezogenes »Daaaaanke« entgegengeschmettert und geschwärmt, niemand backe Hefebrötchen so lecker wie sie, weshalb sie bald Nachschub brauche. Marga hatte jedes Mal gelacht und versprochen, es gäbe demnächst wieder welche.

Später hatte Inga Kuchen bevorzugt, doch als Marga heute Morgen aufgewacht und sich die Decke von den Füßen geschoben hatte, fiel ihr die Vorliebe von damals wieder ein, und sie hatte sich sogleich ans Werk gemacht. Pauls Stieftochter sähe es hoffentlich als eine Art ausgestreckte Hand.

Froh, zumindest für den Moment etwas Sinnvolles in Angriff genommen zu haben, marschierte Marga zur Flügeltür, trat auf die Terrasse und folgte von dort dem Pfad zum Kräutergarten. Ingas entsetzten Blick, als sie ihren Vater Arm in Arm mit Marga erwischt hatte, würde sie so schnell nicht vergessen. Ebenso wenig wie Ingas unmissverständliche Aufforderung, sich von ihrem Vater fernzuhalten, oder den spöttisch-widerspenstigen Tonfall, mit dem Pauls Tochter ihnen ihre Wut entgegengespien hatte.

Marga beugte sich über die Kräuterbeete. Die Sonne schien warm auf ihren Rücken, als sie sich an der Minze zu schaffen machte. Sowohl Paul als auch Inga liebten Zitronen-Minze-Limonade, und sie schnitt einige Stängel, bis sie ein kleines Bündel beisammenhatte. In der Nacht hatte sie von Inga geträumt. Sie waren zu zweit zu einer Bergwanderung aufgebrochen und hatten sich beim Gipfelkreuz erschöpft, aber zufrieden umarmt. Da Marga keine große Wanderfreundin war, konnte sie nur hoffen, dass der Traum Gutes bedeutete.

Mit ihrer Ausbeute an Minze kehrte sie zurück in die Küche. Sie wusch die Kräuter und legte sie zum Trocknen auf ein Stück Küchenrolle. Im selben Moment piepste der Ofen, und sie nahm die Hefebrötchen heraus.

Nach dem bedrückenden Zusammentreffen mit Inga hatten Paul und sie den Rest des gestrigen Tages getrennt verbracht, jeder in seinem Zimmer. Und auch von Inga war nichts mehr zu hören gewesen. Doch heute war ein neuer Tag, und Marga wollte ihn nutzen, um die Situation für alle erträglicher zu machen. Paul war früh ins Hotel gefahren und hatte in der Küche lediglich eine Tasse Kaffee getrunken. Doch Inga hatte Zeit für ein ausgiebiges Frühstück mit Hefebrötchen und Limonade.

Da Pauls Tochter erfahrungsgemäß lange schlief und sicher nicht vor dem späten Vormittag in Erscheinung träte – *wenn überhaupt!*, mahnte eine Stimme in Margas Kopf, die sie geflissentlich überhörte –, beschloss Marga, zunächst ein anderes Problem in Angriff zu nehmen: Sie musste sich endlich ihrer Angst vor dem Pool stellen. Es konnte doch nicht sein, dass Sybilles Tod ihr eigenes Leben auf Dauer überschattete. Was Pauls Verlobter widerfahren war, war Pech. Der Pool war nur ein Pool, und Bienen waren Bienen, sonst nichts.

Also ging sie ins Gästeappartement und zog sich um. Wenig später marschierte Marga energischen Schrittes durch den Garten. Die Vögel zwitscherten fröhlich, und der Wind ließ die Blätter an den Bäumen rascheln. Als der Pool vor ihr auftauchte, starrte Marga auf das blaue Wasser und umklammerte mit beiden Händen die Haltestangen am Einstieg.

Wenn man genau hinsieht, begreift man, dass man selten im Leben zum Nichtstun verdammt ist, lautete ein Satz in Kirstens Ratgeber, den Marga sich gemerkt hatte. Wie es mit Inga weiterging, lag in erster Linie an Paul – doch sie würde sich hier und jetzt ein Stück Normalität zurückerobern. Sie musste nur ihre Arme und Beine bewegen und den Kopf über Wasser halten. Mehr war gar nicht zu tun.

Nach einem Moment des Zögerns nahm Marga die erste Stufe der Leiter. Wasser umspülte ihre Fußsohlen. Sie kniff die Augen zusammen, hielt kurz die Luft an und ließ die Stange los.

Mit einem Platschen tauchte sie ins Becken. Im selben Moment überkam sie das Gefühl, etwas ziehe sie abwärts und wolle sie ertränken. Sybilles blasses Gesicht erschien vor ihren Augen, der makellose Körper, der leblos auf den Kacheln lag. Der Tod lauerte überall.

Panisch strampelte Marga mit den Beinen, schnappte nach Luft und schluckte Wasser. Das Chlor brannte im Rachen, sie hustete und ging unter, drehte sich hin und her, wusste plötzlich nicht mehr, wo es zur Oberfläche ging. Hilflos ruderte sie mit den Armen, bis ihr schwarz vor Augen wurde.

Das ist doch lächerlich!, schoss es ihr so unvermittelt durch den Kopf, als hätte die nahende Bewusstlosigkeit in ihrem Inneren einen Schalter umgelegt. *Es ist nur ein blöder Pool, und du kannst schwimmen, verdammt noch mal.* Wo immer die Gedanken herkamen – sie halfen. Marga stemmte sich gegen die Dunkelheit, konzentrierte sich auf sich selbst. Ihre Arme und Beine brannten, ihre Lunge forderte stechend Sauerstoff, doch Marga zwang sich, bis drei zu zählen, ehe sie die Augen öffnete und sich umblickte. Sie fand die Richtung, in der es heller wurde, und nach einem wütenden Fußschlag durchstieß ihr Kopf die Oberfläche. Sie spuckte Wasser und keuchte. Ihre schmerzenden Beine traten auf der Stelle, während sie mehrere tiefe Atemzüge nahm und spürte, wie sich ihr Herzschlag allmählich beruhigte.

»Es ist nur ein harmloses Schwimmbecken«, murmelte sie. »Ich werde nicht untergehen.«

Zehn Minuten verharrte Marga in derselben Position und trat Wasser, bis sie sich traute, sich auf den Rücken zu drehen. Zögerlich bewegte sie die Beine. Sie spürte, wie ihr Haar sanft ihre Wangen streifte, wie es vor- und zurückfloss. Sie führte ihre Arme und koordinierte die Füße dazu, glitt mit halb geöffneten Augen dahin, drehte um und schwamm in die entgegengesetzte Richtung zurück. Während sie auf dem Rücken trieb, betrachtete sie die Baumwipfel und den Himmel über sich und fühlte das Wasser angenehm auf ihrer Haut. Mit jedem Schwimmzug spürte sie die Angst in sich schrumpfen.

Inga, Paul, Inga, Paul. Die Namen strömten durch Marga hindurch und flossen davon. Nach zehn Bahnen tauchte sie unter und kam Wasser speiend wieder an die Oberfläche. Sie dachte bewusst an Sybille, spürte dem Bild der anderen Frau hinterher. Wasser lief ihr über die Wangen, Unbehagen kroch in ihrem Inneren empor. Doch sie konnte es beherrschen. Sie hatte die Angst besiegt.

Mit dem guten Gefühl, etwas erreicht zu haben, zog sie sich an der Stange hoch und trocknete sich ab. Eine ganze Weile lag sie im Gras und ließ die Anspannung aus ihrem Körper fließen.

Als sich die Sonne ihrem höchsten Punkt näherte, deckte Marga den Tisch im Garten und klopfte danach an Ingas Tür. »Es gibt Spätaufsteher-Frühstück, wenn du magst.«

Inga gab keine Antwort, und so entschied Marga, allein zu essen. Gegen Mittag startete sie einen zweiten Versuch und klopfte erneut bei Inga. »Entschuldige, dass ich störe. Hast du keinen Hunger?«

Wieder reagierte Inga nicht, und nachdem sie mehrmals nach ihr gerufen hatte, drückte Marga vorsichtig die Klinke. Gegen ihre Erwartung ließ die Tür sich öffnen, was schon mal ein gutes Zeichen war: Inga hatte sich nicht eingeschlossen.

Die Freude über das offene Zimmer wich jedoch sogleich einem Gefühl der Ernüchterung, als Margas Blick auf das leere Bett fiel. Die Tagesdecke lag faltenfrei darüber, und das Dekokissen prangte prall in der Mitte. Inga hatte nie in diesem Bett gelegen. Augenblicklich beschleunigte sich Margas Puls.

»Gerate nicht gleich in Panik«, mahnte sie sich selbst. Um sicherzugehen, suchte Marga im Schrank nach Ingas Gepäck. Doch da war nichts. Schließlich entdeckte sie einen Zettel, der zusammengefaltet auf dem Tisch lag. Sie nahm ihn an sich und überlegte, was sie tun sollte. Es stand ihr nicht zu, Ingas Nachricht zu lesen, doch Paul musste wissen, dass seine Tochter verschwunden war. Sie checkte die Uhrzeit. Kurz vor halb zwei. Paul bereitete sich vermutlich gerade auf das Interview vor, das heute irgendwann am frühen Nachmittag stattfinden sollte, trotzdem rief Marga im *Para Lisboa* an.

»Bitte richten Sie Herrn Alprecht aus, er möge mich schnellstmöglich zurückrufen«, trug sie dem Rezeptionisten auf. »Es geht um seine Tochter.« Sie kehrte in die Küche zurück, wo sie auf und ab tigerte, ohne sich zu etwas aufraffen zu können. Schließlich rief Paul zurück.

»Was ist los, Marga? Hat es Streit zwischen Inga und dir gegeben?«

»Das nicht, nein. Aber sie ist fort. Ihr Gepäck ist verschwunden. Ich vermute, dass sie auf eigene Faust zum Flughafen gefahren ist und den ersten Flieger nach Düsseldorf genommen hat.«

»Das darf doch nicht wahr sein!« Marga hörte Paul atmen. »Wieso haut sie ohne ein Wort ab?«

»Sie hat dir eine Nachricht hinterlassen.«

»Was steht drauf?« Paul klang ungeduldig.

»Ich habe nicht nachgeschaut. Es steht dein Name darauf.«

»Lies vor, was Inga geschrieben hat. Ich mache mir wirklich Sorgen.«

Marga zog Ingas Zettel aus ihrer Rocktasche. *Dad,* las sie, *ich muss weg. Hier schnürt es mir regelrecht die Kehle zu. Ich kriege das alles nicht auf die Reihe. Lass mir Zeit. Bis dann, Inga.*

»Das ist alles?« Paul klang betroffen.

»Ja …«

»Ich rufe sofort Birgit an und komme nach Hause. Bitte stell dich darauf ein, dass wir vermutlich heute noch zurückfliegen.«

»Was ist mit *lass mir Zeit?*«, fragte Marga zögerlich. »Willst du Ingas Wunsch nicht respektieren?«

»Ich bin mir nicht sicher, ob sie es tatsächlich so meint. Manchmal sagt sie etwas, meint aber das Gegenteil.«

»Hm, du hast recht. Also gut, bis du zurück bist, habe ich für uns beide gepackt. Du möchtest sicher keine Zeit verlieren.«

»Danke, Marga. Bis gleich.« Damit legte Paul auf.

Marga suchte ihre Sachen zusammen, dann Pauls. Zum Schluss fror sie die Reste im Kühlschrank und die Hefebrötchen ein und wischte die Arbeitsflächen in der Küche sauber.

Inga derart verletzt zu wissen, dass sie verschwand, kaum vierundzwanzig Stunden nachdem sie so unvermittelt hier aufgetaucht war, stimmte Marga traurig. Es tat ihr leid, mitschuldig an Ingas Verzweiflung zu sein.

Es gibt immer ein Davor
und ein Danach.
Doch was ist mit dem Dazwischen?
Was stellen wir damit an?

34. Kapitel

Marga stellte das Gepäck ab und öffnete die beiden Wohnzimmerfenster, denn es roch abgestanden in ihrer Wohnung. Während frische Luft durch die Räume zog, entledigte sie sich ihrer Jacke und wusch sich die Hände.

Zum Abschied hatten Paul und sie sich geküsst, was sich fern von Lissabon seltsam angefühlt hatte. Düsseldorf hatte sie mit Nieselregen empfangen, und bevor jeder seiner Wege gegangen war, hatte Marga wissen wollen, ob sie, wie immer, am nächsten Tag ihrer Arbeit nachkommen sollte.

Paul hatte gezögert, dann jedoch abgewinkt. »Angesichts der Umstände halte ich das für keine gute Idee.«

»Aber wer, bitte schön, kümmert sich denn dann um den Haushalt?«, hatte sie nachgefragt. Der Rückflug war ihr sehr lang vorgekommen. Paul hatte gedankenverloren dagesessen und kaum ein Wort gesagt, während Marga sich damit beschäftigte, die Wolken vor dem Fenster anzustarren und an ihrem Saft zu nippen.

»Dafür finde ich jemanden. Ich rufe gleich morgen bei der Arbeitsvermittlungsagentur an«, hatte Paul erwidert.

Dass er bereits alles durchdacht hatte, ohne mit ihr darüber zu sprechen, versetzte Marga einen Stich. Er handelte wie ein Chef, nicht wie ein Vertrauter.

»Sollte ich nicht zumindest diejenige sein, die die neue Haushälterin einarbeitet?«, hatte sie in einem Anflug von Trotz vorgeschlagen. »Du hast doch gar keine Zeit dazu.«

»Ich gehe davon aus, dass man mir jemand Professionelles schickt, und so kompliziert ist es ja nicht«, hatte Paul entgegnet und anklingen lassen, dass er Margas Lohn vorläufig weiterzahlen werde.

Natürlich musste Marga sehen, wie sie über die Runden kam, doch fürs Nichtstun Geld zu bekommen fühlte sich falsch an. »Ich finde bestimmt rasch was Neues«, hatte sie gemurmelt.

»Sicher.« Paul hatte ihr einen letzten, flüchtigen Kuss auf die Wange gehaucht, doch seine Aufmerksamkeit war bereits woanders gewesen – er winkte ein Taxi heran, »ich melde mich bei dir«, war eingestiegen und davongefahren.

Marga schluckte gegen die aufkommende Niedergeschlagenheit an und ging daran, ihre Reisetasche auszupacken. In der Küche fand sie eine angebrochene Tafel Vollmilch-Nuss-Schokolade und schob sich ein Stück in den Mund. Noch kauend rief sie Kirsten an.

»Warte erst mal ab«, riet diese ihr, nachdem Marga sie auf den neusten Stand gebracht hatte. »Alprecht muss gerade eine Krise bewältigen und kurzfristig denken. Ich kann mir nicht vorstellen, dass er dich einfach so ziehen lässt.«

»Selbst wenn sich die Sache mit Inga zeitnah regelt – ich kann sowieso nicht mehr als seine Haushälterin arbeiten«, sprach Marga einen anderen Gedanken aus, der sie beschäftigte. »Ich meine, ich werde mich wohl kaum von ihm bezahlen lassen, wenn ich … wenn wir …«

»Du meinst, wenn ihr zusammenbleibt?«, fragte Kirsten. »Musst du ja nicht. Er hat genug Geld für euch beide, und es gibt eine Menge Frauen, die nichts anderes tun, als sich in der Sonne ihrer Männer zu aalen.«

»Und so jemand bin ich, denkst du?«

»Nein, Marga. Ich will dich nur darauf hinweisen, dass sich dir ein breites Spektrum bietet und du deshalb nichts überstürzen sollst. Am besten, Paul und du überlegt gemeinsam, wie es weitergehen soll. Du könntest das Abitur nachholen und danach ein Studium beginnen. Das waren früher doch deine Ziele.«

»Ist eine Haushälterin etwa nicht standesgemäß?« Marga schnaubte.

»Unsinn. Paul hat sich schließlich nicht wegen deines Schulabschlusses in dich verliebt. Es geht darum, sich einen Traum zu erfüllen. Du kannst alles Mögliche tun. Ist das nicht fantastisch?«

Kirsten traf den Nagel auf den Kopf. Nur hatte Marga nie etwas anderes getan, als sich um einen Haushalt zu kümmern. Sie wusste schlichtweg nicht, in welche Richtung sie blicken sollte. Außerdem erschien es ihr falsch, voreilige Pläne zu schmieden. Das mit Paul und ihr war noch zu frisch, und sie wussten beide nicht, wie es weiterging.

Nach dem Telefonat brühte Marga sich eine Tasse Kaffee auf und öffnete eine Packung Kekse, als ihr Handy klingelte. Leises Schniefen begrüßte sie.

»Conny?« Sie drückte die Freisprechtaste.

»Mmm«, kam es wie von weit her.

Marga legte das Handy auf den Tisch. »Liebes, was ist geschehen? Geht es dir nicht gut? Bist du krank?«

»Nein, außer du zählst Liebeskummer dazu«, sagte Conny mit dünner Stimme.

Marga lagen hundert Erwiderungen auf der Zunge, doch sie wartete, bis Conny von sich aus erzählte.

»Es geht um Tom«, murmelte ihre Tochter. »Seine Frau ist hinter unsere Beziehung gekommen.«

Marga ließ die Hände zwischen die Knie sinken. »Oje. Magst du mir davon erzählen?«

»Sie hat sein Handy in die Finger gekriegt.« Conny klang bedrückt und wütend zugleich. »Privatsphäre scheint nicht so ihr Ding zu sein – sie hat alle Chats durchstöbert und ihm logischerweise den Kopf gewaschen, und zwar so richtig. Jedenfalls ist es jetzt aus zwischen uns.«

Marga konnte sich die Situation lebhaft vorstellen. Toms Frau hatte eine verfängliche Nachricht von Conny gelesen und ihrem Mann die Hölle heißgemacht, vermutlich inklusive eines Ausblicks auf eine schmutzige Scheidung, bei der die Kinder die Leidtragenden wären. Danach war Tom, verständlicherweise, zu allem bereit gewesen. Was blieb ihm anderes übrig? Conny fallen zu lassen war einfacher, als in die Schlacht zu ziehen und obendrein an der Uni Probleme zu bekommen, weil er mit einer seiner Studentinnen schlief.

»Er hat die ganze Zeit behauptet, er könne sich ein Leben ohne mich nicht mehr vorstellen. Angeblich habe er nie jemanden wie mich gekannt. Ich sei *die* eine für ihn.« Marga hörte Conny erneut schniefen. »Er sagte wortwörtlich, ohne mich fände er das Leben farblos und öde.«

»Ich verstehe, dass du ihm geglaubt hast. Du liebst ihn.«

»Ich hasse, was er getan hat.« Conny schnaubte und schwieg für Sekunden. Marga wartete geduldig, bis sie weitersprach. »Unsere Situation war von Anfang an nicht leicht, aber ich dachte, wir sprechen irgendwann darüber, wie es mit uns weitergeht. Ganz in Ruhe und ohne Druck von außen. Wir mussten doch erst mal herausfinden, ob das zwischen uns was Ernstes ist.«

»War es das denn für dich? Was Ernstes?«

»Nicht sofort, aber mir war schnell klar, dass Tom etwas Besonderes ist. Er hat was Imponierendes, unglaublich Charismatisches.« Conny seufzte schwer, und das Geräusch rüttelte an Margas Herz. »Außerdem sieht er verflucht gut aus und ist ein toller Prof. Alle mögen ihn.«

Marga schluckte den Hinweis hinunter, dass sie Conny genau davor zu warnen versucht hatte: vor einem Kerl, der sich seiner Beliebtheit bewusst war und der allgemeinen Bewunderung vielleicht nicht zum ersten Mal nachgegeben hatte.

»Ich verstehe deine Gefühle, und es war richtig, nichts übers Knie zu brechen und erst mal abzuwarten, wie sich die Umstände entwickeln. Es geht schließlich um die Zukunft mehrerer Menschen. Ihr wart zu fünft in der Beziehung, wenn man Toms Frau und die Kinder mitrechnet.«

»Dass es schwierig werden könnte, war mir klar … Aber ein abruptes Ende von heute auf morgen hab ich nicht erwartet. Vorgestern hat Tom noch bei mir übernachtet. Wir haben die halbe Nacht gequatscht und Zukunftspläne geschmiedet. Und dann ruft er heute an und trennt sich am Telefon. Er ist noch nicht mal vorbeigekommen, um mit mir zu reden. Das ist doch mies, oder? Feige und unwürdig.«

Marga überlegte, was das Ende ihrer Beziehung für Connys Studium bedeutete. Sie konnte nur hoffen, dass die Sache still und heimlich im Sand verlief und Conny in Ruhe weiterstudieren konnte. Toms Frau würde doch sicher nicht darauf bestehen, dass Conny die Uni verließ, damit ihr Mann sie nicht mehr sähe. Oder?

Sie setzte zu einer Erwiderung an, als Conny murrte: »Sag jetzt bitte nicht, dass du mich ja gleich gewarnt hast. Das weiß ich selbst.«

»Ich hatte nicht vor …«

»Und du brauchst auch keine Angst davor zu haben, dass er mich kleinkriegt, bloß weil er der Prof ist und ich seine Studentin. Ich geh morgen in seine beschissene Vorlesung und ziehe das Semester normal durch.«

Marga war froh, dass Conny kämpferisch klang, doch es dauerte nicht lange, da brach die Fassade in sich zusammen.

»Was soll ich tun, Mama? Ich sehe ihn jeden Tag. In den Stunden, auf den Gängen, in der Bibliothek. Es ist, als hätte er mehrere Doppelgänger. Tom ist immer da, überall … Ich hab keine Ahnung, wie ich damit umgehen soll, ihn weiter als Prof zu haben.«

»Als Erstes kommst du zu mir …« Marga hielt inne, hörte, wie Connys Begriff übertriebene Fürsorge in ihr widerhallte, und schüttelte den Kopf. Sie war, wie sie war, und Conny hatte sich mit ihrem Kummer an sie gewandt und nicht an irgendeine Freundin. Das hieß, in diesem Moment wünschte sich ihre Tochter Margas Arme um sich, und Marga ertappte sich dabei, dass sie das freute, auch wenn sie bedauerte, dass Toms unerwartete Trennung die Ursache dafür war. »Wir sollten uns einen Schlachtplan ausdenken. Wäre doch gelacht, wenn uns nichts einfiele, wie du mit der Situation umgehen kannst.«

Conny schnäuzte sich. »Okay. Ich mache mich gleich auf den Weg … Mama?«

»Ja?« Die Haut über Margas Schlüsselbeinen spannte sich.

Sie konnte es spüren. Sie dachte an die seitlichen Halbkreise, die ihre Arme in Pauls Pool gezogen hatten. Dort zu schwimmen war, als habe sie einen Fluch gebrochen. Als wäre sie die Stärkere, ihrer Angst überlegen. Vielleicht spürte Conny das.

»Ich bin froh, dass du zurück bist.« Ihre Tochter klang wie früher, wenn sie etwas ausgefressen und danach auf gut Wetter gemacht hatte. Unter ihrer Zwanglosigkeit, die sie der Welt schon als Kind in der Rolle der kleinen Abenteuerin gezeigt hatte, kam die junge Frau zutage, die sich nach Liebe sehnte und nicht verletzt werden wollte.

»Ich bin auch froh, zurück zu sein. Genau im richtigen Moment, wie mir scheint.«

35. Kapitel

Paul hatte tags zuvor einen Kennenlerntermin mit Renate Johnson ausgemacht, und nun führte er sie durchs Haus, zeigte ihr die Räume fürs Personal und die Kleidung, die sie während der Arbeit tragen würde.

»Der Vollständigkeit halber führe ich Sie noch durch den Garten, aber der gehört nicht zu Ihrem Aufgabengebiet – der Gärtner kümmert sich um alles. Sie werden ihn kennenlernen, wenn Sie sich entscheiden, hier anzufangen.«

»Was für ein herrlicher Pool«, schwärmte Frau Johnson, als sie daran vorbeikamen.

»Ja, er ist sehr schön.« Paul vermied den Blick zum Becken und ging durch die offen stehende Tür schnurstracks ins Wohnzimmer.

»Das sind ziemlich viele Quadratmeter, Herr Alprecht«, bemerkte Frau Johnson, nachdem Paul den Rundgang beendet hatte. »Sie bräuchten mich von Montag bis Freitag, sagten Sie? Ganztags?«

»Das wäre perfekt. Es gibt keine Dame des Hauses, und ich bin beruflich viel unterwegs. Sie haben also freie Hand. Am Wochenende wohnt oft meine Tochter hier. Sie ist sechzehn und bringt manchmal Freundinnen mit. Dann ist montags mehr zu tun. Sie wissen vielleicht, wie es ist, wenn Mädchen zusammen abhängen.« Er zuckte mit den Schultern und machte ein entschuldigendes Gesicht, als ihm etwas einfiel. »Ach ja, ehe ich es vergesse, es wäre schön, wenn Sie backen könnten.«

Frau Johnson hob die Brauen.

»Für die Mädchen«, erklärte Paul. »Meine Tochter hat eine Schwäche für selbst gebackene Kuchen. Allein der Duft nach Frischgebackenem macht sie glücklich. Sie kennen das sicher.«

»Allerdings. Meine Tochter ist vierundzwanzig und schon ausgezogen. Aber so lange liegt das Ganze noch nicht zurück, als dass ich es vergessen hätte … Noch eine letzte Sache, Herr Alprecht. Sie sagten, Ihre frühere Haushälterin sei zehn Jahre bei Ihnen gewesen und hätte ihre Aufgaben zu Ihrer vollen Zufriedenheit erledigt. Verzeihen Sie meine Neugier, doch was war denn da der Grund der Kündigung?«

Die Frage war naheliegend, doch Paul hatte sie trotzdem nicht vorausgesehen. Er musste gegen einen plötzlichen Kloß in seinem Hals anschlucken und räusperte sich. »Es … es waren private Gründe. Wir sind in bestem Einvernehmen auseinandergegangen.«

»Entschuldigen Sie«, wiederholte Frau Johnson, »aber man hört so einiges. Und ich möchte die richtige Entscheidung treffen.«

»Wir können gern einen Probemonat vereinbaren«, schlug Paul vor. »Um zu sehen, ob es für uns beide passt.«

Frau Johnson nickte zufrieden. »Das wäre am geschicktesten.«

Paul brachte sie zur Tür. Sicher wäre es kein Fehler, es mit Frau Johnson zu versuchen. Sie machte einen kompetenten Eindruck auf ihn. »Danke, dass Sie gekommen sind.«

»Gern. Bis Montag, Herr Alprecht.«

»Bis Montag, ja.« Er schloss die Tür und hörte, wie kurz darauf auf der Auffahrt der Motor von Frau Johnsons Kleinwagen ansprang. Als das Geräusch des davonfahrenden Wagens leiser wurde, ging er ins Wohnzimmer und blieb mitten im Raum stehen. Es war ungewohnt, dass Marga nicht da war. Er hatte nicht gewusst, wie sehr er sich daran gewöhnt hatte, sie durchs Haus laufen zu sehen, und wie still es ohne ihre Anwesenheit war. Hoffentlich ließe sich die Sache mit Inga rasch bereinigen, denn er vermisste Marga plötzlich schmerzlich. Kam sich merkwürdig hilflos vor ohne sie. Als fehlte so etwas Elementares wie die Schwerkraft. Ziellos lief er im Haus umher, schob in seinem Arbeitszimmer Papiere herum, öffnete in der Küche wahllos Schränke und Schubladen, goss die Hälfte der Zimmerpflanzen im Erdgeschoss und ließ dann die Gießkanne stehen. Zweimal fluchte er laut.

Gegen zwölf erklang die Hausglocke. Es war Jörg. Sie hatten sich zur Mittagspause bei Paul verabredet, und Paul spürte Erleichterung, als er seinem Freund öffnete.

»Ist deine Bewerberin schon weg?«, fragte Jörg, als er über die Schwelle trat.

»Ja, die Besichtigung ging rasch, sie scheint pragmatisch zu sein, Anfang fünfzig, wirkt ganz okay«, fasste Paul stichwortartig zusammen.

Jörg hängte sein Jackett an die Garderobe. »Dann fängt sie also bei dir an?«

Paul nickte »Ich denke schon. Wir probieren es einen Monat miteinander.« Sie gingen ins Wohnzimmer, wo die Fenster den Blick in den Garten freigaben und Paul an Lissabon denken ließen.

Als hätte Jörg seine Gedanken erraten, sagte er: »Mann, Mann, Mann, bei dir ist ganz schön was los – Sybille, Marga, Inga … immer geht es um Frauen.«

»Tja, stimmt wohl.« Paul deutete auf die Couch. »Setz dich.«

Jörg ließ sich in die Polster sinken und stellte eine Tüte auf den Tisch. »Deine Lieblingssushi.« Er holte mehre Schachteln heraus und hob die Deckel ab. »Bediene dich.«

Paul setzte sich ihm gegenüber und griff nach einem Päckchen Stäbchen. »Danke.«

»Ich hätte nie damit gerechnet, dass du dich so rasch neu verliebst und erst recht nicht in deine Haushälterin!«, nahm Jörg das Thema wieder auf und schob sich die erste Seetangrolle in den Mund. »Dass ihr euch in all den Jahren nicht vorher entdeckt habt … und dann dass Inga Frau Reiter und dich auch noch küssend erwischt und danach die Düse macht. Der reinste Romanstoff.«

»Ich habe Marga einfach nie mit den richtigen Augen betrachtet.« Paul klemmte ein Sushi zwischen seine Stäbchen, verharrte jedoch über dem Schälchen mit Sojasoße. »Findest du es komisch, dass es so kurz nach Sybilles Tod geschehen ist?«

»Das auch, ja. Aber selbst wenn es ein paar Monate später passiert wäre, hätte es mich überrascht. Schnellschüsse und du, das passt nicht zusammen. Bisher jedenfalls. Und dass es Frau Reiter ist, die dir diese E-Mails geschrieben hat, hätte man selbst mit viel Fantasie nicht vorhersehen können.«

Paul lächelte. »Es hat mich selbst überrascht. Aber irgendwie auch nicht. Immerhin war sie über zehn Jahre ein selbstverständlicher Teil meines Lebens wie morgens die erste Tasse Kaffee.«

Jörg hob eine Augenbraue. »Das klingt nicht gerade romantisch, Alter«, rügte er. »Frau Reiter ist doch kein Auto, das anspringt, wenn du es brauchst.«

»Du weißt, dass ich es nicht so meine.« Paul erzählte von Margas Briefen und der Wirkung, die sie von Anfang an auf ihn gehabt hatten. »Ich schätze Margas Bodenhaftung und ihre Gabe, Dinge einzuordnen. Sie hat eine Menge Lebenserfahrung. Außerdem mag ich die stille Freude, die sie ausstrahlt. Sie ist auf eine gute Art zufrieden mit dem, was sie hat, und strebt keinen übertriebenen Zielen entgegen. Mit jeder Mail habe ich sie besser kennengelernt und mich selbst gleich dazu.«

Jörg sah Paul nachdenklich an. »Ist es dir wirklich ernst mit ihr, so kurz nach Sybilles Tod?«

»Die Frage würde ich mir ebenfalls stellen, wenn ich du wäre. Es sind aber nicht nur Margas Briefe, die haben bloß den Anstoß gegeben. Wenn Marga um mich herum ist, fühlt sich das wunderbar selbstverständlich an. Ungezwungen, überhaupt nicht gekünstelt. Sie legt es auf nichts an. Manchmal denke ich, ihr ist überhaupt nicht wichtig, was jemand von ihr denkt. Das ist erfrischend.«

Sie sprachen über soziale Ansprüche und den Druck der Gesellschaft, darüber, was Menschen taten, um Ansehen zu genießen, respektiert und gemocht zu werden.

»All diese Fragen werden mit Marga ganz leise in mir. Sie mag mich. Punkt. Egal wer ich bin. Ich weiß inzwischen das ein oder andere von ihr. Sie hatte mit so einigem zu kämpfen. Und wie sie ihr Leben meistert, imponiert mir.«

»Jetzt klingst du wie der verhinderte Philosoph, den ich in der Schule in dir gesehen habe … Schade, dass Inga sich nicht mit der Situation anfreunden kann.« Die Sushi zwischen ihnen waren weniger geworden. Jörg hob die Schachtel mit den letzten an und hielt sie Paul hin. Der schüttelte den Kopf. »Nimm nur.« Er ließ sich zurücksinken und seufzte. »Leider ist es mir nicht gelungen, Inga ans Telefon zu bekommen geschweige denn zu Gesicht. Sie ist wie ein U-Boot, das vor ihrem Feind abtaucht.«

»Wenn sie einsieht, dass Abtauchen keine Lösung ist, kommt sie wieder hervor«, versprach Jörg. Als langjähriger Freund und regelmäßiger Gast kannte er Inga, seit sie Teil von Pauls Leben geworden war, und hatte die Rolle einer Art Patenonkel übernommen.

»Fragt sich nur, wie lange es dauert, bis sie sich mal wieder blicken lässt«, seufzte Paul. »Ich mache mir ernsthaft Sorgen um sie. Die Sache mit Birgits Freund ist ihr ziemlich sauer aufgestoßen, und dann noch Marga …« Er goss Wasser in Gläser und reichte Jörg eines. »Möchtest du Kuchen? Ich habe welchen gekauft.«

»Nein, lass mal. Ich bin satt.« Jörg klopfte sich auf den vollen Magen, bevor er Paul anblickte. »Ich will nicht drumrum reden, Paul. Ich habe Inga angerufen, und mit mir hat sie gesprochen.«

Paul machte ein überraschtes Gesicht. »So?«

»Tja, ja, allerdings habe ich auf Granit gebissen. Ich hoffe, dass Inga in Marga nicht jemanden sieht, der die Chance ergreift, durch dich ein besseres Leben zu führen.«

»Du glaubst, das denkt sie?«

Jörg zuckte mit den Schultern. »Es ist nicht auszuschließen. Im Moment weiß sie selbst nicht, was sie glauben soll und was nicht. In ihrem Kopf herrscht das reinste Gedankenchaos. Zumindest hat sie inzwischen mit Birgit gesprochen und weiß, dass ihre Mutter warten wollte, bevor sie ihr von ihrem Freund erzählt, weil sie sich noch nicht sicher ist, ob's was Langfristiges wird oder nicht.«

Paul nickte, das hatte Marga ebenfalls vermutet.

»Gut angekommen ist die Info trotzdem nicht«, fuhr Jörg fort. »Inga sagte mir, wenn es tatsächlich so wäre, hätte Birgit vorsichtiger sein müssen. So ganz daneben liegt sie damit nicht, auch wenn das natürlich leichter gesagt ist als getan … Birgit plädiert beim Thema Inga jedenfalls auf Abwarten.«

»Das sagte sie mir auch.« Paul hatte mehrmals mit Birgit telefoniert, ohne nennenswertes Ergebnis.

»Meiner Einschätzung nach solltet ihr psychologische Hilfe in Anspruch nehmen. Für Inga war Birgits und deine Scheidung schon die zweite, Paul. Dann kamen Sybille und ihr plötzlicher Tod. Und jetzt Marga. Grundsätzlich mag Inga sie, aber nun hat sie Angst, ein Stück von dir an sie abgeben zu müssen, und vielleicht fürchtet sie auch, Marga zu verlieren, falls das mit euch schiefgeht.«

Paul strich sich nachdenklich über den Bartschatten. »Darüber habe ich noch nicht nachgedacht. Hat Inga das gesagt?«

»Mehr oder weniger. Manches musste ich zwischen den Zeilen lesen. Ein Gespräch, in dem du Inga versicherst, dass Marga ihr nichts wegnimmt, wird, meiner Einschätzung nach, nicht ausreichen. Mit eurer Scheidung ist Ingas Rolle in deinem Leben ins Wanken geraten. Aus ihrer Perspektive jedenfalls«, schob Jörg hinterher, weil Paul zu einer Erwiderung ansetzte. »Klar, sie ist noch immer deine Tochter, aber die Familie ist zerbrochen. Sie weiß, dass Marga ebenfalls eine Tochter hat. Wird die Ingas Rolle einnehmen, wenn Marga eines

Tages zu dir zieht? Das sind Fragen, die sie sich stellt, Paul. Es ist ihr schon schwergefallen, Sybille zu akzeptieren, und jetzt ist der Krug übergelaufen.«

Paul verschränkte die Arme und dachte eine Weile nach. »Danke, dass du deine Einschätzung mit mir teilst«, sagte er schließlich. »Und ja, so wie es sich anhört, sollten wir uns tatsächlich Hilfe suchen. Kennst du zufällig jemanden, zu dem wir gehen könnten?«

Jörg zückte sein Handy und scrollte durch seine Kontakte. »Klar, ich hab mich schon für dich umgehört, und eine Freundin hat mir eine Psychologin empfohlen. Die ist auf Fragen, die sich innerhalb des Familiengefüges ergeben, spezialisiert, und arbeitet mit Themen wie Eifersucht, mangelnde Selbstliebe, Patchwork et cetera. Klingt genau nach dem, was ihr braucht.«

Paul holte sein Handy und speicherte den Namen und die Telefonnummer der Psychologin. »Danke dir, mein Freund«, meinte er in Jörgs Richtung und fühlte sich besser. Nun gab es einen Plan, er konnte etwas tun.

»Wie geht's jetzt eigentlich mit dir und Marga weiter?«, erkundigte sich Jörg, nachdem Paul sein Smartphone beiseitegelegt hatte. »Irgendwelche Pläne?«

Paul schüttelte den Kopf. »Keinen, außer dass ich mich nach einer neuen Haushälterin umgesehen habe.«

»… was schon mal ein Anfang ist.«

Paul sah in den Garten hinaus. »Ich wünsche mir eine tragfähige Lösung, mit der alle leben können, zuallererst natürlich Inga. Bevor sie keinen festen Boden unter den Füßen hat, kann ich Marga nicht mit einem guten Gefühl gegenübertreten und sie fragen, was sie sich erhofft.«

»Du bist wirklich verliebt, Paul. Ist es zu fassen?« Jörg grinste ihn an. »Du glaubst nicht, wie sehr mich das freut. Bei Sybille war ich mir ehrlich gesagt nicht sicher, ob sie auf Dauer die Richtige gewesen wäre. Und du weißt, damit meine ich nicht ihr Alter. Es ist nur so …« Jörg druckste ein wenig herum, bevor er sich einen Ruck gab. »Sie hat dir gutgetan, und ihr hattet eine tolle Zeit, aber irgendwie, ich weiß nicht, irgendwie kam es mir immer so vor, als brauchtest du sie mehr als sie dich.«

Paul wiegte nachdenklich den Kopf. »Vielleicht hast du recht. Sybille war sehr mit ihrer Außenwirkung beschäftigt. Marga hingegen ist ein ganz eigener Typ Mensch. Sie hat viel erlebt, deshalb kann sie sich in vieles einfühlen.« Paul zuckte mit den Schultern. »Aber ich hätte nie damit gerechnet, dass ich mal mehr in ihr sehe als meine Haushälterin.«

»Da sieht man sich Tag für Tag, und dann das … Sag, wie fühlt es sich an, frisch verliebt zu sein?« Jörg musterte Paul mit einem amüsierten Blick. »Keine Sorge, ich bin mir darüber im Klaren, dass ich neidisch sein werde.« Sein Blick schweifte ab. Als er weitersprach, klang seine Stimme sehnsüchtig. »Was gäbe ich dafür, noch mal die Zeit zu erleben, als ich bis über beide Ohren verschossen war. Dass sich das nicht zurückholen lässt, halte ich für einen schweren Fehler der Evolution.«

»Ach, du findest schon auch wieder eine, die dich glücklich macht«, tröstete Paul seinen Freund, der seit geraumer Zeit allein lebte. »Und um auf deine Frage zu antworten: Es fühlt sich großartig an.«

In der Nacht schrillte das Telefon. Paul schlug gähnend die Decke zur Seite, tappte ins Nebenzimmer und nahm es von der Ladestation. *Birgit.* Alarmiert nahm er das Gespräch entgegen.

»Entschuldige, dass ich mitten in der Nacht anrufe«, sagte seine Ex-Frau. »Inga liegt im Krankenhaus.«

»Was?« Pauls Müdigkeit verflog augenblicklich, und mit dem Handy am Ohr stürmte er ins Schlafzimmer. »Hatte sie einen Unfall?« Er riss den Kleiderschank auf und zerrte wahllos ein Hemd und eine Hose heraus. »Ich komme sofort!«

»Paul! Lass mich doch erst mal zu Wort kommen.« Birgit klang so energisch, dass Paul sich auf die Bettkante fallen ließ und zuhörte, wie sie das Geschehene zu einem Ganzen zusammenzusetzen versuchte. Anscheinend hatte Inga mit ein paar Freundinnen gefeiert und zwar derart ausufernd, dass am Ende der Notruf nötig geworden war.

»Mirella sagte, sie hätten ein paar Cocktails gehabt und Inga habe sich irgendwann darüber beklagt, dass sie ihre Umgebung nur noch wie durch einen Schleier wahrgenommen habe. Angeblich war ihr heiß, deswegen hat sie den Club verlassen. Sie sagte zu Mirella, dass sie nur kurz frische Luft schnappen wolle, kam dann aber nicht zurück, also ist Mirella rausgegangen und hat Inga vor dem Club auf dem Boden gefunden, in ihrem eigenen Erbrochenen.« Birgits Stimme zitterte, und Paul lauschte mit angehaltenem Atem. »Mirella war so geschockt, dass sie erst nicht wusste, was sie tun sollte. Sie hatte Angst vor der Reaktion ihrer Eltern und natürlich davor, was ich sagen würde. Aber schließlich hat sie mich doch angerufen.«

»Das klingt furchtbar.« Paul schauderte. »Wie gut, dass Mirella sich besonnen hat. Wie ist die Lage im Moment?«

»Inga hat eine Alkoholvergiftung und wird entsprechend behandelt. Sie kriegt Infusionen, und natürlich werden ihre Vitalfunktionen überwacht. Bei ihrem Sturz hat sie sich beide Beine und den rechten Arm ziemlich übel zugerichtet, aber es ist nichts gebrochen.« Birgit verstummte, und Paul spürte, dass sie ebenso schockiert war wie er. Inga feierte regelmäßig mit Freundinnen, doch kannte sie ihre Grenzen und hatte sich stets vernünftig gezeigt. Bis heute. »Ist sie ansprechbar? Hast du mir ihr reden können?«

»Nein. Im Augenblick schläft sie. Man hat ihr etwas zur Beruhigung gegeben.«

»Heute war Jörg bei mir. Er hat mit Inga gesprochen und ist der Ansicht, es wäre das Beste, wenn wir professionelle Hilfe in Anspruch nehmen. Allein schaffen wir es nicht, Inga aus ihrem emotionalen Loch herauszuhelfen.«

»Sprichst du von einer Familientherapie?«

»Ja, ich halte es für das Beste, wenn wir das zu dritt angehen. Inga befindet sich in einer Zwischenphase. Längst kein Kind mehr, aber psychisch betrachtet noch wackelig auf den Beinen. Sorgen und Ängste setzen sich da oft fest. Dem sollten wir entgegenwirken und sortieren, was sie so durcheinanderbringt. Jetzt sind wir alle gefordert, Birgit.«

»Wundert es dich, dass es Inga aus der Bahn wirft, wenn sie dich küssend mit der Haushälterin erwischt? Was findest du überhaupt an Marga Reiter?«

Paul überraschte Birgits plötzlich harscher Ton. Seine Ex-Frau war nie herablassend gewesen, aber nun klang ein direkter Vorwurf aus ihren Worten. Doch obwohl ihm eine scharfe Erwiderung auf der Zunge lag, sagte er nur: »Unsere persönlichen Befindlichkeiten sind jetzt zweitrangig. Es ist nicht der passende Moment, um zu streiten. Wir sollten unsere Energie auf Inga fokussieren. Für sie bin ich bereit, jeden Einsatz zu leisten.«

Birgit erwiderte nichts darauf, und nach wenigen Sätzen beendeten sie das Telefonat. Paul ging wieder ins Bett, das Handy neben sich auf dem Nachttisch. An Schlaf war allerdings nicht zu denken. Unruhig lag er da, rollte sich hin und her, nickte irgendwann ein und schreckte viel zu früh wieder hoch. Draußen löste sich gerade die Dunkelheit auf. Grummelnd schwang Paul die Beine aus dem Bett, ging ins Bad, seifte sich das Gesicht ein und begann sich zu rasieren. In ihm brütete die Angst um Inga und streckte sich in jeden Winkel seiner Seele aus.

»Wenn ihr etwas passiert, verzeihe ich dir das nie«, ließ er sein Spiegelbild wissen. »Sie ist deine Tochter.« Und sie brauchte ihn jetzt mehr als je zuvor. Um nichts anderes würde er sich kümmern.

36. Kapitel

»Danke, dass ich spontan bei dir vorbeikommen darf.« Paul nahm auf dem Sofa in Margas Wohnzimmer Platz, dabei fiel sein Blick auf die hellen Möbel und die zarte Wandfarbe. »Ungefähr so habe ich mir dein Zuhause vorgestellt. Aufgeräumt, durchdacht und gemütlich. Eine Wohnung wie ein kuscheliges Nest.«

Marga freute sich über das Kompliment. Die Einrichtung war weder teuer noch nennenswert stylisch, doch die Art, wie Marga alles angeordnet hatte – die Bilder an der Wand, Kunstdrucke, die sie in einer Galerie erworben hatte, die flauschigen Kissen und nicht zu vergessen ihre zahlreichen Pflanzen –, schuf eine entspannte Atmosphäre, in der man sich wohlfühlte.

»Danke. Darf ich dir einschenken?« Marga deutete auf die Karaffe Saft, die sie auf den Tisch gestellt hatte, und während sie zwei Gläser füllte, erzählte Paul ihr von Ingas Absturz und der Einlieferung ins Krankenhaus.

Marga lief es kalt den Rücken hinunter. »Deshalb hast du dich nicht gemeldet«, murmelte sie.

»Ich wollte es dir nicht am Telefon sagen. Dafür ist das Thema zu heikel. Das handelt man nicht mal eben so ab.« Paul fuhr sich mit beiden Händen durchs Haar und wirkte irgendwie verloren.

Marga hätte sich gern neben ihn gesetzt und ihren Arm um ihn gelegt, doch nachdem er ihr zur Begrüßung lediglich einen flüchtigen Kuss auf die Wange gehaucht hatte und seitdem deutlich Abstand zur ihr hielt, traute sie sich nicht. Paul machte Schmerz zunächst mit sich selbst aus, das wusste sie inzwischen. Also würde sie abwarten, bis er ihr seine Pforte öffnete.

»Wie geht es Inga?«, fragte sie. »Ist sie noch im Krankenhaus?«

»Sie wird morgen entlassen. Ich komme gerade von ihr.« Paul seufzte schwer. Sein Blick wanderte unstet durch den Raum, als suche er Halt und fände ihn nirgends. »Sie sieht mitgenommen aus, erschreckend blass und dünn, und dann die Verletzungen, die sie sich beim Sturz zugezogen hat.«

Beim Zuhören stellte Marga sich vor, wie sie empfände, wenn Conny mit einer Alkoholvergiftung im Krankenhaus läge, und rieb sich die Arme, weil Gänsehaut darüberkroch. Der Gedanke, dass ihre Tochter sich aus Wut und Verunsicherung bis zur Besinnungslosigkeit betrinken könnte, nagte an Margas Seele. Wäre Liebeskummer Grund genug?, fragte sie sich bang. Im nächsten Moment kniff sie sich selbst in den Oberschenkel, um sich wieder auf Paul zu konzentrieren. Ingas Absturz hatte ihn gehörig aus dem Gleichgewicht gebracht, das sah Marga, und sie wollte ihn unterstützen, so gut sie konnte.

»Ich habe mit dem Arzt gesprochen und natürlich mit Birgit«, berichtete er gerade. »Wir sind uns einig, dass wir das gemeinsam stemmen müssen. Meiner Ansicht nach ist eine Therapie zu dritt unerlässlich. Ohne fachliche Hilfe kriegen wir das nicht hin.«

Marga schüttelte betroffen den Kopf. »Dass wir Inga Anlass zu diesem Absturz gegeben haben, tut mir in der Seele weh, Paul. Ich hoffe, sie kommt bald wieder auf die Beine.«

»Du hast diese Situation nicht zu verschulden, sondern ich ganz alleine.« Paul wirkte fahrig. »*Ich* bin ihr Vater. Nach der Situation mit Birgit und ihrem neuen Freund hätte ich vorsichtiger sein müssen. Ich meine, verdammt noch mal, sie hat mir ja gesagt, wie sie sich fühlte. Gleich nach ihrer Ankunft in Lissabon hätte ich ihr also von dir erzählen müssen und ihr nicht das Gefühl geben dürfen, dass auch ich Dinge vor ihr verschweige.« Paul fuhr sich energisch durch die Haare. »Dann wäre es vermutlich nie so weit gekommen.«

»Wer weiß«, warf Marga ein. »Vermutlich waren wir nur der Anstoß, der ins Rollen brachte, was vorher schon instabil war.«

Zum ersten Mal richtete Paul seinen Blick auf sie und sah sie direkt an. Er nickte langsam. »Ja, stimmt schon. Vonseiten ihres leiblichen Vaters hat Inga nach der Scheidung kaum Stabilität erfahren, sie hat sich oft im Stich gelassen gefühlt, was die Situation nun natürlich umso mehr verschärft. Ich möchte nicht, dass sie diesen Rucksack den Rest ihres Lebens mit sich rumschleppt, sondern einen Rahmen schaffen, in dem Inga all die Gefühle, die sich vermutlich über Jahre in ihr angestaut haben, offen zum Ausdruck bringen kann. Sobald sie zu Hause ist, werde ich darüber mit ihr sprechen.«

»Das ist sicher das Vernünftigste. Zusammenhalt ist jetzt besonders wichtig.« Marga war froh, Entschlossenheit in Pauls Stimme zu hören. Er schien wie sie – mit einem Plan in der Hand, ließ sich jedes Übel mit der Wurzel ausreißen.

Paul nickte und kam auf ein anderes Thema zu sprechen.

»Hast du schon einen neuen Job in Aussicht?«, erkundigte er sich.

»Ich bin ein paar Stellenanzeigen durchgegangen. Ich werde schon was Passendes finden«, versicherte ihm Marga.

»Sag mir bitte Bescheid, falls ich dir irgendwie helfen kann. Ich bezahle selbstverständlich weiterhin dein Gehalt, bis du eine Zusage hast, und gern auch darüber hinaus.«

»Das ist nicht nötig. Mach dir keine Sorgen um mich, ich komme zurecht.«

»Ich weiß, dass du meine Hilfe nicht brauchst, aber ich möchte, dass *du* weißt, dass du auf mich zählen kannst.« Paul griff über den Tisch hinweg nach Margas Hand und nahm sie in seine. Die Berührung schoss eine Hitzewelle durch Margas Körper, und sie errötete. »Wenn ich dich so ansehe, weiß ich gar nicht, wieso ich so lange gebraucht habe, um dich als die wundervolle Frau zu sehen, die du bist. Jemand, der für andere da ist und Menschen, komme was wolle, nicht im Stich lässt. Ich würde dir so gerne geben, was du als Frau, aber in erster Linie als Mensch verdienst. Doch im Moment ist es mir einfach nicht möglich, derjenige für dich zu sein, der ich gern wäre.« Sein Blick war plötzlich düster, und Marga begriff, weshalb Paul gekommen war.

Er senkte den Kopf, hob kurz darauf wieder den Blick und sah Marga in die Augen. »Am liebsten wäre ich egoistisch und würde dich bitten, auf mich zu warten, doch du hast etwas Besseres verdient, als in der Hoffnung einer Zukunft zu leben.« Er schluckte, sprach jedoch sofort weiter. »Ich danke dir für all die Menschlichkeit, Fürsorge und Offenheit, die du mir in deinen Briefen entgegengebracht hast. Und auch dafür, dass du mir erlaubt hast, so viele deiner Facetten kennenzulernen. Unsere gemeinsamen Momente waren etwas Besonderes für mich.«

Der Schmerz kam langsam, doch Marga spürte ihn schon. Die Hitze in ihr gefror zu Nadeln aus Eis. »Für mich ebenfalls«, presste sie hervor.

»Es tut mir unendlich leid, Marga. Ich wollte dich niemals verletzen.« Paul wirkte ehrlich betroffen.

»Es ist in Ordnung.« Marga bemühte sich, ihre aufbrandenden Gefühle nicht nach außen zu kehren. »Ich verstehe deine Beweggründe.« Mehr brachte sie nicht heraus.

Für ein paar Sekunden lag bedrückendes Schweigen über ihnen, dann stand Paul auf. »Begleitest du mich noch nach draußen?«

Marga nickte. Als sie die Wohnungstür öffnete, schlang Paul seine Arme um sie. Dann küsste er sie. Es fühlte sich beinahe verzweifelt an. »Bitte verzeih mir!«, raunte er. Und verließ die Wohnung.

Marga sah ihm nach, wie er die ersten Stufen der Treppe nahm, und hoffte, er würde sich noch einmal nach ihr umdrehen, doch sie wartete vergebens. Als sein Rücken aus ihrem Blickfeld verschwand, schloss sie die Tür, ging ins Wohnzimmer und trat ans Fenster. Es dauerte nicht lange, bis Paul unten auftauchte. Ihre Hand legte sich auf das Glas der Fensterscheibe. Wie gerne würde sie ihm nachlaufen, um ihn an sich zu drücken und festzuhalten. Um ihm zu sagen, dass sie an seiner Seite bliebe, was auch kommen mochte. Dass sie seinen Schmerz teilen und sich gemeinsam um seine Tochter kümmern wollte. Doch sie stand reglos da und beobachtete, wie Paul zwischen den Autos und Menschen verschwand.

Als er fort war, stolperte Marga wie ferngesteuert aufs Sofa.

Die Kissen gaben unter ihrem Gewicht nach. In der Luft lag noch Pauls Aftershave, sie roch es. Ohne Vorwarnung füllten ihre Augen sich mit Tränen. Sie bemühte sich, die Traurigkeit hinunterzuschlucken, aber es gelang ihr nicht. Was nach Anfang ausgesehen hatte, war innerhalb weniger Minuten zu einem Bild aus einer fernen Vergangenheit verblasst.

Das Klingeln war nicht zu überhören. Marga schreckte auf und warf einen Blick auf ihre Armbanduhr. Kurz nach fünf. Sie war auf dem Sofa eingeschlafen, nun erhob sie sich und war mit wenigen Schritten bei der Tür.

»Um Himmels willen, Marga, was ist denn passiert?«, platzte es aus Kirsten heraus, als sie Margas zerknautschtes Gesicht erblickte.

Marga trat zur Seite und ließ Kirsten herein. »Paul war hier.« Sie griff sich mit den Händen ins Haar, um es zu richten, schloss die Tür hinter Kirsten und ging vor ihr durch den Flur.

»Und?«, wollte Kirsten wissen, als sie die kleine Küche betraten.

Marga griff nach dem Küchenhandtuch und legte es zusammen, ehe sie herausbrachte: »Wir werden uns nicht mehr sehen.«

Kirsten verschloss mit der Hand ihren Mund. »Sag, dass das ein übler Scherz ist.«

Marga hängte das Handtuch über den Griff am Ofen und schüttelte den Kopf. »Über Gefühle mache ich keine Scherze.« Sie hatte Kirsten für heute Abend zu Bratkartoffeln mit Spiegelei und Salat eingeladen und natürlich auch Eva dazugebeten. Die hatte aber abgesagt, weil sie Martin erwartete. Hätte sie von den Entwicklungen des Nachmittags gewusst, hätte sie ihn sicher stehen lassen, doch Marga wollte ihrer Freundin das Date nicht vermiesen. Es würde ohnehin nichts ändern.

Kirsten deutete auf die Papiertüte, die sie auf die Arbeitsfläche gestellt hatte, ohne dass Marga es überhaupt registriert hatte. »Da habe ich mir ja genau den richtigen Tag für eine Familienpackung Eis ausgesucht.« Sie legte ihre Jacke ab und zog Marga in eine Umarmung. »Du kannst auf mich zählen, nicht nur heute, sondern auch morgen und übermorgen und alle Tage danach«, versprach sie tröstend.

»Ich weiß, dass du mich nicht im Stich lässt. Das schätze ich ja so an dir … auch wenn deine Scherze manchmal grenzwertig sind.« Marga probierte ein halbes Lächeln, öffnete den Kühlschrank und legte das Eis in das Gefrierfach.

Kirsten hatte eine Menge Fragen, und schließlich kam Marga ihrer Bitte nach und erzählte ausführlich von Pauls Besuch. Als sie erst mal begonnen hatte, sprudelten die Sätze nur so aus ihr heraus. Während sie erzählte, band sie sich die Schürze um und begann, mechanisch Kartoffeln zu schälen.

»Und dann hat er dir auf den Kopf zugesagt, dass er eure Beziehung auf Eis legt, bevor sie überhaupt richtig begonnen hat?« Kirsten tat sich sichtlich schwer mit dem Verlauf der Geschichte und widmete sich den Salatzutaten. »Hat er das Wort Trennung in den Mund genommen?«, bohrte sie nach und zerhackte Radieschen.

»Das war nicht nötig … Wir wussten beide, dass er genau das meinte«, sagte Marga. »Paul hat mir unmissverständlich klargemacht, dass er meinem Leben nicht im Weg stehen will und dass ich nicht auf ihn warten soll. Wie deutlich hätte er noch werden müssen?« Während sie sprach, spannten sich ihre Kiefermuskeln an, dass es schmerzte. Es fühlte sich an, als stünde sie bei eisigen Temperaturen im Badeanzug in der anschwellenden Brandung des Meeres.

Kirsten verharrte in der Bewegung und deutete mit einem Radieschen in der Hand in Margas Richtung. »Bloß weil du endlich einen Blick aus dem Cockpit auf die Welt unter dir geworfen hast, muss nicht zwangsläufig die Bruchlandung folgen. So was wie Lissabon und Paul hat deinem Leben schon lange gefehlt. Was du erlebt hast, ist einer dieser kaum zu fassenden Zufälle, aus denen Produzenten Filme machen, um Menschen zum Träumen zu bringen. Du darfst dir diesen Traum nicht nehmen lassen, Marga. Das Glück ist zu schade für einen halbherzigen Versuch.«

Marga ließ das Messer sinken. »Das klingt, als wäre es aus dem Trailer für die Fortsetzung von *Pretty Woman*.«

»Warum nicht? Ist es nicht Zeit zu erfahren, wie es mit Julia Roberts und Richard Gere weitergeht, nachdem er die Feuerleiter hochgeklettert ist und mit diesem unwiderstehlichen Lächeln vor ihr steht? Ist er geläutert und geht inzwischen einem anderen Beruf nach? Ist der Sex zwischen ihnen noch immer sensationell? Hat er sie betrogen?«

»Oder sie ihn ... Denk an Julias berufliche Vergangenheit.« Marga holte die Pfanne hervor, gab ein großes Stück Butter hinein und schüttete die Kartoffelscheiben hinterher.

»Julia würde Richard nicht betrügen. Nicht in der Fortsetzung, die *ich* sehen will.« Während sie einer Salatgurke zuleibe rückte, verstieg Kirsten sich in weitere Möglichkeiten, wie Teil 2 weitergehen könnte. Als sie endete, zog ein abwesendes Lächeln über ihr Gesicht. »Ich übertreibe nicht, wenn ich sage, dass ich mit Julia leichter klarkäme als mit dir. Du bist so ein verdammter Sturschädel, Marga. Durch und durch korrekt. Wie ich dich kenne, schickst du Paul sogar noch eine schriftliche Kündigung, damit auch formal alles seine Richtigkeit hat.« Sie rieb Daumen und Zeigefinger gegeneinander. »Apropos: Wie sieht es eigentlich finanziell aus? Darüber werdet ihr doch hoffentlich gesprochen haben.«

»Paul hat angeboten, mir mein Gehalt bis auf Weiteres weiterzuzahlen.«

Kirsten las in Margas Gesicht, was sie davon hielt. »Sag nicht, du hast abgelehnt?« Sie schüttelte ungläubig den Kopf. »Es ist nicht die Zeit für falschen Stolz. Du musst deine Rechnungen zahlen, Marga.«

»Es geht nicht um Stolz«, warf Marga ein und wendete die Kartoffelscheiben so energisch, dass mehrere aus der Pfanne flogen, »sondern um Selbstachtung. Ich nehme kein Geld, ohne eine Leistung dafür erbracht zu haben. Egal von wem. Du musst nicht in Panik verfallen, ich finde schon was Neues. Und verwechsle mich bitte nicht ständig mit Julia Roberts. Die Fußstapfen sind mir zu groß. Auch ein Dasein abseits von Hollywood ist erstrebenswert.«

Kirsten gab Salz über die Kartoffeln und drehte eine Runde mit der Pfeffermühle. »Warum wundert es mich nicht, das aus deinem Mund zu hören? Marga Reiter, korrekter als der Papst.«

Draußen johlte jemand. Marga schloss das Fenster, wendete die Kartoffeln abermals. Diesmal vorsichtiger. »Ich will mir mein Glück nicht nehmen lassen«, sprach sie. »Aber Kinder sind nun mal das Wichtigste. Ich würde für Conny dasselbe tun wie Paul für Inga. Man lässt sein Kind nicht im Stich.«

Kirsten trank einen Schluck Saft, ehe sie erwiderte: »Warum sehen Eltern, wenn es um ihren Nachwuchs geht, immer nur schwarz und weiß? Es gibt viele Schattierungen dazwischen. Und ja, man kann sich in das Thema einfinden, obwohl man keine Kinder hat. Keine Ahnung, ob sich jemand im Himmel was dabei gedacht hat, mich nicht zur Mutter zu machen. Deshalb lasse ich mir meine Kompetenz bei dem Thema allerdings nicht absprechen.«

»Du wärst eine genauso kämpferische Mutter geworden wie ich.«

Kirsten nahm Marga den Kochlöffel aus der Hand und stocherte nun ihrerseits in den Kartoffeln herum, die im hellen Goldgelb der Butter langsam Farbe annahmen. »Vermutlich wären unsere Kinder, hätten Philip und ich welche, öfter zu dir gekommen, als dir lieb wäre. Nicht meinetwegen, sondern wegen Philip. Er ist derjenige, der Entschlossenheit liebt, und zwar in so gut wie allen Lebenslagen. Vermutlich hätte er unsere Kinder damit auf die Palme gebracht.«

Marga legte den Deckel auf die Pfanne. »Während du den Kurs der Nachgiebigkeit verfolgt hättest?«

»Wahrscheinlich. Ich wäre sicher keine überstrenge Mutter.«

»Dafür eine romantische.« Marga brachte ein schmales Lächeln zustande.

»Neuerdings tendiere ich in Richtung Realismus, ob du's glaubst oder nicht. Aber einen Funken Hoffnung wird man sich doch wohl bewahren dürfen.«

»Ja, das darfst du.« Marga öffnete die Besteckschublade und begann, den Tisch zu decken.

Kirsten reichte ihr die Servietten. »Ist es so schlimm, dass ich mir ein Happy End wünsche? Wenn schon nicht für Philip und mich, dann zumindest für dich. Wir dürfen auch mal ganz egoistisch an uns selbst denken und uneinsichtig und mürrisch reagieren, wenn das Leben uns durch die Mangel dreht. Wir müssen nicht ständig rücksichtsvoll sein.« Ihre Augen glänzten plötzlich feucht, und ein bedrückendes Schweigen senkte sich über sie.

Marga presste die Lippen zusammen. »Die großen Trauergefühle habe ich, glaube ich, nach Nanes Tod verlernt.«

»Die großen vielleicht, aber das heißt nicht, dass die Sache mit Paul spurlos an dir vorrübergeht. Ich sehe doch, wie rot deine Augen sind«, merkte Kirsten an.

Marga starrte auf die Gabeln hinab und spürte, wie ihre angespannten Muskeln nachgaben. »Man kann nicht ewig fluchen und mit dem Leben hadern. Wenn man lange genug brüllt, als wäre man eine Löwin, wird nicht nur die Stimme leiser, sondern auch der Rest von dir. Ich war damals so leer.« Sie griff nach dem Krug und füllte ihn neu. »Seitdem genügt mir ein kleines Happy End.« Sie hob den Kopf und blickte Kirsten an. »In letzter Zeit war eine Menge los, einiges war schlecht, anderes großartig. Mein Selbstvertrauen ist gewachsen, ich bringe mehr Verständnis für Conny auf … und ich habe wundervolle Tage erlebt, wie ich sie nicht kannte. Ich habe mich verliebt, und wie es scheint, sind die Bewegungen in meinem Leben noch nicht zu Ende …« Marga war sich nicht sicher, ob sie sich ihre Zuversicht selbst abnahm, aber sie wusste, dass Glück niemals in der Vergangenheit lag. Sie trat zurück an den Herd, schob die Kartoffeln beiseite und schlug zwei Eier in die Pfanne.

»Kennst du den Uralt-Film mit Nick Nolte und Barbra Streisand?«, warf Kirsten bedeutungsschwer ein. »In dem die beiden aus Rücksicht auf Nicks Frau ihre Liebe in die Tonne treten?« Sie wirkte, als käme sie geradewegs aus dem Kino, die Schlussszene noch deutlich vor Augen. »Es ist das schrecklichste Ende, das ich je sehen musste. Ich hasse es.«

Marga drehte sich zu Kirsten um und sah, dass es in ihr arbeitete. »Ich glaube, das Schicksal liegt nicht in unseren Händen.«

»In wessen denn sonst?« In Kirstens Stimme schwang Anspannung mit.

»Ich weiß nicht. Könnte alles Zufall sein.« Marga langte nach dem Pfannenwender, bugsierte die fertigen Spiegeleier auf zwei Teller und ließ einen Schwung Bratkartoffeln folgen.

»Zufall … Pfff. Das ist mir zu kurz gedacht.« Kirsten zog einen Stuhl unterm Tisch hervor und ließ sich darauf fallen. »Beim Dessert kannst du für mich übrigens die doppelte Menge einplanen. Heute brauche ich Zucker.«

Marga setzte sich Kirsten gegenüber und griff nach dem Besteck. »Dann erzähl doch mal, was es bei dir Neues gibt. Wir haben lange genug über mich geredet.«

»Ich hatte ein Date. Gestern.« Kirsten pustete auf die Kartoffelscheibe auf ihrer Gabel, bevor sie sich den Bissen in den Mund schob und genussvoll die Augen verdrehte. »Die einfachsten Gerichte sind doch immer die besten …« Als sie aufsah, sagte sie: »Schau nicht so maßregelnd. Ich hatte ein Date mit Philip.« Kirsten widmete sich dem Spiegelei. »Wir müssen aber nicht darüber sprechen, wenn dir das Thema heute zu nahegeht.«

Marga schüttelte den Kopf. »Ach was. Wie war's denn?«

Kirsten zuckte mit den Schultern. »Gar nicht mal übel. Ich hatte allerdings auch nichts Großartiges erwartet.«

»Verstehe.« Marga dachte an Paul und dass allein seine Gegenwart ausreichte, um den Moment zu etwas Besonderem zu machen. Ein klassisches Date hatten sie in Lissabon nicht gehabt, ein spezieller Rahmen war jedoch auch gar nicht notwendig gewesen. Sie hatten sich selbst genügt im ganz Profanen. Ob ihnen das in einem gemeinsamen Alltag ebenso gelänge? Oder machte es die Routine einer langjährigen Beziehung irgendwann nötig, besondere Kulissen zu schaffen, um sich weiterhin verbunden zu fühlen? Marga bezweifelte es. Was im Umkehrschluss bedeutete, dass manche Beziehungen irgendwann einfach zu Ende gingen. Ein Gedanke, der sie traurig stimmte.

»Für seine Verhältnisse hat er sich bemüht, inklusive Blumen«, berichtete Kirsten. »Und kein Wort über Sport kam über seine Lippen.«

»Philip ohne eine Bemerkung über Fußball? Und auch noch Blumen?«

Kirsten nickte zufrieden.

»Ich nehme an, das hat dich beeindruckt.«

»Ein kleines bisschen schon. Es waren Margeriten und weiße Rosen. Ich hab mal erwähnt, dass ich die Kombination mag. Das hat er sich offensichtlich gemerkt, und der Strauß war sicher nicht billig.« Kirsten spießte die nächste Kartoffel auf. »Das Date war die Idee meiner Psychologin. Sie meinte, wir sollten uns auf fremdem Terrain begegnen, sozusagen auf neutralem Boden, ohne große Erwartungen zu haben. Abtasten nennt sie es … Und weil dieser erste Versuch gar nicht so übel war, will ich nichts von deiner Theorie hören, denn wenn *nicht übel* reiner Zufall wäre, würde das bedeuten, dass ich nicht auf eine Fortsetzung hoffen kann.«

Marga deutete kauend auf die Bratkartoffeln auf ihrem Teller. »Und das schmeckt dir nicht halb so gut wie dieses Essen. Stimmt's!?«

»Ganz genau.« Kirsten seufzte. »Scheinbar liegt mir doch noch was an Philip. Vergessen wir also den Schmus mit dem Zufall und sagen, es liegt an uns, was in unserem Leben passiert.« Sie ließ ihre Hand über das Holz des Tisches rutschen.

Marga verstand die Geste und legte ihre Finger auf Kirstens. »Vielleicht zu einem gewissen Prozentsatz«, gab sie nach. »Sagen wir zu dreißig Prozent.«

Beim Abschied hatte Paul den Arm um sie geschlungen und sie so fest an sich gedrückt, dass sie kaum noch Luft bekommen hatte. Wie gern hätte sie in diesem Moment daran geglaubt, ihr Leben in ihren Händen zu halten, und dass alles gut werden würde, nur weil sie es wollte.

»Ich erhöhe auf siebzig«, erwiderte Kirsten unbeeindruckt. »Ich stelle mir gern vor, dass ich der Mittelpunkt des Universums bin.«

»So kommst du dir doch immer vor.« Marga ließ das Bild von Paul los und hörte Kirstens Lachen. »Okay, ich nehme es zurück. Keine Scherze über *wirklich* ernste Themen … Ich wünsche dir aus vollem Herzen, dass du dein Glück findest.«

Kirsten lächelte. »Und ich finde es gut, dass du dein Leben selbst in die Hand nimmst. Ich werde es schon verschmerzen, dass du Hollywoods beste Träume in den Wind bläst und nicht auf Paul wartest. Du hast ja recht. Warten macht die Dinge nur schwerer. So was ist zermürbend und belastend.«

»Ja« war alles, was Marga dazu sagte. In diesem Moment wurde ihr unweigerlich klar, dass ihr Leben ab sofort ohne Paul Alprecht weiterging.

37. Kapitel

Gerti Heins Hand lag weder zu warm noch zu kalt in Margas. Das Zweite, das Marga an der alten Dame wahrnahm, war der wache Blick, den das Brillengestell aus braunem Horn noch hervorhob. Frau Hein war zierlich, sie hatte feines Haar, Falten charakterisierten ihr Gesicht, und ihre Nägel leuchteten in hellem Rosé.

Nach wenigen einleitenden Worten erwähnte Frau Hein, dass sie in den letzten Jahren etwas langsamer geworden war. »Im Kopf bin ich allerdings noch halbwegs helle.«

Marga gefiel der gepflegte Altbau »in unmittelbarer Nähe zur Kö«, wie Gerti Hein ihr am Telefon angekündigt hatte. Ihrer Ansicht nach passte die Seniorin in das Haus, als hätte man sie eigens dafür gecastet. Die Wohnung lag im ersten Obergeschoss und bestach durch die reichen Stuckverzierungen an den hohen Decken und den ungewöhnlich dunklen Parkettboden. Die Einrichtung war ebenso gediegen wie Frau Hein selbst und hätte gut und gern einem Antiquitätengeschäft entstammen können. Marga mochte die blitzgescheiten Augen der Hausherrin und übersah die zähen Bewegungen, die, wie Gerti Hein erwähnte, ihrem faulen Knie zu verdanken seien. Als Ausgleich zu dieser Einschränkung pflegte sie laut eigener Aussage ihr toupiertes Haar, das sie locker ein paar Zentimeter größer schummle und jünger wirken ließe.

Bereits die Worte, die Frau Hein in ihrer Mail gewählt hatte, hatten Margas Interesse geweckt.

Sehr geehrte Frau Reiter,
danke für Ihr Interesse an der Stelle. Ich suche eine Alltagsmanagerin – das trifft die Anforderungen, die ich an Sie stelle, am genauesten – mit Hirn und Herz und würde Ihnen gern den Teil meines Lebens guten Gewissens anvertrauen können, den ich nicht mehr selbst stemmen kann. Ein bisschen Gesellschaftsdame sollte auch dabei sein. Selbstverständlich weiß ich, dass die Zeiten solcher Dienste vorbei sind, aber das ist meiner Ansicht nach ein Fehler.
Am besten lernen wir uns bei einem Gespräch in meiner gewohnten Umgebung kennen. Und bitte nehmen Sie kein Blatt vor den Mund, wenn wir miteinander sprechen. Das bringt niemandem etwas. Lassen Sie uns freiheraus sagen, was wir mögen und was nicht. Dann sehen wir weiter.
Als letzten Punkt Folgendes: Ihnen ist hoffentlich klar, dass ich Ihnen keine Stelle für die nächsten Jahrzehnte anbieten kann. Ich bin achtzig. Mit etwas Glück habe ich noch ein paar gute Jahre vor mir. Doch wer kann das schon wissen? Freiheraus gesagt handelt es sich um eine Beschäftigung, deren Ende in Sichtweite liegt.
Wenn Sie das nicht schreckt, hier die Pluspunkte: Ich zahle überdurchschnittlich gut. Das täte ich übrigens auch, wenn ich erst siebzig wäre. Es gehört sich, Men-

schen gut zu behandeln, auch finanziell. Ich bin grundsätzlich freundlich und erwarte, denke ich, nicht zu viel von meinen Mitbürgern. Meine Macken lernen Sie früh genug kennen.
Lassen Sie uns morgen gern miteinander telefonieren und einen »Besichtigungstermin« ausmachen.
Mit freundlichen Grüßen
Gerti Hein

Marga hatte sich sofort angesprochen gefühlt. Gerti Hein hatte etwas erfrischend Ehrliches an sich. Am Telefon hatte sie ihr aufgezählt, was auf Marga zukäme: »Sie müssten Behördengänge für mich erledigen und Telefonate, die mir keinen Spaß machen. Auf der Tagesordnung stehen des Weiteren Einkäufe, weil das zu schwer für mich geworden ist. Ich bin ganz versessen auf Lesestunden. Wenn mir jemand vorliest, wähne ich mich im Himmel. Hörbücher kommen da nicht mit. Mittags wären Sie für ein leichtes Essen zuständig und am späten Nachmittag für ein kaltes Abendessen. Können Sie sich das vorstellen?«

»Wie ist es mit Hausarbeiten? Fensterputzen, Böden wischen und dergleichen?«, hatte Marga nachgefragt.

»Dafür habe ich jemanden. Sie kümmern sich um den Rest. Um das Persönliche.«

Kirsten hätte eine Jane-Austen-Verfilmung ins Spiel gebracht, hätte sie das Telefonat mitgehört. Marga in der Rolle einer Gesellschaftsdame wäre ganz nach ihrem Geschmack.

Nun stand Marga Frau Hein in ihrer mit Antiquitäten und Fotos bestückten Wohnung gegenüber – vier Wände mit viel gelebtem Leben – und fühlte sich sofort wohl in der Gesellschaft der Seniorin. Frau Hein strahlte etwas Hoheitsvolles aus, als entstamme sie einer lang zurückliegenden Zeit, gleichzeitig wirkte sie ungemein sympathisch. Und die Bezahlung, die sie Marga anbot, war tatsächlich überdurchschnittlich gut. Es gab nichts auszusetzen. Nur dass das hier nicht Pauls Haus war.

Marga verbot sich jeden weiteren Gedanken an ihre bisherige Anstellung und folgte Frau Hein in das letzte Zimmer, das sie ihr zeigte.

»In den unscheinbaren Augenblicken verbirgt sich das Menschliche. Wie stehen Sie dazu, Frau Reiter?«, erkundigte sich die Hausherrin, als sie den Salon betraten, wie Frau Hein ihr Wohnzimmer nannte.

Marga stutzte. »Himmel, mit dieser Frage überraschen Sie mich.«

»Lassen Sie sich Zeit mit der Antwort. Nur keine Eile.«

Marga überlegte. »Ich kenne unscheinbare Augenblicke. Einige dieser vermeintlich kleinen Momente haben mein Leben auf den Kopf gestellt.« Sie dachte an Nane, Conny und Paul. Und an Sybille. »Das Menschliche zeigt sich daran, wie man mit diesen Augenblicken, besser gesagt, mit ihren Folgen umgeht, denke ich.«

Frau Hein klatschte in ihre reich beringten Hände. »Wundervoll. Ganz wunderbar ausgedrückt, Frau Reiter. Sie erfüllen die Anforderungen. Jemand, mit dem ich über das unscheinbar Schöne des Lebens sprechen kann, passt zu mir wie der Honig aufs Frühstücksbrot. Kommen Sie, das Beste habe ich Ihnen noch gar nicht gezeigt!« Gerti Hein führte Marga auf den Balkon, von dem aus man auf die Kö hinunterblickte und das Gefühl hatte, mittendrin zu sein und doch über den Dingen zu schweben.

»Oh, wie herrlich«, schwärmte Marga.

»Diese Wohnung hat ein paar Vorzüge.« Frau Hein lächelte breit. »Unter anderem diesen Blick. Mein Mann hat sie vor Jahrzehnten für uns gekauft. Dafür bin ich ihm noch heute, sozusagen posthum, dankbar.« Nachdem sie dem Treiben unter sich eine Weile zugesehen hatten, gingen sie wieder hinein.

»Wäre es für Sie in Ordnung, mich zur Maniküre und zum Friseur zu begleiten? Und zur Physiotherapie alle zwei Wochen. Sie können lesen, während ich betüdelt werde. Sie müssen einfach nur dabei sein. Ich bin nicht gern allein unterwegs.«

»Selbstverständlich. Es wäre mir eine Freude, Frau Hein.«

»Ach, und da wäre noch eine Kleinigkeit. Meine Enkeltochter steht kurz vor der Geburt ihres ersten Kindes. Dieses Ereignis möchte ich auf keinen Fall verpassen. Ich habe ihr versprochen, ihr zur Hand zu gehen, sobald das Baby auf der Welt ist. Gut möglich, dass mein Aufenthalt bei ihr länger dauert, unter Umständen drei, vier Monate … bis meine Enkelin mit ihrer Rolle als frischgebackene Mutter zurechtkommt.«

»Wo lebt Ihre Enkelin?«

»In Bayern, in einem Dorf, in dem sich Fuchs und Hase um acht am Abend Gute Nacht sagen. Eine Gegend, um zu entspannen, um es mal so auszudrücken.«

»Soll ich Sie hinbringen?«, erkundigte sich Marga.

»Iwo.« Frau Hein machte eine wegwerfende Handbewegung. »In den Zug steigen kann ich allein. Sie sollen mitkommen, ganz meine ich. Bis es losgeht, habe ich mich gewiss längst an Sie gewöhnt und will dann nicht mehr auf Ihre Gesellschaft verzichten. Und ein bisschen Hilfe von Ihrer Seite wäre gut.«

Marga riss die Augen auf. »Verstehe«, stammelte sie. »Äh,

ich gebe zu, dass dieses Angebot ein wenig überraschend kommt.« Sie zupfte am Saum ihrer Bluse herum und wusste nicht, was sie davon halten sollte.

»Wir kennen uns ja erst seit eben, sonst hätte ich Sie selbstverständlich früher gefragt«, meinte Frau Hein leichthin. »Aber so ist es nun mal. Jedenfalls versichere ich Ihnen, dass vor Ort für alles gesorgt ist, inklusive einer eigenen Wohnung für Sie. Sofern Sie hier keine anderen Verpflichtungen haben – greifen Sie zu!«

»Tatsächlich hätte ich nichts dagegen, eine Weile aus der Stadt zu kommen«, gestand Marga und spürte, dass es genauso war. Räumliche Distanz zu Pauls Lebensraum würde sicher dabei helfen, sich an seine Abwesenheit zu gewöhnen. »Die Einzige, mit der ich darüber sprechen müsste, ist meine Tochter. Sie macht im Moment eine schwierige Zeit durch, deshalb möchte ich das nicht über ihren Kopf hinweg entscheiden.«

»Das kann ich gut nachvollziehen.« Frau Hein seufzte. »Mein Gott, wenn meine Enkelin auch nur eine halb so gute Mutter wird wie Sie, bin ich überglücklich. Ich sag's ja nur ungern, doch man darf die Augen nicht vor der Realität verschließen. Meine Enkelin hat ihre Schwangerschaft mit so vielen Ängsten beladen, dass ich sichergehen will, dass die Familie gut startet und meine Enkelin nicht aus lauter Angst vor irgendwelchen Fehlern die Sache erst recht verbockt. Ich weiß auch nicht, warum die jungen Leute heutzutage ständig zaudern. Mir scheint, die haben das Anpacken verlernt.«

Marga runzelte die Stirn. »Nicht alle, würde ich sagen«, erwiderte sie und dachte an Conny, die die Dinge ihres Lebens sehr wohl beim Schopf packte. Auch Inga zauderte nicht, sondern machte Nägel mit Köpfen.

Frau Hein musterte Marga, als überlege sie, was sie von der Antwort halten sollte. Schließlich nickte sie. »Vielleicht haben Sie recht. Na, jedenfalls liegt mir dieser Besuch am Herzen. Wissen Sie, meine Enkelin und ich haben eine enge Bindung, deshalb schmerzt es uns beide, Hunderte Kilometer voneinander getrennt zu leben. Wäre ihr Mann vor Ort nicht beruflich gebunden, würden wir vermutlich Tür an Tür wohnen.«

Marga berührten Frau Heins Worte, und so traf sie eine Entscheidung. »Also, wenn meine Tochter einverstanden ist, begleite ich Sie sehr gerne, Frau Hein.«

Die Augen der alten Dame strahlten. »Ich danke Ihnen, und ich bin mir sicher, dass es Ihnen in den Bergen gefallen wird. Meine Enkelin schwärmt immer, wie schön die Jahreszeiten dort sind.«

Beim Wort *Jahreszeiten* entkam Marga ein Seufzer. Sie würde weder den kommenden Herbst noch den Winter mit Paul erleben und auch nicht den nächsten Frühling oder Sommer.

Frau Hein musterte sie forschend, dann nickte sie wissend. »Etwas, das ich gesagt habe, erinnert Sie an etwas Persönliches … Liege ich richtig? Entschuldigen Sie, jetzt habe ich Sie wirklich überrumpelt.« Sie legte die Hand auf Margas Schulter. »Ich weiß bis heute nicht, ob das Leben ein Zufall, Bestimmung oder was auch immer ist. Eins jedoch halte ich für gewiss: Die Geschehnisse ergeben erst ein Ganzes, wenn man sie antichronologisch betrachtet.«

Nach diesen Worten fühlte sich Marga ein wenig besser. Frau Hein besaß ein außerordentlich gutes Gespür für Menschen, und Marga freute sich darauf, für die quirlige Dame zu arbeiten.

Die trat in diesem Moment an den Kühlschrank und griff zielsicher nach einer Flasche Champagner. »Man sollte nie eine Gelegenheit auslassen, anzustoßen und das Leben zu feiern, mit all seinen Höhen und Tiefen. Meinen Sie nicht?«

Marga spürte ein Schmunzeln auf ihrem Gesicht, nahm Frau Hein die Flasche ab und machte sich daran zu schaffen.

Die Hausherrin nickte zufrieden und holte zwei Champagnerflöten aus dem Oberschrank. Mit einem leisen Plopp sprang der Korken aus der Flasche. Schwungvoll füllte Marga die Gläser und reichte Frau Hein eins.

»Prösterchen, Frau Reiter. Wenn ich in meinem Leben eine Erkenntnis gewonnen habe, dann, dass man es sich spätestens im Alter bequem und schön machen sollte.«

Marga verharrte stumm, während Frau Hein einen kräftigen Schluck nahm.

»Worauf warten Sie? Trinken Sie!«

Marga nippte an ihrem Glas. Der Champagner blubberte herrlich im Mund. Derart edle Tropfen standen gewöhnlich nicht auf der Liste ihrer Getränke.

»So habe ich mir das Vorstellungsgespräch nicht vorgestellt. Champagner um die Uhrzeit«, bekannte sie. »Aber man muss ja alles mal probiert haben, sonst kann man nicht mitreden.« Sie lachte.

Frau Hein nahm einen weiteren Schluck, bevor sie das Glas abstellte. »Man sollte nie zu wenig vom Leben erwarten. Haben Sie Lust auf Erdnussflips oder Chips? Mein Arzt würde mit den Augen rollen, wenn er mich reden hörte«, Frau Hein senkte die Stimme, »aber ich sage es ihm natürlich nicht.«

»Ich auch nicht«, kicherte Marga. »Wo finde ich den Knabberkram? Höchste Zeit, mich einzuarbeiten.«

»Nichts da. Sie kommen früh genug dran. Heute sind Sie mein Gast. Die Chips sind gleich da drüben.« Frau Hein deutete auf den Oberschrank gegenüber. »Ich fülle sie immer in eine Baccarat-Schale, daraus schmecken sie besonders gut. Ob man viel oder wenig Geld hat, Stil muss sein, denn Stil macht das Leben interessant.«

Marga holte trotz Frau Heins Worten die Chips aus dem Schrank und schüttete sie in die erwähnte Schale – ein Riesending, in das man den Inhalt von drei Tüten hätte füllen können.

»Setzen wir uns hinaus? Mit Blick auf die Kö nascht es sich am besten.«

Mit einem Tablett und einer Decke, weil Frau Hein leicht fröstelte, traten sie auf den Balkon und nahmen auf den zierlichen Eisenstühlen Platz.

»Um diese Zeit kommt gewöhnlich meine Nachbarin von ihrer obligatorischen Runde zurück. Sie lässt keine Auslage aus, kauft aber nur selten etwas, weil ihr alles zu teuer ist. Die Gute könnte aus dem Vollen schöpfen und gönnt sich nicht die kleinste Kleinigkeit. Mich empfindet sie als verschwenderisch. Was in ihrer Welt einer Sünde gleichkommt.« Frau Hein trommelte erwartungsvoll mit den Fingerspitzen auf den kleinen Eisentisch. »Sehen Sie. Da ist sie«, verkündete sie kurz darauf.

Marga lehnte sich vor und erfasste eine Frau mit weißen Haaren, die mit gebeugtem Rücken die Straße entlangschlurfte.

»Ach, du liebes bisschen«, entkam es ihr.

»Sie sehen es also auch? Diese Abneigung gegen das Leben!«

»Es steht ihr leider ins Gesicht geschrieben«, sagte Marga. »Wie heißt Ihre Nachbarin?«

»Elvira Bratz. Ich versuche seit Jahren, sie von dem Trip herunterzuholen, aber sie sträubt sich hartnäckig, als sei es ihre größte Freude, missmutig zu sein. Allerdings gebe ich nicht auf. Mit ihrer Verdrossenheit kommt sie bei mir nicht durch.« Frau Hein hob ihr Champagnerglas. »Auf einen weiteren Versuch, Frau Bratz wachzurütteln. Mein Mann sagte immer, selbst der stillste See hat Leben in sich. Unten, tief am Grund. Also bin ich vermutlich einfach noch nicht tief genug hinuntergetaucht in den Tümpel der Frau Bratz.« Frau Hein spähte über die Brüstung. »Und jetzt prosten wir uns gut sichtbar zu«, befahl sie. »Cin cin, Frau Reiter«, rief sie extra laut, wobei die Spitze ihrer Zunge zwischen den Lippen hervorlugte.

Marga stieß ihr Glas gegen Frau Heins und hörte den wohlklingenden Ton. »Cin cin. Der Champagner ist köstlich«, erwiderte sie, ebenso laut, und verkniff sich das Lachen. Sie kam sich vor wie als kleines Mädchen, wenn sie etwas ausgeheckt hatte.

Auf der Straße blieb die Nachbarin stehen. Den Kopf in den Nacken gelegt, starrte sie zu ihnen hinauf. Frau Hein beugte sich ein Stückchen weiter vor und winkte hinunter.

»Ein wundervoller Tag, nicht wahr, Frau Bratz?!«, rief sie säuselnd.

Marga fühlte sich wie in der ersten Reihe eines Theaters. Mit freiem Blick auf die Schauspieler. Mit Frau Hein würde sie es aushalten. Daran bestand nicht der geringste Zweifel.

38. Kapitel

Connys Arme glitten durchs Wasser. Sie war eine gute Schwimmerin, kraulte routiniert und hob den Kopf mal auf der einen, dann auf der anderen Seite. Ein Stück hinter ihr schwamm Marga mit gleichmäßigen Brustschwimmbewegungen.

Conny kam beim Beckenrand an und drehte sich Marga entgegen. Ihre Stimme schnitt durch das Stimmengewirr der anderen Badegäste. »Wie fühlt sich's heute für dich an?«

Marga erreichte Conny und hielt sich neben ihr am Beckenrand fest. »Schon besser.« Sie wischte sich das Wasser aus dem Gesicht.

»Noch ein paarmal, dann denkst du nicht mehr daran, was passiert ist, wenn du ins Schwimmbad gehst«, versprach Conny.

Sie stiegen hintereinander die Leiter hinauf und traten auf die Fliesen. Seite an Seite gingen sie in die Umkleide.

»Hast du noch Zeit für einen Kaffee?« Marga zog sich die Badehaube vom Kopf und griff nach dem Handtuch.

»Klar. Starbucks geht immer.« Conny grinste, doch Marga ließ sich nicht täuschen. Sie sah die Traurigkeit hinter der fröhlichen Miene ihrer Tochter. Die Trennung von Tom machte ihr zu schaffen, auch wenn Conny sich darum bemühte, die Enttäuschung möglichst rasch hinter sich zu lassen.

Bei ihrem Telefonat heute Morgen hatte Marga sich vorsichtig erkundigt, wie es ihr ging, woraufhin Conny gemeint hatte: »Tom weist immense Lücken auf, was die Erinnerung an unsere gemeinsame Zeit anbelangt. Von wegen, ›Seit ich dich kenne, weiß ich erst, was das Wort Lebensenergie bedeutet.‹ Pah! Wenn wir uns sehen, blickt er neuerdings an mir vorbei, als gäbe es mich gar nicht. Er tut, als sei nie etwas zwischen uns gewesen. Das ist echt weird.«

Die ersten Tage war Conny morgens nur widerwillig aufgestanden und hätte sich am liebsten verkrochen, doch ihre Mitbewohnerin hatte ihr das nicht durchgehen lassen.

»Sie hat mich regelrecht gezwungen, zur Uni zu gehen, allein schon, um es Tom zu zeigen. Immer seien es die Männer, die mit solchem Verhalten durchkämen, das dürften wir uns nicht gefallen lassen.«

»Luna hat recht, und ich finde es gut, dass du zur Uni gehst.« Marga hatte sich vorgestellt, wie Conny mit hocherhobenem Kopf in den Vorlesungssaal schritt, Tom ihrerseits keines Blickes würdigte und auf seine Fragen so klug antwortete, dass er gar nicht anders konnte, als sie zu bewundern – und bitter zu bereuen, sie fallen gelassen zu haben.

Seit der Trennung hatte Conny jeden Groll gegen ihre Mutter begraben und breitete bereitwillig ihre Gemütslage vor Marga aus, was Marga sehr freute, auch wenn sie sich ein wenig dafür schämte. Tatsächlich hatte sie es genossen, für Conny da sein zu dürfen, als ihre Tochter wie ein Häufchen Elend zu ihr gekommen war und sich gern hatte trösten lassen. Die erste Nacht hatte Conny sogar auf Margas Couch verbracht, und Marga hatte ihr Taschentücher gereicht, den Rücken gestreichelt, Unmengen an Schokolade mit ihr geteilt. Und zugehört.

Am Ende hatte nicht nur Conny sich sichtlich besser gefühlt, auch in Marga war Zuversicht gewachsen. Im Trubel des Alltags konnten sie sich streiten und wochenlang nicht miteinander sprechen – doch wenn es darauf ankam, funktionierte ihre Verbindung.

»Danke, Mama«, hatte Conny gesagt, als sie sich am nächsten Morgen nach einem Schokocreme-Frühstück auf den Weg zur Uni gemacht hatte. Und zum ersten Mal in ihrem Leben gestand sich Marga selbst zu, dass sie das Muttersein gut hingekriegt hatte. Trotz ihrer Fehler. Oder gerade deswegen.

Lächelnd folgte sie Conny zu den Duschen, später schaute sie ihrer Tochter dabei zu, wie sie die Mascarabürste durch ihre Wimpern zog und sich mit dem Finger Rouge auf die Wangen tupfte. Aus ihrem Kind war eine erwachsene Frau geworden, stellte Marga fest, und spürte plötzlich unbändige Freude in sich aufwallen.

Conny klappte das Rouge zu, warf es in ihre Tasche und schob sie sich über die Schulter. »Ich hab dir übrigens was mitgebracht«, sagte sie, als sie das Schwimmbad verließen und in die laue Luft hinaustraten. »Ich zeig's dir, wenn wir bei Starbucks sind.« Vielsagend klopfte sie auf ihre Tasche.

Marga strich sich eine Haarsträhne aus dem Gesicht. »Nur keine Neugierde schüren.« Sie grinste.

»Neugierde schüren … Ha, das hast du früher immer am Geburtstagsmorgen mit mir gemacht. ›Erst wird gefrühstückt, danach gibt es die Geschenke.‹ Weißt du noch?«

Marga legte sich kurz die Hand über die Augen, als wollte sie sich dahinter verstecken. »Erinnere mich nicht daran. Das war ein grober Fehler, ich weiß.«

»Vor lauter Aufregung habe ich nichts hinunterbekommen,

und später hatte ich einen Mordshunger und hab meinen Freundinnen die Brote geklaut.«

Marga lachte. »Ich hoffe, sie haben dir verziehen.«

»Klar. Bei ihnen ging's nicht viel anders zu.« Conny warf Marga einen amüsierten Seitenblick zu. »Eltern und ihre Methoden. Am besten man sieht es ihnen nach. Sonst gibt man zu viel Geld beim Psychologen aus. Eine Aufarbeitung dauert schließlich.«

»Ich bin froh, dass es noch mal gut gegangen ist«, sagte Marga und dachte an Inga und Paul und die bevorstehenden Besuche bei der Familientherapeutin. Und an Kirsten, der die Rückblicke offenbar halfen, ihre Situation mit Philip besser handzuhaben.

Sie erreichten den Kaffeeladen und reihten sich in die Schlange Wartender ein.

»Setzen wir uns dorthin?«, fragte Conny, nachdem sie ihre Bestellung erhalten hatten, und deutete mit dem Becher auf eine Bank im Freien. Sie traten hinaus, umrundeten eine Gruppe Frauen und nahmen neben einer kleinen Mauer Platz. Die Sonne wärmte Margas Gesicht. Der Himmel war dunstig blau, ein Rest Sommer. Doch der Herbst wartete schon auf seinen Auftritt.

Conny stellte ihren Becher auf die Mauer. Die Hände frei, öffnete sie die Lederklappe ihrer Tasche und zog mit zwei Fingern ein Buch daraus hervor. Das Cover zeigte in Großaufnahme eine Biene. Marga schluckte.

Conny schlug den Bildband auf. »Das habe ich in der Buchhandlung bei mir um die Ecke im Sale ergattert.«

Marga spürte Unbehagen, als Conny durch die Seiten blätterte.

»Schau mal.« Sie deutete auf das Foto zweier Bienen, die wie ein Knäuel ineinander verschlungen dalagen. »Das sind schlafende Sammelbienen.«

»Das … das sieht liebevoll aus«, rang Marga sich ab.

»Friedlich, ja … Sie schlafen in Blumen. Siehst du, sie liegen nah beieinander, Körper an Körper.«

Das Foto zeigte ein Bild der Eintracht. Es schien, als hielte jedes Insekt die Beine des jeweils anderen. Angesichts der Innigkeit der beiden Tiere flaute das unangenehme Gefühl, das in Margas Magen blubberte, ein kleines bisschen ab.

»Wusstest du, dass sich die biologischen Ruhephasen unter Bienen unterscheiden? Je nach Lebenssituation und Aufgabe schlafen sie getrennt voneinander. Junge Arbeiterbienen zum Beispiel ruhen sich eher im Zentrum des Bienenstocks aus.«

Marga staunte, wie tief Conny sich in das Thema eingearbeitet hatte. Begeisterung glänzte im Blick ihrer Tochter, während sie referierte, und rührte Marga.

Schließlich fasste Conny sich ans Herz und sah ihre Mutter an. »Als ich dieses wundervolle Foto sah, dachte ich, das Buch könnte dir helfen, mit dem Unfall abzuschließen. Die Biene konnte nichts dafür, dass Herrn Alprechts Verlobte gestorben ist. Es war nur ein Tier, das sich in Gefahr wähnte und …« Conny ließ den Satz unvollendet. Sie wussten beide, was geschehen war. »Man kommt nicht drum herum, sich mit dem, wovor man sich fürchtet, auseinanderzusetzen. Und je mehr man über eine Sache weiß, umso besser versteht man sie.«

Marga nickte. Conny hatte recht. Mit allem. »Ich denke oft über das Geschehene nach«, sagte sie. »Aber jedes Mal, wenn ich irgendwo eine Biene sehe, verspüre ich diesen Krampf im Magen. Wie an dem Tag, als es passierte.«

Conny streichelte Marga über die Schulter. »Du gehst wieder schwimmen. Das ist ein erster Schritt, Mama. Und eines Tages wirst du vermutlich auch deine Abneigung gegen Bienen los sein.«

Ein dankbares Lächeln grub sich in Margas Züge. Sie klopfte auf den Einband des Buchs. »Sicher erfahre ich hier eine Menge über diese Tierchen. Danke, dass du das Buch für mich gefunden hast.«

Conny legte den Arm um ihre Mutter. »Ich finde es übrigens großartig, dass du Frau Hein zugesagt hast, und auch, dass du sie demnächst in die Berge begleitest. Es ist schön zu sehen, dass du dein Leben in die Hand nimmst und neue Wege gehst, obwohl dir in letzter Zeit so viel Mist passiert ist. Das ist stark!« Sie schenkte Marga ein tiefes Lächeln, bevor sie zwinkerte. »Und falls du mir doch mal zu sehr fehlst, komme ich dich besuchen.«

»Das wäre wunderbar. Frau Hein hat mir bereits mehrmals versichert, dass du jederzeit herzlich willkommen bist.«

Conny drehte sich nach dem Becher um und trank ihren Kaffee Schluck für Schluck. Als sie ihn geleert hatte, öffnete sie ihre Tasche ein weiteres Mal und holte eine Zeitschrift heraus. »Das Buch über Bienen ist noch nicht alles.«

Marga hob die Augenbrauen und blickte auf das Journal hinab. Es war keine deutsche Zeitschrift, und sie verstand die Überschrift nicht. Doch das Hotel auf dem Cover erkannte sie sofort. »Das ist das *Para Lisboa*!«

Conny nickte.

Die Lehne der Bank drückte Marga plötzlich in den Rücken, und sie setzte sich aufrecht hin. »Pauls Interview habe ich völlig vergessen. Wo hast du die Zeitschrift her?«

»Vom Bahnhof. Internationale Presse. Du hast mir doch von dieser Members-Club-Sache erzählt und dass Herr Alprecht so begeistert davon war und vor der Presse davon sprechen wollte. Also habe ich nach der Zeitung gefragt. Ich dachte, du würdest das Interview trotz allem gern lesen. Du wirst nämlich erwähnt.«

»Was? Zeig her.«

Conny überreichte Marga die Zeitschrift, als sei es ein offizielles Papier. Marga blätterte durch die Seiten, bis sie auf das Interview stieß, betrachtete die Bilder des Hotels und starrte auf den Text. Dann klappte sie das Heft wieder zu. »Ich werde Google bitten, mir bei der Übersetzung zu helfen«, sagte sie.

»Das kann ich machen.« Conny streckte ihre Hand nach der Zeitschrift aus. »Dafür reicht mein Spanisch gerade so, Portugiesisch ist ganz ähnlich.«

»Danke, Conny.« Marga schüttelte den Kopf. »Auch für die Mühe, die du dir gemacht hast. Aber ich glaube, ich lese das lieber zu Hause.«

Conny setzte zu einer Erwiderung an, überlegte es sich dann aber offenbar anders und schwieg.

Marga steckte die Zeitschrift in ihre Tasche. »Sollen wir irgendwo noch eine Kleinigkeit essen?«

Conny strich über ihre Jacke, während sie aufstand. »Ein andermal gern. Ich habe in letzter Zeit nicht allzu viel für die Uni getan. Höchste Zeit, das nachzuholen.«

Sie warfen ihre Becher in den Abfall und machten sich auf den Weg. An der Bushaltestelle verabschiedeten sie sich.

»Vergiss nicht, das mit Tom ist nicht das Ende vom Lied. Sondern der Anfang eines neuen Songs.« Kaum hatte Marga ausgesprochen, erkannte sie, dass sie sich schon wieder einmischte. »Entschuldige. Das ist mir so rausgerutscht. Ich wollte dir nicht zu nahetreten. Das mit Tom tut dir furchtbar weh, das weiß ich.«

Conny strich Marga über die Schulter. »Lass gut sein, Mama. Tom ist ein Idiot und feige noch dazu. Früher oder später verliebe ich mich neu. Ich ärgere mich vor allem über mich selbst. Wieso habe ich das alles nicht kommen sehen?«

»Weil du schwer verliebt und glücklich warst. Und das ist auch gut so.« Marga lächelte. »Es ist das Leben.«

Sie umarmten sich, dann gingen sie in entgegengesetzte Richtungen davon.

39. Kapitel

Die Tür schwang auf und ließ die Staubpartikel im Licht tanzen. Paul sprang von seinem Stuhl und ergriff die ausgestreckte Hand der Psychologin, die lächelnd auf ihn zukam.

»Schön, Sie zu sehen, Herr Alprecht. Kommen Sie rein.« Frau Dr. Wennemeier, Anfang vierzig, mit einem wachem Blick aus grauen Augen, deutete mit ausgestreckter Hand in den Gesprächsraum.

Paul betrat das Zimmer und ließ den Blick schweifen. Die Wände leuchteten in hellgrüner Farbe, es gab sechs Stühle, die einen Halbkreis bildeten, einen kleinen Tisch, eine Zimmerpflanze, das war's. Kein Regal, kein Schreibtisch.

Auf einem der Stühle saß Inga. Beklommen hob sie das Kinn. »Hi, Dad.«

»Hallo, Liebes.«

Inga hatte ihn von Anfang an *Dad* genannt, was Paul mit Stolz zur Kenntnis genommen, allerdings nie hinterfragt hatte. Er war davon ausgegangen, dass sie das Wort einfach cool fand, und hatte seine Rolle als zweiter Vater – was in seinen Ohren besser als Stiefvater klang – nicht als Verpflichtung gesehen, die ihm im Nacken saß, sondern als Chance. Erst während des Telefonats mit der Psychologin hatte er erfahren, was es für Inga bedeutete, ihn *Dad* zu nennen.

»Das Wort beschreibt laut Ihrer Tochter einerseits eine Abgrenzung zu ihrem leiblichen Vater, andererseits die Möglichkeit eines alternativen Vaters mit mehr Spielraum, Lockerheit und Kompromissbereitschaft. Stiefväter haben durchaus Vorteile. Sie bringen nicht die Vergangenheit des leiblichen Vaters mit. Es gibt keine zurückliegenden Streits oder emotionale Lücken. Man geht sozusagen frisch ans Werk, wenn ich das so salopp ausdrücken darf«, hatte Frau Dr. Wennemeier am Telefon erläutert.

Sie hatte ihn angerufen, um ihn zu einem gemeinsamen Termin mit Inga einzuladen. Nach fünf Stunden allein mit der Psychologin sei seine Tochter nun so weit, die Situation mit ihren Eltern zu besprechen.

»Wir schauen uns Ingas Sicht auf die Familie im Allgemeinen an und beleuchten ihre Beziehung zu ihrer Mutter, ihrem leiblichen Vater und zu Ihnen, Herr Alprecht, nicht zu vergessen zu Ihrer verstorbenen Verlobten und Ihrer Haushälterin, Frau Reiter«, hatte Frau Dr. Wennemeier am Telefon angekündigt.

Paul hatte sich mit allem einverstanden erklärt, auch mit der Tatsache, dass Birgit am ersten Familientermin nicht teilnehmen wollte.

»Es erscheint mir vernünftiger, wenn du allein hingehst. Inga könnte überfordert sein, wenn ich ebenfalls mitkomme, zumal es ja primär um die Sache mit dir und Marga Reiter geht.«

Paul sah das zwar anders, schließlich war Inga wegen Birgits neuem Freund nach Lissabon gekommen. Doch er beließ es bei einem leisen Murren. Er erhoffte sich viel von diesem Gespräch und war fest entschlossen, mit seiner Anwesenheit etwas Heilsames in Gang zu setzen.

Unschlüssig stand er nun vor Inga, die Luft um sie herum

schien zu pulsieren. Schatten lagen unter ihren Augen, ihre Schultern hingen schlaff herunter. Paul hatte sie selten derart bedrückt erlebt. Schließlich ermunterte Frau Dr. Wennemeier ihn mit einem Nicken dazu, neben seiner Tochter Platz zu nehmen.

Paul setzte sich. »Ich konnte es kaum erwarten, heute hierherzukommen«, sagte er. »Danke, dass du dieser Stunde zu dritt zugestimmt hast.« Liebevoll strich er Inga über die Schulter. Seit sie aus dem Krankenhaus entlassen worden war, hatte sie sich verändert, wirkte angespannt und zögerlich, als hätte sie Angst vor der Offenheit, die Paul so an ihr schätzte und die sie bisher übersprudelnd herausgelassen hatte. In diesem Moment jedoch erinnerte Inga Paul an ein Kaninchen in Alarmbereitschaft, nach Angriffen witternd und jederzeit bereit, in einem Erdloch zu verschwinden.

»Schon gut, Dad«, murmelte sie.

»Ich denke, diese Stunde ist ein wunderbares Experiment«, eröffnete Frau Dr. Wennemeier das Gespräch. »Wenn es Ihnen recht ist, Herr Alprecht, wird Inga als Erste das Wort ergreifen. Wir haben uns in der letzten Stunde darauf geeinigt, dass sie einen Text verfasst, in dem sie ihre Gefühle, Sorgen und Ängste und natürlich auch ihre Wünsche darlegt. Wenn Inga fertig ist, sind Sie an der Reihe. Sie haben dann die Möglichkeit, Ihrer Tochter zu sagen, was *Sie* denken und fühlen. Erzählen Sie ihr, wie es Ihnen in Lissabon ging, als Inga plötzlich vor Ihrer Tür stand, und wie Sie die Situation, in der Sie sich zurzeit befinden, selbst einordnen.«

»Das mache ich gern«, stimmte Paul zu.

»Wunderbar. Dann starten wir jetzt. Inga …« Die Psychologin nickte ihr zu. »Sie haben das Wort.«

Inga zog einen Zettel aus ihrer Jeans und faltete ihn auseinander. Ihr Blick ging zu Paul, der sie anlächelte, dann zu Frau Dr. Wennemeier, die mit verschränkten Händen dasaß und sie auffordernd anblickte.

Inga strich mit der Hand über den Zettel, senkte den Blick und begann zu lesen:

Als meine Familie damals zerbrach und Papa auszog, ist Mama in ein tiefes Loch gefallen. Ich wusste nicht, wie das ist, wenn eine Familie keine Familie mehr ist. In der Schule haben manche darüber gesprochen, ein paar hatten es schon erlebt. Aber das hört man sich an, als wäre es die Handlung eines Films. Ich hab einfach nicht damit gerechnet, dass es uns treffen könnte. Nach Papas Auszug hat Mama oft geweint, sie hat sich in sich selbst zurückgezogen, wie ein Bär, der Winterschlaf hält. Nichts und niemand konnte sie aus diesem Loch herausholen. Ich hab's ein paarmal versucht, aber keine Chance. Meine Mutter ist ein Kontroletti, das war sie schon immer, es hat sie fertiggemacht, dass sie Papas nächste Schritte und irgendwie das Leben allgemein nicht kontrollieren konnte. Ehrlich, am Anfang hatte ich verdammt oft Angst um sie. Als sie es endlich gecheckt hatte, hat sie behauptet, in ein paar Wochen sei alles wieder gut. Aber das stimmte nicht. Ich wusste, dass sie flunkert, um mich zu beruhigen. Ich hab's gespürt. Ab da weinte sie heimlich, mitbekommen hab ich es trotzdem. Irgendwann ging es ihr wieder besser. Aber erst, als du aufgetaucht bist, Dad, hat sie wieder gestrahlt und angefangen, Pläne zu schmieden. Ich war so froh, dass

sie endlich nach vorne schaute, und als sie sagte, sie wolle dich mir vorstellen und du würdest mir garantiert gefallen, du wärst ein echt cooler Typ, anders als Papa, war ich riesig gespannt darauf, dich kennenzulernen.
Du hast mir gleich gefallen, da hatte Mama recht. Du hast so gechillt gewirkt, und die ganze Zeit stand dieses supersüße Grinsen in deinem Gesicht. Du hast mir stundenlang zugehört, und ich hatte nie das Gefühl, es wäre dir zu viel. Du warst toll. Mit einem Mal tat es nicht mehr so weh, dass Papa nur noch selten Zeit für mich hatte, denn plötzlich warst du da. Es hat sich richtig angefühlt, dich Dad zu nennen.

Ingas Hand war zu ihrem Brustkorb gewandert. Paul bemerkte den Ring mit dem kleinen roten Stein an ihrem Mittelfinger. Er hatte ihn Inga zum vierzehnten Geburtstag geschenkt, seitdem trug sie ihn mit Stolz und nannte ihn ihr *Prinzessinnen-Accessoire*.

»Meine Freundinnen haben mich echt heftig um dich beneidet. Einige waren richtig neidisch.« Inga presste die Knie aneinander.

Einerseits, weil wir aus unserer Wohnung ausgezogen sind und plötzlich in diesem gigantischen Haus lebten, aber auch, weil bei uns alles super lief. Wir waren eine richtige Familie ... Du hast zwar mordsviel gearbeitet, warst aber trotzdem da, wenn ich dich brauchte. Mega, dass du mir die Poolparty zum Fünfzehnten erlaubt hast, und geil, dass wir diesen Projekttag in deinem Hotel ma-

chen durften. Ich glaube, die Schleiermann hat sich an dem Tag ein bisschen in dich verguckt.

Ein winziges Lächeln huschte über Ingas Gesicht, als sie diese Zeilen las, doch im nächsten Moment bebte ihre Stimme.

Als es zwischen Mama und dir in die Brüche ging und wir auszogen, fiel Mama das seltsamerweise leichter als bei der Trennung von Papa. Ich fand es schrecklicher als beim ersten Mal, und ich hab euch dafür gehasst, dass ihr eure Beziehung nicht besser hingekriegt habt. Immerhin durfte ich weiterhin zu dir kommen, wann immer ich wollte, das war cool. Scheiße dagegen war für mich, wenn ich dich sagen hörte, du wärst froh, dass ich mit der Situation so gut klarkäme. So war es nämlich nicht, Dad. Dieses Mal habe ich geheult, nicht Mama, und wochenlang die Schule geschwänzt. Das habt ihr gar nicht mitbekommen, oder? Mama hat die Toughe gegeben, ist voll durchgestartet und hat sich hinter diesem nervigen Ich-bin-Single-und-zwar-gerne-Ding verschanzt. Und du? Du bist in den Planungen deiner Hotels verschwunden. Du hast dich total abgeschottet und kamst mir vor, als hättest du keinen Bock mehr auf Privatleben – wie hätte ich da mit meinem Frust zu dir kommen können?

Inga ließ den Zettel sinken und starrte auf ihre Hände hinab.

Über Paul schwappten Reue und Traurigkeit wie eine riesige Welle hinweg und ließen ihn mehrmals tief einatmen, seine Augen brannten. Wieso hatte er nicht mitbekommen, wie es Inga ging? Wieso hatte er nicht hinter ihre Fassade geblickt?

Ich hatte Angst, ich würde dir zur Last fallen, wenn ich mit meinem Kram zu dir käme. Dass du nicht mein richtiger Vater bist, hat ja nie eine Rolle gespielt, doch nach der Trennung war's mir plötzlich wieder bewusst. Und als Sybille auf der Bildfläche auftauchte und nicht mehr verschwand, war es aus mit meiner Hoffnung, dass Mama, du und ich jemals wieder eine Familie sein könnten. Ich hatte Schiss, dass Sybille irgendwann keinen Bock mehr auf 'ne Stieftochter haben könnte, und hab mir abends im Bett oft vorgestellt, wie toll es wäre, wenn stattdessen Mama und du wieder zusammenkämt. Über dich hat sie nie so übel gesprochen wie über Papa. Sie mochte dich auch nach der Trennung noch. »Es gibt Trennungen, die sind ein Fehler«, sagte sie mal zu mir. Da hab ich mir ausgemalt, dass wir wieder zu dir ins Haus ziehen, und sah mich mit Sack und Pack in mein altes Zimmer einfallen. Und dann kamst du eines Tages an und hast mir eröffnet, du hättest Sybille einen Antrag gemacht, ihr würdet heiraten … Boa, ich hab sie so gehasst in dem Moment und konnte es dir nicht sagen, weil du so glücklich ausgesehen hast. Als dann der Unfall passierte … als Sybille beim Schwimmen …

Inga begann zu stottern und legte die Hände vors Gesicht. Minutenlang saß sie da, und Paul wollte schon den Arm um sie legen. Ein sachtes Kopfschütteln von Frau Dr. Wennemeier hielt ihn davon ab.

Als Inga weitersprach, knüllte sie den Zettel zusammen, auf den sie ihre Gedanken und Gefühle geschrieben hatte. »Ich hatte mir insgeheim gewünscht, dass es mit Sybille und dir nicht klappt und sie wieder auszieht. Ich wollte, dass ihr die Hochzeit absagt, aber ich wollte nicht, dass Sybille etwas passiert … Ich konnte es nicht glauben, als du sagtest, sie wäre tot. Eine meiner Freundinnen behauptete, das mit Sybille sei ein Zeichen, ein übles, klar, aber doch ein Wink des Schicksals, und ich hab sie übel dafür beschimpft. Ich war so wütend auf sie und auf mich selbst, ich wollte doch nicht, dass Sybille etwas zustößt.« Tränen rannen Ingas Wangen hinunter, und Paul musste sich an seinem Stuhl festklammern, um nicht aufzuspringen und Inga an sich zu drücken.

»Als ich das von Mama und ihrem Freund mitbekam, hab ich einfach meine Sachen gepackt und mich auf den Weg nach Lissabon gemacht. Ich dachte, du und ich machen uns ein paar schöne Tage – wie früher. Aber nein. Ich erwische dich und Frau Reiter … Marga beim Knutschen …«

Paul schluckte gegen die Tränen an. Inga stand vor einem solch riesigen Berg an Emotionen, dass ihn ihr Zusammenbruch nicht wunderte. Heiß schoss ihm die eigene Schuld daran in den Magen.

Frau Dr. Wennemeier hatte Inga einen Moment Zeit gelassen, nun meldete sie sich zu Wort. »Wie stehen Sie grundsätzlich zu Marga, Inga? Abgesehen von der Tatsache, dass Ihr Vater und sie sich geküsst haben und Sie damit nicht einverstanden sind. Was empfinden Sie, wenn Sie an sie denken?«

Inga biss sich auf die Oberlippe. »Ich mochte sie. Früher jedenfalls«, schränkte sie ein. Ein ertappter Ausdruck zog über ihr Gesicht. Trotzig wischte sie die Tränen ab.

»Wie würden Sie Marga beschreiben?«

Inga wusste offenbar nicht, womit sie beginnen sollte, und knetete eine Weile ihre Finger. Schließlich kam sie der Aufforderung errötend nach. »Marga ist bescheiden. Ich kenne niemanden, der mit so wenig auskommt wie sie. Sie fährt mit dem Rad, egal welches Wetter ist.« Mit ihrer rechten Hand spielte sie mit dem zusammengeknüllten Zettel herum. »Einmal kam sie klatschnass bei uns an. Ihr Rock hatte sich regelrecht mit Wasser vollgesogen. Es war November, es war kalt, doch es schien ihr nichts auszumachen. Sie erzählte mir, sie hätte nie ein Auto besessen. Das könne man sich in einer Großstadt sparen.«

Frau Dr. Wennemeier nickte und fragte: »Kann sie zuhören? Ist sie *da,* präsent, oder ist sie mit den Gedanken woanders, wenn jemand anderes spricht? Hat sie die Fähigkeit, sich selbst zurückzunehmen, damit ihr Gegenüber zu Wort kommt?«

»Mmh«, gab Inga zögerlich zu. »Wenn man ihr ein Problem schildert, scheint sie es zu verstehen.«

»Und wenn es etwas ist, das sie bestimmt nie selbst erlebt hat?«

»Auch dann. Glaube ich. Sie kann sich einfinden. Deshalb mochte ich sie so.«

»Wenn sie an ein Märchen denken, wer wäre Marga Reiter Ihrer Einschätzung nach?«

Inga warf der Psychologin einen undefinierbaren Blick zu. »Ein Geist im Schloss …?«

Frau Dr. Wennemeier überlegte. »Ein Geist? Was treibt dieser Geist in dem Schloss?«

Inga zuckte mit den Schultern und schwieg. Die Stille zwischen ihnen dehnte sich aus. »Keine Ahnung«, meinte sie irgendwann. »War nur so ein Gefühl. Sie haben gefragt, und ich habe geantwortet.«

»Gut, danke, Inga. Dann lassen wir das mal so stehen. Wieso hat Sie der Kuss Ihres Vaters gestört? Was hat Sie so daran getroffen?«

Inga griff mit der rechten Hand an das Handgelenk der linken. Sie war sichtlich nervös. Paul sah ihr an, wie unangenehm ihr die Frage war.

»Weiß ich nicht genau.« Ihre Stimme war kaum mehr als ein Wispern. »Ich finde, man kann nicht einfach von heute auf morgen mit seiner Haushälterin knutschen. Was ist mit dem Dienstverhältnis? Ist so was nicht verboten? Gibt es keine Linie, die man nicht überschreiten sollte, wenn jemand für einen arbeitet?«

»Grundsätzlich haben Sie natürlich recht, Inga«, erwiderte die Psychologin. »Aber lassen Sie die Tatsache des Dienstverhältnisses einmal weg und stellen sich vor, Marga Reiter wäre nicht die Haushälterin, sondern jemand, den Ihr Vater im Beruf oder bei Freunden kennengelernt hat. Würden Sie dann genauso oder anders empfinden?«

»Wie soll ich das wissen?« Unmut mischte sich in Ingas Ton, und sie tippte sich mit dem Zeigefinger gegen die Nase. »Wenn ich an Marga denke, sehe ich unsere Haushälterin vor mir, Punkt. Das war sie schon immer, und das hätte sie bleiben sollen. Das mit Dad und ihr kann einfach nicht gut gehen. Und ich frage mich, wer bleibt mir in Zukunft noch? Gibt es gar nichts, worauf man sich verlassen kann? Nicht für ein paar läppische Wochen oder Monate. Sondern auf Dauer?«

»Meinen Sie für immer?«, fasste die Psychologin nach. »Etwas, auf das Sie unter allen Umständen bauen können?«, präzisierte sie. »Meinen Sie das, Inga?«

»Klar, was sonst. *Für immer.* Das verspricht man sich doch, wenn man heiratet. Man sagt dem anderen, man sei für immer für ihn da.« Inga kräuselte die Lippen zu einem Ich-meine-was-ich-sage-Ausdruck. »Aber niemandem scheint es damit ernst zu sein.« Ihre Stimme wurde erneut zu einem Flüstern. »Als er damals auszog, sagte Papa, er werde nie wieder heiraten, er habe die Nase voll. Mama behauptete, wer heute noch einen Trauschein brauche, sei definitiv von vorgestern.« Ingas Blick huschte zu Paul. »Keine Ahnung, Dad, wie du die Dinge gesehen hast, nachdem Mama und du … nachdem ihr geschieden wart. Ich dachte, du hättest ebenfalls genug vom Heiraten. Aber nichts da, eines Tages tauchte, wie aus dem Blauen, Sybille auf.« Inga sah aus, als wolle sie etwas hinzufügen, schwieg dann aber, als sei sie sich nicht sicher, ob sie den Rest ihrer Gedanken wirklich preisgeben sollte.

»Nur zu«, Paul nickte ihr zu, »du kannst ganz offen sprechen.«

Inga senkte den Kopf und knibbelte an ihren Fingern herum. »Ich meine das jetzt nicht böse«, murmelte sie, »aber sonderlich sympathisch war Sybille mir nicht. Wenn du mich fragst, war sie ganz schön oberflächlich und ichbezogen. Jedenfalls meistens. Sobald du da warst, hat sie sich natürlich von ihrer besten Seite gezeigt. Wochenlang hab ich mich gefragt, warum du das nicht checkst.« Inga hob den Blick und warf Paul den nächsten Satz regelrecht an den Kopf. »Und dann kommst du an und verkündest, du wolltest den Rest deines Lebens mit ihr verbringen … Cringe, Mann! Ich hab 'nen Schreck gekriegt, und dann stirbt Sybille, und kaum ist sie beerdigt, küsst du unsere Haushälterin. Das ist echt arg ...« Inga strich mit den Händen über ihre Jeans und blickte Hilfe suchend zu Frau Dr. Wennemeier.

»Danke, Inga. Das war ein sehr ehrlicher Einblick in Ihre Gefühlswelt.« Die Psychologin wandte sich an Paul. Ein Anflug von Mitgefühl huschte über ihr Gesicht. »Herr Alprecht, nun sind Sie dran. Das ist eine Menge, worauf Sie antworten können. Was sagen Sie dazu, wie Inga die Dinge empfindet?«

40. Kapitel

Raschelnd glitt der Vorhang beiseite und gab den Blick nach draußen frei. Marga öffnete das Fenster. Sogleich drang das Rauschen der Pappeln zu ihr herein.

Sie streckte die Arme durch die Träger des BHs und suchte auf dem Rücken nach den Häkchen, streifte das dünne Unterhemd über, drehte den Rockbund um ihre Taille und schloss den Knopf. Sie hatte nie ein Problem damit gehabt, morgens in die Gänge zu kommen, und empfand den neuerdings späten Start in den Arbeitsalltag noch immer als gewöhnungsbedürftig. Gerti Hein verlangte erst um zehn Uhr nach ihr, »vorher bin ich einfach nicht salonfähig!«, und obwohl Marga Whitneys Weckgesang entsprechend nach hinten verschoben hatte, wachte ihr Körper zur jahrelang trainierten Uhrzeit auf und trieb sie aus dem Bett. So hatte sie nun plötzlich täglich mehrere freie Morgenstunden für sich.

Sie tappte ins Wohnzimmer hinüber, wo auf dem Tisch ihr aufgeklappter Laptop stand. Daneben lag die Zeitschrift mit Pauls Interview. Nachdem Conny ihr das Magazin gegeben hatte, war Marga nach Hause gegangen und hatte es mit vor Aufregung feuchten Händen aufgeschlagen. Pauls blaue Augen auf dem Foto neben dem Interview hatten die jüngste Vergangenheit wieder höchst lebendig werden lassen und ihren

Puls zu einem Trommelwirbel beschleunigt. Sie glaubte, in seinem Blick den Funken ihres kurzen Glücks glimmen zu sehen, nur um sich im nächsten Moment selbst für diesen träumerischen Gedanken zu schelten, der viel besser zu Kirsten passte als zu ihr. Dennoch – sie vermisste Paul. Auch wenn sie versuchte, nicht daran zu denken.

Mit Googles Hilfe war es ihr gelungen, den Artikel zu übersetzen, und Marga mochte den Ton, in dem Paul dem Journalisten Rede und Antwort stand: sympathisch, eloquent und auch ein bisschen nachdenklich.

Besonders berührte es sie, dass Paul ihre Idee des Members-Clubs wirklich zur Sprache brachte und sogar erwähnte, dass eine schwierige Zeit hinter ihm läge, ihm das Schicksal jedoch durch einen Menschen, dem er sein Herz habe öffnen können, auf wundersame Weise geholfen habe. Nie hätte Marga damit gerechnet, dass er öffentlich preisgeben würde, dass der Members-Club die Idee jener Frau gewesen sei, die ihn zurück ins Leben geholt habe, und er den Einfall lediglich aufgegriffen habe, weil er ihn klasse finde.

Marga hatte die Passage gar nicht oft genug lesen können. Nicht nur wegen des Lobs, sondern vor allem wegen der Wärme und Wertschätzung, die aus den Zeilen sprach.

An einer Stelle fragte der Journalist: *Herr Alprecht, nach diesen Worten müssen Sie damit rechnen, in einem nächsten Interview nach der mysteriösen Frau gefragt zu werden. Die meisten unserer Leserinnen und Leser werden wissen wollen, wer sie ist und wie es weitergeht.*

Worauf Paul antwortete: *Das ist die Unvorhersehbarkeit des Lebens. Ich wurde selbst überrascht. Und ich scheue mich nicht, es zuzugeben.*

Damit hatte er sich recht gut aus der Affäre gezogen, fand Marga. Aber er wusste sicher, dass es damit nicht getan sein würde. Reporter lechzten ebenso sehr nach romantischen Storys wie Kirsten.

Marga tastete nach dem Einschalt-Knopf ihres Laptops und lauschte dem Krächzen einer Krähe, während sie darauf wartete, dass der Rechner hochfuhr. In ihrem Kopf hörte sie das summende Geräusch, das eine eintrudelnde E-Mail ankündigte, doch als sie ihr Postfach öffnete, enthielt es keine neuen Mitteilungen. Sie spürte die Enttäuschung in sich aufwallen und seufzte schwer.

In der nächsten Sekunde schnippte sie sich selbst gegen den Oberarm und murmelte: »Du musst damit aufhören, jeden Tag auf ein Zeichen von ihm zu hoffen. Sieh nach vorn, finde zurück ins Spiel.« Was sie Conny gesagt hatte, galt genauso für sie – es war Zeit für einen neuen Song.

Sie stand auf, ging in die Küche und brühte sich eine zweite Tasse Kaffee auf, gab Zucker und Milch hinzu und rührte um. Die kleinen Freuden waren es, auf die es in herausfordernden Momenten ankam. Sie würde sich ans offene Fenster setzen und sich in Ruhe den Kaffee schmecken lassen. Mehr zählte in diesem Moment nicht.

Als Marga gegen zehn in Frau Heins Altbauwohnung trat, stellte sie der Seniorin jene inzwischen übliche Frage, die zu einer amüsanten Routine zwischen ihnen geworden war: »Wie stehen Dinge mit Ihrer Nachbarin? Irgendeine Veränderung erkennbar?«

Frau Hein erwiderte jeden Tag etwas anderes, das sich allerdings in der Aussage ähnelte. An diesem Morgen sagte sie:

»Keine Ahnung, ob und wann ich bezüglich dieser Frau auf Erfolge hoffen darf. Mir würde schon ein erkennbares Lächeln in Frau Bratz' Gesicht reichen. Aber leider hängen die Wolken weiterhin tief, um es mal so auszudrücken.«

»Wir knacken die Bratz schon noch«, versprach Marga, hängte ihre Jacke auf und ging anschließend in die Küche, um sich um die Blumentöpfe auf der Fensterbank zu kümmern. Alle zwei Tage goss sie die Pflanzen und zupfte verblühte Blätter ab. »Haben Sie mal an eine Küchenparty gedacht, um voranzukommen?«, überlegte sie laut, während sie beobachtete, wie das Wasser in die Erde sickerte. »Eine lockere Zusammenkunft«, erläuterte sie, als sie sich umdrehte und Frau Heins überraschten Blick bemerkte. »Etwas Ungezwungenes.«

»Nein. Sollte ich?« Frau Hein klang wenig begeistert.

»Es könnte helfen, um das Eis zu brechen. Und Sie könnten sich während des Beisammenseins an Frau Bratz' gottergebenem Blick laben.«

Frau Hein liebte jenen vielzitierten *gottergebenen*, bisweilen bitteren, dann wieder erschrocken-flehenden Blick; sie lachten oft, wenn sie darüber sprachen.

»Eventuell laden Sie sie gemeinsam mit ein paar anderen aus dem Haus ein. Damit es nicht so offensichtlich ist«, fuhr Marga fort. »Ich backe Kuchen und zwei, drei Quiche. Wenn Sie möchten, serviere ich auch.« Sie stellte die Gießkanne in Elefantenform zurück in den Küchenschrank. Gerti Hein sammelte Elefanten. Sie besaß Exemplare aus Ton, Messing und Glas und hatte sogar eine Elefanten-Klobürste im Sortiment, die sie zwar als Unfug bezeichnete, aber dennoch nicht hergeben wollte.

»Wenn ich einen schlechten Tag habe, schaue ich mir dieses verrückte Ding an, und schon muss ich lachen. Die Klobürste erfüllt also durchaus ihren Zweck.«

»Sie könnten die Elefanten rauslassen.« Um die Lampe in der Küche schwirrte eine Fliege. Marga öffnete das Fenster, fuchtelte mit den Armen und vertrieb das Tier nach draußen, dann öffnete sie den Oberschrank und deutete auf die Gläser in Form von Elefanten, um zu verdeutlichen, was sie meinte. Frau Heins verstorbener Mann hatte sie seiner Frau nach einem Streit als Versöhnungsgeschenk mitgebracht. Beim Anblick hatten beide lachen müssen und waren sogleich wieder ein Herz und eine Seele gewesen. Manchmal halfen schon Kleinigkeiten.

»Ich habe unlängst in einem Haushaltswarengeschäft eine Elefanten-Butterform gesehen. Stellen Sie sich das vor. Wie wäre es, wenn ich eine für Sie besorge? Dann könnten wir es als Elefanten-Küchenparty ausgeben.«

»Jetzt schießen Sie mal nicht übers Ziel hinaus, Frau Reiter. Die Elefanten bleiben mein Geheimnis. Das haben Sie doch nicht vergessen?«

Marga schloss die Tür des Oberschranks. »Natürlich nicht. Aber es sind nun mal die Verschrobenheiten, die Menschen fassbar machen. Wenn man etwas Persönliches von sich preisgibt, ist es, als ginge man über eine Brücke auf den anderen zu.«

Frau Hein machte ein nachdenkliches Gesicht und verschränkte die Arme vor der Brust. »Das haben Sie wunderbar beschrieben«, meinte sie. »Wenn ich meine Elefanten loslasse, vergisst mich garantiert niemand mehr, das ist mir durchaus klar. Hm, ich denke über die Idee einer Küchenparty nach.«

»Das nenne ich ein Wort.« Marga ging in den Flur, um ihr

Notizbuch zu holen. Anschließend setzte sie sich an den Küchentisch und schlug es auf.

Frau Hein wies auf das dünne Büchlein. »Was haben Sie damit vor?«

»Eine Einkaufsliste schreiben.« Marga pochte auf das Papier. »Wir haben nicht alles da, was man für eine gelungene Party braucht.«

»Sie sind ganz schön hartnäckig, aber das wissen Sie vermutlich selbst. Na gut, Sie haben mich überzeugt.« Frau Hein rutschte neben Marga an den Tisch. »Die Party ist gebongt. Ob die Bratz kommt oder in ihren vier Wänden bleibt, das Fest steigt. Ich wohne seit Jahren in diesem Haus und kenne noch immer nicht alle Bewohner.«

»Sehen Sie. Das muss sich schleunigst ändern. Es schadet nicht, wenn man weiß, mit wem man es zu tun hat, wenn man bei jemandem klopft, weil man keine Eier mehr im Kühlschrank hat«, befand Marga.

»Da sagen Sie etwas Wahres.« Für einen Moment wanderte Frau Heins Blick versonnen in die Ferne, und Marga vermutete, dass der spontane Entschluss eine Erinnerung geweckt hatte. »Besorgen Sie bitte Wunderkerzen. Eine Party ohne Wunderkerzen ist nichts Halbes und nichts Ganzes.«

»Wunderkerzen.« Marga notierte es und blickte auf. »Was noch?«

»Erdnussflips. Die sind angeblich ungesund, aber ich liebe sie.« Frau Hein verdrehte die Augen.

»Wir leben nur einmal«, sagte Marga und schrieb es auf. »Soll ich auch Chips mitbringen?«

»Unbedingt … Wissen Sie was, der Tag, an dem ich Sie eingestellt habe, war ein Glückstag.«

»Danke, Frau Hein, das höre ich gern.« Marga notierte die Wünsche, bis der Hausherrin nichts mehr einfiel. Die Idee mit der Party war großartig, und sie würde sich um alles kümmern und Frau Hein und ihren Gästen einen unvergesslichen Nachmittag bereiten. Sie erhob sich und steckte das Notizbuch ein. »Wenn es Ihnen recht ist, gehe ich gleich jetzt einkaufen.«

»Ich komme ausnahmsweise mit. Ich muss ohnehin noch ein Geschenk in der hübschen Parfümerie neben dem Supermarkt besorgen. Mal rauszukommen tut mir sicher gut.«

Marga half Frau Hein in den Mantel und schlüpfte in ihre Jacke.

»Wissen Sie eigentlich, dass die australischen Ureinwohner der Meinung sind, dass Jung und Alt zusammengehören, weil jüngere Menschen aus der *Heiligen Zone* kommen und die Älteren sich langsam aber sicher auf den Weg dorthin machen?« Frau Hein griff nach ihrem Seidentuch und schlang es sich um den Hals.

»Falls Sie das *jung* auf mich beziehen, bringen Sie mich damit höchstens zum Grinsen.«

»Sie sind ein Küken, Frau Reiter, vergessen Sie das nie. Es liegt noch eine Menge Leben vor Ihnen.«

»Sie wissen, wie Sie mich ködern können. Aber gut … Ich vergesse es nicht. Versprochen.« Marga griff nach dem Trolley, mit dem sie für Frau Hein einkaufen ging.

»Tüten schleppen kommt bei mir nicht infrage. Das ruiniert den Rücken. Ich hoffe, Sie genieren sich nicht, wenn Sie einen Trolley hinter sich herziehen. Manche reisen problemlos mit den Dingern um die halbe Welt, doch wenn es ums Einkaufen geht, ist ihnen so ein Rollgefährt peinlich«, hatte Frau Hein beim Vorstellungsgespräch kopfschüttelnd referiert.

Marga kannte jedoch keine falsche Scham und freute sich jedes Mal, auf Frau Heins kleinen Helfer zurückgreifen zu können. Gemeinsam verließen sie die Wohnung und schlenderten zum Supermarkt, vor dessen Eingangstür sich ihre Wege trennten. Frau Hein verschwand in der Parfümerie nebenan, und Marga steckte eine Münze in den Schlitz an der Stange des Einkaufswagens und betrat den schicken Biomarkt, auf den Frau Hein für ihre Einkäufe bestand. Sie legte Wert auf höchste Qualität.

»Man ist, was man isst«, pflegte sie zu sagen. »Wer an Lebensmitteln spart, betrügt sich also selbst – und ich kann es mir leisten.«

Marga schob den Einkaufswagen durch die Gänge und dachte daran, wie gern sie für Frau Hein arbeitete. Im Grunde war sie hauptsächlich ihre Gesellschafterin, kaufte nebenbei ein und kümmerte sich neuerdings außerdem um das Instagram-Profil der Seniorin. Social Media war für Frau Hein wichtig, um *am Ball zu bleiben.* »Ich finde es schrecklich, wenn sich Großeltern hinter ihrem Alter verstecken, um sich nicht mit den Interessen der Jugend beschäftigen zu müssen. Ich will nicht eines Tages in einer anderen Welt leben als meine Enkelin. Um etwas zu lernen, ist man nie zu alt.«

Frau Hein hielt generell mit nichts hinterm Berg und nahm andere genauso gern auf die Schippe wie sich selbst. Sie hatten eine Menge Spaß miteinander.

»Mein Körper hat inzwischen eine etwas seltsame Form angenommen. Um es mal sympathisch auszudrücken«, hatte sie während Margas ersten Tagen behauptet und mit einem verschmitzten Lächeln auf die leichten Dellen in ihrem Gesicht und auf ihren Armen gedeutet. »Mit meinen Beinen bin ich allerdings noch immer zufrieden.« Sie hatte gegluckst und forsch das rechte Bein gehoben. »Sie sind weder spindeldürr, was ich wenig ansehnlich finde, noch zu dick.«

»Sie sind perfekt«, hatte Marga befunden.

»Anständige Beine im Alter sind ein Segen, lassen Sie sich das gesagt sein«, hatte Frau Hein gemeint und ihre Brille nach oben geschoben, sodass sie wieder perfekt auf ihrer Nase saß. »Entsprechende Kleidung ebenso. Wenn man in meinem Alter Komplimente bekommt, bezieht sich das hauptsächlich auf das, was man trägt. Ist der Schnitt gut, steht einem die Farbe, sitzt die Frisur? Solche Sachen. Nein, nein, nein, behaupten Sie nichts anderes. Das nähme ich Ihnen übel. Und natürlich ist der Kopf die Hauptsache, sprich das Gehirn. Also Kreuzworträtsel lösen, auf Instagram posten, was Frauen meines Alters aufgrund ihrer Lebenserfahrung den jungen Leuten zu sagen haben, Diskussionen im Fernsehen anschauen und mitsprechen, wenn es um was Wichtiges geht.«

Marga hatte längst herausgefunden, dass Gerti Hein ihr gern das Wort abschnitt, allerdings entschuldigte sie sich sofort, wenn sie es bemerkte.

»Ich war zu lange allein, daran liegt es. Es ist verführerisch, jemanden hier zu haben, der mir zuhört.« Sie verstrickten sich beinahe täglich in Diskussionen. Ehrlichkeit und Authentizität lagen ihrer Arbeitgeberin am Herzen.

»In der Politik fehlt es an beidem. Deshalb geht es mit Deutschland bergab. Wer ist denn heute noch ehrlich? Diese Mistkerle spekulieren nur darauf, wiedergewählt zu werden. Da liegt der Hund begraben. Die Politik versaut Menschen. Nicht alle, aber den Großteil.« So ging es hin und her, bis sie die aktuellen Themen besprochen hatten.

Marga lächelte und steuerte die Abteilung für Obst und Gemüse an, legte einen Sack Äpfel und einen Bund Bananen in den Einkaufswagen und zog weiter Richtung Backartikel. Sie hatte sich mit Frau Hein auf vier verschiedene Kuchen, Eierlikör mit Bourbonvanille, den sie frisch zubereiten würde, und Flammkuchen mit Gorgonzola, Birnen und Walnüssen geeinigt.

»Danach sind alle pappsatt und bleiben garantiert nicht bis Mitternacht.« Frau Hein hatte zufrieden genickt. »Das gilt es zu verhindern. Ab zehn werde ich verlässlich müde und brauche meinen Schönheitsschlaf, um das Schlimmste zu verhindern.«

Marga nahm drei Stangen Bourbonvanille aus dem Regal, außerdem ein großes Glas Honig, Walnüsse und Mandeln und zwei Packungen Weizenmehl höherer Ausmahlung. Als sie sich umdrehte, fiel ihr ein Mann ins Auge, der einige Meter entfernt vornübergebeugt auf dem Boden kniete und unter das Regal schielte.

Marga trat zu ihm und blickte auf dunkelblondes kurz geschnittenes Haar. »Suchen Sie was?«

Der Mann wandte den Kopf zu ihr, blieb aber in der gekrümmten Haltung. »Sie haben es erfasst. Ich suche bunte Streusel, die man zur Deko auf Kuchen gibt.«

Marga zog die Stirn in Falten. »Und die sind Ihnen runtergefallen und unter das Regal gerollt?«

»Äh … nein, dort liegt mein Einkaufszettel. Er ist mir aus der Hosentasche gerutscht und muss hier irgendwohin geflattert sein. Ohne Einkaufszettel bin ich aufgeschmissen.«

Marga nickte. »Das kenne ich. Was man sich notiert, verschwindet aus dem Kopf.« Sie deutete auf das zweite Fach von unten. »Also, die Streusel sind dort, wenn Sie Ihren Einkaufszettel gefunden haben. Viel Glück beim Suchen.«

Der Mann antwortete nicht. Seine Hand tapste weiter suchend über den Boden, bis plötzlich ein Grinsen auf seinem Gesicht erschien. Triumphierend zog er den Arm zurück und hielt einen beschriebenen Zettel in die Höhe. »Ah, da ist er ja.« Mit einem leisen Ächzen kam er auf die Beine und präsentierte seine Einkaufsliste wie einen Gewinn. »Ihre Glückwünsche sind in Erfüllung gegangen. Danke«, strahlte er Marga an, »… auch für den Hinweis, wo ich die Streusel finde.«

»Man hilft, wo man kann.«

Marga rollte weiter und klapperte sämtliche Gänge ab. Mehr und mehr füllte sie den Wagen. Als sie sich schließlich in die Schlange an der Kasse einreihte, stieß Gerti Hein zu ihr, in der Hand eine große Papiertüte der Parfümerie. Im selben Moment tauchte der Mann, der seinen Einkaufszettel gesucht hatte, hinter ihnen auf. Marga registrierte ein Grübchen im Kinn, was ihm etwas Freundliches verlieh. Und am Hals entdeckte sie einen schmalen Streifen Barthaare, die er offenbar beim Rasieren übersehen hatte. Sie schätzte ihn auf Mitte, Ende fünfzig.

»Ist reiner Zufall, dass ich hier stehe«, scherzte er, als er ihren überraschten Blick auffing, und deutete auf seinen mindestens ebenso gut befüllten Einkaufswagen.

Frau Hein drehte sich um. »Dachte ich's mir doch, dass ich die Stimme kenne. Frido! Lange nicht gesehen. Wie geht es Ihnen?«

Der Mann deutete eine Verbeugung an. »Alles in Ordnung bei mir. Und bei Ihnen, Frau Hein?«

Frau Hein lächelte. »Genauso.« Sie wies auf Marga. »Darf

ich bekannt machen? Das ist Frau Reiter, ein Engel, den mir das Schicksal geschickt hat.« Sie zeigte auf den Mann. »Und das ist Fridolin Lefzeller. Supermarktbekanntschaft und Nachbar in einem. Wir verstehen uns, seit wir uns zum ersten Mal an der Käsetheke begegnet sind. Wie lange ist das jetzt her, Frido?«

»Vier Jahre, in etwa. Allerdings ist es mehr als eine Bekanntschaft, wenn Sie mich fragen. Wir mögen uns.« Frido wandte sich an Marga. »Frido Lefzeller klingt nicht nach Mann von Welt. Ist mir klar. Aber man sollte nicht auf das Offensichtliche schauen.«

Frau Hein grinste. »Amüsant wie immer, Frido.«

»Lachen ist gesund. Ich fühle mich geradezu verpflichtet, dafür zu sorgen, dass wir das nicht vergessen.«

Marga unterdrückte ein Schmunzeln und legte ihre Einkäufe aufs Band.

»Sagen Sie, haben Sie nicht mal erwähnt, dass Sie Gitarre spielen ... auch bei Festen?«, wollte Gerti Hein wissen. »Und Sie singen dazu?«

»Das mache ich tatsächlich«, erwiderte Frido. »Hin und wieder jedenfalls.«

»Wenn das so ist, was halten Sie von einem Engagement?« Frau Hein erzählte von der Küchenparty und lud Frido Lefzeller dazu ein, das Fest mit Musik und Gesang zu untermalen. Er nahm dankend an, weigerte sich jedoch, dafür bezahlt zu werden.

»Ich mache es nur, wenn ich als Gage zwei Stücke Kuchen bekomme. Alles andere lehne ich strikt ab.«

»Sie sind ein harter Verhandler, wissen Sie das!?«

Die Kassiererin zog die letzten Einkäufe übers Band und

nannte den offenen Betrag. Marga zahlte und verstaute die Einkäufe im Trolley. Als sie fertig war, drehte sie sich zu Frau Hein und Frido Lefzeller um. Er strahlte eine gewisse Lockerheit aus, als begegnete er dem Leben mit einem Augenzwinkern.

»Dann ist es abgemacht. Sie spielen bei meiner Party und futtern Kuchen, bis Sie nicht mehr können.« Frau Hein reichte Frido die Hand.

Der schlug ein. »Für Sie tue ich fast alles«, antwortete er und grinste breit.

»Was für ein Glück, dass ich Sie getroffen habe. Jetzt bekomme ich sogar Livemusik bei meiner Party.«

Marga schloss die Hand um den Griff des Trolleys, verabschiedete sich von Frido und verließ mit Frau Hein den Supermarkt.

»Er scheint nett zu sein, Herr Lefzeller …«, sagte sie ganz nebenbei.

»Kein Mann, vor dem man sich als Schutz hinter einen Busch werfen müsste, wenn es draußen dunkel wird.«

41. Kapitel

»Ich habe schlichtweg nicht mitbekommen, wie sehr Inga leidet.« Paul rieb sich nachdenklich über die Wange. Auch jetzt, als er Tage später darüber sprach, war er noch berührt. »Sie sagte, im ersten Jahr nach unserer Scheidung habe sie das Gefühl gehabt, sich selbst zu spielen, anstatt sie selbst zu sein. Tag für Tag darauf zu hoffen, sich wieder als Teil einer Familie und sozusagen komplett zu fühlen, muss schlimm sein.« Nach der Stunde bei Frau Dr. Wennemeier kam Paul sich wie ein geöffnetes Fenster vor, durch das der Wind ins Zimmer wehte. Alles war durcheinandergewirbelt.

»Mutter, Vater, Kind«, übersetzte Jörg und schüttelte, während er das sagte, betroffen den Kopf. »Wenn man es auf das Wichtigste reduziert, ist Familie das, worum sich alles dreht. Liebe und Zusammenhalt, danach sehnen wir uns alle … Immerhin kennst du nun den Grund für Ingas Verzweiflung und kannst etwas tun.«

Sie standen im Eingangsbereich von Pauls Haus, und seit Jörg ins Entree gekommen war, versuchte Paul die Schnittmenge aus dem, was er von Inga erfahren, und dem, was er intuitiv erfasst hatte, zu bilden. Er holte Luft, um seine Gefühle zu zügeln, und bemerkte endlich, dass Jörg seine Jacke zwar ausgezogen hatte, sie aber noch in der Hand hielt.

»Entschuldige. Ich rede auf dich ein und nehme dir noch nicht mal die Jacke ab. Gib her.«

Jörg schlug ihm kameradschaftlich auf die Schulter. »Ist doch egal, wo wir reden. Aber danke für den Service, Kumpel.« Er reichte Paul das Kleidungsstück, und kurz darauf lümmelten sie auf der Couch im Wohnzimmer.

»Meine Ex sagte immer, egal wie kräftig der Wind weht, Frauen mit Temperament und Offenheit schaffen es immer wieder auf die Beine.« Jörgs zur Schau gestellte Lockerheit sagte nichts darüber aus, wie nahe ihm ein Thema ging. Wie Paul hatte er Inga sofort gemocht, als sie durch die Beziehung zwischen Birgit und Paul auch Teil seines Lebens geworden war. »Weißt du noch, wie Inga mit zwölf anfing, mit ihrer Meinung um sich zu schmeißen? Lass die Mätzchen und benimm dich anständig ...« Jörg hob die Hände, als Zeichen der Kapitulation. »*Nicht mit mir,* lautete ihre Devise. Ich hoffe, sie berappelt sich wieder.«

Paul stemmte die Hände auf die Knie und nickte. »Ich kann eine Menge einstecken, das weißt du, und meistens finde ich so manchen Notausgang aus unbehaglichen Situationen, aber in Ingas Fall stehe ich vor einer verschlossenen Tür. Abgesehen von der Stunde bei der Psychologin und meinem Rückzug von Marga weiß ich nicht, was ich sonst tun kann.«

»Inga braucht das Gefühl der Sicherheit, grundsätzlich meine ich. Birgit und du müsst euch auf eine Möglichkeit einigen, wie ihr in Zukunft miteinander an einem Strang zieht. Wenn jeder sein eigenes Süppchen kocht, tut das Inga nicht gut.«

Paul dachte nach. »Glaubst du, ich habe aus Ichbezogenheit oder manchmal auch aus purer Erschöpfung nicht hingesehen und deshalb nicht bemerkt, was mit Inga los ist?«

Jörg wiegte den Kopf. »Ich weiß nicht, Paul. Klar, ein Faultier bist du nicht gerade. Rund um die Uhr arbeiten und alles im Leben tipptopp in Ordnung halten, ist schon eine Challenge. Aber hellsehen kann niemand. Auch du nicht.«

Die Psychologin hatte Paul geraten, Inga auch seine Emotionen bezüglich Sybilles Tod zu beschreiben.

»Es ist wichtig für Ihre Tochter, zu erfahren, wer Sie abseits der Vaterrolle sind, Herr Alprecht«, hatte sie ihm erklärt. »Wenn Sie Ihrer Tochter Ihren Schmerz, Ihre Wut und die Verunsicherung, die der Tod Ihrer Verlobten in Ihnen ausgelöst hat, schildern, begegnen Sie Inga auf Augenhöhe. Das ist unerlässlich für Ihren weiteren gemeinsamen Weg.«

Das Argument hatte Paul eingeleuchtet, und so hatte er sein Gefühlsleben vor Inga ausgebreitet und sich am Ende sogar behutsam an Sybilles Geheimnis herangetastet. Als die heimliche Schwangerschaft zur Sprache gekommen war, hatte Inga erschrocken die Augen aufgerissen, und ihr waren neue Tränen die Wangen hinuntergelaufen.

»Als ich beim Kleiderzusammenpacken auf das Ultraschallbild stieß, dachte ich, das kann nicht wahr sein … Ich war verletzt und zutiefst enttäuscht. Später saß ich im Garten und hab das alles auf mich wirken lassen – da habe ich dann auch an dich gedacht, Inga. Ich dachte, wie froh ich bin, dass es dich gibt, dass du lebst und gesund bist.«

Bei diesen Worten war Inga aufgesprungen und hatte sich in seine Arme geworfen.

Während Paul Jörg davon erzählte, fühlte er, wie seine Halsmuskeln sich anspannten. »Das war so emotional, als sie sich an mich klammerte. Sogar die Psychologin musste schlucken.«

Jörg neigte den Kopf zur Seite, doch Paul sah trotzdem,

dass er sich eine Träne wegwischte. Er reichte Jörg ein Glas Wasser. Sie tranken und schwiegen einen Moment.

»Jeder sollte wissen, woran er beim anderen ist, das ist mir klar geworden. Im Grunde unterschreibt man in Beziehungen einen Vertrag, auch in denen zu seinen Kindern. Darin ist festgelegt, in welchem Rahmen man sich bewegt. Und wenn man zu weit davon abweicht …«

»… bricht alles zusammen«, ahnte Jörg.

»… muss man einen neuen Vertrag schließen«, berichtigte Paul. »Inga hat sich nach unserer Trennung gesorgt, sie würde meine Liebe verlieren, wenn sie mir ihre Traurigkeit zeigt. Sie glaubte, sie würde mir lästig werden. Der Kuss zwischen Marga und mir war für sie also ein weiterer drohender Verlust. Das nächste Feuer, das gelöscht werden muss, damit nicht ihr komplettes Leben abbrennt. Mit diesem Hintergrundwissen verstehe ich ihre Reaktion besser.« Plötzlich fuhr Paul in die Höhe und setzte sich aufrecht hin. »Weißt du was? Ich spreche mit Birgit und schlage ihr vor, Inga vorläufig zu mir zu nehmen. Wir könnten gemeinsam ihr Zimmer neu einrichten. Vielleicht ist das das Zeichen, das sie braucht?«

Jörg schien die Idee zu gefallen, er nickte. »Klingt gut. Hoffentlich spielt Birgit mit und fühlt sich nicht zurückgesetzt, wenn Inga bei dir wohnt.«

»Birgit ist nicht dumm. Sie will genau wie ich, dass es Inga gut geht.« Paul stand auf. »Ich rufe sie gleich an.«

42. Kapitel

Auch an diesem Sonntag saßen sie in ihrem Lieblingscafé und ließen die Woche Revue passieren. Vor Kirsten stand ein Glas Weißwein, dessen Rand sie mit dem Zeigefinger beständig entlangfuhr. »Heißt er tatsächlich Frido?«, wollte sie wissen.

Marga hatte den Mund voll und nickte nur. Sie saß über einen Teller Suppe gebeugt, in der Hand ein Brötchen, von dem sie gerade abgebissen hatte. »… das ist die Abkürzung von Fridolin«, brachte sie heraus, nachdem sie hinuntergeschluckt hatte.

Eva beäugte zufrieden ihre Apfeltarte mit dem Berg Schlagsahne in einer Extraschale. »Welche Eltern tun ihrem Kind so was an? Fridolin. Man glaubt es nicht.« Sie rieb sich Zucker von der Wange.

»Also ich finde den Namen witzig. Den merkt man sich wenigstens.« Draußen schien die Sonne, doch Marga fror und hatte sich entsprechend für die Tagessuppe mit Gemüseeinlage entschieden.

»Und er hat dich an der Kasse angesprochen?« Kirsten biss von ihrem Lachsbrötchen ab.

Marga schüttelte den Kopf. »Da hat Frau Hein ihn mir vorgestellt. Begegnet sind wir uns schon vorher bei den Backwaren. Er hing unter dem Regal, weil er seinen Einkaufzettel verloren hatte.«

»Seit wann schreiben Männer so was? Noch dazu auf Papier?« Kirsten fuhr sich mit der Zunge über die Oberlippe. »Ein Mann auf der Suche nach dem Einkaufzettel. Ist mal was anderes.«

Marga wollte gerade einwerfen, dass Kirsten getrost darauf verzichten durfte, jede Situation sogleich auf ihr romantisches Potenzial abzuklopfen, als Eva bereits nachfragte: »Wie sieht er denn aus?«

Marga verkniff sich ein Augenrollen und erwähnte Fridos Grübchen und seine Haarfarbe, die sie mit »wie nasser Sand« umschrieb. Um weitere Nachfragen zu umgehen und das Thema zu wechseln, erkundigte sie sich in Evas Richtung: »Wie steht es eigentlich zwischen Martin und dir?«

»Sie treffen sich noch immer«, verlautbarte Kirsten, ehe Eva etwas erwidern konnte. »Ich hätte nicht gedacht, dass Eva so lange durchhält.«

»Martin ist pflegeleicht … total anspruchslos. Daran liegt es, liebste Freundin«, neckte Eva Kirsten.

»Klingt, als wäre er ein Golden Retriever, den du aus dem Tierheim geholt hast«, schoss die zurück.

Eva lachte. »Sogar noch besser. Er fusselt nicht.«

Marga schob sich das letzte Stück Brötchen in den Mund, als sie bemerkte, dass Kirsten ihren inzwischen leeren Teller hin und her drehte. »Was ist los?«, fragte sie.

Kirsten druckste einen Moment herum, murmelte: »Ich muss euch noch was sagen«, bevor sie ihre Finger still hielt und den beiden Freundinnen einer nach der anderen ins Gesicht blickte. Dann ließ sie die Bombe platzen: »Ich war bei einem Scheidungsanwalt.«

Marga verschluckte sich an ihrem Bissen und hustete. »Das kommt jetzt aber aus heiterem Himmel«, krächzte sie. »Unlängst hast du doch noch von eurem gelungenen Date gesprochen.«

Eva hatte die Hand gehoben, um noch etwas zu bestellen, ließ sie nun aber sinken.

»Ich sammle bloß Informationen, um im Fall der Fälle zu wissen, wie das Ganze abläuft«, erklärte Kirsten. »Informiert zu sein ist wichtig.« Nun war sie diejenige, die die Hand hob und »Die Rechnung, bitte!« rief.

»Wieso zahlen wir schon?« Marga rührte im Rest ihrer Suppe.

Kirsten leerte ihren Wein.

»Weil wir zum Bahnhof fahren. Das heißt, wenn Martin heute Dienst hat.« Es war weniger ein Vorschlag als eine Tatsache. »Ich finde, es ist höchste Zeit, dass Eva ihn uns endlich vorstellt.« Sie sah die Freundin auffordernd an. »Du rückst noch nicht mal ein Foto von ihm raus oder zeigst uns seinen Instagram-Account.«

Eva pustete unsichtbaren Staub vom Tisch. »Weil er keinen hat. Außerdem kann ich darauf verzichten, dich in Hochform zu erleben, wenn du dich an Martin abarbeitest und jedes Fitzelchen, das auch nur irgendwie negativ sein könnte, ausfindig machst.«

»Ach, komm schon. Du weißt, dass ich das nicht tue. Nicht wirklich. Ich mache doch nur Spaß.«

»Martin gehört mir«, beharrte Eva. »Mir allein.«

»Vielleicht ist er bloß ein Phantom, das du benutzt, um uns an der Nase herumzuführen und dich interessant zu machen?«

Eva schüttelte entnervt den Kopf. »Deine Fantasie müsste man haben, Kirsten!«

Zehn Minuten später hatte Eva aufgegeben und ließ Marga und Kirsten in ihren kleinen Flitzer steigen. »Damit das klar ist: Nur gucken, nicht anfassen!«, ordnete sie an, als sie aus der Parklücke rollten.

»Aye«, versprachen Marga und Kirsten im Chor, und alle drei kicherten.

»Ist das nicht Paul?«, rief Kirsten plötzlich und deutete aus dem Fenster.

Marga, die gerade ihre Trinkflasche aus der Tasche gezogen und einen Schluck genommen hatte, zuckte zusammen und verschüttete Wasser auf ihre Hose.

Tatsächlich: Sie fuhren durch eine Straße mit zahlreichen Läden, und inmitten der Passanten entdeckte sie Paul, Birgit und Inga. Alle drei hielten eine Eistüte in der Hand und schlenderten an den Geschäften vorbei. Marga atmete durch die Nase aus und stieß mit der Stirn an die Scheibe, als Paul den Arm um Birgit legte.

Kirsten starrte ebenfalls wie hypnotisiert aus dem Fenster. »Die sehen ja aus, als wären sie eine glückliche Familie«, sagte sie nach einer kleinen Pause.

Eva verpasste ihr einen Klaps auf den Oberarm und ließ das Auto an den dreien vorbeirollen. Marga wandte den Kopf. Paul ging kerzengerade, und Birgit, die wesentlich kleiner war als er, blickte zu ihm hoch.

»Manchmal gibt einem das Leben ein Zeichen zur rechten Zeit«, murmelte sie.

Kirsten nahm Margas Hand und nickte ihr aufmunternd zu. »Da sagst du was Wahres.«

Eva beschleunigte und steuerte den Wagen in eine Seitenstraße, sodass Paul und seine Familie rasch aus Margas Sichtfeld verschwanden. Nervös drehte sie die Trinkflasche in ihrer Hand und fing Evas Blick im Rückspiegel auf.

»Was hältst du davon, wenn wir dir beim Backen für die Party helfen? Ein bisschen Ablenkung wird dir guttun. Du hast doch Prosecco daheim, oder? Zur Stärkung, wenn meine Arme vom Mixerhalten schlappmachen.«

Marga nickte mechanisch. Sich nach etwas Trink- oder Essbarem zu erkundigen, war typisch für Eva. »Eine Flasche müsste noch da sein. Oder auch zwei.« Sie war froh über den Vorschlag. Pauls unerwartetes Auftauchen ließ die Gefühle in ihr rumoren, und ein bisschen Gesellschaft wäre wirklich nicht schlecht.

Kurz darauf kam der Bahnhof in Sicht. Sie fanden einen Parkplatz und stiegen aus dem Wagen. Kirsten nahm Marga sofort in den Arm. Eva schloss sich an, nachdem sie den Wagen verriegelt hatte, und umschlang sie beide. »Ich bin stolz auf dich, Marga. Du bekommst das alles sehr gut hin.«

Marga biss sich auf die Lippe und schwieg. Der feine Schmerz in ihrem Herzen sprach eine andere Sprache. *Schmerz beweist, dass wir lieben,* dachte sie.

»Du schaust nach vorn und machst dein eigenes Ding. So ist es richtig«, bekräftigte Kirsten.

»Danke, dass ihr mich unterstützt. Ohne euch wäre alles …«

»… nur halb so schön?« Kirsten strich Marga über die Wange.

»… das wollte ich gerade sagen, Kirsten.«

Sie lösten sich voneinander und steuerten gemeinsam den Eingang an, durchquerten die Bahnhofshalle und blieben vor einem Informationsschalter stehen. Eva schnippte mit dem

Finger gegen eine lebensgroße Pappfigur, die ein freundliches Lächeln im Gesicht trug. Kirsten stand der Mund offen. Sie starrte Eva mit funkelnden Augen an. »Was soll das, Eva?«

Eva warf ihr einen triumphierenden Blick zu. »Du wolltest Martin sehen …Bitte schön! Hier ist er.«

Kirsten wedelte mit der Hand, als könnte sie die Figur dadurch wegzaubern. »Das ist ein Pappmensch.«

»Na und?« Eva zuckte mit den Schultern. »So sieht Martin aus. Eins zu eins. Man hat ihn ausgewählt, als es um eine Vorlage für den Aufsteller ging.«

Marga konnte ihr Lachen nicht zurückhalten. »Die Bahn hat neuerdings gar keine üblen Ideen. Werbung mit Pappfiguren … Er sieht gut aus. Dein Martin.«

»Von dem Wohlstandsbäuchlein mal abgesehen«, Kirsten tippte auf Martins rundliche Leibesmitte.

»Siehst du, das meine ich«, ärgerte sich Eva. »Du findest immer ein Haar in der Suppe.«

Kirsten machte eine abwehrende Handbewegung. »War doch nur ein Scherz. Wenn ich nichts zu meckern habe, machst du dir am Ende noch Sorgen um mich. Ich bin ein Lämmchen, das so tut, als sei es ein Wolf. Weißt du doch.« Kirsten legte den Kopf schief und betrachtete Martin eingehend. »Marga hat recht«, sagte sie. »Er ist absolut kein Fehlgriff.«

»Sogar ein Glücksgriff.« Eva knuffte Kirsten in die Hüfte. »So, und jetzt verschwinden wir hier. Es warten der Mixer und ein Fläschchen Prosecco auf uns.«

Kirsten reagierte handzahm und griff nach Evas Hand, und Marga schummelte ihre in Kirstens Linke. Gemeinsam gingen sie davon.

43. Kapitel

Frido ließ die Gitarre, die er an einem bunten Riemen um den Oberkörper trug, sinken. Er spielte und sang seit über drei Stunden, und noch immer verlangten die Gäste Lieder, die sie gern als Nächstes hören wollten. Auch jetzt regte sich Widerstand.

»Sie machen doch noch nicht schlapp und hören zu spielen auf, oder?«, schallte es ihm entgegen. Etliche Augenpaare richteten sich auf ihn. Seit Beginn der Party war in Gerti Heins Wohnung der Teufel los. Fast alle Bewohner des Hauses waren der Einladung gefolgt, um *Kuchen, Quiche und allerlei mehr zu verkosten und im geselligen Beisammensein das Miteinander zu feiern.* Die Leute hielten sich im Wohnzimmer und im Gang auf, einige standen auf dem Balkon und aßen, tranken und plauderten.

»Es handelt sich selbstverständlich nur um eine kurze Pause«, versprach Frido seinem enttäuschten Publikum. »Ich bin gleich wieder für Sie da!« Mit dem Hemdsärmel wischte er sich den Schweiß von der Stirn und zischte Marga, die gerade an ihm vorbeiging, zu: »Die Energie älterer Damen habe ich mir, unter uns gesagt, etwas weniger anstrengend vorgestellt.«

Marga grinste. »Du sagtest, du spielst Gitarre und es würde dir nichts ausmachen, die Leute zu unterhalten.«

Inzwischen duzten Frido und sie sich, und Marga bewunderte, mit welcher Ausdauer er die Wünsche der Gäste erfüllte. Sie stellte einen Schwung Gläser auf ihr Tablett und trug es in die Küche.

Frido trottete ihr hinterher. »Als Frau Hein mich engagierte, klang es, als ginge es um einen Nachmittag zum Tee. Nichts Aufregendes und schnell vorbei. Woher sollte ich wissen, dass die Leute in diesem Haus unersättlich sind?«

Marga schlug einen vergnügten Ton an. »Du wirst es schon schaffen, Frido. So was nennt man Nachbarschaftshilfe … im weitesten Sinne.«

»Nachbarschaftshilfe? Danke vielmals.«

»Immerhin tust du ein gutes Werk.«

»Du verstehst es, Menschen bei der Stange zu halten.« Frido deutete auf eine Flasche Mineralwasser. »Bekomme ich ein Glas?«

»Natürlich.« Marga schenkte ihm ein.

Er nahm einen großen Schluck. »Das ist gut … Vor lauter singen und spielen vergesse ich meinen Flüssigkeitshaushalt.«

Marga stapelte benutzte Teller in der Spüle und nahm frische Gläser aus dem Schrank, um zwei verspätet eingetrudelten Gästen Getränke anzubieten.

Vom Wohnzimmer rief jemand. »Wo bleibt die Musik?«

»Macht noch Pause«, brüllte Frido zurück und sah Marga dabei an. »Jetzt steht wieder dieses spitzbübische Lächeln in deinem Gesicht. Wie neulich, im Supermarkt. Die Streusel brauchte ich übrigens für eine Übungstorte.«

»Übungstorte? Was ist das denn?«

»Eine Torte vor der regulären Torte … für meine Nichte. Meine Schwester ist, was Gebäck anbelangt, nicht gerade ein

Talent. Also dachte ich, ich springe für sie ein. Und da es mein erstes Mal ist, habe ich eine, höchstens zwei Übungstorten eingeplant, bevor ich es hinkriegen muss.«

Marga lachte. »Verstehe. Sehr umsichtig und absolut kein schlechter Plan.«

Jemand stimmte ein Lied von Roland Kaiser an. »Santa Maria …«

»Musik, Musik, Musik!«, schallte es von nebenan.

Marga griff nach dem Tablett. »Jetzt muss ich aber rüber. Nicht dass noch die Getränke ausgehen.«

Frido seufzte. »Und ich muss auch wieder ran.«

Sie fing seinen warmen Blick auf, nickte ihm zu und verließ die Küche. Auf dem Gang traf sie auf Frau Bratz.

»Der Sekt ist zu warm«, beklagte sich Frau Heins Nachbarin. Ihr Ton war süffisant, als freute es sie, etwas gefunden zu haben, das ihr nicht passte.

»Dann werde ich mal für Eiswürfel sorgen. Ich bin gleich bei Ihnen, Frau Bratz.«

»Eine frische Serviette wäre auch nicht schlecht.«

Marga tippte sich an die Stirn und verkniff sich ein Lachen. »Schon notiert.«

Diese Frau war in ihrem Element, wenn sie nach Strich und Faden herumnörgeln konnte. Vermutlich war sie deshalb gekommen – und natürlich aus Neugier auf Gerti Heins Refugium. Wie die meisten Leute steckte sie ihre Nase allzu gern in anderer Menschen Wohnungen.

In diesem Moment bog Frau Hein um die Ecke und stieß beinahe mit Marga zusammen. »Oh, gerade noch mal gut gegangen.«

Marga hob das Tablett, um zu signalisieren, dass sie alles

im Griff hatte, auch die ausgehenden Getränke. »Nachschub«, sagte sie.

»Wunderbar.« Frau Hein langte nach einem der Gläser und stieß damit an ein anderes, das noch auf dem Tablett stand. »Prost, Frau Reiter, ich finde, wir sollten Du zueinander sagen.«

Marga hob überrascht die Augenbrauen. »Einverstanden.« Sie stellte das Tablett auf ein Sideboard und nahm sich das angestoßene Glas.

»Auf dich, Marga. Auf unsere gemeinsame Zeit.« Die Gläser klirrten ein zweites Mal aneinander. Marga bedachte ihre Arbeitgeberin mit einem zufriedenen Lächeln.

»Wo wir schon zusammenstehen, möchte ich mich für die Idee mit dem Fest bedanken und natürlich für die gelungene Umsetzung. Endlich kenne ich die Bewohner dieses Hauses.« Mit der Hand, in der sie einen Fächer hielt, wedelte Gerti Hein sich Luft zu.

Marga überlegte. »Für ein nächstes Mal könnten wir eine kleinere Runde andenken. Das ist nicht ganz so aufwendig und überdies persönlicher. Ich habe ein Rezept für den besten Eierlikör der Welt … zur weiteren Nachbarschaftspflege.«

Mit einer übertriebenen Geste versteckte Frau Hein sich hinter dem Fächer. »Eierlikör … das schaffe ich nicht mal mit purer Willenskraft. Da muss ich passen.«

Da stolzierte Frau Bratz hocherhobenen Hauptes auf sie zu. »Eierlikör?«, fragte sie mit bleierner Stimme. »Warum hat man mir den vorenthalten? Meine erste Liebe hat für sein Leben gern Eierlikör getrunken.«

Gerti Hein und Marga rissen die Augen auf. Eine private Äußerung von Seiten der Bratz' glich einem kleinen Wunder.

»Das klingt nach einer wundervollen Geschichte. Erzählen Sie, meine Liebe.« Frau Hein legte vertraulich den Arm um die Schulter ihrer Nachbarin.

Die zuckte zunächst zusammen, sagte dann aber: »… Er war blond, allerdings waren seine Haare stachelig wie bei einem Igel …«

Ein Lächeln richtete sich in Margas Gesicht ein. Bekam Frau Bratz' Panzer etwa gerade Risse? Wenn sie Gerti einen Blick hinter ihre Fassade gewährte, kämen die beiden Frauen sich vielleicht endlich näher.

Eine männliche Stimme unterbrach Margas Gedanken und ließ sie herumfahren. »Meine Güte, mein Hals.« Frido fasste sich an die Kehle. »Morgen ist meine Stimme weg. Ich habe gerade versprochen, noch volle zwei Stunden zu singen.« Er machte ein gequältes Gesicht.

»Dein Einsatz ist großartig. Danke!« Marga beugte sich zu ihm hinüber und drückte ihm einen Kuss auf die Wange. Verdutzt rieb Frido sich über die Stelle und stolperte Richtung Bad weiter.

»Du gefällst ihm«, raunte es in Margas Ohr, und als sie den Kopf wandte, blickte sie direkt in Gertis Augen. »Das bemerken selbst die Spatzen draußen auf den Bäumen. Wenn du mich fragst, kannst du demnächst mit einer Einladung rechnen.«

Noch bevor Marga etwas entgegnen konnte, zog Gerti Frau Bratz mit sich in den Salon.

»… er war diesem Getränk geradezu verfallen. Nach unserer ersten Nacht trank er gleich einen doppelten … und irgendwann trank ich mit ihm …«

Marga blieb überrumpelt im Flur zurück.

44. Kapitel

»Na los, mach schon auf«, wies Paul Inga an und reichte ihr eine Schere.

Seine Tochter machte sich an dem Paket zu schaffen, das vor ihr stand. »Findest du diese monströse rote Schleife nicht ein wenig übertrieben, Dad?«

Paul schüttelte den Kopf. »Keineswegs. Sie ist genau passend für den Anlass.«

»Und das wäre welcher?« Die Ungeduld stand Inga ins Gesicht geschrieben.

»Sagen wir mal so: Du und ich werden eine Menge Zeit miteinander verbringen.«

Inga hatte die Schleife bereits gelöst und befreite die Schachtel von dem bunten Papier. Sie legte die Schere beiseite, öffnete den Deckel und starrte in den Karton. »Kannst du mich bitte aufklären? Möchtest du mich als Architektin in spe engagieren oder warum schenkst du mir so viele Magazine und Bücher über Inneneinrichtung?«

Paul setzte sich neben Inga. »Ich gebe dir einen Tipp.« Er deutete an die Decke. »Ein besonderes Zimmer in diesem Haus muss dringend umgestaltet werden.«

Er konnte beobachten, wie sich in Ingas Kopf etwas zusammensetzte und sie schließlich den richtigen Schluss zog. Ihre

Augen funkelten und ihre Lippen verzogen sich zu einem breiten Grinsen. »Heißt das …?«

»Genau das heißt es«, unterbrauch Paul sie. »Wir richten dein Zimmer neu ein. Ich lasse dir vollkommen freie Hand und stehe dir jederzeit als Möbelpacker zur Verfügung.«

Lächelfalten gruben sich in Ingas Augenwinkel, und sie gluckste begeistert. So gelöst hatte Paul sie lange nicht mehr erlebt, und ein Lächeln breitete sich auf seinem Gesicht aus.

»Dad, das ist das beste Geschenk aller Zeiten.« Inga drückte Paul an sich, hielt ihn mehrere Atemzüge lang fest, ehe sie sich löste und ihn aufgeregt anblitzte. »Ich hoffe, du hilfst mir beim Einrichten, schließlich kennst du dich mit Inneneinrichtung viel besser aus als ich.« Sie zog ihr Handy aus der Hosentasche und strahlte. »Ich rufe mal schnell Mama an und erzähle ihr von der tollen Überraschung.«

Telefonierend ging sie davon. Paul hörte, wie sie in Superlativen sprach, und grinste in sich hinein. Seit Inga bei ihm eingezogen war, ging es ihr deutlich besser. Die Besuche bei der Psychologin und ihr neues Zuhause schienen Wirkung zu zeigen.

Fünf Minuten später kam Inga wieder ins Wohnzimmer und ließ sich im Schneidersitz auf dem Teppich nieder. »Mama ist platt. Sie findet die Idee genauso grandios wie ich. Ich hab übrigens einen Bärenhunger.«

»Wenn das so ist, sollten wir uns unbedingt auf den Kuchen stürzen, der in der Küche wartet«, schlug Paul vor.

»Kuchen vor dem Abendessen? Daran könnte ich mich glatt gewöhnen«, freute sich Inga und folgte ihm nach nebenan.

»Das ist natürlich nur eine Ausnahme. Zur Feier des Tages«, stellte Paul klar. »Aber bevor wir uns die Bäuche vollschlagen«, er zog ein kleines Päckchen aus seinem Jackett und reichte es Inga, »solltest du unbedingt noch das hier öffnen.«

Inga sah Paul verwundert an »Noch ein Geschenk? Ist heute etwa Weihnachten?«

Paul holte den Kuchen aus dem Kühlschrank. »Für dieses Geschenk braucht es keinen Anlass«, sagte er mit einem Blick über die Schulter. »Und wenn du mich fragst, ist es schon lange überfällig.« Er legte den Arm um seine Tochter und nahm mit der freien Hand die Frischhaltefolie vom Kuchen.

»Das fühlt sich scharfkantig an«, stellte Inga fest, als sie das Päckchen mit beiden Händen abtastete.

»Mach es auf, dann weißt du mehr.«

Inga war vor Aufregung ganz blass geworden und fuhr mit dem Zeigefinger unter das Klebeband. Langsam zog sie es ab und öffnete vorsichtig das Papier, als hätte sie Angst, etwas zu beschädigen. Dann riss sie die Augen auf. »Nein!« Sie schrie fast, so überrascht war sie von dem, was sie in Händen hielt. »Mein eigenes Klingelschild.«

Paul las in Ingas Gesicht, wie gut die Edelstahlplakette bei ihr ankam. »Das bringen wir gleich morgen am Eingang an, damit jeder weiß, dass du hierhergehörst.«

Inga fiel Paul zum zweiten Mal um den Hals und schmiegte sich an ihn. Als sie ihn wenig später losgelassen hatte, betrachtete sie das rechteckige Stück Metall, auf dessen Vorderseite eine wunderschöne Gravur ihren Namen nannte. »Heißt das, ich werde bei dir für immer ein Zuhause haben?«

Paul nickte. »Natürlich. Egal was kommt und egal in welchem Haus ich wohne: Mein Zuhause ist auch dein Zuhause.« Er sah, wie Inga sich eine Träne von der Wange wischte, und musste selbst schlucken.

»Danke, Dad. Du bist wirklich toll!«

»Wie gesagt, das war schon lange überfällig. So, und jetzt ran an den Kuchen, du hast doch einen Bärenhunger.«

»Wird gemacht. Setz dich, ich schneide uns zwei Stücke ab.«

»Das lass ich mir nicht zweimal sagen.« Paul hievte sich auf einen Hocker an der Kücheninsel und beobachtete, wie Inga ein scharfes Messer aus der Lade nahm, den Kuchen anschnitt und sich noch im Stehen den ersten Bissen in den Mund schob. Kauend verzog sie das Gesicht. »Hat Frau Johnson den gebacken?«

Paul nickte. »Es sei denn, sie hat ihn heimlich gekauft und will ihn uns als selbst gemacht unterjubeln.«

»Es gibt, ehrlich gesagt, bessere Kuchen.« Inga wiegte den Kopf und schob sich einen weiteren Bissen in den Mund, als wolle sie ihr Urteil verifizieren.

»Tja, es kommt wohl nicht nur auf das Rezept an.« Paul nahm den Teller, den Inga ihm reichte, und kostete ebenfalls. »Du hast recht. Irgendwas fehlt«, sagte er kauend. Nachdenklich zog er die Stirn in Falten. »Vielleicht Zimt oder Vanille?« Er schluckte den Bissen hinunter.

Inga lachte. »Zimt und Vanille sind die einzigen Gewürze, die du in Kuchen kennst, Dad.«

»Nichts anderes habe ich je behauptet.« Paul ging zum Kühlschrank und kam mit zwei Gläsern Milch zurück, die er versonnen anstarrte. »Ich vermisse Marga«, sagte er plötzlich. Seine Stimme klang belegt. »Nicht nur wegen ihrer Kuchen.« Er hob den Kopf, suchte in Ingas Gesicht nach Zustimmung. »Du nicht auch?«

Inga war die Frage sichtlich unangenehm, doch sie wich

Pauls Blick nicht aus. »Manchmal«, kam es leise von ihr zurück. »Ich bin eine eifersüchtige Zicke, ich weiß. Und kleinlich bin ich vermutlich auch.« Nun wandte sie sich doch ab.

Paul betrachtete den Rücken seiner Tochter. Es sah aus, als kämpfte sie mit sich. Mitgefühl regte sich in ihm. Er legte Inga die Hand auf die Schulter und drehte sie vorsichtig zu sich um. »Du und kleinlich? Nie im Leben. Du bist verletzt … und irritiert. Aber bestimmt nicht kleinlich, und erst recht keine Zicke.«

Inga sah ihn an. »Ach, Dad. Warum muss alles nur so furchtbar schwierig sein?«

Später schlug die Uhr im Wohnzimmer zur vollen Stunde. Seit Inga bei ihm wohnte, aßen sie, sooft Paul es einrichten konnte, gegen sieben gemeinsam zu Abend. Danach tat jeder, was er wollte, und Paul bemühte sich, dass seine Aktivitäten dann nichts mit der Arbeit zu tun hatten. *Du kamst mir vor, als hättest du keinen Bock mehr auf Privatleben.* Ingas Satz aus der Therapiesitzung schwirrte ihm als beständige Mahnung im Kopf herum und erinnerte ihn daran, nebenbei das Leben nicht zu vergessen. Beschämt hatte er dabei feststellen müssen, dass er gar kein Hobby besaß, dem er in seiner Freizeit nachgehen konnte, und sich selbst gegenüber Besserung gelobt.

Nun jedoch war erst einmal Abendessen angesagt, und sie wechselten von der Küche ins Esszimmer. Paul stellte die Kasserolle mit Lasagne, die Frau Johnson vorbereitet und die er im Ofen aufgewärmt hatte, auf den Tisch.

»Weißt du eigentlich schon, was du mal studierten möchtest?«, fragte er, während er das Besteck auflegte.

»Nö.« Inga tat ihnen beiden auf. »Kann ich nächsten Sommer ein Praktikum in einem deiner Hotels machen? Um Erfahrungen zu sammeln?« Sie grinste. »Da lerne ich doch sicher eine Menge toller Jungs kennen, stimmt's?«

Paul setzte einen strengen Blick auf. »Bring mir bloß nicht das Team durcheinander.«

Inga pustete über ihren Teller, von dem Dampf aufstieg. »Nächstes Jahr bin ich siebzehn, Dad.« Sie kostete und öffnete den Mund, weil das Essen so heiß war. »Da ist es sozusagen meine Aufgabe, ein bisschen Schwung in die Bude zu bringen. Mhm … schmeckt lecker, Lasagne kann Frau Johnson.« Sie schnitt die Portion in der Mitte durch, damit sie auskühlen konnte. »Hab ich dir schon gesagt, dass Mamas Freund gar nicht so übel ist?«

»Nicht dass ich wüsste.« Paul wischte sich Tomatensoße vom Kinn. »Freut mich aber zu hören.«

»Dein Kaliber ist er allerdings nicht«, ergänzte Inga.

Paul schluckte den Bissen hinunter, den er im Mund hatte. »Gib ihm eine Chance. Vielleicht macht er sich ja noch. Langfristig.«

Inga schüttelte grinsend den Kopf. »Falls Mama *langfristig* im Sinn hat. Was ich bezweifle.«

»Also ich finde, *langfristig* ist kein schlechtes Wort.« Paul betrachtete Ingas Gesicht, das keine Reaktion auf seine Worte zeigte, und schob vorsichtig hinterher: »Was nicht heißt, dass man Dinge übers Knie brechen soll.«

»Jaja, schon verstanden. Lass uns einfach in Ruhe essen, ja?«

»Okay«, gab Paul nach und nahm sich des nächsten Bissens an.

Inga beobachtete ihn aus den Augenwinkeln. »Keine Angst,

Dad. Ich will nicht, dass du unglücklich bist. Langfristig, meine ich … Was machen wir eigentlich nach dem Essen? Ich hätte Zeit. Wie steht's bei dir?«

»Ich bin Vollzeit-Dad, das habe ich deiner Mutter versprochen, als du hier eingezogen bist.«

Inga beugte sich über den Tisch und küsste ihn auf die Wange. »Du machst einen echt guten Job.«

Paul strahlte. Er war schon lange nicht mehr so glücklich gewesen wie in diesem Moment.

45. Kapitel

»Du kannst dir nicht vorstellen, wie sehr sich meine Nichte über die Torte gefreut hat«, sprudelte es aus Frido heraus. »Es sei die leckerste gewesen, die sie je gegessen habe, meinte sie. Und die schönste noch dazu.«

Marga legte das Handy auf den Tisch und schaltete den Lautsprecher an, dabei betrachtete sie das Foto, das Frido ihr per WhatsApp geschickt hatte. Das kleine Mädchen neben der Torte strahlte übers ganze Gesicht. »Das freut mich riesig, Frido.«

»Ohne dich wäre ich niemals zum Bäcker geworden, und meine Nichte hätte sich auch dieses Jahr mit Tiefkühlware zufriedengeben müssen.«

»Dann hat sich unser Backdate ja gelohnt.«

Aus Fridos Stimme glaubte Marga zu hören, wie sehr ihm ihre Wortwahl gefiel – Back*date*. »Darf ich dich, wenn du aus diesem Kaff in Bayern zurück bist, zum Essen einladen? Als Dankeschön«, fragte er. »Ich weiß, das ist noch eine Weile hin, weil du längere Zeit weg sein wirst, aber ich würde mich sehr freuen dich wiederzusehen.«

Warum eigentlich nicht?, überlegte Marga. Zunächst war sie Fridos zarten Avancen vorsichtig begegnet, doch er war lustig, und während der gemeinsamen Backstunde hatten sie viel gelacht. Außerdem musste es ja nicht gleich auf etwas Romantisches hinauslaufen, und falls wider Erwarten doch – auch gut. Grundsätzlich sprach nichts dagegen, jemanden in ihr Leben zu lassen. Sie gab sich einen Ruck und stimmte zu. »Einverstanden, Frido. So machen wir's.«

»Das wollte ich hören.« Frido strahlte geradezu durchs Handy.

Das Läuten der Türklingel unterbrach ihr Telefonat.

»Ich rufe dich später zurück, ja?«

»Alles easy. Melde dich, wenn's bei dir geht. Ich bin zu Hause. Bis dann.«

Marga schob den Stuhl zurück und ging in den Flur. Als sie öffnete, blickte sie überrascht in das Gesicht ihrer Tochter. Mit Conny hatte sie nicht gerechnet.

»Du klingelst doch immer zweimal hintereinander«, sagte Marga zur Begrüßung.

»Ich bin mit dem Finger abgerutscht.« Conny trat in den Flur und hängte ihre Jacke an die Garderobe. »Ich wollte nur sehen, ob du mit dem Kofferpacken zurechtkommst oder ob ich dir helfen kann. Schließlich fährst du nicht für ein paar Tage in den Urlaub, sondern musst für ganze drei oder sogar vier Monate packen. Da kommt mehr zusammen als sonst.«

»Das ist lieb von dir.« Marga ging vor ihr ins Schlafzimmer, wo zwei Koffer aufgeklappt auf dem Boden lagen. »Das Wichtigste habe ich schon verstaut. Es fehlt nur noch die Liste für dich, wann die Pflanzen gegossen werden müssen und was mit der Post geschehen soll. Ich hoffe, es macht dir nicht allzu viel Mühe, während meiner Abwesenheit regelmäßig nach dem Rechten zu sehen.«

»Ach was«, Conny zog an ihrem Pferdeschwanz, »das

schaffe ich mit links. Außerdem freue ich mich, dass du hier rauskommst und ein bisschen die Fühler ausstreckst. Es gibt überall was zu entdecken, selbst in Bayern … das hoffe ich zumindest«, schloss sie grinsend.

Inzwischen gefiel Marga die Vorstellung, Düsseldorf für eine Weile zu verlassen, immer besser. So etwas hatte sie noch nie getan. »Ich muss gestehen, ich freue mich auf dieses Abenteuer. Mit Gerti in Bayern, das wird bestimmt nicht langweilig. Sie schleppt mich garantiert nicht auf jeden Berg, wie Papa das früher getan hat. Es soll schöne Cafés geben und sogar ein Museum für moderne alpenländische Kunst, das eine Gönnerin ausgerechnet in diesem Dorf in den Bergen aufgebaut hat.«

Der Mann von Gertis Enkeltochter arbeitete für das Museum, deshalb waren die beiden dorthin gezogen, hatte Marga von Gerti erfahren.

»Schräg. Es gibt offenbar nichts, das es nicht gibt.« Conny ließ ihren Blick durch das Zimmer schweifen und knibbelte an der aufgenähten Tasche ihres Hoodys. Warum war sie plötzlich so nervös? »Ach ja, es gibt Neuigkeiten.«

Marga spürte, wie sich die Härchen auf ihren Armen aufstellten. »Aha?« Sie hielt die Luft an. Hoffentlich nichts wegen Tom? War die Beziehung zwischen ihm und Conny gegen jede Erwartung wieder aufgeflammt? Nein, das konnte nicht sein, hoffte sie.

»Das kam heute mit der Post.«

Mit Unbehagen nahm Marga die Karte entgegen, die Conny aus ihrer Tasche zog und ihr hinhielt. Das cremefarbene Papier wirkte edel. Vorsichtig klappte sie sie auf und las Eberharts Namen. Daneben stand der einer Frau.

»Weil du Papa gerade erwähnt hast. Er und Inge heiraten.«

»Das sehe ich.« Marga überflog den in goldenen Buchstaben gedruckten Text und gab Conny die Einladung schließlich wieder zurück. »Ich wünsche den beiden alles Gute.«

»Ich werde es ausrichten …« Im nächsten Moment platzte aus Conny heraus: »Tom verlässt die Uni. Er zieht nach Baden-Württemberg, das wird zumindest gemunkelt. Er macht einfach so die Mücke.« Sie imitierte mit den Fingern einen davonfliegenden Vogel. »Falls es dich interessiert, wir haben nicht noch mal miteinander gesprochen. Kein Bedarf von meiner Seite … Weißt du, er hat uns während der Vorlesungen ständig eingetrichtert, wir sollten betrachten, was uns ängstigt. ›Richtet das Brennglas drauf. Schaut durch die Lupe auf euch selbst.‹« Conny entkam ein Schnauben. »Er hat es uns regelrecht eingebläut.« Ihre Wangen waren gerötet, ihre Augen glänzten verdächtig. »Damals wusste ich noch nicht, dass er ein Aufschneider ist, der Wasser predigt und Wein trinkt. Wie konnte ich mich nur so in ihm täuschen?«

»Vielleicht will er, dass seine Studenten es besser machen. Kann es nicht sein, dass er darüber referiert, weil er spürt, wie ängstlich er selbst ist?«

Connys Mundwinkel zuckten verräterisch. »Kein falsches Verständnis für Tom, Mama.« Sie blinzelte gegen Tränen der Enttäuschung an. »Großmächtig daherreden und Versprechungen abgeben, die man nicht halten kann, das geht gar nicht.«

Marga strich Conny liebevoll über die Wange. Wie klug ihre Tochter war und wie sehr sie litt. »Kann ich dir helfen? Was auch immer es ist, ich werde es tun …«

Connys Kopfschütteln folgte prompt. »Liebeskummer kann man nicht auf zwei Schultern verteilen, der bleibt einem allein …« Sie seufzte. »Aber keine Sorge, ich komme klar. Sobald Tom die Uni verlassen hat, geht es mir bestimmt besser. Ich kenne mich mit verzwickten Situationen aus.«

Marga lotste ihre Tochter zurück ins Wohnzimmer und deutete auf die Couch. Conny ließ sich in die Kissen fallen und sah sich um. »Weißt du, dass wir ewig nicht mehr Mühle gespielt haben? Wie wäre es mit einer Abschieds-Partie?«

Jahrelang hatten sie regelmäßig gespielt, irgendwann jedoch damit aufgehört. Marga erinnerte sich, dass sie dieses Ritual lange Zeit schmerzlich vermisst hatte.

»Nicht in Zeitlupe wie früher.« Conny zwinkerte ihrer Mutter zu. »Sondern in normalem Tempo.«

Als Mädchen hatte Conny vorm Zubettgehen manches Mal um ein Spiel gequengelt, und wenn Marga nachgegeben hatte, hatte sie das Spiel mit sämtlichen Tricks hinausgezögert, um möglichst lange aufbleiben zu dürfen.

»Gute Idee. Spielen wir. Mal sehen, was wir noch draufhaben.« Marga rieb sich die Hände, eine Welle des Glücks überspülte sie. Ja, alles im Leben änderte sich irgendwann. Was nicht hieß, dass nicht hin und wieder Bekanntes an einem vorbeitrieb und man zugreifen konnte.

Conny fand die Schachtel mit dem Brett und den Spielsteinen in Margas Wohnzimmerschrank und stellte sie auf den Tisch, während Marga einen Krug Limonade aus dem Kühlschrank holte. Einer spontanen Idee folgend öffnete sie auch noch die Tür zum Vorratsraum und griff zielsicher zu. Als sie ins Wohnzimmer zurückkehrte, hielt sie eine Tüte Paprikachips in der Hand und schwenkte sie wie eine Trophäe hin und her.

»Schau mal, was ich habe«, grinste sie. »Stehst du noch drauf?«

»Und wie!« Begeistert riss Conny die Tüte auf und ließ die Finger raschelnd darin verschwinden. »Du bekommst die weißen«, entschied sie und deutete auf die Spielsteine.

»Nichts da, heute beginnst du.« Marga nahm die schwarzen Steine an sich und schob Conny die anderen zu.

»Wenn du darauf bestehst.«

Sie platzierten die Steine auf dem Brett, und bald schob Conny die ihren hin und her und bildete ein ums andere Mal eine Mühle.

Beeindruckt spähte Marga zu ihrer Tochter hinüber. »Du hast nichts verlernt«, sagte sie anerkennend.

Conny grinste. Nach einer Weile rief sie: »Gewonnen!«, klopfte auf den Tisch und wischte die fettigen Finger an einer Serviette ab, bevor sie auf die Uhr blickte. »Oh Mann, ich muss los.«

Marga begleitete sie zur Tür. »Triffst du dich noch mit Freunden?«

»Yep. Wir gehen bowlen, aber morgen nach der Uni bin ich wie versprochen wieder hier, und wir nutzen deinen letzten Abend für einen gebührenden Mutter-Tochter-Abschied.«

Marga strich ihrer Tochter über die Wange. »Du weißt, dass ich immer nur einen Anruf entfernt bin. Außerdem kannst du mich, wenn du möchtest, besuchen. Und wenn alle Stricke reißen und du mich dringend brauchst, bin ich in ein paar Stunden bei dir.«

Conny nickte und zog Marga in eine Umarmung. »Ein paar Monate sind überschaubar, Mama. Aber vielleicht stehe ich tatsächlich an einem Wochenende bei dir vor der Tür und überrasche dich.«

»Das wäre schön.« Connys Worte bedeuteten Marga mehr,

als ihrer Tochter bewusst war, und sie rieb sich unauffällig über die Augen. »Vielleicht gewährst du mir bei dieser Gelegenheit eine Revanche.«

»Wenn du Lust hast, noch mal zu verlieren, gern.« Conny lachte, öffnete die Tür und lief schwungvoll die Treppe hinunter.

Marga freute sich auf die bevorstehende Zeit auf dem Land. Auch wenn sie Conny schrecklich vermissen würde.

46. Kapitel

Marga schlüpfte in ihren Morgenmantel und schlenderte in die Küche, die an ihr gemütlich eingerichtetes Wohnzimmer im Haus von Gertis Enkelin angrenzte. In dem winzigen Raum, der in hellem Gelb gestrichen war, suchten sich die zarten Sonnenstrahlen bereits ihren Weg durch die Fenstertür, die auf den Balkon führte. Der Vorbau bestach durch einen beeindruckenden Ausblick auf die Wiesen und Berge ringsum. Gertis Enkelin Ricarda hatte am Kennenlernabend erzählt, wie sehr ihr das Leben am Rand des Dorfes gefiel.

»Es hat durchaus Vorzüge, fernab der Stadt zu wohnen. Die Ruhe lässt einen runterkommen, und man wird schnell zu einem Teil der Gemeinschaft. Auf die Frage, wie es dir geht, genügt den Leuten hier keine Floskel. Sie sind tatsächlich daran interessiert zu erfahren, was du so treibst und denkst, und fragen nach.«

Die Landschaft war zauberhaft. Wohin man auch sah: Berge und Wiesen und die Ache, die, wie Marga inzwischen herausgefunden hatte, mitten durch den Ort floss. Auch von ihrem Balkon aus konnte sie den Fluss sehen. Jeden Tag trat sie hinaus und bestaunte das dahinplätschernde Gewässer, und jedes Mal fiel es ihr schwer, sich von diesem Anblick zu lösen.

Während ihres Aufenthalts bewohnte sie die Airbnb-Wohnung unterm Dach. Gerti hatte das Gästezimmer im ersten Stock bezogen.

»Ich finde es eine wunderbare Idee, dass meine Großmutter Sie überredet hat, mit hierherzukommen. Jetzt wo Kaya auf der Welt ist, werde ich meine vier Wände vermutlich nicht allzu oft verlassen können, um meine Großmutter ein wenig herumzuführen. Da trifft es sich gut, dass sie Sie an ihrer Seite hat. Sie beide müssen unbedingt dem Museum einen Besuch abstatten und den Spazierweg entlang der Ache erkunden. Es gibt außerdem einen kleinen See im Wald, gar nicht weit entfernt, und natürlich die Schlösser von König Ludwig II., Neuschwanstein, Linderhof und Herrenchiemsee. Ich habe, in weiser Voraussicht, bereits Online-Tickets für die Schlosstour besorgt.« Gertis Enkelin war eine reflektierte junge Frau, die mit dem Neugeborenen eine Menge um die Ohren hatte und Gertis und Margas Unterstützung gern annahm.

Marga lächelte. Es war schön, wieder Teil einer Familie zu sein. Sie zupfte etwas Majoran aus dem Kräutertopf, steckte es sich in den Mund und drückte den Einschaltknopf des Radios, das auf einer Kommode neben dem winzigen Esstisch stand.

»I want to be the one to walk the sun. Oh, girls, they want to have fun. Oh, girls just want to have …«, erklang es aus dem Lautsprecher.

Marga spürte, wie ihr Körper sich im Takt der Musik bewegte. Das Lied von Cyndi Lauper löste etwas in ihr aus, eine Ahnung von Freiheit und Lebendigkeit, mehr noch, das Gefühl von etwas Neuem, das es zu entdecken galt, von Möglichkeiten, die auf sie warteten.

Sie tänzelte zur Kaffeemaschine, füllte den Tank mit Wasser, schob eine Kapsel in die Öffnung und drückte die Starttaste.

Während die Maschine ihre Arbeit tat, zog sie sich Wollsocken über und wickelte sich in eine grau melierte Wolldecke. Seit sie hier angekommen war, hatte sie es sich zu einem Ritual gemacht, morgens mit einer Tasse frisch gebrühtem Kaffee auf dem Balkon zu sitzen und dem Muhen der Kühe auf der Wiese zu lauschen.

Sie war gerade dabei die Balkontür zu öffnen, als sie aufhorchte. Cyndi Lauper hatte zu Ende gesungen, und im Ausklingen des Songs war vom Flur her ein leises Kratzen zu hören. Marga stellte die Tasse beiseite und lauschte. Eindeutig, das Geräusch kam von der Wohnungstür. Als Marga öffnete, schlängelte sich ein graues Fellknäuel durch ihre Beine. Marga sah der Katze nach, die, ohne zu zögern, in ihre Wohnung lief.

»Mitzi, warte«, erklang Gertis Stimme aus dem Treppenhaus. Ihre Schritte hallten auf den Steinfliesen.

»Sie ist hier«, rief Marga.

»Herrje, Mitzi!« Die alte Dame erschien auf der Treppe und hielt sich am Geländer fest. »Du bringst mich noch um den Verstand.« Schnaufend nahm sie die letzten Stufen und blieb vor Margas Wohnungstür stehen. »Du bist ja schon wach«, bemerkte sie.

»Die schönen Sonnenaufgänge hier lasse ich mir nur ungern entgehen.« Marga bedeutete Gerti hereinzukommen. »Entschuldige meinen Aufzug. Ich bin noch nicht tagesfertig«, sagte sie mit Blick auf ihr Outfit.

»Ich ebenso wenig.« Gerti grinste. Wie Marga trug sie einen Morgenmantel; ihren zierte ein hübsches Blumenmuster.

Mitzi war inzwischen auf Nimmerwiedersehen in Margas Wohnung verschwunden. Sie gehörte Gertis Enkelin und war ihr vor ein paar Monaten zugelaufen. Allerdings besaß das Tier seinen eigenen Kopf und ließ niemanden an sich heran. Bis jetzt jedenfalls, denn nun schien sie sich in Marga verliebt zu haben und ergriff jede Gelegenheit, um zu ihr hinauf zu entwischen.

»Ich weiß nicht, was in Mitzi gefahren ist. Seit du hier bist, weicht sie dir nicht von der Seite. Ich habe nur kurz die Haustüre geöffnet, und schon ist sie nach oben gelaufen.«

»Mich stört es nicht, wenn sie hierbleiben möchte. Sie ist jederzeit herzlich willkommen«, beteuerte Marga. »Ich freue mich über ihre Gesellschaft. Sie ist entzückend.«

»Und ein Dickkopf.«

»Auch das.« Marga lachte.

»Wenn das so ist, hast du jetzt vermutlich eine neue Mitbewohnerin.«

»Komm doch rein.« Marga deutete noch einmal in ihre Wohnung. »Wir müssen nicht hier draußen stehen. Trinken wir eine Tasse Kaffee zusammen?«

»Dieses verlockende Angebot lasse ich mir nicht entgehen.« Gerti sprach weiter, als sie den engen, aber charmanten Flur betrat. »Ich wollte sowieso mit dir reden. Meine Enkelin hat uns für einen Keramikkurs angemeldet oder so etwas Ähnliches. Keine Sorge, wir müssen nicht selbst töpfern, sondern uns nur um die Farben kümmern. Sozusagen um den letzten Rest des Designs.«

»Das klingt ja spannend. Wann findet der Kurs denn statt?«

»In zwei Stunden.« Gerti lachte. »Meine Enkelin meint, ich solle die Zeit hier nutzen, um etwas Neues auszuprobieren. Sie hat sich wohl überlegt, dass es zielführender wäre, wenn sie mir erst am Tag des Kurses Bescheid gibt, damit mir keine Gelegenheit bleibt, mich aus der Affäre zu ziehen. Sie kennt mich einfach zu gut.«

»Es klingt nach einer Menge Spaß. Und wer weiß, vielleicht ist ja ein Leonardo da Vinci an dir verloren gegangen«, witzelte Marga.

Gerti zwinkerte amüsiert. »Nach ein paar Stunden werden wir's wissen.«

Nach dem gemeinsamen Kaffee begleitete Marga Gerti hinunter und holte Mitzis Futter, ihre Katzentoilette und was das Tier sonst noch benötigte. Zurück in ihrer Wohnung füllte sie eine Schale mit Wasser und stellte sie auf den Boden. »Warte kurz, ich glaube, mein Telefon klingelt«, sagte Marga, als Mitzi um ihre Füße strich und leise schnurrte. Sie holte ihr Handy und nahm den Videoanruf entgegen.

»Conny!?« Marga freute sich, ihre Tochter nicht nur zu hören, sondern sie auch sehen zu können.

»Hey, Mama. Alles klar bei dir?«

»Aber ja doch, hier ist alles bestens. Seit eben habe ich eine Katze auf Zeit.« Marga hielt das Handy so, dass Conny Mitzi sehen konnte.

»Wow. Die sieht ja richtig hübsch aus.«

»Und sie ist ein Freigeist.«

»Wie ich«, ergänzte Conny. »Sag mal, hast du schon das Päckchen bekommen, das ich dir weitergeleitet habe?«

»Nein.« Marga schüttelte den Kopf.

»Hm, dann schau mal nach, es sollte längst da sein.«

Als Marga nach dem Telefonat in den Briefkasten lugte, erspähte sie tatsächlich ein hellbraunes Luftpolsterkuvert. Ihr Herz schlug schneller, als sie den Absender erblickte: *Paul Alprecht*. Mit zitternden Fingern riss sie den Umschlag auf. Eine Anzahl ausgedruckter E-Mails flatterte ihr entgegen.

»Leserbriefe«, entkam es Marga, als ihre Augen über die

Zeilen des ersten Blattes huschten. Sie tappte ins Wohnzimmer und ließ sich auf die Couch fallen, wo sie die zahlreichen Papiere zu einem Stapel zusammenschob. Als Erstes las sie Pauls Karte, die obenauf lag.

Liebe Marga,
die Reaktionen auf mein Interview stehen Dir genauso zu wie mir. Deshalb schicke ich sie Dir.
Ob es sich um Freundschaft handelt, um Elternschaft oder um die Beziehung zwischen Lebenspartnern, in jedem Fall bilden Liebe, Aufmerksamkeit und Zuneigung das Seil, über das wir balancieren, während wir leben.
Das sind meine Gedanken nach der langen Zeit, in der wir uns nicht gesehen haben.
Von Herzen nur das Beste für Dich,
Paul

Marga spürte einen Kloß im Hals, legte die Karte beiseite und zog, vom leisen Rascheln des Papiers begleitet, den ersten Leserbrief hervor.

Sehr geehrter Herr Alprecht …

Laut las sie sich selbst vor: »Ihr Interview hat mich umgehauen … Umgehauen?« Marga schüttelte den Kopf. Angesichts des lockeren Ausdrucks musste sie lächeln. »… da beginnt man zu lesen und erwartet die Floskeln eines Geschäftsmannes, und dann wird man mit großen Gefühlen konfrontiert …«

»Starkes Interview. Endlich redet ein Kerl mal Klartext. Ich wünsche Ihnen, dass die Geschichte, die Sie uns, als kleines Häppchen serviert, anvertraut haben, weitergeht …«

»Ich habe vor Kurzem im *Para Lisboa* genächtigt. Das Hotel lässt keine Wünsche offen. Service und auch sonst alles große Klasse. Die Idee mit dem Members Club, die Sie im Interview zur Sprache bringen, wäre die Sahne auf der Torte. Gewöhnlich bin ich nicht derart indiskret, aber da Sie uns bereits einen Einblick gewährt haben, würde mich interessieren, wie es mit jener Frau, die Sie erwähnen, weiterging. Wächst und gedeiht Ihr Glück …?«

Marga las weitere Leserbriefe, einen nach dem anderen nahm sie zur Hand und flog über die Zeilen. In fast jedem Brief wurde Paul gefragt, was mit jener Frau geschehen sei, von der er im Interview erzählte. Eine Leserin schrieb, sie sehe das *Para Lisboa* nun mit anderen Augen. Dass Paul Gefühle zeige, gefalle ihr und höbe das Interview aus dem gewöhnlichen Einerlei hervor. Ein Mann schlug vor, falls es mit dem Members Club was würde, solle Paul dort über das Schicksal und die Liebe referieren.

Marga fühlte ihr Lächeln bis in die Zehenspitzen, als sie die Briefe schließlich zur Seite legte und aufstand. Es war Zeit, sich für den Kurs fertig zu machen. Bevor sie die Wohnung verließ, steckte sie sich Pauls Karte in die Jackentasche.

Der Wind wehte ihnen ins Gesicht, als Marga und Gerti das Gebäude neben dem Rathaus auf dem Dorfplatz ansteuerten, in dem der Keramikkurs stattfand.

»Dann wollen wir mal.« Gerti rieb sich die Hände, und Marga stemmte die geschnitzte Holztür auf. Hinweisschilder führten sie zum richtigen Raum. Als sie eintraten, drangen ihnen Wortfetzen entgegen, die Marga jedoch nicht verstand.

»Bayerisch müsste man können«, unkte Gerti und lächelte.

Marga sah sich um. An etlichen kleineren Tischen saßen bereits mit Schürzen bekleidete Frauen und zwei Männer und warteten offensichtlich auf den Beginn des Kurses. Auf einem Präsentiertisch entdeckte Marga farblose Keramikvasen, -teller, -tassen und -schüsseln. Eine junge Frau in einem farbenfrohen Kleid kam auf sie zu und begrüßte sie in einer Mischung aus Dialekt und Hochdeutsch.

Kurz darauf saßen sie nebeneinander an einem Tisch und nahmen sich der Gefäße an, die die Kursleiterin ihnen ausgehändigt hatte. Marga hatte keine Ahnung, was sie mit der Vase anstellen sollte, und starrte darauf.

»Keine Scheu, Marga. Wir haben nichts zu verlieren«, sprach Gerti ihr Mut zu.

»Das sagt sich so leicht. Jemand hat diese wundervolle Vase kreiert, und jetzt soll *ich* Hand daran legen? Das ist doch Verschandelung!«

»Ach was, mach einfach«, erwiderte Gerti und tauchte ihren Pinsel in ein sattes Gelb. »Es geht ums Tun, nicht um das Ergebnis. Wenn du erst mal in meinem Alter bist, wirst du das begreifen und es als Erleichterung empfinden, dass vieles auch ohne groß geplante Zukunft funktioniert.« Schwungvoll führte sie den Pinsel über ihre Schale und hinterließ kraftvolle Linien. »Das trifft übrigens nicht nur auf Vasen und Schalen zu, sondern auf fast alles, selbst auf den Partner, nachdem er nicht mehr da ist … Nach dem Tod meines Mannes ist meine Liebe für ihn weiterhin das Größte für mich geblieben, obwohl es keine Zukunft für uns gibt. Liebe ist kein Entweder-oder-Gefühl, sondern ein Sowohl-als-auch. Wenn man liebt, fühlt man sich mit allem verbunden. Das ist das Einzigartige daran.« Gerti blickte auf ihre

Schale. »Vermutlich sollten wir das in unsere Arbeit einfließen lassen … Gefühl.«

Marga nickte. Menschen, Situationen und Dinge kamen und gingen, und selbst wenn es wehtat, wenn man jemanden verlor, konnte man weiterlieben.

»Übrigens hat Frido gestern Abend angerufen, um sich nach mir zu erkundigen und mir zu meiner entzückenden Urenkelin zu gratulieren. Er ist ein aufmerksamer Mann, findest du nicht?«

Marga griff nach ihrem eigenen Pinsel und bejahte. »Er hat das Herz am rechten Fleck.«

»Noch dazu sieht er gar nicht übel aus«, fügte Gerti hinzu und zwinkerte zu ihr herüber. »Kaum zu glauben, dass er die Frau seines Lebens noch nicht gefunden hat.«

Marga dachte an den gemeinsamen Nachmittag mit Frido, an dem sie ihm das Backen nähergebracht hatte. Sie hatten viel gelacht und sich wunderbar verstanden. Die Gespräche waren angenehm gewesen, und sie hatte seine Gegenwart mehr genossen, als sie anfänglich angenommen hatte.

»Aber was nicht ist, kann ja noch werden«, sprach Gerti weiter.

»Er wird bestimmt irgendwann die Richtige finden.« Marga spürte, wie ihre Wangen rot wurden, während sie das sagte.

»Frido hat in den höchsten Tönen von dir geschwärmt. Er mag dich, Marga. Das habe ich schon an dem Tag begriffen, als wir ihn im Supermarkt getroffen haben.«

»Ich mag ihn auch«, erwiderte Marga. »Aber ich glaube nicht, dass ich die Richtige für ihn bin.«

»Das kannst du doch noch gar nicht wissen.« Gerti klang so bestimmt, als hätte sie einen Blick in die Zukunft geworfen.

Marga betrachtete die Farben vor sich und drehte die Vase hin und her. »Ich verspreche, dass ich offen sein werde für alles, was mir begegnet«, murmelte sie. Mit dem Ärmel stieß sie gegen ihr Handy, das sie auf den Tisch gelegt hatte. Es schlitterte über die Kante und rutschte zu Boden. Marga hob es auf und zog die Stirn kraus. »Ach herrje, das Display ist gesplittert.«

Gerti blickte auf das beschädigte Telefon und winkte ab. »Kein Problem. Wir bringen es zur Reparatur.«

»Gut, dann schreibe ich später meiner Tochter eine Mail, dass ich für ein paar Tage nicht zu erreichen bin. Ich will nicht, dass sie sich Sorgen macht.«

»Ich werde den Leuten im Shop Feuer unter dem Allerwertesten machen, damit du dein Mobiltelefon so schnell wie möglich wiederbekommst. Außerdem frage ich meine Enkelin, ob sie ein Ersatztelefon für dich hat.«

»Sehen wir es positiv.« Marga entschied sich endlich für eine Farbe – Nachtblau. »Ein kaputtes Handy ist die perfekte Gelegenheit, um mehr im Hier und Jetzt zu leben. So was ist in der heutigen Zeit ja fast schon Luxus.«

Kurz darauf fuhr sie mit dem Pinsel über eine kleine Einbuchtung im Porzellan, malte feine Linien und merkte, dass ihre Hand wie von selbst arbeitete.

Alles ist so gekommen, wie es sein sollte, dachte sie. Manches hatte sie sich anders erträumt, doch mit einem Mal spürte sie tiefe Zufriedenheit in sich aufsteigen. Durch den Abschied von Paul hatte sie Gerti kennengelernt, und nun war sie sogar mit ihr fortgefahren. In ein beschauliches Dorf in den Bergen, in dem sie das Gefühl hatte, sich Tag für Tag wiederzufinden.

47. Kapitel

Paul schob das Regal zur Seite und rollte den Teppich aus, der am Vormittag geliefert worden war. Das Muster erinnerte ihn an ein Meer aus Blumen, das wunderbar mit den fliederfarbenen Fensterbehängen harmonierte genauso wie mit der Lichterkette, die sich am Buchregal entlangschlängelte und in Pastelltönen leuchtete. Allmählich nahm Ingas Zimmer Gestalt an.

Zufrieden verließ Paul den Raum und ging ins Erdgeschoss, um den Staubsauger zu holen. Frau Johnson lag mit Fieber im Bett und würde vermutlich für mehrere Tage ausfallen, doch Paul störte es nicht. Neuerdings legte er gern selbst Hand an und hatte festgestellt, dass einfache Tätigkeiten wie Staub zu saugen eine geradezu meditative Wirkung besaßen, die seine Kreativität in Schwung brachten. Als er nun die Tür zum Abstellraum öffnete, wurde er vom Läuten seines Handys unterbrochen.

»Paul, ich bin's.«

Er erkannte die Frauenstimme im ersten Moment nicht, doch dann begriff er, mit wem er sprach. »Nadine? Wie geht es dir denn?«, fragte er, nachdem er seine Überraschung überwunden hatte. Nie hätte er damit gerechnet, dass sich Sybilles langjährige Freundin bei ihm meldete.

»Um ehrlich zu sein, hat mir dein Anruf vor ein paar Wochen keine Ruhe gelassen«, gestand Nadine. »Deshalb kontaktiere ich dich.«

Paul wusste augenblicklich, worum es ging. Nadine war die Erste gewesen, an die er sich gewandt hatte, um Nachforschungen über Sybilles Schwangerschaft anzustellen.

»Ich war total überrumpelt, als du mich auf das Ultraschallbild angesprochen hast.« Nadine zögerte, ehe sie weitersprach. »Sybille war kein schlechter Mensch, Paul, aber ich kann auch nicht leugnen, dass sie es mit der Wahrheit nicht immer so genau genommen hat. Du weißt, wir kannten uns seit der Schulzeit und haben uns nie aus den Augen verloren … obwohl wir oft unterschiedlicher Meinung waren. Seit Sybille und du zusammen wart, ist mir allerdings aufgefallen, dass dein finanzieller Hintergrund immer mehr eine Seite an ihr zum Vorschein gebracht hat, die mir zu denken gab. Bitte versteh mich nicht falsch, Sybille hatte viele gute Charaktereigenschaften, aber da war eben auch dieser andere, ichbezogene Teil.«

Paul schluckte. Was Nadine ansprach, stimmte mit dem überein, was Inga in ihrer Therapiestunde zur Sprache gebracht hatte. Seine Tochter hatte ebenfalls von Sybilles Egozentrik gesprochen und Paul erschüttert und nachdenklich zurückgelassen. Und hatte nicht auch Jörg erwähnt, dass Sybille ihm nicht nur sympathisch gewesen sei? Paul schluckte. Nach wie vor brannte die Erkenntnis, dass er beinahe eine Unbekannte geheiratet hätte, wie Säure in ihm.

»Du lagst mit deiner Vermutung natürlich richtig«, kam Nadine zum Punkt. »Sybille hatte eine Affäre. Allerdings wollte sie mir den Namen des Mannes nicht verraten.«

Paul war im Gang auf und ab gegangen, nun ließ er sich auf die Treppenstufen fallen.

»Ob sie dir je die Wahrheit über den Vater des Kindes gesagt hätte, kann ich nicht mit Sicherheit sagen. Ich weiß nur, dass sie sich in den Kopf gesetzt hatte, das Thema auf jeden Fall bis nach eurer Hochzeit aufzuschieben.«

Paul atmete geräuschvoll aus. »Aber sie muss doch gewusst haben, dass ich früher oder später eins und eins zusammengezählt hätte. So eine Schwangerschaft lässt sich schließlich nicht verbergen, und irgendwann hätte ich festgestellt, dass ich als Vater nicht infrage komme.«

»Ich würde dir gern all deine Fragen beantworten, Paul, aber das kann ich leider nicht. Ich hoffe, du verzeihst mir, dass ich dich nicht eher angerufen habe.« Nadine seufzte. »Weißt du, Sybille ist auf so schreckliche Weise aus dem Leben gerissen worden, da habe ich es nicht übers Herz gebracht, etwas Negatives über sie zu sagen. Ich fand es so ungerecht, dass sie so früh gestorben ist. Noch dazu, wo sie ein Kind erwartete …«

»Ich verstehe das, mach dir keine Gedanken deswegen. Auf jeden Fall danke ich dir für deine Offenheit. Ich kann mir gut vorstellen, dass dir dieser Anruf nicht leichtgefallen ist.«

Eine Stunde später schob Paul den Laptop beiseite, dessen Bildschirm er minutenlang gedankenverloren angestarrt hatte. Er ging zum Tresen, auf dem die noch unausgepackten Einkäufe standen. Seit Nadines Anruf gingen ihm unzählige Gedanken durch den Kopf. Obwohl ihm von vornherein klar gewesen war, dass Sybilles Kind nicht von ihm stammte, hatten ihn die Worte ihrer Freundin wie eine frische Erkenntnis getroffen. Als hätte er heimlich gehofft, sich getäuscht zu haben, und auf eine andere Erklärung gewartet. Nadines Bestätigung hatte seine Vermutung zur Gewissheit gemacht. Und Gewissheit fühlte sich anders an, schwerer und härter.

Paul ging daran, sich um die Einkäufe zu kümmern, holte ein Glas nach dem anderen aus der Papiertüte und stellte sie wie Zinnsoldaten in einer Reihe auf den Tresen. Oliven, eingelegte Tomaten, marinierte Zucchini und Kapern – die Ausbeute seines Besuchs in dem kleinen italienischen Laden, bei dem er regelmäßig Antipasti einkaufte. Er war noch in Gedanken versunken, als sein Laptop mit einem leisen Pling eine neue Mail ankündigte.

Sofort breitete sich Nervosität in Paul aus. Insgeheim wünschte er sich jedes Mal, wenn das vertraute Geräusch erklang, dass es eine Nachricht von Marga sein möge – obgleich er natürlich wusste, dass Sehnsucht und Hoffnung sein Leben in diesem Fall nicht bereicherten. Er hatte die Sache mit Marga beendet und ihr zu verstehen gegeben, dass seine Tochter wichtiger war. Inga hatte Zeit gebraucht und tat es noch, und diese Zeit wollte er ihr uneingeschränkt geben.

Dennoch gab es viele Tage, an denen er sich fragte, wie es Marga wohl ging, ob sie ihren neuen Job mochte und ob sie glücklich war. Hatte sie womöglich sogar jemanden kennengelernt, der inzwischen den Platz an ihrer Seite einnahm? Paul mochte die Vorstellung zwar nicht, doch Marga hätte es verdient, einen Partner zu haben, der ihr bedingungslos sein Herz schenkte.

Er ging zum Tisch und öffnete den Posteingang. Die fett gedruckten Buchstaben des Empfängers verschwammen vor seinen Augen. Kein Lebenszeichen von Marga. Natürlich nicht.

Er verbarg den Kopf in den Händen und schluckte gegen die Enttäuschung an. Nach einer Weile ließ ihn das Geräusch der ins Schloss fallenden Haustür aufblicken.

»Verdammt, das kann doch alles nicht wahr sein!«, hörte er Inga schimpfen.

Paul stand auf und trat in den Flur. »Was ist denn los? Hat es mit den Sneakers doch nicht geklappt?«

Inga, die sich gerade die Schuhe auszog, schreckte auf. »Dad, um Himmels willen, musst du mich so erschrecken? Was machst du denn um diese Uhrzeit schon zu Hause?«

»Ich dachte, ich nehme mir heute früher frei, damit wir die neuen Möbel für dein Zimmer aufstellen können.« Paul lehnte sich gegen den Türstock. »Sag bloß, der Ansturm auf die Limited Edition Sneakers, auf dessen Drop du dich seit Wochen freust, war so groß, dass du kein Paar ergattern konntest?«

»Ich hatte keine Zeit, mich darum zu kümmern«, murmelte Inga.

»Aber du wolltest dir doch unbedingt diese *hyperstylishen, mega angesagten* Schuhe kaufen. Oder waren das heute Morgen nicht deine Worte?«

»Ähm ja, doch, schon«, druckste Inga herum. Dann brach es aus ihr heraus. »Ich hab alles kaputtgemacht. Es ist alles meine Schuld. Ich hab sie vertrieben. Und zwar für immer.«

Paul hatte keine Ahnung, wovon Inga sprach. »Bitte beruhige dich«, sagte er. »Wen hast du vertrieben?«

»Na, Marga!« Inga zog nervös an ihrem Ohr. »Ihre Nachbarin sagt, sie ist weggezogen, offenbar in eine andere Stadt.«

Paul wusste nicht, wie ihm geschah, und krallte sich am Türstock fest. Das Blut rauschte in seinen Ohren, und er musste mehrmals ansetzen, bevor er seine Frage rausbrachte: »Und du bist dir sicher, dass die Nachbarin von Marga und niemand anderem gesprochen hat?«

»Ja, klar«, erwiderte Inga energisch. »Sie wohnt direkt nebenan, und auf der Etage gibt es nur die beiden Wohnungen.«

Paul zwang sich zu ein paar tiefen Atemzügen. Mit dieser Nachricht hatte er bei Gott nicht gerechnet. »Wieso bist du denn überhaupt zu Margas Wohnung gefahren?«, wollte er schließlich wissen. »Was hast du dort getan?«

Inga wischte sich mit der Hand die Tränen weg. »Ich wollte mich bei Marga entschuldigen und sie bitten, zu dir zurückzukommen, weil du sie doch so vermisst.« Während sie mit ihren Fingern spielte, fügte sie hinzu: »Und ich vermisse sie auch.«

48. Kapitel

Marga befreite die Küchenrollen von der Plastikverpackung und ordnete sie in das obere Regal der Abstellkammer ein. Im Nebenzimmer hörte sie Kaya glucksen. Gertis Urenkelin war ein echter Sonnenschein. Mit ihrem Lächeln versüßte die Kleine ihrer Urgroßmutter jeden einzelnen Tag.

Da erschien Margas Arbeitgeberin im Türrahmen. Sie hielt den Teddybär in der Hand, den sie Kaya aus Düsseldorf mitgebracht hatte. »Ah, hier bist du. Wir sollten später unbedingt einen Spaziergang machen. Das Wetter könnte nicht besser sein, und Kaya braucht ein paar Sonnenstrahlen, damit sie dieses sonnige Gemüt behält.«

Der Tag hatte sie unerwarteterweise mit traumhaft blauem Himmel überrascht, was zu dieser Jahreszeit keine Selbstverständlichkeit war.

»Ich bin hier gleich fertig; sobald die Blumen versorgt sind, können wir los. Vielleicht finde ich irgendwo eine schöne Postkarte für meine Tochter. Sie freut sich bestimmt, wenn ich ihr eine schicke.«

Marga warf das Plastik in den Mülleimer und wandte sich zum Küchentisch, auf dem sie einen Strauß Schnittblumen abgelegt hatte. Sie holte das Blumenmesser aus der Schublade und begann, Stängel um Stängel anzuschneiden. Gerti nahm die Blumen entgegen und ordnete sie in einer Vase an.

»An dir ist eine Floristin verloren gegangen«, lobte Marga, als sie bemerkte, wie systematisch die alte Dame den Strauß gestaltete.

»Ich liebe Blumen. Und was man liebt, darum kümmert man sich gut.«

»Das stimmt allerdings.«

Aus dem Flur erklang die Türglocke. Mit einer Lilie in der Hand deutete Gerti Richtung Tür. »Wärst du so lieb …?«

Marga nickte. »Das ist bestimmt der Postbote.« Sie hatte recht und nahm ein Päckchen in Empfang, mit dem sie zurück in die Küche kam.

»Das war's mit dem Hier und Jetzt«, scherzte sie, nachdem sie den Karton geöffnet hatte und ihr repariertes Handy hervorholte. Sie schaltete es ein, legte es jedoch beiseite. »Um die verpassten Anrufe kümmere ich mich später. Jetzt machen wir hier erst mal in Ruhe weiter. Eins nach dem anderen.«

»So, fertig«, sagte Gerti wenig später. Sie blickte zufrieden auf das Blumenarrangement. »Nun sehe ich mal bei meiner Enkelin nach dem Rechten. Man könnte meinen, Ricarda hat mittlerweile im Kinderzimmer Wurzeln geschlagen. Seit sie entbunden hat, kommt sie kaum noch daraus hervor.«

Während sie im Flur verschwand, trug Marga die Vase ins Wohnzimmer. Die Wohnung von Gertis Enkeltochter war ein Traum, fand sie. Die Räume wirkten hell und freundlich, und die vielen Fotos der Familie bildeten eine gelungene Symbiose mit den dunklen, geschnitzten Holzmöbeln und den farbenfrohen Teppichen, von denen es in jedem Raum mindestens einen gab. Vielleicht sollte sie sich so einen bunten Läufer für ihr Düsseldorfer Zuhause besorgen, überlegte Marga, die der festen Überzeugung war, dass jede Umgebung die eigene Stimmung beeinflusste.

Sie steuerte gerade den runden Tisch an, als sie ein leises, kaum wahrnehmbares Summen hörte. Sie stellte die Vase ab und beugte sich über den Strauß. Dann sah sie es. Eine Biene hatte sich in einer der Blüten verkrochen. Das Tier musste, während die Blumen auf der Arbeitsfläche gelegen hatten, durch das offene Fenster in die Küche geflogen und auf der Blüte gelandet sein. Marga betrachtete den gestreiften Körper und die zarten Flügel und fühlte, wie ihr Herz pochte. Eigentlich war das Herbstwetter für Bienen viel zu kalt. Dass sich dennoch eine ausgerechnet zu ihr verirrt hatte, kam Marga wundersam vor.

Sie dachte an das Buch über Bienen, an das, was sie über die faszinierenden Tiere erfahren hatte, und an Pauls Geschichte über Rita, die Imkerin, die ihm erzählt hatte, dass Bienen ein Symbol der Unsterblichkeit waren. *Das Leben schenkt uns einen weiteren Tag.*

Kurzerhand griff Marga nach der Vase und trug sie zum offenen Fenster. Die Luft entwich ihrer Lunge, als sie kräftig auf die Blüte pustete und die Biene aufflog. Marga hob den Kopf und blickte dem Tier so lange nach, bis es aus ihrem Sichtfeld verschwand. Mit einem Griff versperrte sie das Fenster und stellte die Vase wieder auf den Tisch.

Der Tag der Biene … Unvermittelt stiegen Bilder und Gefühle in ihr auf, und sie versuchte, beides zu verdrängen. Sybille, ihr Tod und die Briefe an Paul gehörten zu ihrer Vergangenheit, nicht in ihre Gegenwart. Das Leben schenkte ihr beständig neue Tage, nichts anderes zählte.

Sie ließ die Gedanken los und widmete sich dem Regal, ordnete die Zeitschriften, die darin lagen, ließ ihren Blick über die DVDs schweifen – und stutzte. Eins der Cover war ihr ins Auge gefallen. Marga zögerte, dann nahm sie die Hülle in die Hand. *Pretty Woman*. Sie starrte auf das Titelbild, das Richard Gere und Julia Roberts zeigte. Julia zog spielerisch an Richards Krawatte. Marga schüttelte ungläubig den Kopf. Wenn sie Kirsten davon erzählte, würde sie vermutlich darauf bestehen, dass es sich um ein Zeichen handle, das Marga keinesfalls ignorieren dürfe.

Erst die Biene und nun Hollywood. Margas Lippen umspielte ein Lächeln, als sie die DVD zurück ins Regal schob. Im nächsten Moment flog hinter ihr die Tür auf. Sie drehte sich um und sah in Gertis aufgewühltes Gesicht.

»Um Himmels willen, was ist passiert?« Mit zwei Schritten war Marga neben der alten Damen und legte ihr sacht die Hand auf die Schulter.

»Marga.« Gerti blickte sie mit ernster Miene an. »Das kommt jetzt sehr plötzlich, das ist mir klar, aber unsere Wege scheinen sich wieder zu trennen. Ich muss dich leider entlassen.«

»Was?!« Marga starrte Gerti mit offenem Mund an. Hatte sie sich verhört? Oder erlaubte sich Gerti einen schlechten Scherz mit ihr? Das sähe ihr gar nicht ähnlich. Ein unangenehmes Gefühl machte sich in Marga breit. Was war nur geschehen?

Die alte Dame griff nach Margas Hand, dabei deutete sie Richtung Eingangstür. »Da ist jemand, der dich sehen möchte. Danach wirst du es verstehen.« Sie tat einen Schritt zur Seite, um Marga vorbeizulassen.

Wie betäubt verließ Marga das Zimmer. Sie begriff überhaupt nichts. Mit weichen Knien näherte sie sich der angelehnten Eingangstür, als sie ein Flüstern hörte.

»Glaubst du, sie freut sich?«

Marga erkannte die Stimme augenblicklich. Das konnte doch nicht wahr sein! Mit angehaltenem Atem brachte sie die letzten Schritte hinter sich und riss die Tür auf. »Inga?«

»Und Paul … Ich bin auch da.« Pauls weiche Stimme ließ Marga erzittern. Er stand nah an der Mauer, sodass er ihr erst jetzt ins Auge fiel. Sie schnappte nach Luft.

»Es war Ingas Idee herzukommen.« Paul strahlte Marga an.

»Dad kann echt nichts dafür, dass wir dich so ganz ohne Vorwarnung überrumpeln«, beteuerte Inga. »Wir wollten dir eigentlich Bescheid sagen, aber dein Handy war ständig aus. Schließlich haben wir Conny angerufen und sie gefragt, wo du wohnst. Und schon saßen wir im Wagen und sind über die Autobahn gedüst.« Inga grinste.

»Das ist wirklich eine Überraschung«, brachte Marga heraus. »Ihr … ihr hättet eine E-Mail schreiben können.«

»Hab ich auch vorgeschlagen.« Ingas Grinsen wuchs in die Breite. »Aber Dad …. na ja, sagen wir so: Er hat sich mit der Formulierung schwergetan.«

Marga spürte, wie ihr Röte in die Wangen schoss. Doch ehe sie etwas erwidern konnte, erklangen Schritte und wurden lauter. Dann erschien Gerti neben ihr.

»Ich schlage vor, Sie kommen erst einmal herein, junge Dame. Sie natürlich ebenfalls … Herr Alprecht.« Gerti streckte die Hand aus. »Jetzt noch einmal offiziell, Gerti Hein. Freut mich, Sie kennenzulernen.«

Inga und Paul schüttelten Gertis Hand und folgten ihr

in den Flur. Dort strich Gerti Marga fürsorglich über die Schulter. »Wie wäre es, wenn ihr drei euch einen netten Tag macht!?«, schlug sie vor. »Ich komme auch allein zurecht, und wir zwei hören uns morgen wieder.«

Marga war noch damit beschäftigt, das, was gerade geschah, zu verarbeiten, nickte jedoch. »Danke, Gerti.« Kopfschüttelnd wies sie Paul und Inga die Treppe nach oben und öffnete die Tür zu ihrer Wohnung. »Kommt rein.«

Inga schritt als Erste über die Schwelle und sah sich interessiert um. Da erklang ein leises Miau, Mitzi bog um die Ecke und tapste mit hocherhobenem Schwanz auf sie zu. Zwei Schritte vor Inga blieb sie stehen und beäugte Pauls Tochter von unten herauf.

»Die ist ja süß.« Inga ging in die Hocke und klopfte auf ihr Knie, um Mitzi anzulocken. »Ich wusste nicht, dass du eine Katze hast. Wie heißt sie denn?«

»Mitzi. Sie gehört der Enkelin von Frau Hein, verbringt ihre Tage aber gern bei mir.«

»Ach, wie schön. Ich mochte Katzen schon immer.« Inga erhob sich, sie gingen ins Wohnzimmer, wo sie sich sofort aufs Sofa fallen ließ. Mitzi folgte ihr und sprang dem Mädchen, zu Margas großer Verwunderung, auf den Schoß. Inga freute sich sichtlich und begann sofort, das Tier zu streicheln.

Margas Augen trafen Pauls. Sie standen beide unentschlossen da, und Paul betrachtete sie auf eine Weise, als müsse er sie näher in Augenschein nehmen, weil er vergessen hatte, wie sie aussah.

»Mitzi, na, wie findest du es, mich kennenzulernen?« Inga hatte beide Hände im Fell der Katze vergraben. Mit einem Mal schaute sie auf. »Dad, jetzt sag schon was.« Sie suchte Margas

Blick. »Ich wollte nicht, dass dein Leben so krass durcheinandergerät, Marga.« Ihre Stimme war leise geworden, und das Mädchen senkte den Kopf. »Das wollte ich dir unbedingt sagen. Deshalb sind wir hergekommen.«

Marga schluckte gerührt. Sie konnte nur ahnen, welche Überwindung Inga diese Worte kosteten. Sie setzte sich ihr gegenüber und sah sie mitfühlend an. »Mach dir keine Vorwürfe. Weißt du, meine Tochter hat mir vor nicht allzu langer Zeit ans Herz gelegt, neue Wege zu gehen und Chancen zu nutzen, wenn sie sich ergeben. So bin ich hier gelandet.«

Inga hatte aufmerksam zugehört und zwischendurch genickt. »Hm. Klingt gut«, bekräftigte sie. »Neue Wege gehen. Das verstehe ich.« Sie klang zutiefst erleichtert. »Übrigens ist deine Tochter echt nett. Als ich sie angerufen habe, um zu fragen, wieso du nicht erreichbar bist, hatte ich erst Angst, dass sie mir böse ist, weil ich so blöd zu dir war. Aber das war sie gar nicht.« Inga streichelte weiterhin Mitzi, die die Augen vor Genuss geschlossen hatte und leise schnurrte. »Ich glaube, das liegt daran, dass du eine wirklich tolle Mutter bist.«

Marga entkam ein spontanes Lächeln. »Danke, für dieses wirklich liebe Kompliment, Inga.«

Pauls Tochter schwieg eine Weile, dann hob sie den Blick. »Du hast Dad gefehlt. Und mir auch«, murmelte sie.

Marga glaubte zu sehen, dass sie ihrem Vater ein Zeichen gab, woraufhin Paul sich endlich räusperte. »Was Inga damit sagen möchte, ist, dass unsere Tür immer für dich offen steht.«

»Genau. Ich wohne jetzt bei Dad … deshalb *unsere* Tür«, erklärte Inga. Plötzlich klang sie wieder so fröhlich und unbeschwert, wie Marga sie kannte. »Schau mal.« Sie zog ihr

Handy aus der Tasche und zeigte ein Foto von einem Schild mit ihrem Namen, das an Pauls Haustür hing.

»Wow! Das sieht richtig edel aus«, urteilte Marga.

»Finde ich auch.« Inga steckte ihr Handy wieder in die Hosentasche. Da zog Paul sein Telefon hervor. Er hatte sich noch immer nicht gesetzt und sagte nun: »Entschuldigt mich bitte kurz. Ich muss etwas Wichtiges erledigen. Es dauert nicht lange.«

Marga beobachtete, wie er ein paar Schritte durch den Raum ging und dabei in sein Smartphone tippte. Sie wunderte sich über sein Verhalten und fragte sich, was es in diesem Moment so Dringendes geben mochte. Es sah ihm nicht ähnlich, ein bedeutsames Gespräch einfach zu unterbrechen.

Schließlich war Paul fertig und drehte sich zu Marga um. »In deinem Posteingang wartet eine neue Mail auf dich«, kündigte er an.

Überrascht griff nun auch Marga nach ihrem Handy, das auf dem Tisch lag und auf dem die Benachrichtigung einer Mail mit dem Betreff *Ziel Portugal* aufschien. Sie öffnete die Nachricht und überflog stumm den Inhalt.

Liebste Marga,
auch auf die Gefahr hin, dass diese Zeilen vorschnell auf Dich wirken könnten, möchte ich Dir versichern, dass ich sie aus tiefem Herzen schreibe.
Mein wichtigstes Projekt im nächsten Jahr wird der Members Club sein, den alle für eine großartige Idee halten. Um mich gebührend darum und auch um das neue Hotel in Porto kümmern zu können, werde ich Düsseldorf im Sommer, wenn Ferien sind und Inga mitkom-

men kann, für einige Zeit verlassen müssen und in meinem Haus in Lissabon zu finden sein. Ich und auch Inga freuen uns darauf, morgens im Freien zu duschen und abends irgendwo essen zu gehen oder zu Hause zu kochen.
Das Wichtigste an diesem Plan sind für mich allerdings nicht die neuen Herausforderungen und der temporäre Ortswechsel, sondern meine Hoffnung, dass Du dabei sein wirst, Marga.
Wie Du eben erfahren hast, würde sich auch Inga freuen, wenn Du, falls Du das möchtest, ein fester Bestandteil unserer kleinen Familie werden würdest.
Was meinst Du? Kommst Du mit mir nach Lissabon?
Ich könnte mir nichts Schöneres vorstellen, als Dich an meiner Seite zu wissen und den Members Club und das Leben an sich mit Dir gemeinsam in Angriff zu nehmen.
In inniger Zuneigung
Paul

Marga ließ das Handy sinken. *Das Leben schenkt uns einen weiteren Tag,* dachte sie. Und damit unzählige neue Möglichkeiten. Vorhin hatte sie noch versucht, Vergangenheit und Gegenwart zu trennen, nun formte sich beides zu einer unerwarteten möglichen Zukunft. Was hatte Gerti kurz nach ihrem Kennenlernen zu Marga gesagt? *Die Geschehnisse ergeben erst ein Ganzes, wenn man sie antichronologisch betrachtet.*

Paul warf Marga einen fragenden Blick zu. »Hier zu sein, bei dir, fühlt sich richtig für mich an«, gestand er.

Inga zwinkerte ihrem Vater zu. »Komm, Mitzi, wir lassen die beiden mal kurz allein und holen uns was zu trinken.« Mit der Katze auf dem Arm stand sie auf und verschwand in der Küche.

Paul trat neben Marga. »Na … hast du Lust, gemeinsam mit mir einen Members Club ins Leben zu rufen? Weißt du noch? Du hattest tolle Ideen.«

Marga holte mehrmals tief Luft. Das Angebot klang verlockend, doch sie musste Pauls Worte und seine Anwesenheit erst mal verdauen. »In den letzten Monaten habe ich mir vorgenommen, niemals mehr blind den Träumen anderer zu folgen«, sagte sie nach einer Weile. »Stattdessen will ich herausfinden, was mein Weg ist.«

Paul nahm Margas Hand und blickte sie hoffnungsvoll an. »Hast du denn eine Ahnung, wie deine Träume aussehen? Was würde dich glücklich machen?«

Marga schloss die Augen und sortierte ihre Empfindungen. Aus der Küche hörte sie Mitzi leise maunzen, vermutlich füllte Inga dem Tier seinen Trinknapf, und die Katze hoffte bestimmt auch auf ein Leckerli. Dass das sonst so scheue Tier Pauls Tochter augenblicklich ins Herz geschlossen zu haben schien, freute Marga. Sie lächelte und wandte sich wieder Paul zu.

»Was die Zukunft für mich und dich bereithält, weiß ich nicht, aber ich würde es gern herausfinden«, sagte sie. »Erst durch unsere Briefe ist mir klar geworden, wie vielseitig das Leben sein kann, und wenn du vom Members Club sprichst, spüre ich Aufregung in mir und würde diesen Weg gern mit dir beschreiten. Nicht nur deinetwegen, sondern auch meinetwegen.«

Pauls liebevoller Blick streifte Marga. »Ich verspreche dir, dass in meinem Leben immer Platz für deine Träume sein wird. Wie klein oder groß sie auch sein mögen.«

Marga las aus Pauls Augen, dass er es ernst meinte. Draußen rauschte der Wind in den Bäumen. In der Küche sprach Inga mit zärtlicher Stimme auf Mitzi ein, und Paul hauchte einen Kuss auf Margas Hand und behielt sie in seiner. In seinem Blick lag eine Verbindlichkeit, die Marga spüren ließ: Es war niemals zu spät für einen Neuanfang.

»Es ist schön, hier mit dir zu stehen. Einfach nur da zu sein.«

Wer sagt, dass die Zukunft
das Wichtigste ist?
Wir leben jetzt.

Einen Sommer später

Epilog

»Kannst du noch sprechen, Kirsten?«

»Eva?« Kirsten legte die freie Hand auf die Lehne des Zahnarztstuhls. Sie hatte mal wieder vergessen, ihr Handy auf stumm zu schalten. »Wie schaffst du es nur, mich immer beim Arzt zu erwischen? Jeden Moment beginnt meine Prophylaxe-Sitzung. Was gibt's denn?«

»Ich habe unseren Flug nach Lissabon zu einem halbwegs leistbaren Preis gebucht, das wollte ich dir sagen.« Eva klang aufgekratzt. »Und damit du am Flughafen nicht aus allen Wolken fällst … ich habe drei Tickets gekauft.«

»Drei?« Kirsten tastete sich tiefer in den Stuhl hinein, als wüsste sie, dass sie bei dem, was als Nächstes käme, einen sicheren Sitz brauchte. »Wer, um Himmels willen, ist die dritte Person?«

»Martin! Er kommt mit«, sprudelte es aus Eva heraus. Ihre Stimme sang geradezu. »Aber keine Sorge, er wird sich nicht zwischen uns drängen: Ich habe in Pauls Hotel eine kleine Suite für dich und mich reserviert … na ja, und ein Einzelzimmer für Martin. Das *Para Lisboa* ist ein ziemlich edler Schuppen. Dort fühlst du dich bestimmt so richtig à la Hollywood.«

»Du nimmst tatsächlich Martin mit?« Kirstens Stimme wanderte höher. »Kompromisse wegen eines Mannes sind bei mir Fehlanzeige … Nur allein ist man wirklich frei … Wer braucht schon einen Mann, um glücklich zu sein … Erinnerst du dich an diese Sätze? Die sind alle von dir.«

»Und sie stimmen auch alle. Was aber nicht heißt, dass man nicht mal in den Beziehungsstatus wechseln darf, nur um zu sehen, wie es ist. Das Leben ist kein festgetackertes Irgendwas, Kirsten. Dass Martin mitkommt, hat sich zufällig ergeben. Deshalb schwöre ich nicht allem ab, woran ich glaube.«

»Zufällig? Dass er mit von der Partie ist, hört sich eher nach einem waschechten Plan an.«

»Warte kurz, Marga ruft an«, unterbrach Eva. »Soll ich sie dazuschalten?«

Noch bevor Kirsten zustimmen konnte, hörte sie bereits Margas Stimme. »Ich kann es kaum erwarten, euch zwei demnächst endlich wieder in die Arme zu schließen.« Ihre Freundin klang hocherfreut. »Paul lässt übrigens fragen, wie lange ihr bleibt. Er hat nämlich vor, sich zwei Tage freizunehmen, um euch die schönsten Ecken Lissabons zu zeigen.«

»Hoffentlich versöhnt mich das mit der Tatsache, dass Eva turtelnd neben mir herumschlendern wird«, murmelte Kirsten, während Eva gleichzeitig wissen wollte: »Wie fühlen sich die Tage in Portugal mit Paul und Inga an?«

»Großartig. Ich komme aus dem Schwärmen nicht heraus. Wir bekommen übrigens Verstärkung. Conny hat sich ebenfalls angemeldet … für volle drei Wochen. ›Wenn schon, denn schon‹, meint sie.«

Die Leichtigkeit in Margas Tonfall ließ Kirsten lächeln. »Kriegt Paul immer noch die volle Punktzahl, jetzt, wo ihr zusammen arbeitet?«, fragte sie.

»Aber klar doch«, erklang plötzlich Pauls Stimme. »So, und

jetzt mache ich mich auf den Weg ins Hotel. Weitere Pluspunkte sammeln, indem ich euch hier in Ruhe telefonieren lasse. Habt noch einen schönen Tag, ihr drei.«

»Uiii, ganz schön motiviert, dein Paul«, fand Kirsten und lachte gleich darauf.

»Mit ihm zu arbeiten fühlt sich an, als wäre ich endlich angekommen. Genau dort, wo ich sein möchte«, antwortete Marga, nachdem im Hintergrund eine Tür ins Schloss gefallen war. »Genug der Schwärmerei. Was tut sich bei euch?«

Draußen hörte Kirsten Stimmen, die sich näherten. »Philip schmollt weiterhin. Die Scheidung hat ihm enorm zugesetzt«, sagte sie.« Sie redete extra schnell, damit sie alles loswurde, ehe die Behandlung begann. »Und was mich anbelangt, ich will's noch mal wissen. Herausfinden, ob sich nicht doch noch irgendwo ein *Pretty-Woman-Moment* für mich auftut. Mir ist klar geworden, dass ich überhaupt nicht weiß, worauf ich eigentlich warte … und in den letzten Monaten ist mir tatsächlich meine eigene Jammerei zu viel geworden. Kannst du dir das vorstellen? Ich konnte mich oft selbst nicht mehr hören. Wenn ich mich morgens im Spiegel gesehen habe, habe ich mich erschreckt und mich gefragt, wo die Kirsten von früher hin ist. Die, die nicht nur vorm Fernseher sitzt, um anderen beim Glücklichsein zuzusehen, sondern selbst glücklich ist. Ich meine, es kann ja wohl nicht sein, dass es immer nur in Filmen ein Happy End gibt. Das muss doch auch im echten Leben zu finden sein. Und da dachte ich … Kirsten, dachte ich, lass mal alle Angst hinter dir und trau dich was. Du musst dein Leben irgendwann auch mal zu Ende denken, anstatt mittendrin stecken zu bleiben. Wenn Marga das schafft, schaffst du das auch … Eva? Marga? Ihr sagt ja gar nichts mehr. Seid ihr noch dran …?«

Ehe Kirsten weitersprechen konnte, öffnete sich die Tür. Statt der Frau in hellblauer Montur, die sie erwartet hatte, kam ein Mann auf sie zu. Vielleicht Mitte vierzig, mit lustigen Augen, die feine Falten umrahmten. Er war nicht sonderlich attraktiv, doch er strahlte auf den ersten Blick Wärme und Humor aus.

»Frau Pons.« Er ließ schwungvoll die Tür hinter sich zufallen. »Entschuldigen Sie, dass Sie warten mussten. Ich bin der Neue, Harry Merkanter. Dann wollen wir uns mal Ihrer Zähne annehmen. Aber vorher ein paar Worte zu mir, damit Sie wissen, auf wen Sie sich einlassen …«

Kirsten rutschte das Handy in den Schoß, während der Neue mit erfrischender Offenheit zu erzählen begann. In Kirstens Kopf begann es zu rattern, nachdem sie hellauf lachen musste, weil Harry Merkanter so amüsant erzählte. Vielleicht stimmte es ja, dass man das Leben laufen lassen sollte. Es einfach mal ausprobieren. Männer mussten nicht attraktiv sein. Vielmehr kam es auf Offenheit, Zuversicht und Humor an. Damit kam man wunderbar durchs Leben.

»So, und nun legen wir los. Einverstanden? Wenn Sie dann bitte den Mund aufmachen, Frau Pons …«, endete Harry Merkanter.

Kirsten tat, wie ihr geheißen, öffnete den Mund und überließ sich, während sie dem Surren der Geräte lauschte, dem Film in ihrem Kopf, in dem Harry Merkanter, neben ihr selbst, eindeutig die Hauptrolle spielte.

Ende

Liebe Leserinnen und Leser,

es war Mai, als ich in Salzburg in einen Hotelpool stieg, um dort meine Runden zu ziehen. Als ich etwa in der Mitte des Beckens angelangt war, entdeckte ich plötzlich eine Biene, die im Wasser um ihr Überleben kämpfte. Ich zögerte nicht, legte meine Hand unter sie und schwappte sie mit jeder Menge Wasser in die Wiese, sodass sie in Sicherheit war – und ich ebenfalls.

Es war nicht das erste Mal, dass ich eine Biene aus dem Wasser rettete, aber es war das erste Mal, dass ich hinterher bewusst darüber nachdachte, dass ich allergisch bin und mir, hätte ich die Biene übersehen, durchaus etwas hätte zustoßen können.

Dieser Augenblick war die Initialzündung für diesen Roman. Bilder entstanden in meinen Kopf, blieben dort und wurden von Stunde zu Stunde intensiver. Erfüllt von jeder Menge »Stoff« kam ich abends nach Hause, fuhr den PC hoch und begann aufzuschreiben, was mir in den Sinn gekommen war. Es dauerte zwei Wochen und vier Tage – ich schlief nachts nur wenige Stunden –, bis ich die ersten Kapitel in den Computer getippt hatte. In dieser Zeit bin ich Marga, Kirsten und Eva begegnet, schließlich auch Paul und den anderen.

Wenn ich Figuren für einen Roman kreiere, sind sie für mich meine Freundinnen und Freunde. Ich habe das Gefühl, mit ihnen »sprechen«, ihnen zu- oder abraten zu können. Mitunter wundere ich mich auch über sie, wenn sie zum Beispiel etwas tun, das mir fremd ist oder das ich selbst noch nicht ausprobiert habe. Gelegentlich geben sie mir sogar Ratschläge, über die ich tatsächlich nachdenke, denn manchmal unterhalten einen Bücher nicht nur, manchmal nimmt man auch etwas für das eigene Leben daraus mit.

So geht es mir als Autorin, wenn ich an einem Manuskript schreibe, und auch als Leserin, wenn ich ein Buch aufschlage und darin zu lesen beginne. Das ist die Faszination des Schreibens und des Lesens, wir treten in eine neue Welt ein und lernen sie kennen.

Ich liebe die Geschichten, die sich in mir festsetzen, die ich zum Leben erwecken darf und die ich, wenn das Buch gedruckt ist, mit hoffentlich vielen Leserinnen und Lesern teilen darf. Dieses wunderbare Gefühl ist es, das mich jedes Mal aufs Neue motiviert, einen Roman zu schreiben.

In jede Geschichte fließt außerdem – sicher nicht nur in meinem Fall – eine Portion Liebe, die ich in mir spüre und die, wie ich finde, in jedes Buch gehört. Ein gutes Buch hat eine Seele. Es wird nicht einfach so heruntergeschrieben. Es ist wie beim Kochen: Man verfeinert mit Kräutern, schmeckt ab und präsentiert das Gericht mit dem passenden Geschirr und Besteck.

Alle, die am Entstehungsprozess dieses Buchs beteiligt waren, sind für mich Heldinnen und Helden. Ich zähle sie nicht auf, denn sie wissen, dass sie gemeint sind. Danke euch allen! Ihr habt euer Bestes gegeben, damit dieser Roman zu dem wurde, was er ist.

Ich liebe Bücher, seit ich ein kleines Mädchen war und, ein Buch auf den Beinen balancierend, lesen gelernt habe. Lesen war und ist mein Lebenselixier. Bücher können uns aufmuntern und uns wachrütteln, Mut machen, zum Nachdenken anregen, uns wachsen lassen, und selbstverständlich unterhalten sie uns und schenken uns eine wunderbare Zeit.

Aus all diesen Gründen sind Bücher für mich kostbar. Jede Geschichte ist eine Möglichkeit. Unter anderem dazu, eine Brücke zwischen dem, der das Buch geschrieben hat, und denen, die es lesen, zu schlagen.

Also zögert nicht, Kontakt über Instagram (gabriela.gross.autorin oder gabrielediechler … beides bin ich ☺) oder über Facebook (Gabriele Diechler) mit mir aufzunehmen.

Ich freue mich, von Ihnen bzw. euch zu hören.

Grüße von Herzen
eure Gabriela Groß

Lesejury